Kirsty Moseley

Fighting to Be Free –
Nie so begehrt

Roman

Aus dem Englischen von
Christiane Meyer

mtb

MIRA® TASCHENBUCH
Band 26063

1. Auflage: November 2017

Deutsche Erstveröffentlichung

Titel der englischsprachigen Originalausgabe:
Worth Fighting for

erschienen bei: Forever, New York

Umschlaggestaltung: ZERO Media, München
Umschlagabbildung: FinePic / München
Autorenfoto: Trish Thompson Photography
Redaktion: Mareike Müller
Satz: GGP Media GmbH, Pößneck
Printed in Germany
Dieses Buch wurde auf FSC®-zertifiziertem Papier gedruckt.
ISBN 978-3-95649-734-6

www.mira-taschenbuch.de

Für Terrie Arasin.
Ohne dich würde es dieses Buch nicht geben.

Prolog

Besser geliebt und verloren, als niemals geliebt zu haben.

Alfred, Lord Tennyson schrieb das im 19. Jahrhundert in einem Gedicht. Meiner Meinung nach hatte Alfred, Lord Tennyson keine Ahnung.

Vielleicht hat Lord Tennyson nie jemanden wirklich aufrichtig geliebt. Vielleicht hat ihm ein anderer Mensch nie mehr am Herzen gelegen als er sich selbst, denn wenn es anders gewesen wäre und wenn er jemanden so geliebt hätte, dass er bereit gewesen wäre, für diesen Menschen zu sterben, dann hätte er doch wohl keinen so schwachsinnigen Satz niederschreiben können, oder? Ich stelle natürlich nur Vermutungen an. Ich bin kein Akademiker, also kenne ich von diesem Typ nicht mehr als nur dieses eine Zitat. Wie also kann es sein, könnte man sich fragen, dass unsere Auffassungen so absolut gegensätzlich sind?

Weil ich schon einmal geliebt habe.

Nur ein einziges Mal.

Und ich habe sie verloren.

Und ich würde alles dafür geben, sie niemals geliebt zu haben. Nein, es ist ganz bestimmt *nicht* besser, geliebt und verloren zu haben.

Scheiß auf die Liebe. Und scheiß auf Lord Tennyson.

1. Kapitel

JAMIE

Seine Faust traf meinen Kiefer. Brutal. Der Schmerz durchzuckte mich und breitete sich in meinem Gesicht und meinem Hals aus. Mein Kopf wurde zur Seite geschleudert, und meine Augen schienen förmlich durch die schiere Wucht des Schlages in den Höhlen zu beben. Der Kerl wollte offensichtlich, dass das hier schnell zu Ende war.

Ich trat einen Schritt zurück. Mit der Hand berührte ich mein Kinn an der Stelle, wo ich den Fausthieb abgekriegt hatte. Ein bedächtiges Lächeln breitete sich auf meinem Gesicht aus. Ein leises Lachen kam mir über die Lippen, während ich mir über den Mund wischte, ohne auf das Blut auf meinem Handrücken zu achten.

„Das war toll. Mehr davon", ermutigte ich ihn und winkte ihn heran. Ich nahm nicht mal die Hände hoch, um mich zu verteidigen oder zu schützen. Das hätte dem Grund widersprochen, aus dem ich heute Abend hier war.

Der Typ sah sich verwirrt um. Anscheinend irritierte ihn, dass ich offensichtlich kein echtes Interesse zeigte und auch keinen Schmerz empfand. Um uns herum stand die johlende Menge von Zuschauern in der großen verlassenen Lagerhalle, in der heute Nacht der Fight Club veranstaltet wurde. Einige der Zuschauer brüllten mich an, mich zusammenzureißen und den Kerl fertigzumachen, andere ermunterten meinen Gegner, mich endlich umzuhauen. Sie wollten, dass der Kampf ein schnelles Ende fand – ich dagegen wollte, dass es so lange wie möglich dauerte. Der Schmerz war eine willkommene Ablenkung von dem Aufruhr in meinem Innersten. Ich war einfach glücklich darüber, an etwas anderes denken zu können – etwas anderes als … sie.

„Komm schon, Mann, du musst doch noch mehr draufhaben als das", reizte ich ihn und spuckte etwas von dem metallisch schmeckenden Blut, das sich in meinem Mund gesammelt hatte, auf den Boden. Ich breitete die Arme aus und erleichterte es ihm, mich zu treffen. „Zeig mir, was du kannst."

Er kniff die Augen zusammen und grinste höhnisch, als er nun auf mich zuging und mir blitzschnell in den Magen boxte. Mir blieb die Luft weg, und ich krümmte mich. Mühsam rang ich nach Atem. In dem Moment rammte er mir das Knie ins Gesicht. Ich fiel nach hinten und krachte mit einem unschönen Geräusch, das in meinen Knochen widerzuhallen schien, auf den kalten Betonboden.

Das Gebrüll des Publikums war ohrenbetäubend. Die Menge schrie mich an. Ich schloss die Augen, ließ den Kopf nach unten sinken und lachte leise in mich hinein. Die Unmengen an Alkohol, die ich heute Nacht getrunken hatte, bevor die Kämpfe begonnen hatten, hatten mich noch immer fest im Griff, sodass ich mich nicht konzentrieren konnte und mir alles egal war – selbst der Schmerz, den ich am nächsten Morgen spüren würde, wenn die Wirkung des Alkohols nachgelassen hätte.

„Kid, was zur Hölle treibst du da? Ich wusste, dass es ein Fehler gewesen war, mich von dir überreden zu lassen! Ich werde den Kampf jetzt auf der Stelle beenden!“

Unter allergrößter Anstrengung öffnete ich die Augen und drehte meinen schweren Kopf, um Jensen anzuschauen, der am Rande des improvisierten Rings stand. Er schüttelte den Kopf. Seine Miene spiegelte Entsetzen, Besorgnis und Ungläubigkeit. Er sah mich mit leicht zusammengekniffenen Augen an, die Kiefer aufeinandergepresst. Als Besitzer und Organisator des illegalen Clubs würde er bestimmt eine Menge Geld verlieren, wenn ich besiegt werden würde. Jensen gefiel es offenbar nicht, dass ich mit ihm spielte und sein gar nicht mal so hart verdientes Geld auf diese Weise riskierte.

„Wage es ja nicht. Ich schaffe das schon. Komm runter, und denk darüber nach, wo deine Eier geblieben sein könnten. Du scheinst sie nämlich verloren zu haben“, scherzte ich. Selbst ich konnte hören, dass ich lallte. Unbeholfen rollte ich mich auf die Seite, zog die Arme unter mich, drückte mich hoch und kam langsam wieder auf die Beine. Unsicher wankend stand ich im Ring.

Aus den Augenwinkeln verfolgte ich, wie Jensen sein Handy hervorholte und eilig etwas hineinsprach, ohne den Blick von mir abzuwenden. „Bist du gleich da? Das läuft hier völlig aus dem Ruder. Gut. Beeil dich, verdammt noch mal!“

Ich runzelte die Stirn. „Oh ja, mach ruhig. Verrate mich. Ruf jemanden, der den Babysitter für mich spielt“, sagte ich und schnaubte wütend. „Verfluchter dreckiger Verräter“, fügte ich hinzu und lachte irre.

Weil ich unaufmerksam war oder weil er einfach ein Feigling war, warf sich der Typ, gegen den ich kämpfte, von hinten auf mich, sodass wir beide nach vorn fielen. Die Menge, die weder einen der Kämpfer noch herumspritzendes Blut abkriegen wollte, trat zur Seite. Wir krachten also in einen Pick-up, der am Rande des Rings geparkt war. Der stoßweise Atem meines Gegners war keuchend und schnell, als der Typ mir nun Schlag um Schlag in den unteren Rücken und die Seite verpasste.

Während der Schmerz sich immer weiter in meinem Körper ausbreitete, wusste ich, dass es die richtige Entscheidung gewesen war, heute Abend hierherzukommen. Das hier war genau meine Vorstellung einer gelungenen Ablenkung.

Er packte mich an der Schulter und riss mich zurück. Im nächsten Moment lag ich wieder auf dem Boden und rang nach Luft.

„Kid!“ Selbstverständlich hatte Jensen Ray angerufen. Er war einer meiner besten Freunde und Jensens Cousin. Ich widerstand dem Drang, mit den Augen zu rollen.

Ray drängte sich durch die Menschenmenge und ging neben dem Ring auf die Knie. Ich drehte den Kopf, schaute ihn an und bemerkte die Sorge in seinen braunen Augen.

„Was geht, Kumpel?“, murmelte ich und versuchte zu grinsen, obwohl es wohl eher einer Grimasse glich.

„Was zum Teufel treibst du bloß? Jensen meint, du wärst betrunken! Was zur Hölle soll das?“, brachte er hervor und schüttelte den Kopf. Mit einem Gefühl der Genugtuung fiel mir auf, dass er weder innerhalb des Rings war noch versucht hatte, mich zu berühren – denn das wäre gegen die Regeln gewesen und hätte dazu geführt, dass der Kampf abgebrochen und verloren gegeben worden wäre.

Bevor ich antworten konnte, griff mein Gegner mit beiden Händen mein Shirt und zog mich auf die Beine. Ich zuckte zusammen und bereitete mich innerlich auf einen weiteren Schlag vor. Tatsächlich freute ich mich schon darauf. Während seine Faust auf meinem Wangenknochen landete, hörte ich Rays Stimme. Sie klang fest, und ich bemerkte die Wut, die darin mitschwang.

„Jensen, brich diesen Kampf ab, oder ich mache es!"

„Okay, okay", erwiderte Jensen schnell.

Zorn kochte in mir hoch. Wenn sie den Kampf abbrachen, würde ich verlieren. „Nein!", rief ich und schüttelte den Kopf. Ich sah zwischen Ray und Jensen hin und her. „Nein", wiederholte ich wütend knurrend. Kid Cole verlor nicht – niemals.

Ich wusste, was ich zu tun hatte. Eine Niederlage konnte ich nicht akzeptieren. Ich hatte meinen Spaß gehabt und bekommen, was ich wollte – eine Atempause von meinen quälenden Gedanken. Aber jetzt war es an der Zeit, die Oberhand zurückzugewinnen und das hier zu beenden.

Ich streckte den Arm aus und fasste die Hand, mit der mich der Kerl festhielt. Seine Augen weiteten sich ein winziges Stückchen, und er hielt inne. Ganz offensichtlich war er der Meinung, dass ich so gut wie geschlagen war und dass er mir nur noch einen letzten Schlag versetzen musste, um sich den Sieg zu sichern und heute Abend als Gewinner aus dem Kampf zu gehen. Er irrte sich gewaltig.

„Scheint, als hätte ich jetzt lange genug herumgealbert. Tut mir leid.“ Sobald ich den Satz beendet hatte, schlug ich ihm meinen Kopf mit solcher Wucht ins Gesicht, dass ich sogar über das Gebrüll der Zuschauer hinweg hören konnte, wie sein Nasenbein brach. Und das war es auch schon. Ganz einfach. Kein Herumtänzeln und keine Prügel mehr von ihm zu meinem eigenen Vergnügen. Bewusstlos sackte er zu Boden.

Ich taumelte ein paar Schritte vorwärts und blinzelte, um wieder klar sehen zu können. Die pochenden Schmerzen in meinem Kopf beachtete ich nicht weiter. Mein Mund war trocken, meine Zunge fühlte sich pelzig an. Ich brauchte unbedingt noch einen Drink, denn die Wirkung des Alkohols ließ spürbar nach.

Ray und Jensen stürmten zu mir. Jensen erreichte mich zuerst, packte meinen Arm und riss ihn in die Luft. „Gesamtsieger des heutigen Abends: Kid Cole!“ Nur die Hälfte der Menge jubelte. Die andere Hälfte zerknüllte die Wettscheine, warf sie wütend auf den Boden und fluchte unterdrückt. Entweder waren diese Leute zum ersten Mal hier und wussten nicht, dass man niemals gegen mich wettete, oder sie hatten sich von der Tatsache beeinflussen lassen, dass ich genug Alkohol zu mir genommen hatte, um ein kleines Pferd umzubringen. Tja, so konnte man sich täuschen.

Schief grinste ich und stützte mich schwer auf Ray, der nun den Arm um meine Taille legte und mich zu einem Plastikstuhl führte, der etwas seitlich stand. Ich ließ mich auf den Stuhl fallen. Mein Körper war so taub und in seinen Bewegungen so unkoordiniert, dass ich beinahe heruntergefallen wäre.

Ray kniete sich vor mich und reichte mir eine Flasche Wasser, die er aus dem Nichts herbeigezaubert zu haben schien. „Trink das. Verdammt, du siehst echt fertig aus“, bemerkte er und zuckte bei meinem Anblick unwillkürlich zusammen.

Ich streckte den Arm aus, schob die Flasche zur Seite und lächelte, während ich auf meine Lederjacke deutete, die über der Rückenlehne eines anderen Stuhls hing. „Gibst du mir mal meine Jacke?“

Mit besorgtem Blick kam er meiner Bitte nach.

Wortlos griff ich in die Innentasche, und meine Hand schloss sich um das Objekt meiner Begierde: eine glatte kleine Glasflasche. Ich holte sie raus und hörte, wie Ray stöhnte, sowie er die halb leere Whiskeyflasche erblickte.

„Ernsthaft, Kid?“

Ich zwinkerte ihm zu und schraubte mit meinen verletzten, blutverschmierten Fingern den Verschluss auf. Eilig trank ich einen großen Schluck und genoss das brennende Gefühl, als der Alkohol meine Kehle hinunterrann. „Willst du auch?“, fragte ich. Ich lallte, und meine Worte klangen unverständlich.

Er antwortete nicht, nahm mir nur stumm die Flasche aus der Hand, schraubte sie wieder zu und stellte sie auf den Boden. „Was soll das alles, Kid? Ich habe einen Anruf von Jensen gekriegt, dass du besoffen hier aufgetaucht wärst und darauf bestanden hättest, heute Abend zu kämpfen. Du siehst scheiße aus. Der Typ hätte dich fast fertiggemacht!“

Verächtlich schnaubte ich. Ich hatte die Situation die ganze Zeit über unter Kontrolle gehabt. „Er kann mich gar nicht fertigmachen.“

„Auf mich hat es gewirkt, als würde er dich umbringen! Noch ein Schlag, und das wäre es gewesen."

Mit Nachdruck schüttelte ich den Kopf. „Er hat nur getan, was ich zugelassen habe. Was ich wollte."

„Du wolltest also, dass er dich verprügelt? Du wolltest diese … diese … Sauerei?" Er deutete mit der Hand auf mein Gesicht, um zu zeigen, was er mit der „Sauerei" meinte.

Ich zuckte die Achseln und wich seinem forschenden Blick aus. Ray schien die bemerkenswerte Fähigkeit zu besitzen, in mir lesen zu können wie in einem offenen Buch und oft einfach zu wissen, was ich dachte. Ich hasste das.

Er seufzte, legte eine Hand auf meine Schulter und drückte sie leicht. „Um was geht es hier eigentlich, Kid? Als ich dich vorhin gesehen habe, war noch alles in Ordnung. Und dann lässt du dich volllaufen und tauchst hier auf, um zu kämpfen. Ich verstehe das nicht." Sein Tonfall klang sanft und fürsorglich.

„Ich musste nur mal auf andere Gedanken kommen. Ich brauchte eine Ablenkung. Es war nicht geplant, hier vorbeizuschauen. Ich dachte nur, ein, zwei Drinks würden helfen. Doch dann wurden daraus drei und vier und …" Ich betrachtete die halb leere Flasche Whiskey und gab nicht zu, dass es schon die zweite Flasche an diesem Abend war. Ich schluckte und schüttelte den Kopf. „Das Trinken hat überhaupt nicht geholfen. Immer wieder wanderten meine Gedanken in die gleiche Richtung. Deshalb hielt ich es für eine gute Idee zu kämpfen. Ich habe geglaubt, jemand würde mir diese Gedanken aus dem Leib prügeln, damit ich mal an etwas anderes denken kann. Doch selbst das hat nicht geklappt. Es hat sich nichts geändert." Mit dem Handballen schlug ich mir ein paarmal gegen die Stirn und versuchte, die Gedanken zu verjagen, sie zu vergessen.

„Kid, das ergibt alles keinen Sinn."

Meine Brust schmerzte – und das lag nicht an der Prügel, die ich gerade eingesteckt hatte. Es war vielmehr ein tief sitzender Schmerz, der vor drei Stunden begonnen hatte, als ich eine Mitteilung in den Nachrichten gehört hatte. Ich konnte die Worte nicht aussprechen, also griff ich in meine Jackentasche und zog die Seiten hervor, die ich von der CNN-Website ausgedruckt hatte, bevor ich mich auf meine alkoholgeschwängerte Mission begeben hatte.

Ich reichte Ray die Blätter und schloss die Augen. Ich wünschte mir, ich hätte die Worte ungelesen machen können.

Ray nahm die Zettel entgegen, faltete sie auseinander und fing an, den Artikel laut vorzulesen. Mein Herz schien sich mit jeder Silbe weiter zusammenzuziehen, und mein Schmerz wurde größer.

„Bei einem Unfall mit Fahrerflucht auf der I-95 ist heute Nachmittag ein Mensch ums Leben gekommen. Eine zweite Person schwebt in Lebensgefahr. Die Polizei meldet, dass der Fahrer Michael Pearce, 45, starb, nachdem ein dunkelblauer Ford Pick-up auf seine Spur gerast war und seinen Wagen mit hoher Geschwindigkeit in die Mittelleitplanke des Highways gedrängt hatte. Der Fahrer des Pick-ups flüchtete unerkannt. Michael Pearce war sofort tot. Seine Ehefrau Ruth, 44, befindet sich in kritischem Zustand und wurde von einem Rettungsteam in die Klinik gebracht. Die Polizei appelliert an alle, die möglicherweise Informationen über den Pick-up oder den Fahrer liefern können, sich umgehend zu melden."

Ray starrte mich an. „Michael und Ruth Pearce? Wer sind die beiden?"

Ich atmete tief durch. „Sie sind Ellies Eltern."

Er zuckte zurück, als er verstand. „Oh Scheiße." Es herrschte ungefähr eine Minute lang Schweigen, ehe er weitersprach. „Ich schätze … Ich schätze, das heißt, dass sie zurückkommen wird, oder?"

Ich senkte den Blick. Mein Körper sackte auf dem Stuhl zusammen. Diese furchtbaren Neuigkeiten würden Ellie schwer treffen. Sie hing an ihrem Daddy, und sein Verlust würde sie am Boden zerstören. Und dann gab es da die Angst, möglicherweise auch noch ihre Mutter zu verlieren. Ich wollte sie einfach nur in die Arme schließen, doch ich hatte seit mehr als drei Jahren nicht mehr mit ihr gesprochen. Nicht mehr seit dem Telefonanruf, der uns beiden das Herz gebrochen hatte.

„Ja. Ich schätze, das heißt es."

2. Kapitel

ELLIE

Langweilig. Mir war so langweilig, dass ich die letzten fünf Minuten damit verbracht hatte, wie besessen an meinem scheußlich herauswachsenden Gelnagellack herumzuknibbeln. Laura vom Nagelstudio würde nicht gerade begeistert sein, wenn ich nächste Woche mit dem abgesplitterten und abgekratzten Lack zur Maniküre auftauchen würde, aber ich konnte es nicht ändern. Herumzustehen und nichts zu tun, war nicht gerade meine Stärke. Ich konnte mich also entweder an meinen Fingernägeln austoben oder an den Snacks, die in Pappschachteln hinter mir standen. Ich musste mich irgendwie davon ablenken, dass meine Füße vom vielen Herumstehen wahnsinnig schmerzten. Wenigstens war fast Feierabend. Ich musste nur noch zwei Stunden lang durchhalten. Ich seufzte und sah mich nach irgendeiner Beschäftigung um. Schließlich beschloss ich, die blitzblanke Bar aus Mahagoniholz noch einmal zu polieren.

Für einen Freitagabend war es in der Bar ziemlich leer. Für gewöhnlich war es um diese Zeit im *King's Arms* richtig voll. In dem urigen, typisch englischen Pub mit dem dunklen Holz, den Tapeten aus Chintz und dem rot gemusterten Teppich trafen sich freitags normalerweise die Einheimischen, wenn sie Feierabend hatten und sich aufs Wochenende freuten. Aber heute waren gerade einmal neunzehn Gäste in der Bar. Und sämtliche Gläser waren noch voll – daher auch meine Langeweile. Ich war dem üblichen Zeitplan schon um Längen voraus: Der Geschirrspüler war bereits geleert und neu befüllt worden, die Gläser waren poliert und in den kleinen Regalen zu meinen Knien verstaut und die Toiletten ebenfalls gecheckt worden. Sobald der letzte Gast gegangen wäre, müsste nur noch abgeschlossen werden. Es gab nicht mehr viel, mit dem ich mich beschäftigen konnte.

Ich ging zu Toby, meinem Chef, und räusperte mich. „Tut mir leid, dich stören zu müssen", sagte ich und lächelte die beiden Stammgäste, mit denen er sich gerade unterhielt, entschuldigend an.

Chuck, der ältere der beiden Stammgäste, grinste, und um seine Augen bildeten sich unzählige Lachfältchen. „Keine Sorge, es macht uns nichts aus, von einem 'übschen jungen Ding unterbrochen zu werden." Er zwinkerte mir zu und strich über seinen zotteligen grau-weißen Bart, den er sich im Winter hatte wachsen lassen und den er nun, da der Frühling vor der Tür stand, wieder abrasieren würde. Er ließ sich in jedem Winter einen Bart stehen, damit er im Gesicht nicht so fror. Das hatte er mir zumindest so erklärt, als ich ihn einmal darauf angesprochen hatte. Chuck war einer meiner Lieblingsgäste. Er war freundlich und fröhlich. Und er erinnerte mich ein bisschen an meinen Großvater väterlicherseits, der leider schon lange tot war.

Toby lachte. „'ör auf, mit meinen Angestellten zu flirten. Das 'abe ich dir schon einmal gesagt", schimpfte er mit Chuck und verdrehte spielerisch die grünen Augen. Toby war ein geborener Südlondoner. Ein Urlondoner, wenn man so wollte. Sein Akzent war zuerst nicht leicht zu verstehen gewesen – genau wie der der anderen Leute hier. Urlondoner schienen Schwierigkeiten zu haben, ein H auszusprechen, und verschluckten oft die Endsilben. Es war, gelinde gesagt, ein bisschen verwirrend. Doch nach fast zwei Jahren in London fiel mir das alles gar nicht mehr auf. Ehrlich gesagt, gefiel es mir sogar. Na ja, abgesehen von der Tatsache, dass die Hälfte des rhythmischen Slangs inhaltlich noch immer über meinen Horizont hinausging.

Chuck hob beschwichtigend die Hände. „Ist doch nicht meine Schuld, dass du die 'übscheste amerikanische Bardame der Stadt eingestellt 'ast, oder?"

Ich schnaubte nur. „Ich bin die *einzige* amerikanische Bardame in der Stadt." Das brachte mir Gelächter von allen Gästen ein. Dann wandte ich mich Toby zu. „Da es heute Abend nicht besonders voll ist, könnte ich doch Inventur machen, oder? Ich langweile mich zu Tode." Um die vorhandenen Bestände aufzunehmen, würde ich mindestens eine Stunde brauchen.

Er zuckte mit den Schultern, grinste immer noch und fuhr sich mit der Hand durch sein hellbraunes Haar, um es sich aus der Stirn zu schieben. „Ja, das wäre gut. Ich muss morgen eine Bestellung bei der Brauerei abgeben, und wenn du die Bestände checkst, würde mir das morgen früh viel Zeit sparen. Danke."

„Kein Problem", erwiderte ich, drehte mich um und lief zum hinteren Flur, um die Inventurliste zu holen.

Auf dem Weg durch den Keller fiel mir auf, dass der Mitarbeiterplan für die nächste Woche ans Schwarze Brett gepinnt worden war. Ich blieb stehen, um nach meinen Stunden und meinem freien Tag zu schauen, und runzelte die Stirn, als ich meinen Namen in der Samstagsschicht entdeckte. Dabei hatte ich Toby extra gesagt, dass ich an dem Tag nicht arbeiten könne. Wie aufs Stichwort trat Toby durch den Vorhang, griff in die Kiste mit den Chips und nahm eine Packung mit der Geschmacksrichtung *Cheese and Onion* heraus.

„Toby, warum bin ich am Samstag eingeteilt? Ich kann an dem Tag nicht arbeiten, ich habe schon etwas anderes vor", erklärte ich und wies auf meinen Namen am Schwarzen Brett.

Er runzelte die Stirn und stellte sich hinter mich, um einen Blick über meine Schulter zu werfen. „Dann musst du deine Pläne eben ändern."

„Das geht nicht." Ich drehte mich zu ihm um und stemmte empört die Hände in die Hüften. „Du musst deinen Plan ändern und dir jemand anderes für die Schicht suchen."

Toby zog eine Augenbraue hoch und grinste amüsiert. Seine Augen funkelten verschmitzt. „Ich werde eine Vertretung für dich organisieren, wenn du mir versprichst, 'eute Nacht mit mir zu schlafen."

Ich keuchte, und mein Blick verfinsterte sich. „Das ist sexuelle Belästigung und Erpressung!"

Er zuckte mit den Schultern und machte lächelnd auf dem Absatz kehrt. „Zeig mich doch an."

„Vielleicht mache ich das auch!", rief ich und lächelte ihm hinterher, ehe ich mich wieder dem Plan zuwandte. Ich holte meinen Stift hervor, strich meinen Namen durch und schrieb seinen Namen auf den Plan, bevor ich in den Keller ging, um die Bestände aufzunehmen.

Als ich um kurz vor elf die Glocke für die letzte Runde hörte, schrieb ich gerade an meiner Liste und notierte, wie viele Packungen gesalzener Erdnüsse wir noch hatten. Danach stieg ich die Treppe hinauf.

Der Pub war beinahe leer. Es waren nur noch sechs Gäste da. Toby hatte bereits die meisten Gläser eingesammelt und auf den Tresen gestellt, damit sie gespült werden konnten. „Es ist Zeit, Ladys und Gentlemen. Trinken Sie bitte aus. 'aben Sie kein Zuhause?", witzelte er und stellte die Stühle auf die Tische, damit der Teppich gleich am nächsten Morgen gesaugt werden konnte.

Ein paar der Stammgäste stöhnten und baten darum, über Nacht einfach eingeschlossen zu werden. Doch die müden Schatten unter Tobys Augen waren nicht zu übersehen, und so trieben sie es nicht zu weit.

Als das letzte Pärchen den Pub verließ, verschloss Toby die schweren Türen hinter den beiden und drehte sich dann zu mir um. „'ast du die Inventur gemacht?"

Ich nickte. „Ja. Alles fertig."

Er gähnte und streckte die Arme über den Kopf, als er um den Tresen herumging. „Danke."

Ich öffnete den Geschirrspüler und räumte die Gläser ein. Als ich gerade zwei weitere Gläser nehmen wollte, spürte ich ein Paar Hände auf meinen Hüften. Ich zuckte erschrocken zusammen, als Toby sich an mich drängte. Sein warmer Körper schmiegte sich an meinen Rücken. „Also, 'aben wir einen Deal wegen Samstag? Oder willst du lieber doch arbeiten?", flüsterte er. Sein warmer Atem strich über meine Wange und meinen Hals hinab. Sein Griff um meine Hüften verstärkte sich, als er sich dichter an mich drückte. Der Stoff seiner Jeans rieb über meine nackte Haut, wo mein Top ein Stückchen hochgerutscht war.

Ich schluckte und bekam eine Gänsehaut. „Ernsthaft, das ist sexuelle Belästigung – und zwar in höchstem Maße“, erwiderte ich, während sich die Muskeln in meinem Körper anspannten.

„Aha“, murmelte er. Mit den Lippen strich er über meinen Hals. „Lass die Putzerei sein. Ich mache das morgen früh.“

Schicksalsergeben drehte ich mich zu ihm um. In seinen hellgrünen Augen stand Verlangen, als er mein Gesicht betrachtete. „Ich glaube, ich brauche den freien Tag wirklich dringend“, sagte ich leise und sah auf seinen Mund, als Toby sich gerade mit der Zungenspitze über die Unterlippe fuhr.

Er trat einen Schritt zurück und reichte mir die Hand. Ein strahlendes Lächeln lag auf seinem Gesicht. Ich stellte das letzte Glas auf den Tresen, ergriff seine Hand und ließ mich von ihm durch den Vorhang und über den Flur ziehen. Dann folgte ich ihm die Treppe hinauf, die in den Wohnbereich führte. Unterwegs schlüpfte ich erst aus einem, dann aus dem anderen Schuh, ließ sie stehen, wo sie waren, und sah Toby dabei zu, wie er das Gleiche machte.

Nachdem wir oben angekommen waren, war seine Zurückhaltung mit einem Mal wie weggeblasen, und seine Leidenschaft übernahm die Führung.

Er presste mich an sich, schlang die Arme um mich und küsste mich stürmisch. Seine Hände waren überall, während wir rückwärts ins Schlafzimmer taumelten. Sein Mund verließ meine Lippen dabei nur so lange, wie es unbedingt nötig war. Mein Shirt war von einer Sekunde auf die andere verschwunden, während er sich dem Knopf meiner Jeans widmete. Als ich die Matratze in den Kniekehlen spürte, ließen wir uns fallen – eng umschlungen, heftig atmend. Ich lachte leise, sowie er auf mir landete und mich fast erdrückte, bevor er meinen Körper etwas behutsamer mit seinem bedeckte.

Er grinste und richtete sich dann auf, um sein Shirt loszuwerden. In seinen Augen standen Begierde und Verlangen, während er mir nun langsam die Jeans abstreifte. Seine Finger kitzelten auf der Haut meiner Oberschenkel. „Was 'ast du Samstag eigentlich vor?", flüsterte er, beugte sich herunter und küsste meinen Hals. Seine Bartstoppeln kratzten wundervoll über meine nackte Haut.

Ich legte den Kopf in den Nacken. Ich strich ihm über den Rücken und vergrub die Finger in seinen Schultern, als mein Körper vor Lust erschauerte. „Ich besuche mit deiner Mutter zusammen eine Hochzeitsausstellung", antwortete ich atemlos.

Er lachte und rückte ein Stückchen von mir ab. Sein schiefes Grinsen zauberte mir ein Lächeln auf die Lippen. „Ernsthaft? Warum lässt du dich von ihr dauernd zu solchen Veranstaltungen schleifen?", wollte er wissen und verdrehte die Augen.

Ich zuckte die Achseln und wand mich unter ihm. „Sie ist so aufgeregt wegen der Hochzeit. Ich sage ihr dauernd, dass wir eine lange Verlobungszeit planen und die Hochzeit noch nicht ansteht, aber … Du weißt ja, wie sie ist. Ich glaube, sie hofft, dass ich bei einer solchen Gelegenheit ein Kleid oder einen Kuchen oder ein Arrangement aus Luftballons sehe, die mich umhauen, und ganz spontan den Wunsch verspüre, endlich ein Hochzeitsdatum festzulegen."

Seine Miene wurde für einen Moment ernst. „Du weißt, was sie dazu bringen würde, dich in Ruhe zu lassen, oder?"

„Unsere Trennung?", überlegte ich und lachte, da er mir zu Strafe leicht mit den Finger in die Rippen piekste.

„Oder wir könnten einfach ein Datum festlegen …"

Schwer seufzte ich. Die sexy Stimmung schwand langsam dahin. „Könnten wir später darüber reden? Ich dachte, wir wollten hier ein bisschen Spaß haben …" Um meine Worte noch zu unterstreichen, kratzte ich mit den Fingernägeln über seinen nackten Rücken, bevor ich seinen Po fasste und Toby an mich zog.

Männer sind so berechenbar. Ist Sex in Aussicht, ja mach nur eine Anspielung auf Sex, und der Typ ist Wachs in deinen Händen. Mein Verlobter war da keine Ausnahme.

Bedauerlicherweise war die ganze schöne Ablenkung durch Sex schon wieder vorbei, bevor ich richtig in Fahrt kommen konnte. Es war nicht so, dass Toby ein unaufmerksamer Liebhaber gewesen wäre – er konnte toll sein, wenn er sich Zeit ließ. Leider war er heute Abend müde. Und das bedeutete, dass es kein Vorspiel, keine netten Worte und keine Zeit gab, um sich gegenseitig richtig heißzumachen, bevor es zur Sache ging. Nein, heute begab er sich direkt auf die Zielgerade und lag schon kurze Zeit später erschöpft und atemlos auf mir. Natürlich hatte ich gemerkt, dass er kurz davorgestanden hatte zu kommen, und hatte das getan, was die meisten Frauen beim Sex machten: Ich hatte einen Orgasmus vorgetäuscht, damit er nicht enttäuscht war. Nicht alles war gespielt gewesen, denn ich genoss die Intimität mit ihm wirklich. Nur leider kriegte ich dieses Mal eben kein „Happy End“.

Als er meine Wange küsste und lächelnd von mir rollte, lachte ich leise.

„Tja, dafür ’ast du dir definitiv einen freien Tag verdient“, murmelte er. Seine Augen waren schon halb geschlossen, während er seinen Arm schläfrig auf meinen Bauch legte und mich an sich drückte. „Und beachte meine Mutter nicht weiter. Ich werde noch mal mit ihr reden.“

Ich kuschelte mich an ihn und legte den Kopf in seine Halsbeuge. „Okay. Danke.“

„Ich tue alles für dich“, erwiderte er. Sein Atem wurde allmählich gleichmäßiger und tiefer. Gleich würde er einschlafen.

„Mach’s dir nicht zu gemütlich. Ich muss noch mal ins Bad“, meinte ich und löste mich aus seiner Umarmung. Er stöhnte, ließ mich jedoch gehen. Ich lächelte ihn an und beugte mich vor, um ihm einen kleinen Kuss auf die Nasenspitze zu hauchen.

Mit geschlossenen Augen grinste er. „Beeil dich und geh ins Bad, bevor du hier alles volltropfst. Niemand schläft gern auf einem nassen Fleck.“

„Toby!“, rief ich lachend. „Ich habe nach dem Sex schon romantischere Sätze gehört.“

Entspannt zuckte er mit den Schultern. „Ach, komm schon. Echte Romantik ist eben anders als in den kleinen Schnulzenromanen, die du dauernd liest“, neckte er mich und zwinkerte mir zu.

„Offensichtlich“, entgegnete ich sarkastisch und rollte mit den Augen.

„Nein, diese Bücher wollen Frauen nur in die Irre führen und zeichnen ein ganz falsches Bild von einer normalen Beziehung. Wir Männer müssen uns deshalb immer mit vollkommen überzogenen Vorstellungen herumschlagen, denn leider können wir diese Erwartungen nicht erfüllen.“ Er schüttelte gespielt traurig den Kopf. „Im echten Leben kommt es in einer richtigen Beziehung nun mal vor, dass der Mann erst einen fahren lässt und dann seine Freundin lachend unter die Bettdecke drückt. Aber darüber schreiben sie komischerweise nie etwas.“

Ich keuchte, nahm mein Kissen und schlug es ihm ins Gesicht. „Wenn du jemals versuchen solltest, das noch einmal mit mir zu machen, dann schwöre ich bei Gott …“

Trotz der unangenehmen Erinnerungen, die bei seinen Worten in mir aufstiegen, brach ich in Gelächter aus. Das war eines von Tobys Talenten: die Fähigkeit, mich zum Lachen zu bringen. Genau diese Gabe war es gewesen, die mich als Erstes angezogen hatte. Wir hatten uns vor zwei Jahren kennengelernt, und er hatte mir eine Teilzeitbeschäftigung in seinem Pub angeboten, während ich London hatte erkunden wollen. Er war der erste Mensch gewesen, der mich zum Lachen gebracht hatte und mich den Schmerz vergessen ließ, der mich innerlich zerstört hatte. Wir waren zuerst nur Freunde gewesen, doch es hatte sich mehr daraus entwickelt – auch wenn es nicht geplant gewesen war. Im Laufe der Zeit hatte er mich geheilt, hatte mich dazu gebracht, mich zu öffnen und wieder Vertrauen zu fassen. Er hatte sich buchstäblich seinen Weg in mein Herz gelacht. Wir waren nun seit eineinhalb Jahren zusammen und seit sechs Monaten verlobt.

Unsere Beziehung war geradeheraus, unkompliziert und basierte auf gegenseitigem Respekt. Er erschütterte meine Welt nicht durch einen einzigen Blick oder ein Lächeln, aber er liebte mich, und ich liebte ihn. Er war ein guter Mensch. Zuverlässig, vertrauenswürdig, anständig und solide – all das, wonach ich mich so sehnte. Toby hätte mir nie das Herz oder das, was davon noch übrig war, gebrochen. Da war ich mir sicher. Ich liebte ihn ganz einfach dafür, dass er mich gerettet und mir beigebracht hatte, das Leben wieder leichter zu nehmen. Für mich bedeutete das alles.

Er streckte die Arme aus und packte meine Handgelenke. Behutsam zog er mich an sich, hob den Kopf und hauchte mir einen sanften Kuss auf die lächelnden Lippen. „Wenn es unbedingt sein muss", sagte er und ließ meine Handgelenke wieder los. „Ach, und binde dir die 'aare 'och, ja? Wenn wir Löffelchen machen, will ich morgen nicht ständig 'aarballen 'ochwürgen müssen." Er zwinkerte mir zu, während ich mich aus dem Bett erhob. Über die Schulter hinweg warf ich ihm noch ein Lächeln zu, schnappte mir sein Shirt und schlüpfte hinein. Es war ein aufrichtiges, echtes Lächeln, das auf meinem Gesicht lag. Barfuß tapste ich durch das Zimmer und dann durch den Flur ins Badezimmer.

Nachdem ich mich frisch gemacht, mein Make-up entfernt und mir die Zähne geputzt hatte, verließ ich das Bad wieder. Ehe ich zurück ins Schlafzimmer ging, machte ich noch einen kurzen Abstecher in das Zimmer nebenan. So leise wie möglich öffnete ich die Tür. Ich schlich zum Stockbett, stellte mich auf die Zehenspitzen, blickte in das obere der beiden Betten und musste lächeln.

Leer. Wie ich es vermutet hatte.

Ich bückte mich und sah in das untere Bett. Zusammengerollt in einem Bett lagen Tobys zwei Jungen aus seiner ersten Ehe. Die beiden schliefen friedlich. Das Buch, das sie gelesen hatten, lag aufgeschlagen auf dem Bett, und die Taschenlampe, die sie benutzt hatten, leuchtete noch immer, auch wenn der Strahl inzwischen recht schwach war. Ich lächelte, schaltete die Taschenlampe aus und nahm mir vor, für den nächsten Besuch der Jungs hier neue Batterien zu kaufen. Christian und Sam waren noch immer in der Phase, in der Kinder einfach nur süß waren. Sie waren sieben und fünf Jahre alt, und für sie war es noch immer ein Abenteuer, sich abends unter der Decke im Licht der Taschenlampe heimlich ein Buch anzuschauen. Sie waren toll.

Ich drückte beiden einen sachten Kuss auf die Stirn, zog die Decke höher und beschloss, Christian einfach bei Sam liegen zu lassen, statt zu versuchen, ihn in sein Bett zu verfrachten, ohne ihn dabei zu wecken. Die leisen Atemgeräusche zauberten ein Lächeln auf meine Lippen, als ich schließlich wieder aus dem Zimmer ging, die Tür hinter mir schloss und mich auf den Weg zurück zu Toby machte.

„Die Kinder schlafen tief und fest. Chris liegt schon wieder im unteren Bett. Sie …“ Ich verstummte, da ich bemerkte, dass Toby leise schnarchte. Er lag flach auf dem Rücken und hatte sich einen Arm unter den Kopf geschoben.

Lächelnd verdrehte ich die Augen. *So viel zum Thema Löffelchen …*

Ich schnappte mir ein Haargummi von der Frisierkommode und band meine Haare zu einem Pferdeschwanz zusammen, ehe ich das Licht ausschaltete. In totaler Dunkelheit tapste ich durch das Zimmer und tastete nach dem Bett. Dann kletterte ich hinein, rutschte dicht an Toby heran und kuschelte mich an ihn. Im Schlaf rollte er auf die Seite, schlang seinen Arm um mich und hielt mich fest. Ich lächelte glücklich und schlief – den Kopf auf seine Brust gelegt – sofort ein.

Nur gefühlte Minuten später wurde ich von einem schrillen Geräusch zu meiner Linken aus dem Schlaf gerissen. Ich stöhnte und rollte zur Seite. Mühsam versuchte ich, die Augen aufzumachen. Schlaftrunken blinzelnd, las ich die Ziffern auf dem Radiowecker.

Toby setzte sich auf. „Verdammt! Es ist vier Uhr morgens. Wer zum Teufel ist das?“, fragte er, missmutig brummend. Er griff nach dem Festnetztelefon, das noch immer ohrenbetäubend laut schrillte. „Was?“, rief er genervt in den Hörer. Ich stöhnte wieder und schloss die Augen, als er die Lampe auf dem Nachttischchen anmachte. „Oh, tut mir leid. Nein, sie ist ’ier. Ist alles in Ordnung? Oh, verflucht. Ja, ich gebe ihr den ’örer. Einen Moment bitte.“ Er berührte mich an der Schulter und schüttelte mich leicht, obwohl ich durch die merkliche Veränderung in seinem Ton bereits hellwach war. Sein Tonfall ließ mich das Schlimmste befürchten. Ich spürte sofort, dass es bei diesem Anruf um nichts Gutes ging. „Ellie, es ist deine Großmutter. Sie sagt, es gab einen Unfall.“

3. Kapitel

Es gab einen Unfall.

Unfall. Das Wort schwirrte mir durch den Kopf, als ich nun nach dem Hörer griff. Ich atmete zittrig ein. Mein Herz zog sich unwillkürlich zusammen. Mein Magen war mit einem Mal wie zugeschnürt und mein Mund trocken. Ich presste den Hörer, den ich so fest umklammert hielt, dass die Fingerknöchel schmerzten, an mein Ohr.

Bitte. Bitte, lass es nichts Schlimmes sein.

Doch ich ahnte schon, dass mein stummes Flehen vergebens sein würde. Man rief niemanden um vier Uhr morgens an, um ihm zu sagen, dass man sich den Zeh gestoßen oder den Arm gebrochen hatte. Das hier war schlimm. Ich fühlte es tief in meinem Innersten.

Ich sah zu Toby und wünschte mir, sein Anblick würde mich beruhigen. Stattdessen machte seine Miene alles nur noch schlimmer. Sein mitfühlender Blick und die aufeinandergepressten Lippen ließen mein Herz schneller schlagen. Ich öffnete den Mund, um zu sprechen, doch es kam kein Laut über meine Lippen. Toby legte die Hand auf mein Knie und drückte es leicht. Ich räusperte mich unsicher und versuchte es dann noch einmal.

„Hallo?" Meine Stimme war kaum mehr als ein Flüstern.

Der Anrufer schniefte. „Ellie, ach, mein Schatz …" Obwohl ihre Stimme heiser klang und unzählige Emotionen darin mitschwangen, erkannte ich sie sofort wieder – es war die Mutter meines Vaters, Nana Betty.

In meinen Augen brannten Tränen. „Nana, was ist passiert? Ist alles in Ordnung?"

„Nein, es ist … Ach, Ellie. Ich weiß gar nicht, wie ich es dir sagen soll."

Ich versuchte, den Kloß in meinem Hals hinunterzuschlucken. Meine Lunge begann schon wehzutun, weil ich krampfhaft die Luft anhielt. Ich wollte mich innerlich darauf vorbereiten, was sie sagen würde. Meine Fantasie ging mit mir durch, und ich spürte Panik in mir aufsteigen. Ich fragte mich, was für ein Unfall es gewesen sein mochte, wer verletzt worden war und wie schlimm es sein konnte.

„Nana, bitte. Was ist los?", flehte ich. Verzweiflung schwang in meiner Stimme.

„Es gab einen Autounfall. Deine Eltern …"

Ich keuchte. „O mein Gott. Geht es ihnen gut?" Ich ballte die freie Hand zur Faust und presste sie an meine Brust, als wollte ich so mein hämmerndes Herz beruhigen. Ich konnte spüren, wie Toby mich anstarrte und versuchte, sich zusammenzureimen, was passiert sein mochte. Noch immer hielt er mein Knie fest.

„Deine Mutter ist schwer verletzt, Ellie. Sie hat einen Schädelbruch und innere Blutungen. Außerdem ein sogenanntes Hämatom im Gehirn. Sie operieren sie gerade, um zu verhindern, dass sie noch mehr Schaden nimmt."

Ich stöhnte schmerzvoll auf. Dann schluckte ich und schloss die Augen. „Sie operieren sie?" Die Worte brannten wie Säure auf meiner Zunge und in meinem Mund. „Aber sie wird doch wieder gesund, oder?" Ich presste die Kiefer aufeinander und wartete auf die beschwichtigenden Worte, Worte, die den Sturm der Gefühle in meinem Innersten beruhigen würden. Panik breitete sich in mir aus, und meine Hände fingen an zu zittern.

„Das wissen wir erst, wenn sie aus dem OP kommt. Die Ärzte tun alles, was in ihrer Macht steht, aber im Augenblick sieht es schlecht für sie aus." Nanas Antwort brachte nicht die Beruhigung, die ich mir erhofft hatte.

„Ich … Ich …" Mein Gehirn schien nicht mehr richtig zu funktionieren, und der Schmerz in meiner Brust war beinahe unerträglich. Meine Mom wurde gerade operiert. Sie kämpfte um ihr Leben. Ihr Schädel war gebrochen. Meine Lippen zitterten, während mir Tränen in die Augen schossen. Ich durfte sie nicht verlieren. Es ging nicht. „Nana, wird sie …" Ich verstummte abrupt. Das letzte Wort konnte ich nicht aussprechen. Es war zu endgültig. Ich konnte schon den Gedanken daran nicht ertragen. Meine Stimme klang vollkommen fremd, die Worte waren nur schwer zu verstehen, doch meine Großmutter wusste, was ich wissen wollte.

„Ich weiß es einfach nicht, Schatz." Sie machte mir nichts vor, sagte mir die brutale Wahrheit, die sich für mich wie ein Schlag in die Magengrube anfühlte.

Ich wünschte mir mit jeder Faser meines Körpers, jetzt und in diesem Moment im Krankenhaus zu sein und dort darauf zu warten, dass meine Mom aus dem Operationssaal kam. Mein Dad und meine Schwester würden mich brauchen. Wir sollten alle zusammen sein und uns gegenseitig Kraft geben. Dadurch, dass ich nicht für sie da sein konnte, vermischten sich Trauer und Schuldgefühle in meinem Innersten.

„Wie kommen Dad und Kels damit zurecht?", wollte ich mit krächzender Stimme wissen.

„Kelsey geht es gut. Sie war bei mir zu Hause, als der Unfall passierte. Sie wollte das Wochenende über bei mir bleiben. Deine Eltern hatten sie gerade bei mir vorbeigebracht und waren auf dem Weg nach Hause, als …" Sie hielt inne und räusperte sich geräuschvoll. Sie schniefte. „Jetzt ist sie mit mir zusammen im Krankenhaus. Ich bin nur kurz rausgegangen, um dich anzurufen."

Ich nickte und war mehr als ein bisschen erleichtert, dass Kelsey nicht auch noch im Wagen gesessen hatte. „Okay. Wo ist Dad? Warum hat er mich nicht selbst angerufen?"

Auf meine Worte hin folgte ein langes Schweigen. Das Schweigen dauerte so lange, dass es schon fast unangenehm war. Entsetzen breitete sich in mir aus und schlug mir auf den Magen, aber ich wusste nicht genau, warum.

„Nana?"

„Oh, Ellie. Es tut mir so leid, dir das sagen zu müssen … Dein Dad … Er hat es nicht geschafft." Als sie die Worte ausgesprochen hatte, brach ihre Stimme. Genau wie mein Herz. Es zerbarst in Millionen kleiner Stücke. „Er ist tot."

Tot.

Als ich die furchtbaren Neuigkeiten über meine Mutter gehört hatte, hatte ich geglaubt, dass es das Schlimmste wäre, was passieren konnte. Ich hatte mich auf furchtbare Weise geirrt.

Tot.

Das Wort bereitete mir körperlichen Schmerz. Es fühlte sich an wie ein Messer im Bauch, das ganz langsam umgedreht wurde. Es brachte mich um. Meine Lunge zog sich zusammen, und ich hatte das Gefühl, keine Luft mehr zu bekommen. Mein Vater, die erste Liebe meines Lebens, der Mann, zu dem ich aufblickte, der Mann, der mein Maßstab für alle anderen Männer war – er war gestorben. Alles in mir tat weh. Mein Innerstes zog sich zusammen, mein Herzschlag dröhnte mir in den Ohren.

Dad. Tot.

Unbewusst stieß ich ein kehliges Stöhnen aus. Ich blinzelte und sah alles verschwommen, als nun Tränen über meine Wangen rannen. Meine Unterlippe zitterte, und ich rang nach Worten. Aber was gab es zu sagen? Meine Mom kämpfte um ihr Leben, und der Mann, der mich großgezogen, der mir alles gegeben, der mich ermutigt hatte, die Frau zu sein, die ich nun war, der Mann, zu dem ich ging, wenn ich Hilfe brauchte, mein Fels in der Brandung … *tot.* Es gab keine Worte dafür, was in mir vorging.

Ich stellte mir das Lächeln meines Dads vor, das freche Funkeln in seinen braunen Augen, das konspirative Zwinkern, das er mir zuwarf, wenn wir uns gegen meine Mutter verschworen hatten. Ich erinnerte mich an die Umarmungen, daran, wie er seine starken Arme um mich legte, daran, wie klein und zart ich mich dann gefühlt hatte. Die Erinnerungen an all das Schöne prasselten mit einem Mal auf mich ein: Weihnachtsfeste, Geburtstage, Pancakes, seine fürchterlichen Witze, seine Liebe für weiße Schokolade, sein Lachen …

Es war zu viel. Ich konnte es nicht aushalten.

„Ellie?" Toby rutschte näher an mich heran und strich mit der Hand über mein Bein. „Schatz, was ist denn?" In meinen Ohren klang er unendlich weit weg, und seine Stimme war leicht gedämpft.

Ich schüttelte den Kopf und versuchte vergeblich, den Nebel zu vertreiben, der mich umhüllte.

Tot.

Ich konnte spüren, wie mir alles entglitt, wie ich langsam verrückt wurde. Die Trauer verzehrte mich, zog mich herunter, und ich ertrank darin.

Das Telefon rutschte mir aus der schwitzigen Hand und fiel auf den Boden. Mit den Augen folgte ich ihm, verstand jedoch nicht, was um mich herum vor sich ging. Erinnerungen, Trauer, Schuldgefühle, Entsetzen, Traurigkeit – all diese Emotionen wirbelten durch meinen Kopf, ohne dass es einen Sinn ergab. Tränen strömten mir nun übers Gesicht und durchnässten den Kragen von Tobys T-Shirt.

Und dann kniete Toby vor mir, schlang die Arme um mich und zog mich an sich. Ich schluchzte. Mein Herz war gebrochen.

„Mein Dad … Er ist …“ Ich drückte mein Gesicht in seine Halsbeuge und weinte noch heftiger. „Und meine Mom wird gerade operiert. Und ich bin nicht da. Ich bin nicht da!“, weinte ich und verlor endgültig die Kontrolle.

„Es tut mir leid. Es tut mir so leid“, flüsterte Toby, zog sich ein wenig zurück und blickte mich mit leicht zusammengekniffenen Augen mitfühlend an. Auch auf seinem Gesicht sah man die Trauer. Er trauerte mit mir zusammen um Menschen, die er niemals kennengelernt hatte.

„Ich muss gehen“, wimmerte ich und drückte Toby sanft von mir weg. „Ich muss bei ihnen sein. Es gibt so viel zu tun. Ich muss einen Flug buchen und meine

Sachen packen, und ich muss … ich muss …“ Ich erhob mich, doch meine Beine waren so zittrig, dass ich stolperte. Wieder war es Tobys Arm, der mir Halt gab.

Tobys Blick, in dem Sorge stand, traf meinen. „Du musst atmen, Ellie. Atme und beruhige dich, mein Herz.“ Er neigte den Kopf und hauchte einen Kuss auf meine Stirn. „Atme einfach.“

Ich senkte den Blick, als ich mich nun gegen ihn sinken und mich von ihm halten ließ, bis ich langsam wieder die Kontrolle über mich hatte.

4. Kapitel

JAMIE

Rotes Haar umrahmte das Gesicht des Mädchens, das mir über die Schulter hinweg einen Blick zuwarf. Als diese grau-blauen Augen mich mit einer unglaublichen Intensität ansahen, stockte mir fast der Atem. Die junge Frau verzog die Lippen zu einem spielerischen Lächeln, und ich begann ebenfalls unbewusst zu lächeln. Die Sommersprossen auf ihren Wangen schienen zu tanzen, als sie nun leise lachte und einen Schritt auf mich zumachte.

„Kid." Ihre Stimme klang wie Musik in meinen Ohren. Die Melodie war so schön, dass mein Herz sich zusammenzog. „Kid?", wiederholte sie, legte eine zarte Hand auf meine Schulter und drückte sie leicht.

Ein Stirnrunzeln verdrängte mein Lächeln, als mir bewusst wurde, wie sie mich gerade genannt hatte. Sie nannte mich nie so.

Der Druck auf meine Schulter wurde stärker. Ich wurde leicht geschüttelt, und mit einem Mal lichtete sich der Nebel, der mich umhüllt hatte. Mir wurde klar, dass es nur ein Traum gewesen war. Sie war nicht hier. Ich kniff die Augen fest zusammen und versuchte, den Traum festzuhalten. Aber es funktionierte nicht. Der Traum verblasste und verschwand im Nebel. Plötzlich nahm ich wieder die Geräusche um mich herum wahr: das Klirren der Gläser, Papier, das zerknüllt wurde, und den Rhythmus der Musik in der Ferne.

Ich stöhnte laut und schüttelte die Hand ab, die mich aufgeweckt hatte. Meine Wange rieb über etwas Hartes, Festes, Unbequemes. In dem Moment spürte ich den Schmerz in meinem Kopf, der sich bei jeder Bewegung nur noch verschlimmerte.

„Oh, er lebt“, erklang hinter mir eine sarkastische Stimme. Ohne nachsehen zu müssen, wusste ich, dass es Dodger war. Er war einer meiner engsten Freunde und mein Stellvertreter.

Ich runzelte die Stirn und hob langsam den Kopf. Träge blinzelte ich. Meine Augen brannten. Ich hob eine Hand und riss die Post-it-Notiz ab, die an meiner Wange klebte. Die Bewegung ließ mich zusammenzucken, denn jeder Muskel in meinem Körper schmerzte.

„Verzieh dich, Dodge“, stieß ich missmutig hervor.

Der stechende Geruch von Alkohol war unverkennbar. Allmählich wurde mir bewusst, dass ich in meinem Büro war, und ich stöhnte, als ich den Anblick in mich aufnahm. Es sah wie in einem Verbindungshaus aus – und zwar nach einer Party, die das ganze Wochenende über gedauert hatte und aus dem Ruder gelaufen war.

Während ich mich bewegte, spürte ich, wie es mir schon wieder hochkam. Ich schluckte, drehte mich zu Dodger um und verengte die Augen zu Schlitzen, weil das die Kopfschmerzen, die ich mir selbst zuzuschreiben hatte, ein wenig zu lindern schien. Dodger wirkte nicht gerade erfreut, als er sich bückte und eine halb leere Flasche des guten Brandys aufhob, den ich eigentlich für wichtige Kunden im Büro stehen hatte. Mürrisch runzelte er die Stirn, schraubte den Verschluss wieder auf die Flasche und ging zu dem Schrank, in dem ich den Brandy für gewöhnlich aufbewahrte.

„Hier sieht's aus, als hätte eine Bombe eingeschlagen", brummte er. „Und du siehst aus wie der Tod auf Latschen", fügte er hinzu und betrachtete das zugemüllte Sideboard, bevor er nach dem Mülleimer griff und mit einer ausholenden Handbewegung fünf oder sechs leere Bierflaschen hineinschob. Das Klirren der Flaschen jagte einen furchtbaren Schmerz durch meinen Kopf. Ich presste die Handballen gegen die Schläfen und schloss die Augen. Mühsam unterdrückte ich den Drang, mich zu übergeben.

Ich fühle mich auch wie tot. „Danke."

„Was zur Hölle ist das?" Dodgers Tonfall klang knapp und kühl, als er mit einer der Flaschen auf den Schreibtisch deutete, der in der Nacht mein provisorisches Bett gewesen war.

Ich senkte den Blick und bemerkte das verdächtige weiße Pulver, das auf der Tischplatte verteilt war. Meine Zunge fühlte sich geschwollen und zu groß für meinen Mund an, als ich mir mit ihr über die pelzigen Zähne fuhr. Der Geschmack von schalem Alkohol ließ mich zusammenfahren. Ich schüttelte den Kopf und versuchte, einen klaren Gedanken zu fassen. Kam dieses benebelte Gefühl von Drogen, die ich konsumiert hatte? Vielleicht. Ich konnte es nicht mit Sicherheit sagen.

Stirnrunzelnd dachte ich an die vergangene Nacht zurück. Dann fiel es mir wieder ein. Ich hatte gekämpft. Ich hatte mich hier betrunken, war dann in den Fight Club gefahren, und Ray war gekommen, um mich nach Hause zu bringen. Aber ich hatte nicht schlafen können, also hatte ich mir ein Taxi gerufen, das mich wieder hierhergebracht hatte. Ich hatte gehofft, noch mehr Schnaps zu finden. Angesichts der Flaschen, die herumlagen, hatte sich diese Hoffnung erfüllt.

Dodger seufzte schwer und schüttelte den Kopf. Wortlos hob er eine weitere Flasche auf und warf sie achtlos in den inzwischen recht vollen Mülleimer. Unbeholfen streckte ich den Arm aus und tippte mit der Fingerspitze leicht in das weiße Pulver. Ich steckte den Finger in den Mund. Ich musste wieder würgen, als sich der Geschmack auf meiner Zunge ausbreitete, doch es gelang mir unter allergrößten Mühen, mich zusammenzureißen und mich nicht zu übergeben.

„Salz", murmelte ich. „Ich muss Tequila getrunken haben." Ich war mehr als erleichtert, dass es kein Kokain war. Ich schob meinen Schreibtischstuhl zurück und streckte die Beine aus. Mein gesamter Körper schmerzte.

Die Anspannung schien von Dodger abzufallen, und er ließ die Schultern ein Stück nach unten sinken, als er meine Worte hörte. „Das ist gut. Denn die Polizei kommt heute hierher. Das weißt du ja, Kid."

Ich nickte. Ich wusste, dass sie kommen würden – der Bulle, der seit gut eineinhalb Jahren auf meiner Gehaltsliste stand, hatte mich darüber informiert. Nicht dass ich eine Vorwarnung für diesen Besuch gebraucht hätte. Der Club gehörte zu den wenigen *legalen* Geschäften, die ich betrieb. Sie würden hier nichts finden, was auf meine Beteiligung an weniger legalen Geschäften hindeutete. Trotzdem wusste ich die Mitteilung zu schätzen.

Es war nicht immer so gewesen. *Ich* war nicht immer so gewesen. Es hatte mal eine Zeit gegeben, in der ich mein Bestes getan hatte, um nicht so zu enden, wie es jetzt der Fall war: als schmutziger, verabscheuungswürdiger, mit Drogen dealender, Autos klauender Arsch, dem außer der Aussicht darauf, wohin ihn die nächste sich bietende Möglichkeit bringen würde, nichts wichtig war. Damals, als ich noch Jamie Cole gewesen war und ein Mensch, der versucht hatte, etwas aus sich zu machen, hätte ich mich niemals so hemmungslos betrunken, mein Büro verwüstet und wäre dann eingeschlafen, ohne zu wissen, ob es Salz oder Drogen waren, die auf meinem Schreibtisch lagen. Damals hatte ich noch Hoffnung gehabt. Jetzt sah das ganz anders aus.

Einmal hätte ich den Ausstieg aus diesem Leben fast geschafft. Vor drei Jahren hatten mich nur wenige Stunden davon getrennt, meine Vergangenheit hinter mir zu lassen und mit dem Mädchen meiner Träume in den Sonnenuntergang zu fliegen. Doch eine Nacht hatte alles verändert. Eine Nacht hatte meine Welt zum Einsturz gebracht. Ach, wie anders mein Leben hätte verlaufen können.

In der Nacht, bevor meine Freundin Ellie und ich alles hatten aufgeben wollen, um gemeinsam die Welt zu erkunden, hatte ich noch einen letzten Auftrag für meinen damaligen Boss Brett Reyes erledigen sollen. Einen allerletzten Job, dann wäre ich für immer raus gewesen. Es hatte so leicht und unkompliziert geklungen. Aber es war ganz anders gekommen. Die Dinge hatten sich zum Schlechten gewendet – und das nur Stunden, bevor ich Ellie für die Fahrt zum Flughafen hatte abholen sollen. Die Polizei war überraschend am Treffpunkt aufgetaucht, es hatte eine Razzia gegeben, und schließlich war es zu einem Schusswechsel gekommen. Alle Mitglieder von Bretts Organisation und der Organisation seines Rivalen Lazlo, die sich dort getroffen hatten, waren entweder getötet oder verhaftet worden.

Ich weiß gar nicht, ob es Glück gewesen war, dass ich verhaftet und nicht getötet worden war. In vielerlei Hinsicht wäre es besser gewesen, wenn ich es nicht überlebt hätte. Zumindest hätte ich dann nicht Ellie anrufen und ihre Träume zerstören müssen. Mein Tod hätte mir die Qualen erspart, sie anlügen und ihr das Herz brechen zu müssen, damit sie nicht herausfand, dass ihr Freund wieder im Gefängnis gelandet war. Ellie hatte etwas Besseres verdient, als die Freundin eines Arschlochs und Kriminellen zu sein, die ihn nur alle paar Wochen im Gefängnis besuchen durfte. Sie hatte etwas Besseres verdient, als dieses Stigma mit sich herumzutragen und auf meine Entlassung zu warten. Also hatte ich getan, was ich für richtig gehalten hatte. Ich hatte sie gehen lassen.

Das Einzige zu verlieren, das einem etwas bedeutete, konnte einen Menschen unwiderruflich verändern.

Dank meines Anwalts Arthur Barrington hatte ich – statt den Rest meiner Jugend hinter Gittern verbringen zu müssen – nur eineinhalb Jahre sitzen müssen.

Es hatte mich überrascht, herauszukommen und festzustellen, dass Brett Reyes, der keine eigenen Kinder gehabt hatte, ausgerechnet mich als einzigen Begünstigten benannt und mich zum Direktor und Geschäftsführer von drei Unternehmen gemacht hatte, die zusammen ein Multimillionen-Dollar-Geschäft darstellten. Er hatte mir den Club, in dessen Hinterzimmer ich gerade meinen Kater bekämpfte, die Security-Firma, für die ich gearbeitet hatte, bevor ich ins Gefängnis gewandert war, und das Transport- und Logistikunternehmen hinterlassen.

Ich hätte anständig werden und die Firmen nach bestem Wissen und Gewissen leiten können. Ich hätte etwas aus mir machen können. Doch nachdem ich Ellie aufgegeben hatte, war nun nichts mehr da, was mich dazu ermuntert hätte, ein guter Mensch zu werden. Und als einer von Bretts alten Kontakten sich wegen einer „günstigen Gelegenheit" an mich gewandt hatte, hatte ich die Chance ergriffen und sie genutzt, ohne noch einen Blick zurückzuwerfen. Es fiel mir leichter, ein schlechter Mensch zu sein. Und da man sowieso nichts anderes von mir erwartete, fragte ich mich, warum ich nicht endgültig auf die dunkle Seite hätte wechseln sollen. In den eineinhalb Jahren, die seit meiner Entlassung aus dem Gefängnis vergangen waren, war ich also komplett in das Leben eingetaucht, gegen das ich mich so lange, so heftig gewehrt hatte. Und ich hatte brilliert. „Ganz oder gar nicht" – das war nun mein Motto. Ich hatte mich eindeutig für „ganz" entschieden.

„Wie spät ist es?", brachte ich verschlafen hervor, erhob mich und hielt mich an den Armlehnen meines Schreibtischstuhls fest, als die Welt sich plötzlich nach links zu neigen begann. Ich hatte es gestern Abend mit dem Trinken eindeutig übertrieben.

Dodger warf einen Blick auf seine Uhr. „Kurz nach zehn."

Ich blinzelte ein paarmal, nickte dann und versuchte, einen klaren Kopf zu bekommen. Der Informant, der mich gewarnt hatte, hatte gemeint, dass die Polizei gegen

Mittag bei mir auftauchen würde. Das hieß, dass mir noch zwei Stunden blieben, um mein Büro aufzuräumen und es in einen Zustand zu versetzen, der nicht mehr an den Wirbelsturm erinnerte, der letzte Nacht hier getobt zu haben schien.

Dodger stellte den Mülleimer auf den Fußboden und drehte sich zu mir um. In seinen Augen stand Sorge. „Ray hat mir von Ellies Eltern erzählt. Willst du darüber reden?"

Mein Blick verfinsterte sich, und ich schüttelte den Kopf. „Nein."

Er zuckte leicht zusammen, nickte jedoch. „Falls du es dir noch anders überlegen solltest, weißt du ja, dass ich jederzeit für dich da bin."

Ich machte mir nicht die Mühe zu antworten. Ich hatte schon vorher nicht darüber reden wollen, also warum sollte ich jetzt damit beginnen? Ich griff nach meinem Telefon, nahm es vom Schreibtisch und wischte das Salz ab, das auf dem Display klebte.

Ich klappte das Handy auf und sah, dass ich vier Anrufe in Abwesenheit bekommen hatte und dass jemand eine Nachricht auf der Mailbox hinterlassen hatte. Ed. Ich wählte die Mailbox an und rieb mir über die Stirn, während ich darauf wartete, dass die Nachricht abgespielt wurde.

„Kid, ich habe die Information, um die du mich gebeten hast. Ruf mich zurück."

Ich runzelte die Stirn. Die Information, um die ich gebeten hatte? Ich dachte fieberhaft nach und versuchte, die Puzzleteile zusammenzufügen. Ich konnte mich nicht daran erinnern, dass ich ihn um irgendetwas gebeten hätte – vermutlich hatte ich es in der vergangenen Nacht getan, als ich sturzbetrunken gewesen war. Ed war derjenige, an den ich mich mit Jobs wandte, die ich aus Zeitmangel nicht allein erledigen konnte. Es ergab durchaus Sinn, dass ich ihn um einen Gefallen gebeten hatte, aber ich konnte mich einfach nicht daran erinnern, was es gewesen sein könnte.

Während Dodger mit dem vollen Mülleimer mein Büro verließ, wählte ich Eds Nummer. Beim zweiten Klingeln meldete er sich. „Kid, hey, endlich hast du meine Nachricht bekommen."

„Ja, was ist los? Von welcher Information sprichst du?"

„Du hast mich gestern spät in der Nacht angerufen und mich gebeten, etwas über das Mädchen mit den toten Eltern herauszufinden. Erinnerst du dich nicht mehr?"

Ich stöhnte. Ich hatte ihn also mit besoffenem Kopf angerufen und von ihm verlangt, Ellie zu stalken. Perfekt. „Doch, ich erinnere mich", schwindelte ich.

„Gut. Du wolltest wissen, ob sie zurückkommen würde. Tja, ich habe den Typ gefragt, der in London ein Auge auf sie hat. Sie ist heute am frühen Morgen zum Flughafen gefahren. Er hat beobachtet, wie sie für einen Flug um neun Uhr nach New York eingecheckt hat. Laut der Flugnummer, die er mir gegeben hat, sollte sie in ungefähr zwei Stunden am JFK Airport landen."

Meine Brust zog sich zusammen. Zwar hatte ich damit gerechnet, dass sie zurückkommen würde, allerdings nicht, dass es so schnell passieren würde. Ich hatte kaum Zeit, mich darauf vorzubereiten.

„Um wie viel Uhr wird sie landen?“, fragte ich mit heiserer Stimme nach.

„Um zwölf Uhr fünfundzwanzig.“

Ich nickte. Meine Kopfschmerzen wurden schlimmer. „Okay, danke.“

„Kid, noch eine Sache“, sagte er, als ich gerade das Telefonat beenden wollte. „Sie hat allein eingecheckt. Ihr Verlobter hat sie zum Flughafen begleitet, aber sie ist allein an Bord des Flugzeugs gegangen.“

Allein? Sie war verdammt noch mal allein? Toby hatte sie fliegen lassen – trauernd, emotional, allein? Dieser Arsch! Ich biss die Zähne zusammen. Wut breitete sich in meinem Innersten aus. Ich beendete das Gespräch mit Ed und schüttelte den Kopf. Ich musste die mörderischen Gedanken verjagen. Wie hatte er sie die Reise nur allein antreten lassen können? Sie hatte gerade ihren Vater verloren. Ihre Mutter schwebte in Lebensgefahr. Er hätte unentwegt an ihrer Seite sein müssen, hätte ihr die Tränen trocknen und sie unterstützen müssen. Was für ein beschissener Scheißkerl!

Ich hatte Toby Wallis nie gemocht – immerhin war er mit *meinem* Mädchen zusammen –, aber ich hatte den Kerl respektiert, weil er sie liebte. Er hatte sie wieder zum Lachen gebracht und gab ihr alles, was sie brauchte. Das hatte ich in Erfahrung gebracht, nachdem ich aus dem Gefängnis entlassen worden war. Die geheime Überwachung durch Rays Schwägerin hatte geendet, als Ellie beschlossen hatte, nicht mit Natalie in die Staaten zurückzukehren, nachdem sie ein Jahr lang zusammen Europa bereist hatten. Allerdings hatte ich danach weitere Maßnahmen ergriffen. Ich hatte einen Privatdetektiv engagiert, der sie überwacht und mir regelmäßig Bericht erstattet hatte.

Als ich aus dem Gefängnis entlassen worden war, hatte der Privatdetektiv Beweise dafür geliefert, dass Ellie glücklich war, dass sie ihr Leben weiterlebte, dass dieser Toby –„Ich stehle dir dein Mädchen“ – Wallis ihr guttat. Eine Überprüfung seines Hintergrunds hatte ergeben, dass er ein anständiger Mensch ohne kriminelle Vergangcnhcit war. Er war cin drciunddrcißigjährigcr gcschiedener Mann mit zwei Kindern, und er arbeitete hart für seinen Lebensunterhalt. Toby war der einzige Grund, warum ich nicht den ersten Flug gebucht und zu ihr gereist war, um ihr alles zu gestehen und sie um Vergebung zu bitten. Und jetzt ließ der verdammte Penner sie allein fliegen? Vielleicht war er doch nicht so anständig, wie ich geglaubt hatte.

Zwei Stunden später stand ich im Ankunftsterminal des JFK Airports. Ich hatte nicht anders gekonnt. Dodger würde sich allein um die Polizeirazzia kümmern. Ich war mir nicht sicher, was ich eigentlich vorhatte. Ich wollte sie einfach nur sehen, sie halten und sie sicher bringen, wohin sie wollte – wahrscheinlich ins Krankenhaus, da der Rest ihrer Familie auch dort sein würde.

Ich hielt mich im Hintergrund, am Rande der wartenden Menge, und lehnte an der Wand eines Starbucks Cafés. Während ich beobachtete und wartete, zuckten meine Hände vor Aufregung und schierer Angst.

Ellies Flugzeug war sicher gelandet, sodass sie nun auf dem Weg durch den Zoll oder bei der Gepäckausgabe war.

Als die wartenden Verwandten und Freunde anfingen, sich nach vorn zu drängen und unruhig zu werden, richtete ich mich auf, hielt unwillkürlich den Atem an und blickte nervös in die Richtung, in die alle anderen auch sahen. Kleine Gruppen von Passagieren traten durch die Türen, schoben ihre Gepäckwagen vor sich her, lächelten, winkten oder kreischten aufgeregt, wenn sie ihre Freunde und Familien entdeckten.

Ich wartete. Das Herz schlug mir bis zum Hals. Und dann kam sie.

Als ich sah, wie sie ihren Koffer hinter sich herzog, raubte es mir schlicht den Atem.

Ellie lächelte nicht. Tatsächlich hatte sie die Lippen aufeinandergepresst, als sie sich nun umsah. Sie blieb am Rand stehen, um irgendetwas in ihr Handy zu tippen. Ihr kupferrotes Haar fiel ihr zerzaust und wild um das Gesicht. Es war kürzer als beim letzten Mal, als ich sie gesehen hatte. Es reichte ihr nur noch knapp bis zu den Schultern. Ich ließ sehnsüchtig den Blick über sie schweifen, während sich Verlangen in mir ausbreitete. Sie hatte ein bisschen zugenommen, seit ich sie gesehen hatte. Ihre Hüften und Beine waren ein bisschen dicker, ihre Wangen ein bisschen voller, ihr Bauch nicht mehr so flach wie zu der Zeit, als sie Cheerleaderin gewesen war. Doch die Veränderung stand ihr ausgezeichnet. Sie sah so wunderschön aus wie an dem Tag, als ich ihr zum ersten Mal begegnet war und sie mir den Atem geraubt hatte.

Als sie aufblickte und sich auf der Suche nach etwas oder jemandem im Ankunftsbereich umsah, fielen mir die dunklen Schatten unter ihren Augen auf, und

Schmerz ergriff mich. Sie wirkte erschöpft – körperlich und emotional.

Alles in mir wollte, dass ich zu ihr rüberging, die Distanz zwischen uns überbrückte und sie in die Arme schloss. Ich musste sie trösten, ihr einen Kuss aufs Haar hauchen, ihr über den Rücken streicheln und ihr sagen, dass alles gut werden würde, dass ich für sie da sein und sie nie mehr verlassen würde. Aber meine Beine bewegten sich einfach nicht. Ich stand wie angewurzelt da, durch die wartende Menge vor ihren Blicken versteckt, und fragte mich, wie sie reagieren würde, wenn sie mich sehen würde. Würde es alles nur noch schlimmer machen? Oder vielleicht besser? Was würde sie tun, wenn ich jetzt zu ihr ginge – mit all den sichtbaren Verletzungen am Körper, nach dem Alkohol der gestrigen Nacht stinkend, das getrocknete Blut meines Gegners noch immer auf den Sneakers? Ich war gekommen, um sie zu sehen, um ihr zu helfen. Aber da ich nun hier war, wusste ich, dass ich es für sie nur schwerer machen würde, wenn ich mich zu erkennen gab. Sie musste schon mit so vielen Dingen zurechtkommen, dass es ihr nicht helfen würde, jetzt auch noch den Mann wiederzusehen, der ihr das Herz gebrochen hatte.

Während ich noch immer mit mir rang, was ich tun sollte, schob sich eine junge blonde Frau durch die Menge. Ellies Blick fiel auf die Frau. Sie öffnete den Mund und verzog die Lippen zu einem traurigen Lächeln. Die blonde Frau fiel ihr praktisch um den Hals.

Ich seufzte. Meine Hoffnung auf eine Versöhnung schwand dahin, als Stacey nun über Ellies Haar strich, wie ich es eigentlich hatte tun wollen. Sie umarmte sie tröstend. Ich war noch nie eifersüchtig auf ein Mädchen gewesen – bis zu diesem Moment.

Ich machte auf dem Absatz kehrt, blickte finster zu Boden und verschwand aus dem Terminal. Eilig kehrte ich zu meinem Wagen zurück, bevor ich entdeckt werden konnte.

5. Kapitel

ELLIE

An der Gepäckausgabe des JFK Airports wimmelte es nur so von Menschen. Die Leute schwirrten um mich herum, schoben ihre Gepäckwagen vor sich her und unterhielten sich darüber, wo man sich am besten hinstellte, damit man sein Gepäck möglichst schnell bekam. Sie plauderten aufgeregt über ihre Urlaubspläne und wo sie in den Transferbus einsteigen sollten. Sie lachten oder lächelten und verhielten sich vollkommen normal. Ich dagegen war wie betäubt. Stumm fragte ich mich, ob die Leute nicht wussten, dass ich innerlich schrie, dass ich zerbrach, dass ich unglaublich traurig war und es sich anfühlte, als hätte man mir ein Loch in die Brust gerissen. Man musste es mir doch ansehen, oder? Es war schließlich in mein Herz eingebrannt.

Langsam bewegte ich mich durch die Menge und sah alle paar Sekunden auf mein Handy. Ich hatte den Flugmodus ausgeschaltet, sobald ich das Flugzeug verlassen hatte, aber es dauerte immer eine Weile, bis ein Netz gefunden war, mit dem sich das Handy verbinden konnte – in den vergangenen Jahren hatte es sich ja nur mit britischen Netzen verbunden. Es suchte noch immer nach einem Signal, als ich neben dem angezeigten Gepäckförderband für meinen Flug stehen blieb.

Nach einer Minute drängte sich die durch und durch britische Familie, die auf dem acht Stunden dauernden Flug hinter mir gesessen hatte, in die kleine Lücke, die neben mir noch frei war. Das Mädchen, das wahrscheinlich nicht älter als sechs Jahre war, jammerte darüber, wie müde und gelangweilt es war, und fragte immer und immer wieder, wie lange es noch dauern würde, bis endlich der Urlaub begann. Die Stimme der Kleinen, die von Sekunde zu Sekunde lauter wurde, dröhnte mir in den Ohren. Ich bekam langsam Kopfweh davon.

Im Flugzeug war die Kleine aufgeregt gewesen, hatte darüber geplappert, was sie alles tun und was sie in New York sehen wollte. Sie hatte laut überlegt, wie wohl das Hotel aussehen und wie warm der Pool sein würde. Sie hatte acht Stunden lang brav auf ihrem Sitz gesessen, hatte die Filme geschaut, die an Bord gezeigt worden waren, und hatte darüber gelacht. Jetzt schien ihre Geduld jedoch am Ende zu sein, und sie wollte den Flughafen auf der Stelle verlassen.

Ich sah sie an, ohne sie wirklich wahrzunehmen. Ich hatte mich seit dem Anruf vor vierzehn Stunden, der mein Leben zerstört und mich in einen Strudel aus Trauer, Verlust und Schuldgefühlen geschleudert hatte, auf nichts konzentrieren können. Im Augenblick lief ich praktisch auf Autopilot und tat, was getan werden musste: Ich hatte meinen Pass vorgezeigt, mein Ticket genommen, mich ins Flugzeug gesetzt, war wieder ausgestiegen, hatte meinen Pass erneut gezeigt und holte nun mein Gepäck ab – diesen Punkt musste ich noch erledigen.

„Tut mir leid, sie ist ein bisschen aufgedreht. Und sie

hat im Flugzeug nicht schlafen können, also war es ein besonders langer Tag für sie."

Ich löste den Blick von dem kleinen Mädchen, das gerade mit einer Süßigkeit von der Mutter abgelenkt wurde, und richtete ihn auf den Dad, der mich entschuldigend anlächelte. Sein Name war Graham. Das hatte ich im Flugzeug mitbekommen.

Ich konnte mich eigentlich nicht zu einem Lächeln durchringen, doch ich versuchte es trotzdem. „Ist schon okay. Sie müssen sich nicht entschuldigen." Meine Stimme war nicht mehr als ein Murmeln. Ich sah das kleine Mädchen, das jetzt nach der Hand des Vaters griff. Bei dieser winzigen Geste zog sich mein Herz schmerzhaft zusammen. Das Band zwischen Vater und Tochter. Etwas, was ich nie wieder erleben würde. Ich zwang mich wegzusehen – weg von dieser perfekten Familie, von der Kleinen, von ihrem Dad. Erinnerungen an Ausflüge, Flugreisen, Händchenhalten kamen in mir hoch. Es tat mir weh, die beiden betrachten zu müssen. Ich verspürte den Wunsch, mich zu Graham umzudrehen und ihm zu sagen, dass er der Kleinen beibringen solle, das alles nicht als selbstverständlich hinzunehmen, sondern jede Sekunde zu genießen, weil man nie wissen könne, wann es einem genommen werden würde.

Ich tat es nicht. Ich hielt mich zurück und schwieg. Statt etwas zu sagen, hämmerte ich auf dem Display meines Handys herum, damit es sich endlich verband. Ich musste wissen, ob ich Nachricht von meiner Großmutter hatte. Bevor ich in London in den Flieger gestiegen war, war der Zustand meiner Mutter stabil gewesen. Sie war operiert worden, ohne dass es zu Komplikationen gekommen wäre, und war anschließend auf die Aufwachstation gekommen. Dann hatte ich den Flugmodus einschalten müssen und hatte nichts mehr von meiner Familie gehört. In den vergangenen acht Stunden, die sich wie eine Ewigkeit hingezogen hatten, hätte eine Menge passieren können. Ich hoffte nur, dass sie noch da war, dass sie noch kämpfte, denn ich war mir nicht sicher, ob ich es ertragen würde, beide Elternteile zu verlieren.

Gerade als die ersten Gepäckstücke auf dem Förderband auftauchten, hörte ich den Ruf der Spottdrossel aus *The Hunger Games* von meinem Handy. Ich hatte offensichtlich eine neue Nachricht. Endlich hatte sich das Handy mit einem Netz verbunden. Sofort kamen einige Textnachrichten an, und ich hielt nervös die Luft an, als ich mich mit meiner PIN einwählte.

Es waren zwei Nachrichten: eine von meiner besten Freundin Stacey, die andere von Toby. Ich seufzte und war mehr als nur ein bisschen erleichtert, dass es keine Nachricht von meiner Nana gab. Keine Nachrichten waren gute Nachrichten – hieß es nicht so? Keine Nachricht bedeutete, dass meine Mutter noch lebte, dass sie sich von der Operation erholte. Zumindest hoffte ich, dass es das hieß.

Ich öffnete Staceys Nachricht zuerst.

Ich bin unterwegs! Wie immer zu spät. Bin im Stau, aber gleich da. xxx

Ich lächelte und erinnerte mich an die Eigenschaft, die ich am wenigsten an ihr mochte – ihre Unfähigkeit, jemals irgendwo pünktlich zu erscheinen. Auf seltsame Art und Weise hatte mir jedoch selbst das gefehlt. Ich hatte sie angerufen, bevor ich an Bord des Flugzeugs gegangen war, und hatte sie gefragt, ob sie mich am Flughafen abholen könne. Ich wusste, dass ich ein freundliches Gesicht sehen musste, nachdem ich auf dem Flug stundenlang allein gewesen sein würde. Stacey hatte sofort zugestimmt. Ich hatte es nicht anders erwartet. Jetzt konnte ich es kaum erwarten, sie wiederzusehen – unsere letzte Begegnung war schon viel zu lange her.

Ich machte mir nicht die Mühe, ihr zu antworten. Sie saß im Auto und würde sowieso bald hier auftauchen. Als Nächstes öffnete ich die Nachricht von Toby.

Ich liebe dich. Schick mir kurz eine Nachricht, wenn du gelandet bist, und ruf mich an, wenn du Zeit hast. xx

Meine Kehle war mit einem Mal wie zugeschnürt. Die Nachricht war kurz, aber süß. Toby war großartig gewesen, seit ich die schlimmen Neuigkeiten gehört hatte. Er hatte die Führung übernommen, hatte mich beruhigt, mich getröstet und mir auf den Schrecken hin sogar eine Tasse Tee gemacht – eine Tasse Tee war die Antwort jedes Briten auf einfach alles. Er hatte meine Nana zurückgerufen und sich erzählen lassen, was genau passiert war, denn ich hatte es noch immer nicht übers Herz bringen können, es laut auszusprechen. Dann hatte er den nächsten Flug nach New York gebucht und ein paar Sachen für mich zusammengepackt. Ich wusste nicht, was ich ohne ihn getan hätte.

Leider hatte er nicht mitkommen können. Zumindest nicht direkt. Er hatte die Kinder, und ihre Mutter war im Urlaub, sodass er die Kinder nicht früher hatte zurückschicken können. Außerdem hatte er einen Pub, und es würde einige Tage in Anspruch nehmen, um zu organisieren, wer sich in seiner Abwesenheit darum kümmern würde. Er hatte versucht, mich dazu zu überreden, noch ein paar Tage zu warten, um die schwere Reise nicht allein antreten zu müssen, aber ich hatte nicht warten können. Ich musste zu meiner Familie. Ich musste meine Schwester sehen, sie halten, mit ihr weinen und ihr sagen, dass alles gut werden würde.

Als ich die Nachricht noch einmal las, überrollte mich ein Gefühl der Einsamkeit. Mein Magen zog sich zusammen, und ich bekam eine Gänsehaut, obwohl es im Terminal nicht besonders kalt war. Ich holte tief Luft, schlang die Arme um meinen Körper und beobachtete, wie die fremden Koffer an mir vorbeifuhren.

Als mein Koffer endlich kam, musste ich all meine Kraft aufbringen, um ihn vom Gepäckband zu hieven. Graham, der Dad der Familie neben mir, musste mit anpacken und den Koffer mit mir vom Band wuchten und auf den Boden stellen.

„Danke", murmelte ich und kämpfte noch immer gegen meine Einsamkeit an.

Die Mutter des kleinen Mädchens runzelte die Stirn. Besorgt verengte sie die Augen zu schmalen Schlitzen und berührte mich dann am Ellbogen. „Geht es Ihnen gut, Schätzchen? Sie sehen ein bisschen blass aus. Fühlen Sie sich nicht wohl?"

Ich versuchte zu lächeln, doch mein Mund spielte einfach nicht mit. Stattdessen nickte ich nur knapp. „Mir geht es gut. Ich bin einfach müde", schwindelte ich. „Ich wünsche Ihnen einen schönen Urlaub." Ohne ein weiteres Wort drehte ich mich um, folgte den Leuten, die ihr Gepäck schon hatten, durch den Ausgang mit dem Schild *Nichts zu verzollen* und trat schließlich in den Ankunftsbereich hinaus.

Nach einem kurzen Blick zu den Menschen, die sich dort versammelt hatten und Namensschilder oder Blumen hochhielten, stellte ich fest, dass Stacey noch nicht da war. Ich lehnte mich etwas abseits an die Wand und schickte Toby eine kurze Antwort. Ich schrieb, dass ich gut angekommen sei und dass ich ihn später anrufen würde.

Ich versuchte, den Blick gesenkt zu halten, und konzentrierte mich auf den Boden. Im Moment wollte ich die Umarmungen und Küsse, die den Freudenschreien über das Wiedersehen von Verwandten und Lieben folgten, nicht sehen müssen. Doch ich verlor den Kampf, nicht hinzuschauen, und beobachtete, wie die Leute sich in den Arm nahmen, lächelten, lachten, sich drückten und küssten. Die Eifersucht versetzte mir einen schmerzhaften Stich, während ich sah, wie ein Typ im Anzug aus der Tür trat, zu einer Frau mit dem Schild *Willkommen zu Hause* lief und sie in die Arme schloss. Die Familie, die im Flieger hinter mir gesessen hatte, kam ebenfalls durch die Tür. Das kleine Mädchen wirkte nun deutlich fröhlicher, als es auf dem Gepäckwagen thronte, den sein Dad vor sich herschob. Ich biss die Zähne zusammen, sah mich wieder um und hoffte, dass Stacey in den letzten Sekunden vielleicht doch angekommen wäre. Ich wollte nicht länger allein hier herumstehen. Als wären meine Gebete erhört worden, stürmte sie durch die Eingangstür. Sie schlängelte sich zwischen den Wartenden hindurch, murmelte „Entschuldigung!“ und kam auf mich zu.

Ein Teil der Anspannung fiel von mir ab, als ich ihre vertraute Gestalt erblickte. Zum ersten Mal, seit ich um vier Uhr morgens vom Geräusch des klingelnden Telefons aufgewacht war, spürte ich, wie ein winziges Lächeln um meine Mundwinkel spielte. Ich trat einen Schritt nach vorn und zog meinen Koffer hinter mir her. Stacey fiel mir um den Hals. Die Wucht, mit der sie mich umarmte, riss uns beide beinahe von den Füßen. Mir blieb die Luft weg, als sie mich drückte und die Finger in meinem Rücken vergrub. Als ihre Wärme mich umhüllte, fühlte ich, wie die emotionale Schutzmauer, die ich auf dem Flug um mich herum errichtet hatte, zu bröckeln begann. Ich schloss die Augen und bemühte mich, nicht hier und jetzt zusammenzubrechen. Ich konnte es mir nicht leisten, die Kontrolle über mich zu verlieren. Hier gab es keinen Toby, der sich um mich kümmern würde. Ich *musste* stark sein. Ich war diejenige, die sich um die anderen zu sorgen hatte. Ich war diejenige, die nun für ihre dreizehnjährige Schwester da sein, die ein Fels in der Brandung sein musste. Kelsey verdiente es, dass ich für sie da und stark war. Ich durfte nicht als ein Häufchen Elend zu Hause auftauchen.

Ich löste mich von Stacey und blickte in ihre rot umränderten Augen. „Hi“, brachte ich mit krächzender Stimme hervor.

„Hi“, erwiderte sie und umarmte mich erneut. „Oh, Ellie. Es tut mir so leid. Ich weiß nicht, was ich sagen soll. Aber wenn es irgendetwas gibt, was ich tun kann … *irgendetwas …*“

Sie musste den Satz nicht beenden. Ich wusste, wie ernst sie es meinte. Ich nickte und biss mir auf die Wange, damit der Schmerz mich wachrüttelte und ich mich konzentrieren konnte. Keiner der Menschen um uns herum beachtete uns, und keiner spürte den Schmerz, den wir beide teilten.

Sie lehnte sich ein Stückchen zurück, schniefte und zog ein Taschentuch aus ihrer Tasche, mit dem sie sich über die Augen wischte. Ich betrachtete sie. Sie sah genauso aus, wie ich sie drei Jahre zuvor verlassen hatte: groß, schlank und wunderhübsch, auch wenn ihr Haarknoten leicht derangiert war und ihre Augen blutunterlaufen aussahen.

Als ich ihr warmherziges, tröstliches Lächeln sah, fiel es mir leichter zu atmen. „Komm, wir fahren nach Hause", sagte sie.

Ich schüttelte den Kopf. „Nein. Ich möchte lieber direkt ins Krankenhaus fahren."

Sie hakte sich bei mir unter und ging mit mir zum Ausgang. „Es ist gerade keine Besuchszeit, also werden sie dich nicht zu ihr lassen. Deine Nana meinte, ich solle dich zuerst nach Hause bringen. Sie möchte dann später mit dir zusammen ins Krankenhaus fahren."

„Oh." Ich zog die Jacke enger um mich und wappnete mich gegen die kühle Luft, während ich mich einfach von Stacey mitziehen ließ. Am Kassenautomaten blieben wir kurz stehen, bezahlten das Parkticket, und dann führte sie mich zu ihrem Auto. Es war eine brandneue Mercedes S-Klasse. Ein Coupé. Überrascht riss ich die Augen auf, als sie einen Knopf betätigte und den Kofferraum öffnete.

Ich hob meinen Koffer hoch und legte ihn in den kleinen Kofferraum. Stumm schickte ich ein Dankgebet zum Himmel, dass ich so umsichtig gewesen war, den kleinen und nicht den großen Koffer mitzunehmen. Ein größerer Koffer hätte unter keinen Umständen in diesen Kofferraum gepasst.

„Das ist ein schönes Auto“, überlegte ich laut, als wir uns hineinsetzten. „Bist du zu Geld gekommen, während ich weg war?“, scherzte ich, rutschte auf dem exklusiven Ledersitz hin und her und schaltete die Heizung ein, da der März hier kälter war als in London.

„Das ist nicht mein Wagen. Er gehört meinem Boss Owen“, antwortete sie und startete mit einem Knopfdruck den Motor.

„Und deinem Boss macht es nichts aus, dass du dir sein Auto ausleihst?“, fragte ich. Ich bemühte mich, das Gespräch am Laufen zu halten, damit wir auf keinen Fall schwiegen. Sobald Stille herrschte, überschlugen sich die Gedanken in meinem Kopf, und meine Trauer wurde fast unerträglich schmerzvoll.

Sie zuckte mit den Schultern und lächelte mir zu, bevor sie aus der Parklücke stieß und zum Ausgang des Parkhauses fuhr. „Owen macht mich gern glücklich. Denn eines ist ihm klar: Wenn ich glücklich bin, dann mache ich ihn auch glücklich. Falls du verstehst, was ich meine …“ Sie machte eine vielsagende Pause.

Ich verstand. „Du schläfst mit deinem Chef?“, fragte ich und war leicht schockiert, weil sie mir diese Information bisher vorenthalten hatte. Ich wusste, dass Stacey die persönliche Assistentin eines reichen Geschäftsmannes war, der mit Immobilienentwicklung ein Vermögen gemacht hatte. Aber bei keinem unserer vielen Telefonate hatte sie erwähnt, dass sie sich auch privat mit dem Mann traf.

Sie schürzte die Lippen und warf mir einen Seitenblick zu. „Wenn es mir gerade in den Kram passt, ja.“

Die Fahrt vom Flughafen nach Hause schien eine Ewigkeit zu dauern. Stacey plapperte die ganze Zeit über, ohne dass ich sie dazu ermuntern oder mich an dem Gespräch beteiligen musste, und dafür war ich ihr dankbar, denn mein erschöpftes Gehirn war gerade nicht in der Lage dazu, Konversation zu machen.

Dann bogen wir in meine Straße ein. Wir fuhren die Straße hinauf, auf der ich Fahrrad fahren gelernt hatte, kamen an Bäumen vorbei, auf die ich geklettert war, und an Türen, an die ich an Halloween geklopft hatte. Das Herz wurde mir schwer. Als ich das vertraute weiße Haus erblickte, schien es einen Moment lang ganz auszusetzen. Ich nahm den Anblick in mich auf: die sauber geputzten Fenster, den akkurat getrimmten Rasen, die Frühlingsblumen, die gerade die Köpfchen durch die frisch geharkte Erde schoben, die perfekt eingegrenzte Grasfläche. Es war mir alles so vertraut, als hätte es die vergangenen drei Jahre nicht gegeben.

Ich löste meinen Gurt und stieg aus dem Wagen. Noch immer fühlte ich mich benommen. Mein Körper machte die notwendigen Bewegungen von allein, während mein Verstand noch immer hinterherhinkte. Stacey war schneller als ich. Sie hatte den schweren Koffer schon aus dem Kofferraum gehoben, stand nun auf dem Gehweg und wartete traurig lächelnd auf mich. Ich erwiderte ihr Lächeln. Zumindest versuchte ich es. Sie legte den Arm um meine Schultern und drückte mich tröstend, während wir den schmalen Steinweg zur blauen Eingangstür entlanggingen.

An der Tür blieben wir stehen. Ich streckte den Arm aus und ergriff den kühlen Türknauf. Ich war mir nicht sicher, ob ich stark genug sein würde, um hineinzugehen. Im Inneren dieses Hauses herrschten wie in mir auch Trauer und Schmerz, doch nun wurde von mir erwartet, stark zu sein, um alles zusammenzuhalten. Was wäre, wenn ich es nicht schaffen würde? Was wäre, wenn ich zusammenbrechen und alles nur noch schlimmer machen würde? Was wäre, wenn ich …

Doch mir blieb keine Zeit, um meinen Sorgen nachzuhängen, denn die Tür wurde aufgerissen, und da stand meine Nana in einem ihrer Blümchenkleider. Sie hatte eine Schürze umgebunden. Seit ich sie zum letzten Mal gesehen hatte, schien sie deutlich älter geworden. Tiefe Fältchen gruben sich um ihre Augen und ihren Mund, ihr Haar wirkte dünner, ihre Wangen waren eingefallen, ihre schmale Gestalt wirkte nun zerbrechlich und nicht mehr so kräftig wie früher. Die dunklen Schatten unter ihren Augen verrieten, wie müde sie war. Sie verzog die schmalen Lippen zu einem Lächeln. Ihre Augen glänzten, und Tränen sammelten sich in ihnen, als sie nun die Arme ausbreitete.

Ohne zu zögern, fiel ich ihr in die Arme, hielt sie fest und drückte sie. Mir entging nicht, wie viel Gewicht sie verloren hatte. Ich konnte die Knochen an ihrem Rücken und ihre Rippen spüren. In den letzten drei Jahren hatte sie sich sehr verändert. Mit einem Mal wurde mir bewusst, wie alt sie war.

„Oh, Ellie. Ich bin so froh, dass du da bist“, sagte sie, lehnte sich etwas zurück und hielt mich auf Armeslänge von sich entfernt, um mich betrachten zu können. Ihre

Augen glänzten, als sie nun eine kühle Hand an meine Wange legte.

Ich schluckte und bemühte mich, meine Stimme ruhig und fest klingen zu lassen. „Es ist so schön, dich wiederzusehen. Ich habe dich sehr vermisst."

Ihr Lächeln wurde breiter, aber ich bemerkte die Trauer in ihren Augen. Sie sah gestresst aus, erschöpft, so, als sei sie kurz davor zusammenzubrechen. Ich konnte die Verzweiflung und die Traurigkeit in ihrem Blick erkennen, als sie nun über meine Wange streichelte und mich einfach nur ansah. Als das Schweigen sich hinzog, weil keiner von uns wusste, was er sagen sollte, blinzelte sie ein paarmal und machte einen Schritt zurück. Sie machte die Tür noch ein Stück weiter auf. „Jetzt steht da nicht den ganzen Tag herum. Es wird ganz kalt im Haus." Nana lächelte schwach und warf einen Blick über meine Schulter. „Hallo, Stacey, meine Liebe."

Ich wurde sentimental, als ich in den Flur blickte und all die vertrauten Dinge sah: den Schirmständer, das Ölgemälde, das mein Dad für meine Mom gekauft hatte, als ich noch ein Kind war, den Beistelltisch mit dem alten Telefon mit der Wählscheibe darauf, das zwar nicht funktionierte, aber trotzdem dort stand, weil meine Mom es hübsch fand. All das zu sehen, versetzte mir einen schmerzhaften Stich. Die Erinnerungen verstärkten meine Kopfschmerzen.

Ich holte tief Luft und trat über die Schwelle. Sofort fiel mir auf, wie still es im Haus war. So ruhig war es hier nie. Sonst lief immer ein Fernseher oder ein Radio, oder Kelsey sang oder tanzte, oder die CDs mit den Sprachkursen meiner Mom spielten im Hintergrund, während sie Wörter wiederholte, die sie kaum aussprechen konnte. In diesem Haus war es immer warm, hell und laut gewesen. Jetzt allerdings spürte ich die Kälte und fühlte, wie tot und verlassen es wirkte, obwohl Menschen da waren.

Ich schluckte und ließ langsam den Blick schweifen. An dem Schuhregal, das an der Wand stand, blieb ich hängen. Mein Herz stockte, als ich ein Paar großer, glänzender schwarzer Männerschuhe sah, das dort ordentlich neben den anderen Schuhen stand. Es waren die Schuhe meines Dads. Mich fröstelte, und ich schlang unwillkürlich die Arme um meinen Körper. Mühsam löste ich den Blick vom Schuhregal und sah meine Nana an.

„Wie geht es Mom?", fragte ich heiser.

Nana senkte die Lider und wischte sich unbewusst die Hände an der Schürze ab. „Sie ist noch immer auf der Aufwachstation. Sie haben uns vor zwei Stunden nach Hause geschickt und uns versprochen, sofort anzurufen, falls sich ihr Zustand ändern sollte."

Ich nickte langsam und wusste nicht, was ich sagen sollte. Ich brachte es nicht über mich, meinen Dad zu erwähnen – nicht jetzt und vielleicht überhaupt nie mehr. „Geht es dir gut? Du siehst müde aus."

Sie schüttelte den Kopf, als müsste sie erst mal einen klaren Gedanken fassen, und setzte dann ein gezwungenes Lächeln auf, das ihre Lippen, aber nicht ihre Augen erreichte. „Mir geht es gut, Schatz. Mach dir um mich keine Sorgen. Ich bin gerade dabei, Essen zu machen. Hast du Hunger? Hast du etwas gegessen?"

Essen. Die Antwort meiner Nana auf alle Fragen. Die Briten hatten ihren Tee, meine Nana liebte es, die Leute mit Essen zu versorgen, bis sie aus allen Nähten platzten. „Ich bin nicht hungrig“, antwortete ich automatisch. Ich hätte hungrig sein müssen. Schließlich hatte ich den ganzen Tag über noch nichts gegessen. Da ich noch auf die UK-Zeit eingestellt war, wäre es eigentlich an der Zeit fürs Abendessen gewesen. Ich hatte also drei Mahlzeiten ausfallen lassen. Doch mein Körper war zu angespannt, um etwas so Banales wie Hunger zu verspüren. Etwas zu essen, stand ganz unten auf der Liste meiner Prioritäten.

„Bist du dir sicher? Wie wäre es, wenn ich dir trotzdem einen Teller fertig mache?“, schlug sie vor und war schon auf dem Weg in die Küche, wo mir bereits der Duft von Nanas ganz besonderem Chili aus fünf verschiedenen Bohnensorten in die Nase stieg.

„Ich habe schon im Flugzeug gegessen, Nana“, schwindelte ich und wünschte mir, das Gespräch wäre beendet. Sie hielt inne, drehte sich zu mir um und sah mich an. An ihren hängenden Schultern ließ sich ihre Enttäuschung erkennen. Ich wusste, dass sie sich nur beschäftigen und ablenken wollte, aber trotzdem hätte ich keinen einzigen Bissen herunterbekommen. „Wo ist Kels?“, fragte ich und blickte über ihren Kopf hinweg ins verlassene Wohnzimmer.

Nana schien wie erstarrt. „Sie ist oben in ihrem Schlafzimmer. Sie hatte auch keinen Hunger.“

Ich konnte meine kleine Schwester gut verstehen. „Wie geht es ihr? Wie hält sie sich?“

Nana antwortete nicht, doch das musste sie auch gar nicht. Die Tränen in ihren Augen sagten alles. Kelsey ging es nicht gut.

Ich schluckte und blickte zur Treppe. Innerlich bereitete ich mich darauf vor, nach oben zu gehen und meiner kleinen Schwester gegenüberzutreten, ihr einige tröstliche Worte zu sagen, die mir hoffentlich wie durch ein Wunder über die Lippen kommen würden, denn im Augenblick wusste ich nicht, was ich ihr sagen sollte. Es gab einfach keine Worte, die die Situation irgendwie besser gemacht hätten. „Ich werde mal zu ihr gehen, ihr sagen, dass ich da bin, und schauen, ob sie vielleicht nach unten kommen möchte."

Stacey räusperte sich. „Ich bin dann mal weg." Sie lächelte unsicher. „Falls du irgendetwas brauchst, ruf mich einfach an, ja? Ich kann euch später ins Krankenhaus fahren, wenn ihr möchtet", bot sie an, kam zu mir und schlang ihre langen schlanken Arme um mich. Sie zog mich an sich und drückte mich.

„Danke", murmelte ich und umarmte sie ebenfalls fest. Eigentlich wollte ich nicht, dass sie ging. Sie lehnte sich ein Stück zurück und lächelte traurig, bevor sie sich umdrehte und hinausging.

Im Flur herrschte wieder Stille. Ohrenbetäubende, schreckliche, verstörende Stille.

Nana schniefte laut, hob ihr Kinn an und straffte die Schultern. „Ich werde dir jetzt einen Teller fertig machen. Ich weiß, dass du gesagt hast, du wärst nicht hungrig, aber vielleicht möchtest du ja etwas essen, wenn du wieder runterkommst."

Ich zwang mich zu einem Lächeln und nickte. Ich wusste, dass sie einfach etwas tun musste. Sie brauchte das Gefühl, sich um uns zu kümmern. „Also gut. Danke." Ich schlüpfte aus meiner Jacke und hängte sie an die Garderobe, ehe ich wieder zur Treppe sah. Ich fragte mich, ob ich die Kraft hätte, die dreizehn Stufen hinaufzugehen. Mein Körper fühlte sich schwer und schwach zugleich an. Eigentlich wollte ich mich einfach nur zusammenrollen und heulen. Stattdessen holte ich tief Luft und zwang meine Beine dazu, sich in Bewegung zu setzen. Ich nahm eine Stufe nach der anderen.

Vor Kelseys Schlafzimmertür blieb ich stehen und lauschte. Doch ich konnte keine Geräusche hören. Ich hob die Hand und klopfte an. Keine Reaktion.

„Kelsey?“ Ich klopfte noch einmal. Wieder keine Reaktion. Stirnrunzelnd ergriff ich den Türknauf, drehte ihn, drückte die Tür einen Spaltbreit auf und spähte ins Zimmer. Kelsey lag auf ihrem Bett und starrte an die Decke. Sie hatte einen roten Kopfhörer auf, und ihr iPhone lag auf ihrem Bauch.

Meine Augen wurden groß, als ich meine kleine Schwester musterte. Sie war so groß geworden. Ihr Körper wirkte auf dem Bett viel länger als bei unserer letzten Begegnung. Ihr Haar, das genauso braun war wie das unseres Vaters, fiel ihr über die Schultern und reichte ihr bis zum Ellbogen. Ihr Körper war wohlgeformt, und ihre Brüste waren schon fast so groß wie meine, obwohl sie erst dreizehn Jahre alt war. Im Gesicht hatte sie ein paar kleine Pickelchen, die sie mit einem Concealer abgedeckt hatte, der ein bisschen zu hell für ihre Haut war. Auf diese Weise fielen die Pickelchen mehr auf, als wenn sie nichts unternommen hätte.

Ich schluckte. In meinem Hals hatte sich ein Kloß gebildet. Ich hatte so viel versäumt, hatte sie nicht aufwachsen sehen. Diese junge Dame, die vor mir auf dem Bett lag, hatte gar nichts mehr mit dem kleinen Mädchen zu tun, von dem ich mich verabschiedet hatte. Ich wusste nicht genau, was ich erwartet hatte. Es erschreckte mich, dass sie nicht mehr die Zehnjährige war, die mir auf Schritt und Tritt folgte und viel zu laut die Lieder von One Direction mitsang oder die auf mein Bett hüpfte und sich von meinem Lippenstift und meinem Deo nahm, wenn ich nicht hinsah.

„Kelsey?" Ich schob die Tür weiter auf und blickte ins Zimmer.

Sie erschrak, drehte abrupt den Kopf zu mir um und hielt ihr iPhone fest, bevor es ihr vom Bauch auf das Bett rutschen konnte.

Ich lächelte schwach und wusste nicht, wie ich anfangen sollte. „Hey. Tut mir leid, ich wollte dich nicht erschrecken."

Sie erwiderte mein Lächeln nicht. Stattdessen presste sie die Lippen aufeinander und streifte den Kopfhörer ab. Mit dem Kopfhörer um den Hals ließ sie den Blick über mich wandern. Sie setzte sich auf und schwang die Beine über die Bettkante. „Da bist du also." In ihrer Stimme schwang eine Härte mit, die mich erstarren ließ.

„Ja, Stacey hat mich gerade hier abgesetzt." Ich biss mir auf die Unterlippe und suchte fieberhaft nach Worten, die ihren Schmerz irgendwie lindern würden.

„Schön, dass du dir doch noch die Mühe gemacht hast", sagte sie und schnaubte verächtlich. Sie erhob sich, riss sich den Kopfhörer vom Hals und warf ihn zusammen mit dem iPhone achtlos aufs Bett.

Als ich die Schärfe in ihren Worten hörte, zuckte ich zusammen. Ich wusste nicht, warum sie so wütend klang.

Wut hätte ich nicht erwartet und war darauf nicht vorbereitet. „Ich bin so schnell gekommen, wie ich konnte", entgegnete ich und zog verwirrt die Brauen zusammen.

Sie schnaubte verächtlich und verschränkte die Arme vor der Brust. Herausfordernd hob sie eine Augenbraue. „Du bist so schnell gekommen, wie du konntest? Das reicht nicht."

„Kelsey, was ist los?", murmelte ich stirnrunzelnd. Ich rührte mich nicht. Mein Körper schien durch ihren kalten Blick wie erstarrt zu sein. „Ich bin mit dem ersten Flieger gekommen. Ich bin nur raufgekommen, um zu schauen, ob es dir gut geht."

Sie verzog die Oberlippe zu einem höhnischen Lächeln. Diesen Ausdruck hatte ich bei meiner liebenswerten, süßen kleinen Schwester noch nie gesehen. „Du bist gekommen, um zu schauen, ob es mir gut geht? Selbstverständlich geht es mir *nicht* gut, verdammte Scheiße!" Ihre Ausdrucksweise schockierte mich, und ich blinzelte, während ich versuchte, sie zu verstehen. Sie schüttelte nachdrücklich den Kopf. „Das kommt alles etwas zu spät, Ellie. Du hättest hier sein müssen. Du hättest hier sein müssen für Mom, für mich, für Dad. Du hättest hier sein müssen, als die Polizei uns die Nachricht überbracht hat. Du hättest hier sein müssen, als wir mit dem Polizeiauto eine Stunde lang von Nanas Haus ins Hospital gefahren sind. Du hättest hier sein müssen, als sie Mom in den Operationssaal geschoben haben. Du hättest hier sein müssen, als Nana Dads Leiche identifizieren musste. Du hättest hier sein müssen, als sie weinend zusammengebrochen und dann in Ohnmacht gefallen ist. Wir haben dich gebraucht, und du warst nicht da! Stattdessen hast du dich in irgendeinem fremden Land herumgetrieben, während meine Welt hier komplett aus den Fugen geraten ist!“ Sie schrie nun beinahe.

Der Kloß in meinem Hals schien immer größer zu werden. Die Emotionen drohten mich zu überwältigen. Ihre anklagenden, giftigen Worte trafen mich tief und schmerzten. Die Schuldgefühle darüber, dass ich nicht für sie da gewesen war, wie sie es mir vorgeworfen hatte, lasteten tonnenschwer auf mir. „So ist es doch gar nicht“, brachte ich hervor, und Tränen schossen mir in die Augen.

Fast trotzig hob sie das Kinn an. Ein harter Ausdruck trat in ihre Augen, als sie die sechs oder sieben Schritte bis zu mir machte. „Du hättest hier sein müssen, aber du warst es nicht. Wenn du glaubst, dass alles wieder in Ordnung ist, nur weil du nach so langer Zeit plötzlich auftauchst, hast du dich geschnitten.“ Dann griff sie nach dem Knauf und schlug mir die Tür vor der Nase zu.

6. Kapitel

Ein paar Sekunden lang stand ich einfach mit offenem Mund da und starrte auf die weiß gestrichene Holztür, die nur ungefähr fünf Zentimeter von meiner Nasenspitze entfernt war. Ich konnte nicht begreifen, was gerade passiert war.

Was hat das zu bedeuten?

Ich zuckte zusammen. Mein Herz schmerzte, meine Lunge war zu verkrampft, um mehr als nur einen kurzen, scharfen Atemzug zuzulassen. Ich schluckte. Die Kraft ihrer Worte, der Zorn, das Gift und die bewusste Verletzung darin. Sie hatte jedes Wort so gemeint, wie sie es gesagt hatte.

Eine Träne rollte mir über die Wange, während ich ein paarmal blinzelte. Meine Schuldgefühle und die Trauer waren erdrückend. Die Knie wurden mir weich. Ich streckte den Arm aus und stützte mich mit einer Hand an der Wand ab, als ich darüber nachdachte, wie meine arme Nana die Leiche ihres Sohnes hatte identifizieren müssen und wie ihr zerbrechlicher Körper dem Druck nicht hatte standhalten können. Ich dachte an Kelsey, die allein gewesen war, während ihr Vater tot war, ihre Mutter im Operationssaal um ihr Leben kämpfte, ihre Nana im Krankenhaus saß. Es war alles zu viel – zu viel Traurigkeit, um das alles begreifen oder verarbeiten zu können.

Ich beugte mich vor und lehnte die Stirn an das kühle Holz von Kelseys Tür. Ich schloss die Augen, atmete tief durch und versuchte, den Sturm von Gefühlen in meinem Innersten zu beruhigen. Eigentlich wollte ich nur in mein Zimmer gehen, mich aufs Bett fallen lassen und in mein Kissen weinen. Die Worte meiner Schwester hatten mich tief getroffen, und mir wurde klar, dass sie recht hatte. Dass ich einfach auftauchte, reichte nicht. Ich musste es wiedergutmachen. Und ich musste sofort damit beginnen. Mich ins Bett zu verkriechen und zu heulen, war keine Option.

Ich atmete noch einmal durch und richtete mich auf. Mit dem Handrücken wischte ich mein tränenüberströmtes Gesicht ab, ehe ich mich zur Treppe umwandte und beschloss, nach unten zu gehen und Kelsey Zeit zu geben, sich zu beruhigen. Ich würde es später noch einmal versuchen und schauen, ob sie dann bereit wäre zu reden. Vielleicht brauchte sie nur etwas Abstand.

Als ich unten ankam, folgte ich dem klirrenden Geräusch der Töpfe und des Geschirrs und dem köstlichen Duft von Chili, der aus der Küche wehte. Nana stand am Herd und rührte mit einem Holzlöffel in einem großen Topf herum. Stumm blieb ich in der Tür stehen und sah ihr zu. Sie beim Kochen zu beobachten, war etwas, das ich immer genossen hatte. Sie war eine Zauberin in der Küche. Als ich jünger gewesen war und bei ihr zu Hause übernachtet hatte, hatte sie mich immer beim Kochen des Abendessens helfen lassen. Und bei fast jedem Besuch hatten wir Kuchen und Kekse gebacken.

„Wie ist es gelaufen?"

Ich fuhr erschrocken zusammen, als ich ihre Stimme

hörte. Ich war extra leise in die Küche gekommen und hätte nicht gedacht, dass sie mich bemerkt haben könnte. Sie warf mir über die Schulter hinweg ein trauriges Lächeln zu, während sie ein Schälchen nahm und eine Portion Chili in den Topf gab.

Mir fehlten die Worte für eine Antwort. Ich zuckte die Achseln, ging durch die Küche und spielte an dem weichen Leder von einem der Stühle, die, wie mir auffiel, ganz neu waren. Tatsächlich sah die ganze Küche anders aus. Sie war hellgrün gestrichen worden. Auch das Porzellan in der Vitrine war nun grün und nicht mehr gelb wie früher.

„Sie ist …“ Ich schluckte den Schmerz hinunter. „… wütend auf mich, weil ich nicht hier war, als es passiert ist.“

Nana stieß die Luft aus und nickte langsam. Sie schlurfte zum Tisch und stellte die Schale und einen Teller mit knusprigen Brötchen ab. „Komm und setz dich. Du musst nach der Reise doch müde sein.“

Folgsam nahm ich Platz, faltete die Hände im Schoß und hielt den Blick auf den Tisch gerichtet.

„Kelsey ist nur durcheinander. Jeder geht anders mit seiner Trauer um. Sie ist jung und weiß nicht, wie sie das alles begreifen soll. Manchmal ist es leichter, mit seiner Wut fertigzuwerden als mit der Traurigkeit.“ Sie setzte sich mir gegenüber an den Tisch, und ich blickte in ihre warmen, traurigen Augen. „Sie meint es nicht so. Wütend zu sein, ist ihre Art, damit umzugehen, und es scheint, dass du nun diesen Zorn abbekommst. Leider tun wir den Menschen, die wir am meisten lieben, manchmal furchtbar weh. Sie wird sich schon wieder beruhigen.“

Ich nickte, ließ die Worte auf mich wirken und hoffte, dass sie stimmten. Nana hatte die Augen leicht zusammengekniffen, als sie mich nun ansah. Ihr Blick fiel auf den Löffel, den ich noch nicht berührt hatte. Resigniert nahm ich ihn hoch und bemerkte, wie etwas von ihrer Anspannung abfiel, als ich mir einen Bissen von dem Chili in den Mund schob und langsam kaute. Es schmeckte genauso köstlich, wie es duftete, aber ich war noch immer nicht hungrig. Für Nana und ihren Seelenfrieden zwang ich mich jedoch dazu weiterzuessen. Ich wusste, dass sie sich dann besser fühlen würde.

Das Schweigen während des Essens war kaum zu ertragen, also beschloss ich, den Unfall anzusprechen. Nana hatte sich am Telefon bedeckt gehalten und mir nur erzählt, dass es einen Autounfall gegeben habe. Details hatte sie keine erwähnt. Als die Stille nun nur durch das Klirren des Löffels im Schälchen unterbrochen wurde, schienen mir die Einzelheiten wichtig zu sein.

„Nana, der Autounfall …“, begann ich, und meine Stimme zitterte. Darüber zu reden, machte die ganze Sache irgendwie noch realer. „Wurde noch jemand verletzt?“ Ich war so in meinem eigenen Schmerz gefangen gewesen, dass ich keinen Gedanken daran verschwendet hatte, dass es noch weitere Unfall- oder sogar Todesopfer gegeben haben könnte.

Sie zog die Augenbrauen zusammen und zupfte an einem losen Faden ihrer Schürze. „Nein, niemand. Die Polizei ist sich nicht sicher, wie es passiert ist. Es gab einen Wagen, der ein ganzes Stück hinter deinen Eltern fuhr. Die Insassen meinten, dass ein blauer Ford Pick-up ziemlich unkontrolliert an deinen Eltern vorbeigerast wäre. Sie sagten, der Wagen hätte das Auto deines Vaters seitlich getroffen. Wie es aussieht, hat dein Vater daraufhin die Kontrolle über den Wagen verloren und ist gegen die Mittelleitplanke gekracht. Der Fahrer des anderen Autos hat jedenfalls Fahrerflucht begangen und konnte bis jetzt nicht ermittelt werden."

Bei ihren Worten zuckte ich zusammen. *Der andere Fahrer hatte nicht angehalten?* Was für ein Mensch bleibt nach einem solchen Unfall nicht stehen? „Glaubt die Polizei, dass es ein Betrunkener war?" Die Worte „unkontrolliert" und „vorbeigerast" ließen mich nicht los.

Sie seufzte schwer und zuckte leicht mit den Schultern. „Sie wissen es einfach nicht. Sie haben die Verkehrsüberwachungskameras geprüft, doch es gibt kein Bild von dem Fahrer. Im Augenblick wissen sie also schlicht nicht, was genau passiert ist."

Ich biss die Zähne zusammen. Wut über den unbekannten Fahrer machte sich in mir breit.

Nana streckte den Arm aus, legte ihre weiche Hand auf meine und drückte sie leicht. „Sie werden die verantwortliche Person finden und zur Rechenschaft ziehen. Mach dir darüber keine Sorgen." Ihre Stimme klang bestimmt, sicher und mehr als nur ein bisschen wütend. „Vertrau darauf, dass die Polizei ihre Arbeit erledigen wird. Es gibt noch genügend andere Dinge, über die wir uns Gedanken machen müssen."

Ich nickte. Ein Kloß hatte sich in meinem Hals gebildet. Ich legte den Löffel zur Seite und schob behutsam das Schälchen von mir. Ich wusste, dass ich keinen weiteren Bissen hinunterbringen würde. Nana stand schweigend auf, nahm die kleine Schale und ging zum Mülleimer, um den Rest des Chilis, das ich kaum angerührt hatte, wegzuwerfen. Sie ließ die Schultern hängen und bewegte sich langsam.

„Warum machst du nicht ein Nickerchen?“, schlug ich vor, erhob mich ebenfalls und ging zu ihr. „Ich kann die Küche aufräumen. Du siehst müde und erschöpft aus.“ Ich legte den Arm um sie und drückte sie aufmunternd.

Sie seufzte, ohne mich anzusehen, und nickte schließlich. „Ich glaube, ein Nickerchen würde mir wirklich guttun.“ Sie drehte sich zu mir und drückte mir einen Kuss auf die Wange. „Weck mich, wenn es Neuigkeiten geben sollte. Die Besuchszeit fängt um drei Uhr an, aber ich glaube, ich werde heute Nachmittag nicht ins Krankenhaus fahren, sondern erst heute Abend. Es sei denn, du möchtest, dass ich dich begleite?“

Lächelnd schüttelte ich den Kopf. „Ich komme schon klar. Ich fahre dann heute Nachmittag ins Krankenhaus, und heute Abend können wir uns noch mal alle zusammen auf den Weg machen.“

Sie nickte zustimmend, und ich sah ihr hinterher, als sie nun aus der Küche verschwand. Dann warf ich einen Blick auf die Uhr. Es war kurz vor zwei. Ich würde noch über eine Stunde lang warten müssen, ehe ich meine Mutter besuchen könnte. Ich seufzte und zog mein Handy hervor, gab das entsprechende Passwort ein und verband mich so mit dem Internet. Sobald das passiert war, ließ ich mich auf einen Küchenstuhl fallen und rief erst einmal Toby an. Er würde vor Anspannung sicherlich schon die Wände hochgehen, doch ich wusste, dass er von sich aus nicht anrufen würde, falls ich im Krankenhaus sein sollte oder so.

Es dauerte ein paar Sekunden, bis die Verbindung aufgebaut war. Toby nahm das Gespräch beim zweiten Klingeln an. „'allo, Schatz. Geht es dir gut?"

Ich schloss die Augen und drückte das Handy dicht an mein Ohr. Im Hintergrund konnte ich das Piepsen der Kasse hören, das Klirren von Gläsern, das Gemurmel der Gäste, die sich unterhielten. Toby war offensichtlich bei der Arbeit. „Hi. Passt es dir gerade?", erkundigte ich mich.

„Mir passt es immer, wenn du anrufst", erwiderte er. Seine Stimme klang warm und liebevoll. „Warte nur einen Moment." Die Geräusche, die ich hören konnte, klangen nun noch gedämpfter. Anscheinend hielt er die Sprechmuschel zu. „Trev, kannst du dich kurz kümmern? Es ist Ellie." Dann redete er wieder mit mir. „Tut mir leid, Schatz. Wie geht es deiner Familie? Wie geht es deiner Mom?"

Nana sieht aus, als würde sie jeden Moment umkippen, und Kelsey hasst mich.

„Sie kommen ganz gut klar", schwindelte ich. „Meine Mom konnte ich bisher noch nicht sehen. Ich muss auf den Beginn der Besuchszeit warten. Nana hat mir allerdings erzählt, dass sie noch immer im Koma liegt."

„Oh, das tut mir so leid, Ellie. Ich wünschte, ich wäre bei dir. Ich mache mir solche Sorgen um dich."

„Um mich musst du dir keine Gedanken machen. Mir geht es gut", murmelte ich, öffnete die Augen und starrte auf den Tisch. Mit den Fingerspitzen malte ich die Maserung des Holzes nach.

„Es ist doch mein Job, mir Gedanken zu machen, oder?" Seine Stimme klang nun betont locker.

„Ich schätze, ja“, gab ich zu. „Geht es den Jungs gut?“ Sie hatten noch geschlafen, als Toby und ich am Morgen zum Flughafen gefahren waren. Ich hatte nicht die Gelegenheit gehabt, mich von ihnen zu verabschieden.

„Ihnen geht es gut. Sie schicken dir beide liebe Grüße. Christian hat ein Bild für dich gemalt. Er meinte, ich müsse es mitnehmen, wenn ich zu dir fliege.“

Mein Herz zog sich bei dieser niedlichen Geste zusammen. Es waren tolle Kinder. „Richte ihnen auch schöne Grüße aus.“

Wir unterhielten uns noch zehn Minuten lang. Es war nur oberflächliches Gerede, nichts von Bedeutung. Es ging vor allem um den Flug, um Stacey, den Pub, die Kinder und Nanas Chili. Am Ende des Telefonats sagte er mir, dass er mich liebe, und entschuldigte sich noch einmal dafür, nicht bei mir sein zu können. Er nahm mir das Versprechen ab, ihn am Abend noch einmal anzurufen. Die Zeitverschiebung war ihm dabei egal. Er erzählte noch, dass er im Pub alles geregelt und einen Flug für Mittwoch gebucht habe – in vier Tagen also. Dann würde er die Jungs wieder zu ihrer Mutter bringen. Als ich den Anruf beendete, fühlte ich mich ein bisschen besser. Mit jemandem zu reden, der kein Familienmitglied war, und dabei die Geräusche des Pubs im Hintergrund zu hören, war eine willkommene Ablenkung von dem Dunkel, das in mir herrschte und mich immer weiter verzehrte.

Nachdem ich schnell gespült hatte, ging ich ins Wohnzimmer. Nana saß im Sessel und schlief. Ich beobachtete, wie sich ihre Brust regelmäßig hob und senkte, und fragte mich, was passiert wäre, wenn sie nicht da gewesen und Kelsey allein und ohne Unterstützung gewesen wäre.

Diese Frau war wie ein Fels in der Brandung, und ich würde ihr ewig dankbar sein, dass sie eingesprungen war und sich in meiner Abwesenheit um meine Schwester gekümmert hatte. Ich holte die Decke vom Sofa und breitete sie vorsichtig über ihr aus. Sie rührte sich nicht.

Ich wollte mich nicht hinsetzen und lief langsam durchs Haus. Ich berührte Dinge, die ich seit Jahren nicht gesehen hatte, und blieb vor Familienfotos stehen, die an den Wänden hingen. Als mein Blick auf das Schlüsselbrett fiel, das neben der Haustür angebracht war, sah ich den Schlüssel meines alten, ramponierten VW Käfers dort baumeln. Ich runzelte die Stirn, ging zum Schlüsselbrett und nahm den Schlüssel an mich. Erinnerungen an meinen lädierten kleinen Wagen schossen mir durch den Kopf.

Ich hatte nicht geahnt, dass meine Eltern ihn behalten hatten.

Ich schloss die Finger um den Schlüssel und ging durch das Haus in die Garage. Dort stand das Auto. Mein geliebter grüner Käfer.

Der grüne Würfel aus Plüsch, den Stacey mir geschenkt hatte, als ich meine Führerscheinprüfung bestanden hatte, hing noch immer am Rückspiegel. Ich lächelte und schüttelte den Kopf. Aufgeregt steckte ich den Schlüssel ins Schloss.

Als die Tür aufging, wehte mir eine Wolke von Poliermittel und Leder entgegen. Ich setzte mich in den Wagen und stellte fest, dass er makellos sauber war. Er blitzte regelrecht. Irgendjemand – wahrscheinlich mein Vater – hatte das Auto in den letzten drei Jahren gepflegt. Vielleicht in der Hoffnung, dass ich eines Tages nach

Hause kommen und den Wagen fahren wollen würde. Der Schmerz versetzte mir einen Stich, als ich nun über das weiche Leder des Sitzes strich. Ich machte die Tür zu, beugte mich vor und lehnte die Stirn ans Lenkrad. Der Verlust meines Vaters war etwas, von dem ich mich niemals erholen würde. Alles in mir tat weh – mein Herz zog sich bei jedem Schlag zusammen, wenn ich die Lider schloss und sein lächelndes Gesicht vor mir sah, seine funkelnden Augen, wenn ich sein Lachen hörte.

Ein unterdrücktes Schluchzen drängte aus meiner Kehle.

Ich atmete ein paarmal zitternd durch, machte die Augen wieder auf und blickte an die Decke des Wagens. Ich zwang mich dazu, einen Moment lang nicht an meinen Vater zu denken, um nicht in Tränen auszubrechen. Ich musste mich ablenken, bevor ich wieder in Trauer versank, also drehte ich den Schlüssel um. Ich gab pumpend Gas, wie ich es schon früher getan hatte. Der Motor war im Leerlauf, sprang jedoch nicht richtig an. Beim zweiten Versuch gab ich mehr Gas und … bingo! Es steckte noch Leben in dem kleinen Käfer! Ich lächelte, ließ den Motor laufen und genoss das Dröhnen.

Als es schließlich Zeit war, ins Krankenhaus aufzubrechen, schickte ich Stacey eine kurze Nachricht und teilte ihr mit, dass wir keine Mitfahrgelegenheit bräuchten, da mein Auto noch immer lief und ich sehr gern selbst fahren würde. Sie antwortete schnell und bat mich, ihr später eine SMS zu schicken, falls sich am Zustand meiner Mutter etwas geändert haben sollte.

Ich ließ den Motor laufen, um nicht zu riskieren, dass er sonst vielleicht nicht mehr anspringen würde, lief ins

Haus und hinauf zu Kelseys Zimmer. Ich klopfte vorsichtig an, atmete ein paarmal durch und bereitete mich innerlich auf eine weitere Konfrontation und noch mehr wütende Trauer vor.

„Was ist?“, rief sie durch die geschlossene Tür.

Ich ergriff den Knauf, öffnete die Tür ein Stückchen und steckte den Kopf ins Zimmer. Sie lag wieder auf dem Bett. Dieses Mal hatte sie den Laptop vor sich stehen. Ihre Schultern spannten sich sichtlich an, und ihr Blick verfinsterte sich, als sie sah, dass ich es war. „Hey.“ Ich räusperte mich. „Ich fahre jetzt ins Krankenhaus. Nana liegt unten und schläft. Sie möchte erst heute Abend wieder dorthin. Willst du vielleicht mitkommen?“

Kurz huschte ein unentschlossener Ausdruck über ihr Gesicht. Doch dann schüttelte sie den Kopf. „Ich fahre später mit Nana.“

Mein Magen zog sich zusammen. Ein kleiner Teil von mir hatte *gehofft*, dass sie nicht mit mir kommen würde, weil ich ihre Wut und Verachtung nicht ertragen konnte, aber ein weitaus größerer Teil von mir war am Boden zerstört, weil ihre Ablehnung bedeutete, dass ich allein ins Krankenhaus fahren musste. Ich brauchte meine Schwester. Ich brauchte jemanden, der jetzt an meiner Seite war und mich unterstützte. Doch sie verhielt sich mir gegenüber ablehnend. Aus ihrer Sicht war es absolut nachvollziehbar, dass sie mich hasste. Schließlich war ich nicht da gewesen, als sie mich gebraucht hatte. Ich bemühte mich, mir nichts anmerken zu lassen und ihr nicht zu zeigen, wie sehr sie mich verletzte.

„Okay.“ Meine Stimme war nicht mehr als ein Flüstern. „Ich rufe dich an, falls sich irgendetwas geändert haben sollte." Schnell schloss ich die Tür. Ich wollte nicht länger als nötig bei ihr sein, wenn sie mich so offensichtlich nicht in der Nähe haben wollte. Ich eilte die Treppe hinunter, schnappte mir meine Jacke und meine Tasche und ging wieder in die Garage.

Während ich durch das Rolltor rollte, umklammerte ich das Lenkrad fest. Ich hatte beinahe vergessen, wie es sich anfühlte, selbst zu fahren. Mindestens drei Jahre lang hatte ich nicht mehr am Steuer eines Wagens gesessen, und meinen kleinen Käfer zu fahren, war schon immer eine besondere Herausforderung gewesen. Die Gänge ließen sich nicht besonders leicht einlegen, und man benötigte Kraft, um beim Abbiegen das Steuer zu drehen.

Als ich schließlich auf den Parkplatz des Krankenhauses bog, war ich erleichtert. Nachdem ich fast zwei Jahre lang in England nur in Wagen und Taxis herumchauffiert worden war, war es ein bisschen seltsam, wieder auf der rechten Straßenseite unterwegs zu sein statt auf der linken. Komisch, wie schnell man sich an gewisse Dinge gewöhnte.

Als ich die Sicherheit meines Wagens verließ und den kurzen Weg zum Eingang des Krankenhauses zurücklegte, versuchte ich mich auf das vorzubereiten, was ich sehen würde. Doch ehrlich gesagt, war ich mir nicht sicher, was mich überhaupt erwartete. Ich wagte nicht, es mir vorzustellen.

Im Krankenhaus war mehr los, als ich gedacht hatte. Ich musste mich vor dem Empfangstresen an einer Schlange von Menschen anstellen, um mich erkundigen zu können, wo ich meine Mutter finden würde. Nachdem man mir den Weg zur Intensivstation erklärt hatte, ging ich langsam dorthin. Ich beachtete die Menschen um mich herum nicht weiter und zählte die Schritte, die ich für den langen Flur brauchte. Als ich die Station schließlich erreicht hatte, desinfizierte ich mir die Hände, wie es auf dem Schild über dem Spender stand, bevor ich die schwere Tür aufstieß.

Als ich die Intensivstation betrat, veränderte sich der Geruch. Auf dem Flur hatte es ganz neutral gerochen – ich hätte überall sein können. Aber auf dieser Station nahm ich eine deutlich medizinische Note wahr, die so stark war, dass ich unwillkürlich die Nase rümpfte. Ich stand einfach nur da. Meine Füße waren wie angewurzelt. Ich war mir nicht sicher, ob ich weitergehen konnte. Der Geruch war überwältigend. Die klaren Linien, die weißen Wände, die dicken Türen mit den Namen der Patienten, die auf einem Whiteboard an der Tür standen – es war alles zu viel für mich. Eigentlich wollte ich nicht weitergehen. Ich wollte den Namen meiner Mutter nicht an einer dieser Türen lesen. Ich war mir nicht sicher, ob ich stark genug dafür war.

Jetzt verstand ich, warum Nana und Kelsey nicht hatten mitkommen wollen. Ich hätte nach meinem ersten Besuch auf dieser Station auch nicht so schnell wiederkommen wollen. Als ich mich gerade innerlich dafür ausschimpfte, allein hier aufgetaucht zu sein, kam eine Krankenschwester vorbei. Als sie mich erblickte, blieb sie stehen und lächelte mich warmherzig an.

„Kann ich Ihnen helfen?“, erkundigte sie sich mitfühlend und legte den Kopf leicht schräg.

Ich machte den Mund auf und schloss ihn wieder. Mir fehlten die Worte. „Äh …“ Ich versuchte es noch einmal.

„Ich bin hier, um meine Mutter Ruth Pearce zu besuchen.“ Als ich ihren Namen aussprach, zog sich wieder mein Magen zusammen.

„Oh, dann müssen Sie Ellie sein“, erwiderte die Schwester, und ihr Lächeln wurde breiter. „Ihre Großmutter sagte, dass Sie heute mit dem Flieger kommen würden. Aus England, oder?“

Ich nickte schwach. Mein Kopf fühlte sich benebelt an.

„Kommen Sie herein, ich werde Ihnen zeigen, wo Ihre Mom liegt. Seit heute Morgen hat sich ihr Zustand nicht verändert. Der Arzt überwacht sie. Der Blutdruck ist gut, das Herz schlägt stark und regelmäßig. Sie liegt noch im Koma, aber angesichts ihrer Verletzungen war das nicht anders zu erwarten. Sie wird im Augenblick künstlich beatmet, also lassen Sie sich von all den Maschinen und Apparaten nicht einschüchtern.“ Sie ergriff meinen Ellbogen und führte mich durch die Intensivstation. Ihre Stimme wirkte beruhigend auf mich. Vor der dritten Tür auf der rechten Seite blieb sie stehen und ließ mich los. „Sie liegt in diesem Zimmer. Soll ich Sie begleiten?“, fragte sie und wies mit einem Kopfnicken auf die Tür.

Dort auf dem Whiteboard stand in ordentlicher Schrift der Name meiner Mutter.

Es fühlte sich an, als hätte sich ein tonnenschweres Gewicht auf meine Brust gelegt und würde mich langsam erdrücken. In diesem Moment wurde es mir noch einmal mit aller Macht bewusst, auch wenn ich versucht hatte, es in mir zu vergraben: Mein Vater war tot, und meine Mutter kämpfte in diesem Zimmer um ihr Leben. Es bestand die Möglichkeit, dass ich sie beide verlor.

Und was dann? Was würde dann aus Kelsey, aus mir, aus Nana werden?

„Geht es Ihnen gut, meine Liebe?“

Ich blinzelte ein paarmal, als mir klar wurde, dass sie auf eine Erwiderung wartete. Ich sah sie an und zwang mich dazu, ihr mit deutlicher Stimme zu antworten. „Mir geht es gut. Ich würde gern allein hineingehen.“ Das war eine Lüge. Am liebsten hätte ich kehrtgemacht und wäre weggerannt – so schnell, dass mir schwindelig werden würde und ich diesen entsetzlichen Albtraum weit hinter mir lassen könnte.

„Gut. Sagen Sie Bescheid, wenn Sie irgendetwas brauchen oder Fragen haben. Ich werde dem Arzt sagen, dass Sie hier sind. Ich weiß, dass er mit Ihnen sprechen wollte.“ Sie warf mir ein letztes mitfühlendes Lächeln zu, drehte sich dann um und eilte in Richtung Schwesternzimmer davon.

Ich richtete meine Aufmerksamkeit wieder auf die Tür. Zögerlich streckte ich den Arm aus und drückte die Klinke herunter, wobei ich die Luft anhielt.

Als die Tür aufschwang, konnte ich den ersten Blick auf meine Mom werfen. Sie lag im Bett, das in der Mitte des Raumes stand. Sie wirkte unglaublich zart, still und reglos. Sie dort so zerbrechlich und hilflos zu sehen, verstärkte den Schmerz in mir noch mehr – auch wenn ich das nicht für möglich gehalten hätte.

Ich hob die Hand an meinen Mund, als sich mir ein kleines Wimmern entrang. Sie sah aus wie ein Kind, als sie so in diesem Bett lag. Fast friedlich. Schläuche und Drähte schlängelten sich von ihrem Körper zu den Apparaten, die neben dem Bett standen. Ein Schlauch ragte aus ihrem Mund und war an das Beatmungsgerät angeschlossen, das sie am Leben erhielt. Durch einen Infusionsschlauch wurde eine klare Flüssigkeit in ihre Hand geleitet. Ich trat in das Zimmer hinein und ließ die Tür hinter mir ins Schloss fallen. Mein Blick war auf meine Mom gerichtet. Sie hatte Blutergüsse und Schnittwunden, die ihre für gewöhnlich so perfekte cremeweiße Haut bedeckten. Ihr Haar war zerzaust und nicht wie sonst sorgfältig geglättet. Unter ihren Fingernägeln klebte Schmutz. Ich schluchzte unterdrückt. Wenn meine Mutter sich gerade selbst hätte sehen können, hätte ihr der Anblick überhaupt nicht gefallen. Ich nahm mir vor, beim nächsten Mal eine Haarbürste und ein paar Feuchttücher mitzubringen. Wenn sie aufwachen würde, wäre sie mit Sicherheit entsetzt, Dreck unter ihren Fingernägeln zu finden.

In diesem Moment ging mir auf, wie absurd mein Gedankengang war: *Falls* meine Mutter aufwachen sollte und erfuhr, dass mein Dad uns verlassen hatte, wäre ihr das bestimmt nicht wichtig. Ich hielt die Luft an. Meine Augen waren auf sie gerichtet, als ich mich nun langsam dem Bett näherte.

Das gleichmäßige Piepsen des Monitors, auf dem die Herztätigkeit zu sehen war, und das langsame Heben und Senken ihrer Brust bei jedem Impuls des Beatmungsgeräts waren die einzigen Beweise dafür, dass sie lebte. Hätte es diese Geräusche und Bewegungen nicht gegeben, hätte ich schwören können, dass sie uns schon verlassen hatte, Dad gefolgt war und nun mit ihm zusammen beobachtete, wie ich neben ihrem leblosen Körper wachte.

Ich streckte den Arm aus und strich mit der Rückseite eines Fingers über ihre Wange. Die Trauer überwältigte mich. „Oh, Mom", stieß ich leise hervor. „Es tut mir so leid, dass ich nicht da war. Es tut mir so leid."

Es war das erste Mal seit drei Jahren, dass ich meine Mutter sah. Und das unter diesen Umständen. Es war einfach nicht fair ... Sicher, wir hatten regelmäßig miteinander telefoniert, uns über FaceTime unterhalten und ein paarmal geskypt, aber es war das erste Mal, dass ich meine Mutter von Angesicht zu Angesicht wiedersah und sie berühren konnte, seit ich vor über drei Jahren nach Rom aufgebrochen war. Toby und ich hatten uns bereits vorgenommen, sie bald wiederzusehen. Meine Eltern hatten mit Kelsey zusammen während der Schulferien zu uns fliegen und eine Woche mit uns verbringen wollen, aber jetzt ...

Ich schluckte ein Schluchzen herunter und ergriff Moms Hand. „Es tut mir so leid."

Ich weiß nicht, wie lange ich – verloren in meiner Trauer – neben dem Bett stand. Es musste allerdings eine ganze Weile gewesen sein. Irgendwann ging die Tür auf, und ein Mann mittleren Alters in einem weißen Kittel trat ins Zimmer. Er lächelte mitfühlend – wahrscheinlich übten diese Leute das vor dem Spiegel. Ich bemerkte, dass mein Nacken schmerzte, weil ich so lange dort gestanden und zu meiner Mutter geblickt hatte.

„Ellison? Ich bin Doktor Pacer. Haben Sie kurz Zeit, damit wir uns unterhalten können? Es gibt da ein paar Dinge, über die ich mit Ihnen reden muss", sagte er.

Ich nickte, trat einen Schritt zurück und leckte mir über die trockenen Lippen. „Ja. Und nennen Sie mich bitte Ellie."

Er neigte den Kopf, um zu signalisieren, dass er mich verstanden hatte, und wies dann auf die zwei Stühle neben dem Bett meiner Mutter. „Wollen wir uns setzen?"

Setzen? Gibt es noch mehr schlechte Nachrichten? Was kann denn noch alles schiefgehen?

„Äh … Ja, klar." Ich ließ mich auf einen der Stühle fallen, ohne den Arzt aus den Augen zu lassen. Er faltete die Hände im Schoß, beugte sich leicht vor und sah mich eindringlich an.

„Es müssen ein paar Vorbereitungen getroffen werden. Ich habe das Thema nicht mit Ihrer Großmutter besprochen, weil ich mir nicht sicher war, ob sie nach ihrer Ohnmacht vor einiger Zeit damit zurechtkommen würde. Ich weiß nicht, wie sie unter Druck reagieren würde, denn sie scheint mir gerade ein bisschen … labil zu sein", sagte er. Er schien seine Worte sorgfältig zu wählen.

Labil. Das war ein Wort, das sie im Augenblick gut beschrieb. Ich nickte und war ihm dankbar, dass er meiner Großmutter nicht noch mehr aufgebürdet hatte. „Was denn für Vorbereitungen?"

Er presste kurz die Lippen aufeinander, ehe er weitersprach. „Es geht um die Beerdigung Ihres Vaters. Er liegt momentan unten in der Leichenhalle. Die Polizei hat den Körper freigegeben. Er könnte also einem Bestattungsunternehmen übergeben werden, damit Sie beginnen können, die Trauerfeierlichkeiten zu planen."

Die Vorbereitungen für die Beerdigung. Autsch.

„Oh", murmelte ich.

„Wenn Sie möchten, kann ich Ihnen jemanden an die Seite stellen, der Ihnen dabei behilflich ist. Falls Sie selbst sich nicht darum kümmern möchten, kann ich auch mit

Ihrer Großmutter reden, wenn sie das nächste Mal kommt. Ich weiß, dass es für einen Menschen nicht leicht ist, mit so etwas fertigzuwerden. Einen Elternteil zu verlieren, ist nie leicht. Und dann auch noch unter diesen Umständen …" Er warf einen Blick zu meiner Mom. „Das macht alles noch schwieriger."

Ich schüttelte schnell den Kopf. Ich hatte meine Entscheidung schon getroffen. „Sprechen Sie nicht mit Nana. Ich werde mich darum kümmern und alles Notwendige vorbereiten. Ich möchte nicht, dass sie noch mehr tun muss als ohnehin schon."

7. Kapitel

JAMIE

Seit drei Tagen war Ellie zurück in den Staaten. Seit drei verdammten Tagen. Und es waren die gefühlt längsten drei Tage meines Lebens gewesen.

Seit ich den Zeitungsartikel gelesen hatte, hatte ich nur noch an sie denken können. Sie hatte von mir Besitz ergriffen, bestimmte seitdem jeden meiner Gedanken. Und jetzt war sie wieder zurück. Sie war verlockend nahe, und ich hatte mit der Frage gerungen, ob ich mich mit ihr treffen, ihr mein Beileid aussprechen, sie fragen sollte, ob ich irgendetwas tun könne. Ein paarmal wäre ich beinahe schwach geworden, aber ich hatte mich am Ende zusammenreißen und zurückhalten können. Ich wollte nur das Beste für sie – so war es immer gewesen –, und ich war mir sicher, dass *ich* nicht das Beste für sie war. Dennoch verspürte ich das selbstsüchtige Bedürfnis, den unglaublichen Wunsch, bei ihr zu sein, ihr Gesicht zu berühren, mit den Fingern durch ihr Haar zu fahren, sie an mich zu ziehen und sie so fest in meinen Armen zu halten, als würden wir uns nie wieder voneinander trennen. Es war eine Sache, mich von ihr fernzuhalten, solange sie auf der anderen Seite der Welt gewesen war, doch es war etwas ganz anderes, mich jetzt zurückzuhalten, da sie nur sechzehn Kilometer von mir entfernt war.

Ich stöhnte und hielt das kleine Messer in meiner Hand fest umklammert. Ich warf einen Blick zur Dartscheibe an der Wand. Jetzt brauchte ich einen Drink. Eigentlich wollte ich mich so hemmungslos betrinken, dass ich nicht mehr stehen könnte. Vielleicht würde die Anspannung in meinem Innersten sich dann endlich lösen, und ich wäre in der Lage, wieder richtig durchzuatmen. Zum ungefähr hundertsten Mal in drei Tagen dachte ich darüber nach, wie viel einfacher mein Leben gewesen wäre, wenn ich diese süße kleine Rothaarige niemals getroffen hätte. Sie war vollkommen unerwartet in mein Leben getreten und hatte meine Welt verändert. Ich hätte mir nie träumen lassen, dass so etwas möglich war. Wenn ich sie nicht kennengelernt hätte, wenn sie mich nicht dazu gebracht hätte, mich unsterblich in sie zu verlieben, dann hätte ich jetzt auch nicht diese *Leere* in mir verspürt.

Meine seelische Qual ging längst über den Schmerz, über die Einsamkeit, über die Trauer hinaus. Nun war da nur noch diese Leere, die meiner Meinung nach schlimmer als alles andere war. Ich konnte dieses Gefühl kaum aushalten.

Ich brauchte eine Ablenkung, musste fliehen, musste mich von den Gedanken an diese Frau abbringen. Da es erst elf Uhr morgens war, konnte ich mich wohl kaum sinnlos betrinken, wie ich es mir wünschte, also musste ich mir etwas anderes überlegen. Ich schloss die Augen und dachte an die leichteren Aufgaben, die noch zu erledigen waren – es gab noch ein paar E-Mails von meinen legalen Unternehmen, die ich lesen musste, ich musste noch zwei Securityleute einstellen, weil wir einen neuen Auftrag bekommen hatten, und ich musste noch ein paar

Leute zurückrufen. Aber ich hatte keine Lust, all diese Sachen in Angriff zu nehmen.

Es juckte mich in den Fingern, etwas Aufregenderes zu tun und mir irgendwo einen Kick zu suchen. Vielleicht sollte ich einfach den ganzen Stolz irgendeines reichen Arschlochs klauen und den Wagen dann auf dem Schrottplatz in der Presse zu einem handlichen kleinen Würfel verarbeiten lassen – nur so aus Spaß. In letzter Zeit machten mir solche unanständigen, gemeinen Dinge die meiste Freude. Ich trieb mich selbst ständig weiter an und wollte … nein, „wollen" war nicht der richtige Ausdruck, „müssen" war passender … ich musste immer weiter, immer höher hinaus.

Ganz oder gar nicht! Das war mein Mantra.

Doch die Tageszeit begrenzte die Möglichkeiten der Ablenkung.

Ein Kampf stand nicht zur Diskussion. Ich erholte mich noch immer von der Tracht Prügel, die ich Freitagabend bekommen hatte. Die blauen Flecke in meinem Gesicht, die allmählich gelb wurden, waren der Beweis. Erst am Wochenende waren die nächsten Waffen- und Drogenlieferungen geplant. Ein Auto zu stehlen, gehörte zu meinen Lieblingsfreizeitbeschäftigungen. Es war das Einzige, bei dem ich mich in meinem gefühlsarmen, langweiligen, sinnlosen Dasein lebendig fühlte. Aber auch das war ausgeschlossen. Ich ging gern Risiken ein, doch am helllichten Tag ein Auto zu klauen, war etwas für die hirnlosen, ungeschliffenen, primitiven Diebe, die nicht mehr als ein Autoradio oder eine kleine Spritztour im Sinn hatten.

Also war ich heute alles in allem zu nichts zu gebrauchen.

Als würde er ahnen, dass ich zurück in das schwarze Loch der Langeweile zu fallen drohte, rief Ray von unten aus der Werkstatt meinen Namen. Das Geräusch von Metall, das gegen Metall klirrte, drang zu mir herauf. Ich blinzelte, dankbar für diese Ablenkung von meinen düsteren Gedanken. Ich nahm den Arm zurück, ließ das Messer durch den Raum fliegen und sah zu, wie es in die Double-6 auf dem Dartboard traf und sich dort zu den beiden Pfeilen gesellte, die ich geworfen hatte, bevor meine Gedanken wieder zu roten Haaren zurückgekehrt waren. Ein Bekannter, den ich im Knast kennengelernt hatte, hatte Messer geliebt. Er hatte mir erklärt, dass man ein Messer, um es zu beherrschen, zuerst verstehen und respektieren müsse. Ich war mir nicht sicher, ob ich ein Meister mit dem Messer geworden war, doch ich hatte zumindest ein gewisses Talent.

Ich erhob mich aus dem Ledersessel und verließ das Büro, das einst Brett gehört hatte. Im Erdgeschoss war die Werkstatt, in der ich so viele Stunden meines Lebens verbracht hatte, in der ich mich vor der einen oder anderen Tracht Prügel zu Hause versteckt hatte und in der ich Geld für einen Plan verdient hatte, der niemals in die Tat umgesetzt worden war. Als ich die unterste Stufe erreichte, stieg mir der Geruch von Schweiß und Schmierfett in die Nase. Ich lächelte leicht. Diese Werkstatt war mein absoluter Lieblingsplatz.

Ray saß an der Seite auf einem Hocker und arbeitete an einer Art Schaltplatte. Seine Werkzeuge lagen auf der Werkbank verteilt. Hinter ihm dudelte das Radio, und er sang irgendeinen Mist von Kanye West mit.

Ray war von Anfang an an meiner Seite gewesen.

Sobald ich aus dem Gefängnis entlassen worden war, war er bei mir gewesen, hatte mich mit zu sich nach Hause genommen, zu seiner Frau und seiner Tochter, hatte versucht, mich davon zu überzeugen, ein anständiger Mensch zu werden und die Finger von illegalen Geschäften zu lassen. Eineinhalb Jahre lang hatte er das getan, während ich mit mir gerungen und eine schwere Zeit durchgemacht hatte. Als ihm und allen anderen klar geworden war, dass ich mich entschieden hatte, hatte er seinen Job als Automechaniker gekündigt und mir geholfen, unser Territorium zurückzuerobern und das Unternehmen wiederaufzubauen, das Brett ins Leben gerufen hatte, bevor er einen gewaltsamen Tod gestorben war. Ed und Enzo waren ebenfalls an Bord gekommen, außerdem hatte ich noch Dodger mit ins Boot geholt und ihn dazu überredet, für mich zu arbeiten. Zusammen hatten wir das Unternehmen modernisiert und die Geschäftszweige abgestoßen, mit denen ich mich schon unter Brett nie gern beschäftigt hatte – die Raubzüge, die Schutzgelderpressungen und die Kreditvergabe. Wir machten nur noch die Jobs, die echtes Geld brachten – Drogen, Waffen und natürlich die Autodiebstähle. Es war mit Sicherheit nicht mehr die riesige Organisation, wie sie unter Brett bestanden hatte, aber wir waren mit unseren drei Geschäftsbereichen eine nicht zu unterschätzende Kraft.

Ganz oder gar nicht.

Wir hatten uns für „ganz" entschieden.

Andere ansässige Banden und Organisationen hassten uns dafür, dass wir die besten Deals an Land zogen und ihnen nur die Reste überließen, um die sie sich prügeln mussten. Mir gefiel es. Was hatte ich denn sonst noch, auf was ich in meinem Leben stolz sein konnte?

„Was ist los, Kumpel?“, rief ich Ray zu, der mit dem Rücken zu mir stand.

„Hey, Kid.“ Er wandte sich zu mir um und lächelte mich freundlich an, während er sich die Hände an einem Tuch abwischte. „Ich dachte, das wäre dein Auto da draußen. Hier, ich habe dir etwas mitgebracht.“

„Ach ja? Was ist es denn?“

Er wies auf eine kleine weiße Schachtel, die auf der Werkbank stand. Ich nahm sie an mich und hob den Deckel an. In der Box lag ein kleiner Gegenstand aus Metall, bei dessen Anblick mein Herz einen Hüpfer machte. „Ist es das, was ich denke, dass es ist?“, fragte ich keuchend und sah ihn voller Hoffnung an.

Er nickte. Breit und selbstgefällig grinsend, verschränkte er die Arme vor der Brust. „Das ist es. Jemand war mir noch etwas schuldig. Es ist über Nacht aus China für dich geliefert worden.“

Ich ballte die Hand zur Faust und reckte sie in die Luft. Aufregung ergriff mich. Jetzt hatte ich etwas, was mich in den nächsten paar Stunden ablenken würde. „Du bist der Beste. Danke, Mann.“ Ich grinste, ging zu ihm und schlug ihm auf die Schulter.

Mit einer hochgezogenen Augenbraue sah er mich an. „Das mit dem Dankeschön überlegst du dir vielleicht noch mal anders, wenn du erfährst, wie teuer es war.“

Ich winkte ab. Geld war für mich überhaupt kein Thema. „Ich bin dir was schuldig. Wollen wir später einen trinken gehen?“, schlug ich vor. Er nickte, während ich zu meinem ganzen Stolz ging, der in einer Ecke der

Werkstatt stand. Grinsend packte ich die blaue Abdeckplane, die über dem Wagen lag, und zog sie herunter. Zum Vorschein kam mein 2004 Subaru Impreza WRX – die limitierte Petter Solberg Edition. Ein stolzes, verträumtes Seufzen entrang sich mir. Der Wagen war wunderschön – wenn er denn lief. Von allen Autos, die ich besessen hatte oder gefahren war, war dieser Wagen etwas ganz Besonderes für mich.

In meinen Augen war er ein echtes Meisterwerk – die eisblaue Lackierung, die dreihundertsechzehn PS, von null auf hundert in viereinhalb Sekunden und eine limitierte Auflage von fünfhundert Wagen. Ich hatte mir das Auto Anfang des Jahres aus Japan liefern lassen, als ich zufällig mein neues Hobby entdeckt hatte – Straßenrennen.

Seit zwei Wochen war ich nicht mehr gefahren. Während meines letzten Rennens war das Kupplungsseil gerissen und der Wagen nicht mehr zu fahren gewesen.

„Ich habe auch die Zündkerzen gewechselt. Du hast gemeint, der Wagen wäre etwas träge, aber das sollte Abhilfe schaffen", erzählte Ray und trat mit einer weiteren Schachtel in den Händen hinter mich.

Ich warf ihm über die Schulter hinweg ein Lächeln zu. „Danke, Kumpel", sagte ich, suchte in meiner Hosentasche nach den Schlüsseln und öffnete den Wagen.

„Soll ich dir helfen, das Auto fertig zu machen?"

Schnell schüttelte ich den Kopf. „Nein, ich schaffe das schon. Danke." Lächelnd machte ich die Motorhaube auf. Ich atmete tief durch, als ich den wundervollen Motor betrachtete. Ich konnte spüren, wie etwas von der Anspannung meinen Körper verließ. Mein Verstand war nun mit etwas ganz anderem als der trauernden Ellie beschäftigt.

Vielleicht würde ich an diesem Abend sogar ein Rennen fahren können. Danach würde ich mich bestimmt besser fühlen. Ich zog mein Handy aus der Hosentasche und schickte eine Nachricht an Rodriguez, einen der Organisatoren der Rennen, bei denen ich gern mitfuhr. Ich erkundigte mich, ob für den Abend etwas geplant wäre. Ich hatte allerdings nichts läuten hören, also würde es vermutlich kein Rennen geben. *So ein Jammer.*

Trotzdem bereitete ich den Wagen vor – nur für den Fall.

Es dauerte fast den gesamten Nachmittag, das Auto zu reparieren. Am Ende schnurrte der Wagen wieder wie ein Kätzchen. Er war bereit, wollte laufen, war wunderschön. Nachdem ich die Arbeit beendet hatte, setzte ich mich auf die Werkbank und trank mit Ray zur Feier des Tages ein Bier. Ich hatte die Flasche zur Hälfte ausgetrunken, als Ed hereinkam. Er wirkte ernst und hatte die Lippen aufeinandergepresst.

„Kid, ich habe dich angerufen. Warum antwortest du nicht?", wollte er wissen und sah auf das Bier in meiner Hand, als wäre es der einzige Grund, warum ich mich nicht bei ihm gemeldet hatte.

Ich zuckte mit den Schultern, blickte auf mein Handy neben mir und sah, dass er tatsächlich dreimal angerufen hatte. „Oh, entschuldige bitte. Ich muss das Handy auf lautlos gestellt haben, als ich es aus der Tasche gezogen habe." Ich nahm es nun in die Hand und sah bei der Gelegenheit, dass Rodriguez mir geantwortet hatte, dass es am Abend tatsächlich kein Straßenrennen geben würde. Rodriguez riet mir allerdings, in den nächsten Tagen auf meine Nachrichten zu achten. Das bedeutete, dass es, sobald sie den perfekten Treffpunkt gefunden hätten, spannend werden würde.

Ed seufzte und fuhr sich mit seiner perfekt manikürten Hand durch das zurückgekämmte braune Haar. Ich runzelte die Stirn, trank noch einen Schluck von meinem Bier und betrachtete ihn. Er wirkte irgendwie angespannter als sonst. Seine doppelreihige Anzugjacke war nicht einmal zugeknöpft – etwas, was man bei ihm so gut wie nie sah. Ed war stolz auf sein Äußeres und achtete sehr darauf. Er trug gern teure Anzüge und eine Armbanduhr für dreißigtausend Dollar, um allen zu zeigen, dass er Geld hatte und ein gewisses Ansehen besaß. Doch eigentlich war er nur irgendein Mistkerl, der für mich arbeitete. Er war jemand, der Ambitionen hatte, die Nummer eins zu werden, es allerdings niemals so weit bringen würde. Er war ein kriecherischer, schmieriger Arsch, der viel zu überzeugt von sich selbst war. Als er für Brett gearbeitet hatte, hatte er mehr zu sagen gehabt – er war oft Bretts Stimme gewesen, seine Nummer zwei. Unter meiner Führung allerdings rangierte er um einiges tiefer, doch seine Vorliebe für teure Anzüge hatte er trotzdem nicht aufgegeben.

„Also, was ist los?“, fragte ich, legte den Kopf leicht schräg und wartete auf seine Antwort.

Er zog die Brauen zusammen und schürzte die Lippen, als er voller Verachtung zwei Worte ausspuckte: „Die Salazars.“

Als ich den Namen hörte, verfinsterte sich mein Blick. Die Salazars waren meine größten Konkurrenten in der Stadt. Die Salazar-Brüder Alberto und Mateo waren vor neun Monaten aus Mexiko hierhergekommen, hatten billigste Drogen mitgebracht und sich in mein Territorium drängen wollen. Zuerst hatten sie eine Partnerschaft angestrebt und sich gewünscht, dass wir ihre Drogen verkaufen würden – irgendein Zeug, das mit Kokain gestreckt war. Als ich ihnen auf nicht ganz höfliche Art und Weise bedeutet hatte, sich zu verpissen, waren wir zu Rivalen geworden. Meiner Meinung nach gehörten sie in die unterste Schublade. Es war ihnen vollkommen egal, dass ihre Drogen mit Rattengift oder Levamisol, einem Medikament zur Entwurmung von Tieren, gestreckt wurden. Levamisol hatte fürchterliche Nebenwirkungen – ich hatte gehört, dass den Leuten praktisch die Haut vom Körper faulte. Die Salazars waren anders als wir. Sie kannten keine Moral, und es interessierte sie nicht, wie vielen Menschen sie schadeten oder mit ihren verschnittenen Drogen sogar umbrachten. Wir hatten uns oft mit ihnen um Gebiete gestritten und darüber, wo sie ihre minderwertigen Drogen verticken durften. Schließlich waren wir zu einer Einigung gekommen.

„Was haben diese dreckigen Punks jetzt wieder angestellt?", fragte ich und verstärkte den Griff um meine Bierflasche.

„Sie haben gestern Abend einige ihrer Schlampen in einen unserer Clubs geschickt. Die Schnallen haben mit Drogen gedealt. Ein Typ hatte einen epileptischen Anfall – mitten auf der Tanzfläche. Jetzt schnüffeln die Bullen herum und versuchen herauszufinden, woher er die Drogen hatte. Ich musste den ganzen Tag Fragen beantworten. Es wäre leichter gewesen, wenn du an dein Handy gegangen wärst!", erwiderte er mit knappem, vorwurfsvollem Ton.

„Scheißkerle! Warum schicken sie Dealer in unsere Clubs?“, stieß ich hervor und schüttelte wütend den Kopf. „Ruf Alberto an und sag ihm, dass ich mit ihm reden will. Heute Abend.“ Ich hob den Arm und schleuderte zornig die Bierflasche durch die Werkstatt. Ich hörte, wie sie an der Wand zerschellte und ein Scherbenregen zu Boden ging.

Ich werde dieses Arschloch umbringen!

8. Kapitel

ELLIE

Jede einzelne Stunde der drei Tage, die ich nun schon wieder zu Hause war, hatte sich wie eine schmerzvolle Ewigkeit angefühlt. Zugleich hatte die Zeit kaum gereicht, um alles zu erledigen, was getan werden musste.

Seit meinem ersten Besuch im Krankenhaus, als der Arzt vorgeschlagen hatte, dass ich die Beerdigung meines Vaters in die Hand nehmen solle, war ich nicht mehr zu Ruhe gekommen. Mir war nicht bewusst gewesen, wie viel Organisation und Zeit diese Aufgabe beanspruchen würde. Einfache Dinge oder Dinge, die einfach erschienen – wie zum Beispiel das Aussuchen der Blumen –, dauerten Stunden. Anderes – wie die Gestaltung der Karten für den Trauergottesdienst und die Suche nach einer Druckerei, die die Karten druckte – dauerte noch länger. Jeden freien Moment hatte ich damit zugebracht, Fotos von meinem Vater zu sichten, seine Lieblingsmusik herauszusuchen und die Lesungen auszuwählen, die in der Messe vorgetragen werden sollten. Es war eine schmerzvolle, herzzerreißende Arbeit, die kein Ende zu nehmen schien. Jedes Foto und jedes Lied, das ihm etwas bedeutet hatte, war wie eine Schraubzwinge, die sich um mein Herz schloss. Es gelang mir kaum, mich zusammenzureißen. Ich hatte das Gefühl, an einem Abgrund zu stehen und jederzeit in ein bodenloses Loch der Trauer fallen zu können. Ich wusste auch, dass es irgendwann so weit kommen würde. Irgendwann würde ich wieder anfangen zu weinen, und wenn es so weit wäre, war ich mir nicht sicher, ob ich wieder damit aufhören könnte. Glücklicherweise gelang es mir im Augenblick jedoch ganz gut, meine Emotionen zu zügeln. Wie gesagt: im Augenblick.

Dennoch hatte ich heute kurz davorgestanden, in den Abgrund der Trauer zu fallen.

Ich starrte auf das säuberlich geführte Adressbuch meiner Mom und fuhr mit dem Finger über eine der Seiten. Beim letzten Eintrag hielt ich inne. Julie und Peter Watkins. Ich beachtete ihre Adresse nicht weiter, konzentrierte mich auf ihre Telefonnummer und gab sie ein. Während es am anderen Ende zu klingeln begann, rieb ich mir über die Stirn, um die Kopfschmerzen durch den Schlafmangel der letzten beiden Tage zu lindern.

„Hallo?“, hörte ich die heitere Stimme einer Frau.

Ich schloss die Augen und bereitete mich innerlich auf eine weitere schmerzvolle Unterhaltung vor. Es war der zweiundvierzigste Anruf, den ich an diesem Tag tätigte. Ich hatte mich durch das Adressbüchlein meiner Mutter gearbeitet – beginnend mit dem Buchstaben A und endend mit dem letzten Eintrag, den Watkinsens.

„Hallo. Spreche ich mit Julie Watkins?“

„Ja.“

„Hi, Julie. Mein Name ist Ellie Pearce. Sie erinnern sich wahrscheinlich nicht mehr an mich. Wir haben uns zuletzt gesehen, als ich ungefähr fünfzehn oder sechzehn Jahre alt war“, sagte ich und rieb mir noch etwas fester über die Stirn. Ich wusste, dass meine Eltern noch regelmäßig Kontakt zur Familie Watkins hatten, doch ich hatte sie zuletzt bei der Taufe ihres jüngsten Sohnes vor fünf Jahren getroffen. Die Watkinsens waren Freunde meiner Eltern, die sie noch aus College-Zeiten kannten.

„Ellie! Natürlich erinnere ich mich noch an dich", erwiderte sie, und ihre Stimme klang warmherzig und fröhlich. „Wie geht es dir?"

Ich machte die Augen auf und blickte auf ihren Namen im Adressbuch. Mir war klar, dass der fröhliche Ton gleich aus ihrer Stimme weichen würde. Ich runzelte die Stirn. „Ich rufe an, um Ihnen etwas Trauriges mitzuteilen." Ich schluckte unsicher. Egal, wie oft ich dieselben Worte sagte – es war nicht leichter geworden. „Meine Eltern hatten am Wochenende einen Autounfall. Mein Vater ist gestorben, und meine Mutter liegt noch im Krankenhaus. Ihr Zustand ist kritisch."

Ich hörte am anderen Ende der Leitung, wie Julie scharf einatmete. Dann folgte Stille. Und schließlich wurden die Worte ausgesprochen, die ich an diesem Tag schon so oft gehört hatte, dass sie mir nichts mehr bedeuteten. Ich wusste, dass sie mit guter Absicht gesagt wurden. Aber inzwischen waren es nur noch die immer gleichen Worte, die mit unterschiedlicher Betonung geäußert wurden.

„Oh, Ellie. Es tut mir so leid!", rief sie.

Es tut mir so leid. Dein Verlust geht mir nahe. Es tut mir leid, dass so etwas Furchtbares passiert ist. Es tut mir leid. Es tut mir leid. Es tut mir leid. Es war, als wollte auch sie sich für etwas entschuldigen, was eindeutig nicht ihre Schuld war.

„Danke", murmelte ich. „Ich weiß, dass Sie und Ihr Mann meine Eltern schon sehr lange kennen, also wollte ich Ihnen kurz Bescheid geben, wann Dads Beerdigung sein wird, falls Sie kommen möchten. Das Begräbnis wird am Freitag um drei Uhr stattfinden, beim Krematorium im Everglade Drive. Anschließend treffen wir uns noch bei uns zu Hause."

„Danke, dass du uns Bescheid gibst. Natürlich werden wir kommen", antwortete Julie, und ihre Stimme zitterte, als sie sprach. „Wie geht es deiner Mutter? Du hast gesagt, sie liegt im Krankenhaus?"

Ich nickte langsam. Während der Telefonate bemühte ich mich, die ganze Sache nicht so nahe an mich herankommen zu lassen und nicht zu sehr darüber nachzudenken, was ich sagte oder wie die Leute reagierten. Es war leichter für mich, mich wie betäubt zu fühlen und so zu tun, als würde ich über die Familie eines anderen reden, eines anderen Menschen, der mir nichts bedeutete. Nur so konnte ich die Anrufe überhaupt bewältigen. Wenn ich meine Emotionen zugelassen hätte, dann hätte ich diese Telefonate niemals führen können und nach dem ersten Anruf wie ein Häufchen Elend weinend auf dem Bett gelegen.

„Sie hat während des Unfalls einen massiven Schlag gegen den Kopf bekommen, was zu einer Hirnblutung geführt hat. Nun liegt sie im Koma, und wir können nur abwarten." Meine Worte klangen sachlich, emotionslos.

Das Hämatom oder die Hirnblutung war, wie ich inzwischen wusste, das Schlimmste, was meiner Mom hatte passieren können. Die gebrochenen Knochen, die inneren Blutungen und alle anderen Verletzungen waren mittlerweile unter Kontrolle, doch das Hämatom sorgte für einen zu hohen Hirndruck. Als ich am ersten Tag allein mit dem Arzt gesprochen hatte, hatte ich ihn darum gebeten, ehrlich zu mir zu sein, und ich hatte etwas gehört, was ich nicht hatte hören wollen. Die Ärzte waren sich einfach nicht sicher, ob meine Mom jemals wieder aufwachen würde. Ihr Zustand war kritisch. Im Moment konnte man nur abwarten. Es bestand außerdem die Möglichkeit, dass sie bleibende Hirnschäden davontragen würde. Aber all das würden die Ärzte erst feststellen können, wenn sie aufwachte … *Falls* sie aufwachte …

„O mein Gott. Arme Ruth!" Julie schluchzte auf. „Wird sie wieder gesund?"

Ich biss mir auf die Innenseite meiner Wange und spürte die weiche Haut zwischen meinen Zähnen. „Wir wissen es nicht. Wir hoffen es."

„Oh, Ellie. Es tut mir so leid."

Da war es wieder: *Es tut mir leid.* „Danke. Ich muss jetzt Schluss machen, weil ich noch andere Leute informieren möchte. Ich sehe Sie dann am Freitagnachmittag, wenn Sie es einrichten können", sagte ich.

Dann folgten noch einige überstrapazierte Phrasen, die ich heute ebenfalls schon gehört hatte. „Ich denke an dich und Kelsey. Falls ihr irgendetwas braucht, sagt einfach Bescheid. Ich bete für eure Mutter."

Ich war kein besonders gläubiger Mensch – keiner aus unsere Familie war das –, doch ich wusste die Geste zu schätzen. In Zeiten wie diesen taten die Leute, womit sie sich am besten fühlten und was sie tröstete. Sollte sie doch beten, wenn es ihr Ding war. Schaden konnte es jedenfalls nicht.

Ich antwortete ihr nicht darauf. Ich beendete das Gespräch und lehnte mich auf meinem Stuhl zurück, um ein paarmal tief durchzuatmen. Es war geschafft. Ich warf einen Blick auf die Uhr und stellte fest, dass es schon vier Uhr nachmittags war. Es hatte mehr als drei Stunden gedauert, um die Anrufe zu erledigen. Ich legte den Hörer auf den großen Schreibtisch aus Eiche, der meinem Vater gehört hatte, und versuchte, meine verkrampften Finger zu lockern.

Dann schaute ich hoch und sah mich in dem Zimmer meines Vaters um. Manchmal hatte er abends von hier aus noch gearbeitet, ab und zu sogar am Wochenende. Mein Blick blieb am ausgeblichenen, zerschlissenen Bezug seines Sessels hängen, der neben dem Fenster stand. Meine Mom hatte meinem Dad damit in den Ohren gelegen, ihn wegzuwerfen, weil er eine Beleidigung fürs Auge wäre. Doch es war der Lieblingssessel meines Dads, also hatte er mit allen Mitteln darum gekämpft, ihn zu behalten.

Ich stand auf und ging zu dem Sessel. Mit den Fingerspitzen strich ich über das samtige Material. Ich lächelte schwach, als ich mich daran erinnerte, wie mein Dad es mir manchmal erlaubt hatte, ihm Gesellschaft zu leisten, während er arbeitete. Ich hatte dann immer auf ebendiesem Sessel unter dem Fenster gesessen und meine Hausaufgaben gemacht, ein Buch oder eine Zeitschrift gelesen oder gemalt. Ab und an hatte ich auch nur so getan, als wäre ich beschäftigt, doch in Wirklichkeit hatte ich ihn beobachtet, wie er an seinem Schreibtisch gesessen und etwas in den Computer getippt oder mit einem wichtigen Kunden gesprochen hatte. Wenn er aufgeblickt und mich dabei erwischt hatte, wie ich ihn betrachtete, hatte er eine alberne Grimasse geschnitten, hatte geschielt oder die Zunge seitlich aus dem Mund gestreckt, bevor er seinen Anruf weitergeführt hatte, als wäre nichts passiert. Ich hatte Stunden damit zugebracht, ihm Gesellschaft zu leisten, war wie er geflüchtet, um ein bisschen Ruhe zu haben und zu lesen. Ab und zu hatte er mich auf diesem Sessel auf den Schoß genommen, und wir hatten gemeinsam ein Buch gelesen. Mein Vater und ich hatten auf diesem Sessel zusammen die wunderbare Welt von *Harry Potter* entdeckt.

Ich lächelte in mich hinein und steckte den Finger in das Loch in der Armlehne. Es konnten die dummen, kleinen Dinge sein, die einem damals so unbedeutend vorgekommen waren und die einem jetzt am meisten bedeuteten. Die Dinge, die plötzlich wieder in einem hochkamen und einen daran erinnerten, dass man viel zu vieles als selbstverständlich genommen hatte, als man noch geglaubt hatte, die Welt wäre unzerstörbar.

Ein paar Minuten stand ich noch da, ehe ich das Zimmer verließ und die Tür hinter mir schloss. Als ich ins Wohnzimmer ging, weil ich gesehen hatte, dass Kelsey und Nana dort saßen, drehte Kelsey sich zu mir. Sie verengte die Augen zu schmalen Schlitzen. Eine kleine Falte bildete sich zwischen ihren Augenbrauen. Unvermittelt stand sie auf und verließ den Raum, ohne ein weiteres Wort zu sagen. Ich biss die Zähne zusammen. In den letzten Tagen war es immer so gewesen. Sie hatte das Zimmer verlassen, wenn ich gekommen war. Offenbar zog sie es vor, sich in ihrem Zimmer einzuigeln. Immer wenn sie mich ansah, ließ sie mich ihren ganzen Zorn spüren. Ich hatte keine Ahnung, wie ich es schaffen sollte, sie zu besänftigen, oder was ich sagen konnte, um unsere zerrüttete Beziehung wieder zu reparieren. Vielleicht würde sie mir niemals verzeihen, dass ich nicht da gewesen war, als es passiert war.

Ich drehte mich um und sah ihr hinterher, als sie durch den Flur und die Treppe hinauf zu ihrem Zimmer ging. Mein Herz fühlte sich tonnenschwer an. Ich brauchte sie. Konnte sie das nicht begreifen? Konnte sie nicht verstehen, dass ich ebenfalls litt und dass ich mich nach einer Umarmung meiner Schwester sehnte? Kapierte sie nicht, dass meine Welt genauso zerbrochen war wie ihre? Ich war mir nicht sicher, wie lange ich es noch durchhalten würde, so zu tun, als würde ihre Gleichgültigkeit mir nichts ausmachen. Nachdem ich allein in Dads Zimmer gesessen und drei Stunden lang am Telefon immer wieder erklärt hatte, dass mein Vater tot sei, brauchte ich jemanden, der mich mal in den Arm nahm. Doch dieser Mensch würde ganz sicher nicht Kelsey sein – egal, wie lange ich noch hinter ihr her blicken und mir wünschen würde, es wäre anders.

„Geht es dir gut, Schatz?"

Ich schniefte und drehte mich wieder um. Nana saß auf dem Sofa, hatte ihr Strickzeug auf dem Schoß liegen und sah mich mit ihren freundlichen Augen mitfühlend an. „Mir geht es gut, Nana", schwindelte ich. „Die Telefonanrufe sind erledigt. Ich habe alle Leute aus dem Adressbuch angerufen. Und dazu noch ein paar Leute, die ich in Dads Adresskartei gefunden habe."

Nana nickte, ohne mich aus den Augen zu lassen. „Das ist gut. Du hättest mich auch einige der Telefonanrufe übernehmen lassen können."

„Ich bin ja jetzt fertig.“ Ich zuckte mit den Schultern, lehnte mich gegen den Türrahmen und zupfte an einem losen Faden, der aus dem Ärmel meines Sweatshirts hing, um Nana nicht ansehen zu müssen. Sie hatte mir angeboten, mir bei den Anrufen zu helfen – sie wollte mich gern unterstützen –, aber ich konnte ihr ansehen, dass es sie viel Kraft kostete sich zusammenzunehmen. Seit ich wieder zu Hause war, sah sie um zehn Jahre gealtert aus. Sie kam nicht gut mit der Situation zurecht, und angesichts ihres Alters wollte ich sie möglichst schonen. Ich hatte mitbekommen, dass ihre Arthrose in der Hüfte durch den Stress wieder schlimmer geworden war. Ich sah die dunklen Schatten unter ihren Augen und bemerkte, wie die Kleider ihr um den schmalen Körper schlabberten. Mir entging nicht, dass sie mit den Gedanken immer wieder ganz woanders war, wenn sie gerade strickte oder etwas zu essen kochte. Und ich sah, wie sie manchmal weinte, wenn sie glaubte, allein im Zimmer und unbeobachtet zu sein.

Obwohl ich mein Bestes tat, um meine Familie zusammenzuhalten, fiel sie auseinander, und ich konnte nichts tun, um das zu verhindern. Das Mindeste war deshalb, so viel der Last zu schultern, wie ich konnte. Die Eltern meiner Mom waren keine Hilfe. Sie waren über den Unfall informiert worden, doch sie waren beide schon älter und krank, also konnten sie die Reise durch das halbe Land nicht machen. Es stand nicht einmal fest, ob sie es zur Beerdigung schaffen würden.

„Ich werde dir einen Tee machen“, murmelte ich, ging in die Küche und begann wie umnebelt, Tee zu kochen.

Als ich mit zwei dampfenden Bechern zurück ins

Wohnzimmer kam, sah ich, dass Nana auf dem Sofa eingeschlafen war. Ihr Strickzeug hielt sie noch immer in der Hand. Ich seufzte und stellte den Tee ab. Vorsichtig nahm ich ihr Wolle und Nadeln aus den Händen und legte sie in den Korb zu ihren Füßen. Sie brauchte Schlaf. Ich hörte sie nachts, wenn sie hier unten putzte und aufräumte, wenn sie Essen kochte, das niemand aß, wenn sie sich selbst beschäftigte, um sich abzulenken. Sie war nachts wahrscheinlich öfter und länger wach als ich.

Ich wollte mich nicht hinsetzen und darüber nachdenken, wie ich meinen Tag verbracht hatte, also beschloss ich, in mein Zimmer zu gehen und mich hinzulegen. Ich ging nach oben, blieb kurz vor Kelseys Tür stehen und lauschte, um sicherzugehen, dass sie nicht wütend und traurig war oder so etwas. Es war still in ihrem Zimmer, und so ging ich weiter in mein Schlafzimmer.

Hier sah es noch genauso aus wie vor drei Jahren, als ich gegangen war. Meine Sachen standen und lagen noch immer auf Beistelltischen und auf dem Fenstersims. Nirgendwo lag Staub, denn das hätte meine Mutter niemals zugelassen. Mein Bett war noch immer gemacht, der Teppich frisch gesaugt. Ich hatte bisher nicht viel Zeit in diesem Zimmer verbracht. Ich hatte nur meinen Koffer ausgepackt, als ich angekommen war, und dann hatte ich nachts hier geschlafen.

Ich blieb mitten im Raum stehen und blickte mich aufmerksam um. Es fühlte sich seltsam an, wieder im Kinderzimmer zu sein. Es war zwar ein schönes seltsames Gefühl, aber eben doch seltsam.

Ich ging zu meinem Schreibtisch und nahm einen der Skizzenblöcke in die Hand, die ordentlich aufgestapelt dort lagen. Bedächtig blätterte ich ihn durch und betrachtete die Zeichnungen, die ich angefertigt hatte, die Kleidungsstücke, die ich mir vorgestellt und dann auf dem Papier zum Leben erweckt hatte. Stirnrunzelnd strich ich mit der Hand über die Entwürfe. Seit drei Jahren hatte ich nicht mehr gezeichnet, weil ich keine Inspiration, keine Motivation gehabt hatte. Ich legte den Skizzenblock zur Seite, nahm mir stattdessen die Stoffproben, betastete mit Daumen und Zeigefinger das Material und erinnerte mich an schönere Zeiten, als ich vor Kreativität fast geplatzt war und es kaum hatte erwarten können, meine Entwürfe zu Papier zu bringen. So viel Zeit war seitdem vergangen. Ich war jetzt ein anderer Mensch als das Mädchen, das davon geträumt hatte, Modedesignerin zu werden.

Ich seufzte und ließ die Hand sinken, während ich den Blick über all die Dinge schweifen ließ, die an der Wand hingen. Ich runzelte die Stirn, als ich etwas entdeckte.

Es war die Landkarte, die ich dort aufgehängt hatte, als ich meine Reisen geplant hatte. Ich hatte an der Karte ausgeschnittene Fotos von den Orten befestigt, die ich mit Jamie hatte besuchen wollen. Jetzt sah die Karte allerdings ganz anders aus. Ich trat näher heran. Meine Neugierde war geweckt.

Und plötzlich stürzte die emotionale Schutzmauer, die ich um mich errichtet hatte, brutal ein.

Es war der Anblick der Karte, der mich so tief berührte. Und der Anblick der Fotos und Postkarten, die meine Eltern an der Karte befestigt hatten. Jedes Mal, wenn ich an einen neuen Ort gereist war, hatte ich Fotos und Karten geschickt. Auf jedem Bild war das Datum vermerkt, an dem ich dort angekommen war, und das Datum, an dem ich wieder abgereist war. Ich schluchzte. Sie hatten meine Reise ganz genau verfolgt. Sie hatten alles auf der Karte vermerkt und waren mir mit ihren kleinen Pins und Flaggen überallhin gefolgt. Mein Kinn zitterte, und Tränen rannen mir unkontrollierbar über das Gesicht, während mein Blick über all die Länder glitt, die sie markiert hatten: Italien, Deutschland, Griechenland, Zypern, Spanien, Frankreich, Irland, Schottland und noch einige mehr. Mein Blick blieb an dem Foto hängen, das knapp unter London, England, hing – ein Foto, das ich ihnen vor sechs Monaten geschickt hatte. Es zeigte Toby und mich. Wir lächelten beide, während ich meine linke Hand in die Kamera hielt, um meiner Familie den funkelnden Ring an meinem Finger zu zeigen. Eine Post-it-Notiz klebte unter dem Bild. Meine Mutter hatte mit ihrer wunderschönen Handschrift darauf geschrieben.

Ellie ist endlich angekommen.

Ich schloss die Augen und schlang die Arme um meinen Körper, während die Tränen weiter über mein Gesicht rannen und mein Atem flach ging. In dem Moment kam die Wut: eine irrationale, brennende Wut, die sich in meinem Bauch ausbreitete. Ich öffnete die Augen und sah zur Karte. Ich war herumgezogen, hatte Spaß gehabt – „davonlaufen“ hatte meine Mom es genannt –, statt hier zu sein, Zeit mit meiner Familie zu verbringen, gemeinsame Erinnerungen zu schaffen. Ich war damals gegangen, ohne daran zu denken, dass so etwas Fürchterliches passieren könnte. Ich hätte mir nie vorstellen können, dass ich meinen Vater beim Abschied auf dem Rasen vor dem Haus das letzte Mal umarmen würde. Und dass ich vielleicht auch meine Mom nie wieder in die Arme schließen könnte, wenn sie nun nicht wieder aufwachte. Ich hatte es als selbstverständlich betrachtet, dass sie da waren, hatte angenommen, jederzeit zurückkehren und dort weitermachen zu können, wo wir aufgehört hatten. Ich hatte mich so getäuscht.

Ohne nachzudenken, streckte ich die Arme aus, packte die Fotos, die Karte und die Postkarten und riss sie von der Wand. Es war mir egal, dass die Pins in alle Richtungen flogen und bunt verstreut auf dem Teppich landeten. Es war mir egal, dass ich mir an dem Papier die Fingerspitzen zerschnitt, als ich die Karte in kleine Teile zerriss. Ein kehliger Laut kam mir über die Lippen, als ich mich bückte und den größten Teil der Karte aufhob, ihn noch einmal in der Mitte durchriss und die Stücke zerknüllte, bevor ich sie wieder auf den Boden warf.

Tränen tropften auf mein pinkfarbenes T-Shirt. Ich rang nach Luft und trat nach den Fotos auf dem Boden, die in alle Richtungen stoben. Meine Beine versagten mir den Dienst. Ich sank zu Boden, schlug die Hände vors Gesicht und weinte.

Ich war mir nicht sicher, wie lange ich dort saß. Wahrscheinlich sehr lange. Irgendwann versiegten die Tränen, und mein Atem ging wieder ruhiger. Ich war nicht aufgestanden. Ich war nur zur Wand gerutscht, um mich mit dem Rücken anzulehnen, und hatte die Knie angezogen. Und so fand Stacey mich. Mit glasigen Augen, mit Kopfschmerzen, inmitten von Reiseandenken, die wild auf dem Boden verteilt waren. Mein Kopf fühlte sich umnebelt an, und die Wut tobte noch immer in meinem Innersten.

„Ellie, was ist hier passiert?“, wollte sie wissen, als sie ins Zimmer kam und das Chaos erblickte.

Ich sah auf und zuckte nur die Achseln. Ich fand keine Worte.

Sie presste die Lippen aufeinander. Ich schloss die Augen, als ich das Mitgefühl in ihrem Blick sah. Sie sagte kein Wort, kam nur zu mir und ließ sich neben mich auf den Boden sinken. Sie legte den Arm um mich. Ich neigte den Kopf und schmiegte ihn an ihre Schulter. Ich war ihr so dankbar für die Umarmung, die ich in diesem Moment so dringend brauchte.

Sie atmete tief durch und strich mir beruhigend über den Arm. „Deine Nana hat mich angerufen und mich gebeten, nach der Arbeit hierherzukommen. Sie meinte, du hättest einen harten Tag gehabt und könntest ein bisschen Aufmunterung vertragen.“

„Oh.“ Ich hatte mich schon gefragt, warum meine Freundin einfach so hier aufgetaucht war.

Sie wandte sich mir zu und gab mir einen sachten Kuss auf die Haare. „Geht es dir gut?“, flüsterte sie.

Wieder zuckte ich mit den Schultern. Im Augenblick war ich mir nicht sicher, wie es mir ging. „Eigentlich nicht“, gab ich zu, löste mich von ihr und wischte mir über die tränennassen Augen. „Ich schätze, es war alles zu viel für mich. Ich sah die Landkarte, und meine Mom, sie hat …“ Finster blickte ich auf ein Foto von Natalie und mir, das entstanden war, als wir gerade in Frankreich Weintrauben gepflückt hatten. Es ragte unter einem Schnipsel der Karte hervor. „Ich weiß es nicht. Ich schätze, ich war einfach wütend."

„Worauf?", fragte Stacey.

„Auf mich. Weil ich gegangen bin. Ich hätte hier sein müssen. Ich hätte niemals verreisen sollen, oder ich hätte vor zwei Jahren wiederkommen müssen, als Natalie ging. Ich hätte niemals in London bleiben dürfen."

Stacey schwieg ein paar Sekunden lang. Dann streckte sie den Arm aus und nahm das Foto, auf dem ich vor dem Eiffelturm stand. Sie lächelte, bevor sie es mir zeigte. „Als deine Mom dieses Bild bekam, fuhr sie extra in die Stadt und kam in das Café, in dem ich arbeitete, um es mir zu zeigen. Sie erzählte mir, wie stolz sie auf dich sei, weil du deinen Traum leben und all diese wundervollen Dinge sehen würdest. Sie stand am Tresen, während ich die Leute bediente, und prahlte damit, wie ihre kluge, umwerfende Tochter sich eine Auszeit nahm und die Welt bereiste. Sie war so unglaublich stolz auf dich, Ellie. Sie hat es dir nie gesagt, als du noch hier gelebt hast, aber als du fort warst, hat sie ständig über dich geredet."

Ich starrte auf meine Hände und bemerkte zum ersten Mal die Schnitte von dem Papier, während ich Staceys Worte in mich aufnahm.

„Ellie, du musstest fortgehen. Es war das Beste für dich. Du brauchtest Zeit für dich, um dich von allem zu erholen, um dich selbst zu finden, nachdem …" Sie biss die Zähne aufeinander. „Nach *ihm*."

Nach ihm. Jamie. Der Junge, der mich dazu gebracht hatte, mich in ihn zu verlieben, um mich dann vollkommen zu zerstören. Ich schluckte den Kloß herunter, der sich beim bloßen Gedanken an ihn in meinem Hals gebildet hatte. Drei Jahre waren seitdem vergangen, und es tat immer noch weh, an ihn zu denken. Es riss alte Wunden auf, und mein Herz blutete.

Ich wusste, dass sie recht hatte. Die Reise war nötig gewesen. Ich hatte fortgehen *müssen.* Ich war zerstört und verloren gewesen. Der Schmerz war so tief gegangen, dass ich manchmal nicht daran geglaubt hatte, mich jemals wieder davon erholen zu können. Doch die Zeit im Ausland hatte mir geholfen. Natalie war eine große Unterstützung gewesen, und an unterschiedliche Orte zu reisen, an denen mich nichts an ihn erinnerte, hatte ebenfalls geholfen. Toby hatte geholfen.

„Ich hätte mir aber die Zeit nehmen müssen, um sie zu sehen oder mit ihnen zu reden. Ich hätte zurückkommen und sie besuchen sollen. Ich hätte Toby mitbringen sollen, damit er sie kennenlernt. Ich hätte so vieles anders machen sollen", sagte ich, und meine Stimme brach.

„Späte Einsicht ist eine miese Bitch", erwiderte Stacey leise.

„Wie wahr", murmelte ich.

Stacey legte den Kopf schräg und lächelte mich traurig an. Sie streckte den Arm aus und nahm meine Hand. „Du machst dich nur selbst verrückt, wenn du so denkst." Sie malte einen Kreis auf meinen Handrücken. „Du brauchst eine Pause. Du stehst unter enormem Stress. Es ist so viel zu tun und zu bedenken, dass du ein bisschen Abstand brauchst. Ich habe eine Idee." Ihre Augen leuchteten, als sie die Schultern straffte. „Wir gehen heute Abend aus. Abendessen – nur wir beide. Und danach nehmen wir vielleicht einen Drink oder zwei. Du musst dich ein bisschen entspannen, sonst bekommst du noch einen Nervenzusammenbruch.“ Sie sah sich in meinem verwüsteten Zimmer um und zog die Augenbrauen hoch. „Na ja, wohl eher *noch* einen Nervenzusammenbruch“, korrigierte sie sich.

Ich schüttelte den Kopf. „Nein, mir ist nicht danach.“

Wieder zog sie eine ihrer perfekt gezupften Augenbrauen hoch. „Du wirst mitkommen. Keine Widerworte. Du hattest seit drei Jahren keinen anständigen amerikanischen Cheeseburger mehr. Ich führe dich aus. Ende der Durchsage.“

Ich lachte freudlos. Ich wusste, dass man diesem Mädchen nicht widersprechen konnte – Stacey bekam immer das, was sie wollte, und das wusste sie auch. Im Übrigen würde es mir tatsächlich guttun, mal an etwas anderes zu denken – auch wenn es nur für eine oder zwei Stunden war. Ich seufzte resigniert. „Also gut. Mit dem Cheeseburger hast du mich überzeugt.“

„Braves Mädchen.“ Sie grinste. „Ach, wie wäre es vorher mit einer Dusche? Nichts für ungut, Ellie, aber … du stinkst.“ Sie wedelte sich übertrieben mit der manikürten Hand vor der Nase herum.

„Unverschämtheit!“, sagte ich lachend und erhob mich. Mit gesenktem Kopf schnüffelte ich an meiner Achselhöhle. Seit ich aus London zurückgekommen war, hatte ich nicht mehr geduscht. Ich hatte schlichtweg keine Zeit gehabt. Und keine Lust. Vier Tage und ein Langstreckenflug. Sie hatte recht: Ich roch ein bisschen streng. „Igitt. Ich gehe sofort duschen“, murmelte ich und zog angewidert die Nase kraus.

9. Kapitel

JAMIE

Der Fußboden und die Wände in dem Büro, das ich am zweithäufigsten benutzte, vibrierten vom Bass der Musik, die unten im Club gespielt wurde. *Red's,* der Neuzugang unter meinen Clubs, hatte in den letzten Monaten von einem Upgrade des Soundsystems und einem kompletten Umstyling profitiert. Ich hatte mir überlegt, dass eine Renovierung die etwas anspruchsvolleren Studenten in den Club locken würde, die von Haus aus mehr Geld für Getränke hatten, sodass auch der Eintrittspreis angehoben werden könnte. Doch mit der Musik, die den Whiskey in meinem Glas erzittern ließ wie der T-Rex das Wasserglas in *Jurassic Park*, hatte ich möglicherweise einen Riesenfehler gemacht. Ich konnte mich nicht konzentrieren. Und das hieß, dass ich den Mist gleich morgen noch mal überarbeiten lassen musste. Mit diesem Club wollte ich nicht unbedingt Geld verdienen – was den Gewinn betraf, stand dieser Club ziemlich unten auf der Liste. Die acht Clubs und Bars, die ich überall in der Stadt besaß, hatten in erster Linie einen Zweck: Dort wurde das Geld aus meinen nicht ganz legalen Unternehmungen gewaschen. Ich musste nur etwas Kreativität an den Tag legen, was den Papierkram betraf, und meinen extrem überbezahlten Buchhalter den Rest erledigen lassen.

Während ein Song ohne Pause in den anderen überging, stöhnte ich und schloss die Augen. Ich hob die Hände und massierte mir die Schläfen. Gleich morgen würde ich jemanden damit beauftragen, mein Büro schalldicht zu machen.

Ein Klopfen an der Tür riss mich aus dem Grübeln.

„Was ist?“, stieß ich missmutig hervor, beugte mich vor und nahm meinen Drink.

Dodger steckte den Kopf ins Zimmer. „Alberto Salazar ist hier. Sein Wagen hat gerade draußen gehalten.“

„Okay. Sag Ed, er soll ihn ins Büro bringen, ja?“, erwiderte ich.

Dodger runzelte die Stirn. „Es sieht so aus, als hätte er Mateo mitgebracht.“ Er spuckte den Namen fast aus. Seine Verachtung war nicht zu übersehen.

„Oh, toll.“ Ich schnaubte, hob das Glas an die Lippen und trank die bernsteinfarbene Flüssigkeit in einem Zug aus. Ich genoss das Brennen in meinem Hals und spürte, wie die Hitze sich bis in meinen Magen ausbreitete. Ich hatte um ein Treffen mit dem älteren der Salazar-Brüder gebeten und nicht mit seinem soziopathischen Bruder. Mateo war wie eine Kanonenkugel, die man abgeschossen hatte. Er war bekannt dafür, unbesonnen und rücksichtslos zu sein. Meistens hatte er einen irren Ausdruck in den Augen, als würde er sich gerade zwanzig verschiedene Arten ausdenken, sein jeweiliges Gegenüber umzubringen. Ich hatte Gerüchte über ihn gehört – nicht zuletzt über seine Vorliebe für kleine Mädchen, die zu jung waren, als dass es legal gewesen wäre. Mateo Salazar war der einzige Mensch auf dieser Welt, dem ich gern direkt zwischen die Augen geschossen hätte. Dafür wäre ich sogar in den Knast gegangen, denn Arschlöcher wie er sollten sich nicht auf unseren Straßen bewegen dürfen. Doch ihn umzubringen, würde einen Krieg heraufbeschwören, in den ich meine Mitarbeiter nicht verwickeln wollte.

Ich sah Dodger an und bemerkte die Sorge in seinem Blick. Er machte sich Sorgen wegen Mateo – und das vermutlich zu Recht. Als ich das letzte Mal auf Mateo getroffen war, hatte der kleine Arsch versucht, mich zu töten. Er hatte eine Waffe auf mich gerichtet. An einem belebten Ort zu sein, wenn wir uns wiederbegegneten, wäre deshalb ohne Zweifel die richtige und sicherere Wahl. „Ich sag dir was: Da der Junkie mit dabei ist, sollten wir uns unten treffen“, schlug ich besonnen vor.

Dodger entspannte sich sichtlich, als er meinen Vorschlag hörte, und seine Schultern sanken ein Stückchen nach unten. „Gute Idee.“

Ich erhob mich, nahm mein Springmesser und steckte es in die Hosentasche, ehe ich zu Dodger ging. Ich trug nicht gern Waffen – dafür hatte ich Leute, die ich gut bezahlte –, aber auf keinen Fall würde ich mich Mateo vollkommen unbewaffnet nähern. „Also komm, Kumpel. Lass uns die beiden Mistkerle daran erinnern, wer hier in der Stadt das Sagen hat.“ Ich griff ihn an der Schulter und drückte sie ermutigend. Dodger hasste diesen Teil unserer Arbeit. Er liebte Autos. Er hatte schon mehrfach versucht, mich davon zu überzeugen, die übrigen Geschäftszweige abzustoßen und anderen Organisationen zu überlassen. Doch ich war kein Typ für halbe Sachen.

Als wir die Treppe hinuntergingen, wurde die Musik lauter. Als ich den Club betrat, sah ich mich um und bemerkte, wie viele Leute anwesend waren. Carl, einer der Securityleute, der am Fuß der Treppe zu meinem Büro stand und die Gäste davon abhielt, nach oben zu gehen, nickte mir zu. „Boss.“

Ich trat zu ihm und wies mit dem Kinn auf einen Tisch am anderen Ende des Clubs, der durch die Horden von Leuten, die hier Spaß hatten und ihr wohlverdientes Geld verprassten, kaum zu sehen war. Der Tisch lag gegenüber vom DJ-Pult und den eins fünfzig hohen Lautsprechern, die an der Bühne montiert waren. Im Augenblick saßen sechs Frauen an besagtem Tisch und teilten sich eine Flasche billigen Hauswein.

„Carl, sorg bitte dafür, dass der Tisch für mich geräumt wird, ja? Gib ihnen zwei Flaschen Champagner für ihre Unannehmlichkeiten“, wies ich den Securitymann an. Es waren noch andere Tische frei, aber der Tisch eignete sich für meine Zwecke am besten: Er lag ruhig, abseits des größten Trubels, doch immer noch mitten im Club, sodass Mateo sich im Zaum halten würde.

„Wird gemacht.“

„Es werden gleich noch andere Securitymitarbeiter kommen. Ich habe einen Geschäftstermin. Halte dich einfach im Hintergrund und behalte wie immer die Gäste im Auge. Ja?“, wies ich ihn an. Carl war ein Securitymann, den ich wegen seiner beeindruckenden Größe eingestellt hatte und der dazu da war, in den Clubs dafür zu sorgen, dass Ruhe herrschte und es gar nicht erst zu Streitigkeiten kam.

Ich beobachtete, wie er zum Tisch ging, sein freundlichstes Lächeln aufsetzte und den Damen erklärte, dass sie den Platz räumen müssten, weil Mr. Cole persönlich ihn brauchte. Ich blieb nicht länger, um die Szene mitzuverfolgen, sondern drängte mich durch die Menschenmenge. Ich ging an der Tanzfläche vorbei, begrüßte jeden, den ich kannte, und lehnte freundlich ein paar Drinks von Stammgästen ab, deren Namen ich eigentlich kennen sollte, ohne es zu tun.

„Soll ich bei dem Meeting mit am Tisch sitzen?", bot Ed an, der an meine Seite trat, als ich es endlich bis zur Garderobe geschafft hatte.

Ich schüttelte den Kopf. „Dodger und ich kommen schon zurecht."

Mir entging nicht, dass er plötzlich einen enttäuschten Ausdruck in den Augen hatte und die Kiefer aufeinanderpresste. Ed hasste es, dass ich ihn nicht in die Geschäfte der Organisation miteinbezog. Ich war mir ziemlich sicher, dass er mich dafür hasste, dass ich Bretts Team übernommen und ihn herabgestuft hatte. Er war immerhin alt genug, um mein Vater zu sein. Es machte ihn wahrscheinlich unendlich wütend, einen Chef zu haben, der nur halb so alt war wie er, der ihm sagte, was er zu tun hatte, und der ihn degradierte. Tja, Pech für ihn.

Er machte den Mund auf, um zu protestieren und mir noch einmal zu sagen, wie nützlich er mir sein könne. Doch in dem Moment ging die Tür auf, und die Salazar-Brüder kamen in Begleitung von drei Leuten aus ihrem Team herein.

Alberto ging voran – groß gewachsen, schlank und selbstsicher. Mit ausgestreckter Hand kam er auf mich zu. Ich zog eine Augenbraue hoch und starrte ungläubig auf seine Hand und dann wieder in sein Gesicht. Ich machte mir nicht die Mühe, seine höfliche Geste zu erwidern. Er hatte in meinem Territorium Drogen verkaufen lassen. Ich hatte ihn nicht herbestellt, um Höflichkeiten auszutauschen. Nach ein paar Sekunden begriff er und ließ die Hand wieder sinken.

„Kid Cole. Schön, dich wiederzusehen“, begrüßte er mich. Sein mexikanischer Akzent war unüberhörbar.

Ich antwortete ihm nicht, sondern sah nur an ihm vorbei zu seinem Bruder. Mateo war nicht so groß und auch nicht so trainiert wie Alberto, doch er hatte eine Art an sich, die mir Unbehagen bereitete. Ich hatte schon immer eine gute Menschenkenntnis besessen, und mein Magen sagte mir, dass Mateo mich eher umbringen als begrüßen würde. Er strahlte etwas Verrücktes aus. Wäre sein Bruder nicht gewesen, der Einfluss auf ihn hatte, hätte er die Grenzen unserer Vereinbarung bestimmt schon vor langer Zeit übertreten.

Mateo richtete seine braunen Augen auf mich. Belustigung stand in ihnen. Eine tätowierte schwarze Träne im rechten Augenwinkel hob sich von seiner olivfarbenen Haut ab. Ebenso wie das Tattoo einer Spinne, das er am Hals trug. Als er die Hand hob und sich am Kinn kratzte, sah ich die dünnen schwarzen Linien, die wie bei einer Strichliste an seinem linken Zeigefinger zu erkennen waren. Es war der Finger, mit dem er den Abzug betätigte. Gerüchte besagten, dass jede Linie für einen Mord stand, den er begangen hatte. Ich zählte zwei Blöcke mit je fünf Strichen und noch einen weiteren Strich. Es schien, als wäre er seit unserer letzten Begegnung fleißig gewesen. Als er vor einigen Monaten die Waffe auf mich gerichtet hatte, hatte ich nur neun Striche gezählt.

Mateo sagte nichts. Er verzog respektlos die Lippe, als ich ihn von oben bis unten musterte, um einzuschätzen, ob ich heute noch Probleme mit ihm bekommen würde. Er wirkte ein wenig nervös, was ohne Zweifel eine Folge seiner Heroinabhängigkeit war. Doch er sah so aus, als hätte er sich unter Kontrolle.

Ich wandte meine Aufmerksamkeit Alberto zu. „Musstest du den da mitbringen?", fragte ich und wies mit dem Kinn auf Mateo. Ich beachtete das Knurren und die spanischen Schimpfwörter nicht weiter, die Mateo mir daraufhin entgegenschleuderte.

Alberto zuckte die Achseln. Ein Lächeln umspielte seine Mundwinkel. „Ich kann ihn leider nicht allein lassen", entgegnete er. Ich lachte schnaubend. Wenigstens waren wir beide ehrlich zueinander. Ich mochte Alberto nicht, und auch die Art, wie er Geschäfte machte oder mit seinen billigen Drogen handelte, missfiel mir. Aber zumindest hielt er für gewöhnlich sein Wort.

„Im Club sind keine Waffen erlaubt. Wenn ihr welche bei euch habt, könnt ihr sie hier abgeben und auf eurem Weg nach draußen wieder mitnehmen", erklärte ich und winkte einen meiner Securitymitarbeiter heran.

Mateos Blick verfinsterte sich, und er griff reflexartig zu der Waffe, die er unter seiner braunen Lederjacke trug. Alberto jedoch nickte nur, schob die Hand in seine Jacke, zog eine schwarze Halbautomatik hervor und legte sie auf das Tablett, das der Securitymann ihm entgegenhielt. Seine Männer folgten seinem Beispiel und legten ebenfalls ihre Waffen ab. Mateo hingegen machte noch immer keine Anstalten, der Aufforderung zu folgen.

Ich zog eine Augenbraue hoch, straffte die Schultern und sah ihn an. Mein Blick sagte ihm, dass er ruhig versuchen sollte zu tun, was er offensichtlich vorhatte.

In diesem Moment trat Dodger vor. „Wenn es dir lieber ist, kannst du auch im Auto mit deiner Knarre spielen, während die großen Jungs das Geschäftliche besprechen“, schlug er herablassend vor. Ich grinste ihn an.

Ein paar Sekunden verstrichen, ehe Alberto sich seinem Bruder zuwandte und etwas auf Spanisch sagte, was ich nicht verstand. Mateo biss wütend die Zähne zusammen, holte dann jedoch seine Waffe mit dem Griff aus Elfenbein sowie das dazu passende Messer hervor und legte beides zu den anderen Waffen auf das Tablett. Sein Blick wurde sehnsüchtig, als er dem Wachmann hinterhersah, der die Waffen ins Büro der Security trug.

„Perfekt. Dann folgt mir.“ Ohne zu warten, drehte ich mich um, ging durch die Doppeltür in den Hauptbereich des Clubs und zu dem Tisch, den Carl für mich hatte räumen lassen.

Die Bedienung – ein schlankes Mädchen mit golden getönter Haut und rabenschwarzem Haar – kam sofort an unseren Tisch. Sie schlängelte sich durch die Menge und stellte schweigend eine Flasche Whiskey und vier gefüllte Gläser auf unseren Tisch, bevor sie wieder ging.

Ich beobachtete Mateo, der der Kellnerin hinterherblickte. „Ich dachte, du wärst erst gestern festgenommen worden“, sagte ich, griff nach einem Glas und nahm einen Schluck.

Mateo rollte die Schultern und sah mich an. „Sie hatten nicht genug gegen mich in der Hand, um mich dazubehalten.“

Ich hatte von meiner Quelle bei der Polizei gehört, dass Mateo wegen schwerer Körperverletzung am Tag zuvor verhaftet worden war. Nach allem, was ich mitbekommen hatte, war der Fall eigentlich klar gewesen. Es hatte eine Reihe von Zeugen gegeben, die bestätigt hatten, dass Mateo ein Billardqueue durch den Oberschenkel seines Gegners gestoßen hatte, weil er ein Frame verloren hatte.

„Ach, wirklich? So ein Jammer." Es war echt ein Jammer.

Ein großspuriges Grinsen breitete sich auf seinem Gesicht aus. „Es stellte sich heraus, dass die Zeugen es sich im letzten Moment doch noch anders überlegt hatten und nicht aussagen wollten."

Alberto beugte sich vor und nahm sein Glas in beide Hände. „Hör mal, können wir vielleicht zu dem Grund kommen, aus dem du mich gebeten hast, heute Abend hier zu erscheinen? Dieses Geplänkel kostet nur Zeit, und ich bin mir sicher, dass wir beide Besseres zu tun haben."

Direkt auf den Punkt kommen. Das gefiel mir. „Gut", stimmte ich zu und wandte ihm meine volle Aufmerksamkeit zu. „Ich möchte, dass du dich verdammt noch mal aus meinen Clubs fernhältst. Wenn du das nächste Mal so respektlos bist, Dealer in einen meiner Clubs zu schicken, wirst du solchen Ärger bekommen, dass du nicht mehr weißt, wie dir geschieht. Du kennst deine Grenzen. Wir erlauben dir, deinen Müll im angemessenen Rahmen auf der Straße zu verticken." Ich beugte mich vor und sah ihm direkt in die Augen, damit er wusste, dass ich jedes Wort ernst meinte. „Wenn du diese Grenze noch einmal übertrittst, werde ich alles, was du dir aufgebaut hast, zerstören. Glaube ja nicht, dass ich nicht wüsste, wo du deinen Scheiß kochen lässt. Ein Telefonanruf reicht, und ich kann innerhalb von Minuten dafür sorgen, dass deine Labore und Drogenküchen in Schutt und Asche gelegt werden. Und dann will ich mal sehen, wie du deine Geschäfte weiterführst."

Sein Auge zuckte ein wenig, als ich geendet hatte. „Komm schon, Kid. Lass uns vernünftig sein."

Ich lehnte mich auf meinem Stuhl zurück, nahm meinen Drink und sah Alberto über den Rand des Glases hinweg an. „Vernünftig", wiederholte ich. „Also glaubst du, dass ich unvernünftig bin?"

Er zuckte fast unmerklich zusammen. Seine Schultern wirkten mit einem Mal angespannt, als er die unterschwellige Drohung in meiner Stimme wahrnahm. Er wusste, dass ich ihn von einer Sekunde auf die andere vernichten konnte. „Nicht unvernünftig, nein", machte er einen Rückzieher. „Ich denke nur, dass du nicht darüber nachdenkst, dass eine Zusammenarbeit zwischen uns beiden durchaus gut sein könnte."

Ich musste lachen. „Was genau sollte es mir bringen, mich mit Kerlen wie euch beiden zu belasten?" Ich schenkte mir noch Whiskey nach und schüttelte belustigt den Kopf.

Die zahlreichen Gäste in der Nähe unseres Tisches wurden zusehends unruhiger und lauter. Ein paar Typen stießen Jubelschreie aus und ließen die Flaschen klirren. Ich sah zu ihnen hinüber. In dem Moment fesselte ein kupferroter Blitz nahe eines Podiums meine Aufmerksamkeit. Selbst im dunklen Club wirkte die Farbe wie ein Leuchtfeuer, lockte mich, fesselte mich.

Oh Scheiße. Das kann nicht sein. Auf keinen Fall. Sie kann nicht hier sein … Oder etwa doch?

Ich hatte gerade einen Schluck trinken wollen und hielt nun mitten in der Bewegung inne. Mit leicht zusammengekniffenen Augen sah ich zwischen den Leuten hindurch, wollte, dass das Mädchen sich wenigstens ein Stückchen umdrehte, damit ich einen Blick auf sein Gesicht erhaschen konnte. Ob sie es tatsächlich war?

Dreh dich um. Bitte, dreh dich um …

„Na ja, wir haben uns eine ziemlich große Anhängerschaft erarbeitet“, sagte Alberto und holte mich zurück in die Wirklichkeit.

Dodger schnaubte verächtlich. „Eine Anhängerschaft? Du klingst, als wärt ihr eine verdammte Sekte.“

Ich schluckte und blinzelte ein paarmal. Ich zwang mich, meinen Blick von dem rothaarigen Mädchen zu lösen, obwohl es mich unglaublich große Anstrengung kostete. „Es ist mir egal, wie lang die Liste mit euren Kunden ist. Wir haben unsere eigenen Kunden. Erstklassige Kunden. Wir müssen uns nicht mit Leuten beschäftigen, die auf der Straße mit Drogen dealen. Das habe ich euch schon mal erklärt.“

„Ja, aber ich wette, unsere Fixkosten sind viel niedriger als eure. Im Vergleich zu euch machen wir doppelt so viel Gewinn pro Unze“, hielt Alberto dagegen. „Wenn ihr unser Produkt verkaufen und an eure Kunden weitergeben würdet, könnten wir alle davon profitieren.“

„Meine Kunden wären nicht mehr meine Kunden, wenn ich versuchen würde, ihnen so minderwertigen Mist zu verkaufen wie euer mit Levamisol gestrecktes Kokain“, erwiderte ich ruhig. Wir hatten diese Diskussion schon einmal geführt. Mein Standpunkt war damals der gleiche gewesen.

Ganz unwillkürlich wanderte mein Blick zurück zu dem rothaarigen Mädchen. Ich beobachtete, wie die Haare der jungen Frau über ihren Rücken strichen, als sie tanzte, wie ihre schwarze Jeans ihre Hüften und ihren Po umschmeichelten. Ich wurde unruhig und wünschte mir nichts sehnlicher, als dass sie sich umdrehte. Und als hätte sie gespürt, dass ich sie beobachtete und mit angehaltenem Atem darauf wartete zu erfahren, ob diese junge Frau die Frau war, in die ich mich so unsterblich verliebt hatte, hakten sie und die hochgewachsene blonde Sexbombe, mit der sie zusammen getanzt hatte, einander unter und drehten sich um. Sie waren ein bisschen angetrunken und kicherten.

Die Luft blieb mir weg, als mein Blick tatsächlich auf die junge Frau fiel, die mir mit ihrem unschuldigen Erröten und ihrem wunderschönen Lächeln das Herz gestohlen hatte. Ellie hatte mich immer bezaubert – schon als ich sie zum ersten Mal gesehen hatte. Und drei Jahre später hatte sich nichts daran geändert. Sie war so wunderhübsch, dass mein Herz zu jubeln begann. Für mich war sie perfekt. Alles an ihr war faszinierend – von ihren leuchtend roten Haaren über ihre Nase mit den Sommersprossen bis hin zu ihren Füßen, die so oft in Converse-Schuhen steckten. Dieses Mädchen stand in meiner Welt noch immer für das Gute, das Richtige.

Ich konnte den Blick nicht von dieser Frau wenden. Ich sah zu, wie sie mit ihrer Freundin anstieß, bei der es sich, wie ich nun feststellte, um Stacey handelte. Beide tranken ihre Gläser aus. Ich konnte mir ein Lächeln nicht verkneifen, als Ellie zusammenzuckte, den Handrücken hob und auf ihren Mund legte und ein paar Sekunden lang die Nase kräuselte. Das tat sie immer, wenn sie einen Shot trank. Das hatte mir gefehlt. Eine winzige Geste, bei der sich mein Herz sehnsüchtig zusammenzog und ich Lust verspürte.

„Kid?“ Albertos Stimme klang weit entfernt und fast wie aus der Erinnerung, als ich so dasaß und gefesselt von Ellies Anblick war.

Stacey warf einen Blick über ihre Schulter, wandte sich dann wieder Ellie zu, grinste, ergriff ihre Hand und zog sie zu einem Podium. Es waren nur kleine erhöhte Bühnen, auf denen samstagnachts manchmal Tänzerinnen den Leuten einheizten. An einem gewöhnlichen Abend unter der Woche waren die Bühnen dagegen leer, und die jungen Frauen kletterten gern hinauf, um etwas mehr Platz zum Tanzen zu haben. Ellie war zurückhaltend und schüttelte den Kopf, während ihr die Röte in die Wangen stieg. Das konnte ich selbst im schummrigen Licht und quer durch den Club erkennen. Ich lächelte. Es hatte ihr noch nie gefallen, im Mittelpunkt des Interesses zu stehen. Doch Stacey war unerbittlich und kletterte nun selbst auf das Podium, das ungefähr einen Meter zwanzig hoch war. Mit einem flehenden Gesichtsausdruck sah sie Ellie an, bis diese schließlich nachgab und ebenfalls auf die kleine Bühne stieg.

„Kid!“ Die Stimme klang nun lauter. Ich drehte mich um und blickte Alberto finster an.

„Was ist?“, entgegnete ich wütend. Sah er denn nicht, dass ich gerade verdammt noch mal beschäftigt war?

Er zog eine seiner buschigen schwarzen Augenbrauen

hoch. „Ist alles in Ordnung? Du wirkst irgendwie abwesend.“ Sein Tonfall war knapp. Offensichtlich war er wütend darüber, dass ich ihm nicht meine ungeteilte Aufmerksamkeit schenkte.

Mateo rutschte auf seinem Stuhl nach vorn. Er hatte den Blick auf Ellie gerichtet, die inzwischen auf dem Podium tanzte. Ihre Bewegungen waren zurückhaltend, weil die Leute ihr zusahen. „Kennst du das Mädchen?“

„Nein“, antwortete ich, ohne zu überlegen. Ich hatte schroffer geklungen, als ich beabsichtigt hatte. „Die Kleine hat nur einen hübschen Arsch, das ist alles“, schwindelte ich, zuckte mit den Schultern und wollte, dass die Salazars mir das abnahmen.

Mateo lehnte sich wieder zurück. Ein bedächtiges Lächeln breitete sich auf seinem Gesicht aus, und wie von selbst fiel mein Blick auf die weiße Narbe, die sich durch seine Unterlippe zog. „Sie hat tatsächlich einen hübschen Arsch“, stimmte er mir zu, nahm seinen Drink und trank davon. Sein stechender Blick traf mich. Aufregung stand darin.

Ich packte die Tischkante so fest, dass meine Finger schmerzten, und versuchte, mir nichts anmerken zu lassen. Ich musste weiterhin das Heft in der Hand haben, durfte keine Emotionen zeigen oder verraten, wie wichtig Ellie mir war. Ein Grund, dass ich so viel Macht in der Stadt hatte, war der, dass die Leute nicht wussten, wie sie mich herausfordern konnten. Ich hatte nichts, was mir wirklich am Herzen lag, also hatten meine Gegner und Konkurrenten nichts in der Hand, um mich damit zu erpressen. Es spielte keine Rolle für mich, ob ich nun lebte oder starb, weil ich ohnehin nichts hatte, für das es sich zu leben lohnte. Diese Einsamkeit machte mich hart, selbstsicher, sehr anmaßend und praktisch unbesiegbar. Ich hatte weniger Angst als die Leute, die mehr zu verlieren hatten als ich. Daran durfte sich nichts ändern.

„Lass uns das hier schnell hinter uns bringen, ja? Ich habe dich hierhergebeten, um dir zu sagen, dass du dich mit deinen Drogen von meinen Clubs fernhalten sollst. Ich glaube, ich habe mich klar ausgedrückt, also ist das Meeting hiermit beendet“, stieß ich hervor.

Alberto seufzte schwer und schüttelte den Kopf. „Hör mal, Kid. Ich entschuldige mich dafür, wenn einer unserer Dealer in einen deiner Clubs gekommen ist. Ich weiß nicht, wer es war, aber ich werde es herausfinden und denjenigen oder diejenigen bestrafen. Wir haben es nicht angeordnet, also war es wahrscheinlich nur ein Dealer, der ein paar zusätzliche Dollar machen wollte, indem er die Drogen in einem Club vertickt. Können wir diesen Vorfall einfach vergessen und unser Verhältnis davon nicht beeinflussen lassen?“

Mateo war inzwischen total abgelenkt, interessierte sich überhaupt nicht mehr für das Gespräch und tippte abwesend auf seinem Handy herum. Er grinste schief. Ich wollte ihm einfach nur ins Gesicht schlagen.

„Wir haben kein Verhältnis zueinander. Ich erlaube es dir, deinen Geschäften nachzugehen, und du bist dankbar dafür“, entgegnete ich trocken. Der Drang, zu Ellie zu blicken, wurde immer stärker, und ich konnte mich kaum noch zurückhalten, ihm nachzugeben. Mein Körper war angespannt, und es fiel mir schwer, nicht unruhig auf meinem Stuhl hin und her zu rutschen. Ich wollte zu ihr gehen. Ich packte die Tischkante noch ein bisschen fester, um nicht aufzuspringen und zu ihr zu laufen.

„Aber es könnte so viel mehr sein. Wir können dir helfen. Wir haben die Menge und könnten der Organisation so viel bringen“, beharrte Alberto.

„Ärger, weil ihr uns beleidigt, oder was?“, meldete Dodger sich zu Wort.

„Sei nicht so“, bat Alberto ihn.

Aus den Augenwinkeln sah ich einen groß gewachsenen, gut gebauten Mann, der sich durch die Menge schlängelte und auf Ellie zusteuerte. Neben ihrem Podium blieb er stehen. Ich verzog den Mund und ballte unbewusst die Hände zu Fäusten. Der Kerl war groß, über eins fünfundneunzig, also war sein Gesicht auf Brusthöhe mit den Mädchen, als er sich nun vorbeugte und sie ansprach. Stacey lachte und schüttelte den Kopf. Ellie sah unsicher aus.

Neben mir hörte ich, wie Dodger und Alberto etwas sagten, doch ich konnte mich nicht darauf konzentrieren. Ich konnte die Aufmerksamkeit nicht von dem aufgepumpten Kleiderschrank von Mann wenden, der sich noch immer vorbeugte und versuchte, Ellies Interesse zu gewinnen.

Unwillkürlich zuckte ich zusammen, als er seine fleischige Hand nach ihr ausstreckte und ihre Hüfte berührte. Sie drehte sich zur Seite und schüttelte den Kopf, um ihn offenbar zurückzuweisen. Auch ihr nervöses Lächeln war eindeutig eine Aufforderung zu verschwinden.

Die Menge um sie herum hatte sich ein Stück zurückgezogen. Die Leute sahen den Mann argwöhnisch an, als wäre er betrunken und als sollte man lieber einen großen

Bogen um ihn machen. Wieder sprach er Ellie an. Sie runzelte die Stirn und schüttelte erneut den Kopf. Ich konnte ihr die Erwiderung „Nein danke!“ fast von den Lippen ablesen. Sie drehte ihm den Rücken zu und tanzte weiter mit Stacey. Ihre Schultern wirkten nun jedoch angespannt, ihre Bewegungen unsicher und unbehaglich.

Der Typ wollte noch immer nicht aufgeben. Anscheinend akzeptierte er ein Nein als Antwort nicht. Er lachte, steckte die Hand in die Hosentasche und zog ein paar Dollarscheine hervor. Ich zog die Brauen zusammen, biss die Zähne aufeinander und nahm an, dass er Ellie einen Drink ausgeben wollte. Stattdessen streckte er den Arm aus und tippte ihr auf die Schulter. Als sie sich umwandte und ihn mit einem angespannten Lächeln höflich, aber auch genervt ansah, schob er die Geldscheine in den Bund ihrer Jeans, als wäre sie eine Stripperin. Dann klatschte er übertrieben laut zur Musik und johlte.

In dem Moment sah ich rot.

Mein Verstand war mit einem Mal ausgeschaltet. Ich konnte nur noch seine Hände auf ihrem Körper sehen, die Geste, mit der er sie gedemütigt hatte. Ich sprang so schnell auf, dass mein Stuhl umkippte, und stürmte zu den beiden Frauen und dem Mistkerl. Ellie war damit beschäftigt, die Geldscheine aus ihrem Hosenbund zu ziehen. Sie war so aufgebracht, dass sie mich nicht kommen sah.

Genauso wenig wie der Kerl, der noch immer laut johlte. „Ach, komm schon, Zuckertittchen. Zeig uns, wie hübsch du tanzen kannst.“

Er hatte den Satz kaum beendet, als meine Faust gegen seinen Hinterkopf knallte. Der Kerl fiel nach vorn auf die Knie, und sein Oberkörper krachte mit einem satten Laut gegen die Kante des Podiums. Meine Hand schmerzte nach dem Schlag, doch ich spürte es kaum, als ich nun noch einen Schritt auf ihn zu machte, ihm zweimal das Knie in die Seite rammte und zufrieden hörte, wie er unterdrückt aufstöhnte. Um mich herum war roter Nebel. Ich nahm nur noch mich und ihn und meinen brennenden Zorn wahr. Ich wollte, dass er blutete. Ich wollte mein Messer zücken, wollte ihm die Kehle aufschneiden und dabei zusehen, wie er gurgelnd nach Luft rang. Aber ein kleiner Teil von mir erinnerte sich an die Menschenmenge, die mir zusah. Also packte ich ihm stattdessen mit der linken Hand ins Haar, riss seinen Kopf zurück und schlug ihm mit der rechten Faust ins Gesicht.

Beim ersten Schlag fing seine Nase an zu bluten, beim zweiten platzte die Haut über seinem Wangenknochen auf, beim dritten hob er schwach die Hand, um sich zu schützen, und beim vierten Schlag riss seine Lippe. Ich kochte vor Wut und atmete heftig, als ich ihm die blutige Faust ein fünftes Mal ins Gesicht schlug. Sein Körper wurde schlaff, und er wankte, ließ die Arme fallen und verdrehte die Augen. Ich ließ ihn los, und der Kerl sackte zu Boden. Blut quoll aus den Wunden in seinem Gesicht und tropfte auf den Holzfußboden, den ich erst vor ein paar Monaten hatte verlegen lassen.

Um mich herum waren die Leute erstarrt. Schockierte Gesichter sahen mich an und beobachteten die Szene mit makabrem Interesse. Mein Zorn ließ ein wenig nach, als ich auf den geschundenen, reglosen Körper des Mannes hinabsah. Ein Schaudern rann mir über den Rücken, als ich sein blutüberströmtes Gesicht näher betrachtete. Ich erkannte ihn wieder: Er war einer der Männer, die zusammen mit den Salazars gekommen waren. Mein Blick fiel auf seinen nackten Unterarm, und dort sah ich die Bestätigung: das Tattoo der Crew. Es war eine Schlange, die sich um einen Dolch mit einem S im Griff wand.

Ich blickte zu dem Tisch, von dem ich gerade aufgesprungen war. Dodger stand. Seine Miene war wachsam, als er zu mir herübersah. Alberto war ebenfalls aufgestanden. Er hatte die Augen aufgerissen und wirkte schockiert. Nur Mateo verfolgte die Szene, die sich vor ihm abgespielt hatte, mit vor der Brust verschränkten Armen und einem selbstgefälligen Grinsen auf den Lippen.

In der Sekunde wurde es mir klar. Mateo hatte auf seinem Handy offensichtlich eine Nachricht an diesen Mann geschickt und ihn aufgefordert, herzukommen und Ellie anzumachen, um zu schauen, ob er mir damit eine Reaktion entlocken könnte. Er hatte mir anscheinend nicht geglaubt, als ich behauptet hatte, sie nicht zu kennen. Mateo hatte die ganze Sache eingefädelt, und ich war darauf reingefallen.

Ich hatte es versaut. Und zwar richtig.

Ich wandte mich Ellie zu und stellte fest, dass sie noch immer auf dem Podium stand. Sie rührte sich nicht, als sie mich nun anstarrte. Ihr Gesicht war kreidebleich, und ihr Mund stand offen. Sie sah aus, als hätte sie einen Geist erblickt.

„Komm da runter. Sofort!“, rief ich.

Sie schluckte und sah mich an. „Jamie?“, flüsterte sie.

10. Kapitel

ELLIE

Blut spritzte, Fäuste flogen, Schmerzensschreie ertönten. Um mich herum war das entsetzte Kreischen der Leute zu hören, als der Kerl, der mir noch Sekunden zuvor Geld in den Hosenbund gesteckt und mich *puta* genannt hatte – was ohne Zweifel der spanische Ausdruck für „Hure“ war –, nun bewusstlos zu Boden sackte.

Stacey vergrub die Finger in meinem Arm und versuchte, mich zurückzuziehen, näher zu ihr, aber mein Körper war wie versteinert. Ich starrte nur noch *ihn* an und nahm jedes Detail in mich auf. Und es bestand kein Zweifel, dass er es war, auch wenn ich einen Herzschlag lang unsicher gewesen war. Doch dieses Gesicht hätte ich immer und überall erkannt, auch wenn seine Miene gerade wutverzerrt war. Er sah aus wie ein Racheengel, der in der Stunde der Not gekommen war, um mich zu retten.

Sein Atem ging schnell. Er blickte auf den Kerl hinab, den er gerade mit unglaublichem Hass in den Augen zusammengeschlagen hatte. Dann hob er den Kopf und sah mich an.

In der Sekunde, als unsere Blicke sich trafen, vergaß ich, wie man atmete.

Jamie Cole.

Die Welt um mich herum schien mit einem Mal stillzustehen. Ich hörte nichts mehr von der Musik, die um uns herum dröhnte. Ich sah nur noch ihn und diese Augen, in die ich oft stundenlang geblickt hatte und die ich so gut kannte. Das satte Schokoladenbraun, in dem ich jeden einzelnen Fleck wiedererkannte, hatte mich vor all den Jahren angezogen und mein Herz schmelzen lassen. Ich machte den Mund auf. Meine Kehle war plötzlich wie zugeschnürt, als ich den Blick über ihn wandern ließ.

Er trug das Haar anders als beim letzten Mal. Es war zerzaust, lockte sich um seine Ohren und im Nacken, als bräuchte es dringend einen Schnitt. Er hatte Stoppeln am Kinn. Auf seiner Wange und an seinem Hals sah ich langsam verblassende blaue Flecke. Eine etwa sieben Zentimeter lange Narbe zog sich knapp über der Augenbraue über seine Stirn. Ein weiteres Exemplar für seine ausgedehnte Sammlung. Es juckte mich in den Fingern. Selbst nach all der Zeit und all den Schmerzen, die er mir zugefügt hatte, wollte ich den Arm ausstrecken und mit den Fingerspitzen die Narbe berühren, sie sanft nachzeichnen und ihn fragen, wie das passiert sei.

Doch das, was mir am meisten auffiel, als ich ihn nun so anschaute, war die Tatsache, dass er sich verändert hatte.

Der Mann, der hier in seinem weißen Hemd und der schwarzen Anzughose vor mir stand und von dessen Fingerknöcheln das Blut eines anderen auf den Hartholzfußboden troff, war nicht der Junge, den ich einst kennengelernt hatte. Irgendetwas hatte ihn verändert, hatte ihn härter gemacht, hatte ihn zerstört.

Seine Haltung war Achtung gebietend, aggressiv, sogar wütend. Ein bewusstloser Mensch lag zu seinen Füßen, zusammengeschlagen, doch ich konnte keinerlei Reue auf Jamies Gesicht erkennen. Ich hatte ihn noch nie so gesehen. Sein finsterer Blick sorgte dafür, dass sich mir unwillkürlich der Magen zusammenzog.

„Komm da runter. Sofort!", stieß er hervor.

Ich versuchte, trotz des Kloßes in meinem Hals zu schlucken. „Jamie?" Meine Stimme war kaum zu hören und eher ein Flüstern, aber er verstand mich trotzdem. In seinem Kiefer zuckte ein Muskel. Er verlagerte das Gewicht von einem Bein aufs andere, ohne mich dabei aus den Augen zu lassen.

Mein Körper war wie betäubt, und ich versuchte zu begreifen, was hier überhaupt los war. Er war da. Ich stand dem Jungen gegenüber, wegen dem ich mich monatelang in den Schlaf geweint hatte. Ihn so unerwartet zu sehen, ließ all die Emotionen von damals wieder zurückkehren. Ich wurde wieder in das Meer von Schmerzen geworfen, aus dem ich mich so mühsam befreit hatte.

Der Mann hier vor mir war der Grund, weswegen ich nicht nach Hause zurückgekehrt war. Ich hatte diese Begegnung vermeiden wollen, hatte ihm nie wieder in die Augen blicken wollen. Denn mir war klar gewesen, dass ich anschließend erst wieder die Kraft finden müsste, ohne ihn zu sein, und ich war mir nicht sicher, ob ich das ein zweites Mal ertragen würde.

„Komm sofort da runter!", wiederholte er. Sein Tonfall war scharf und bestimmt.

Tränen schossen mir in die Augen, und ich kämpfte dagegen an, als die Erinnerungen an uns und an die schönen Zeiten mich wie ein Schlag ins Gesicht trafen. Ich hatte diesen Jungen bedingungslos geliebt. Ich hatte alles an ihm geliebt, sogar die schlimmen Dinge, die ich nicht verstanden hatte. Mein Körper und meine Seele hatten ihm gehört, und er hatte all das wegen eines einzigen dummen Fehlers einfach weggeworfen. Mein Herz zog sich schmerzhaft zusammen.

Er war immer noch angespannt, als er nun einen schnellen Blick über seine Schulter warf. „Ellie, komm da runter, ja? Verdammt noch mal, kannst du einfach tun, was ich dir sage?", forderte er mich auf und streckte den Arm aus, um mir von dem Podium zu helfen, auf das ich Stacey zuliebe geklettert war.

Doch als ich ihn nun so ansah, veränderten sich meine Gefühle plötzlich. Der Schock, ihn so unerwartet wiederzusehen, verwandelte sich in Wut. *Er hat gerade einen Kerl krankenhausreif geschlagen, obwohl ich die Situation sehr gut im Griff hatte. Und jetzt besitzt er die Dreistigkeit, über mich bestimmen zu wollen ... Und das nach allem, was er mir angetan hat?*

Ich ballte die Hände zu Fäusten und machte den Mund auf, um ihm einige der Dinge an den Kopf zu werfen, die ich ihm an jenem Tag am Telefon hätte sagen sollen, statt ihn anzuflehen, mir noch eine Chance zu geben. Aber bevor ich etwas sagen konnte, machte er einen Schritt nach vorn, griff nach mir und zog mich mühelos zu sich heran. Und im nächsten Moment hing ich über seiner Schulter. Mein Po ragte in die Luft, und er hatte seinen Arm um meine Oberschenkel geschlungen, um mich festzuhalten. Ich schlug mit dem Gesicht gegen seinen Rücken.

Erschrocken kreischte ich auf. Sofort rauschte mir das Blut in den Ohren. Alles, was ich noch sehen konnte, waren Schuhe und der verletzte Mann, der auf dem Boden lag. Ich rang nach Luft und spürte, wie mein Gesicht vor Scham zu glühen begann.

„Hey!“, rief Stacey vom Podium herunter.

Die Beine, auf die ich sah, wichen zurück, als Jamie sich nun umdrehte und sich mit mir über der Schulter durch die Menge schob. Ich hing da wie ein Sack Kartoffeln. Mein Körper stieß bei jedem seiner Schritte unsanft gegen ihn.

Wut machte sich in mir breit. Ich war so aufgebracht, wie ich es nicht für möglich gehalten hätte. „Lass mich sofort runter, Arschloch!“, schrie ich, wand mich, trat um mich und schlug mit den Fäusten auf seinen Rücken ein. „Lass mich in Ruhe! Jamie Cole, lass mich jetzt augenblicklich runter!“, brüllte ich, griff nach allem, was ich erreichen konnte, und vergrub meine Finger in seinem Rücken, um seine Aufmerksamkeit auf mich zu lenken.

Er hatte noch keine zehn Schritte gemacht, als ich mit meinen Tritten irgendetwas traf – vermutlich ihn. Er blieb stehen. Ich betrachtete das als Chance und wand mich noch etwas heftiger, stieß mich von seinem Rücken ab, um mich aus seinem Griff zu winden. Leider vergeblich.

„Nimm die Hände von mir!“ Ich kniff ihm in die Seite und trat noch immer wie ein Pferd aus, um mich zu befreien.

„Na gut! Beruhige dich endlich!“ Er ging in die Knie und zog an meinen Beinen, sodass ich über seine Schulter nach vorn rutschte. Er ließ mich los, als meine Füße den Boden berührten. Ich umfasste seine Schultern und stützte mich auf sie, um mich aufzurichten. Ich brauchte eine Sekunde, um mich daran zu gewöhnen, wieder auf meinen Füßen zu stehen. Seine Hände lagen noch immer auf meinen Hüften und hielten mich fest, als auch er sich aufrichtete. Dann sah er mich mit ernster, harter Miene und Funken sprühenden Augen an.

Er ist sauer. Richtig sauer.

Ich straffte die Schultern, schob seine Hände von mir und machte einen Schritt zurück, um etwas Distanz zwischen uns zu schaffen. Ich war vollkommen durcheinander, als ich mir abwesend durch die Haare fuhr, die nach der ganzen Unruhe sicherlich völlig in Unordnung waren.

Ich funkelte ihn an. Ich war ebenfalls sauer. „Was ist bloß los mit dir? Erst kommst du einfach angestürmt und fängst wie ein Krimineller mitten in einem Club eine Schlägerei an, und dann besitzt du auch noch die Frechheit, mich anzufassen? Du darfst mich nicht mehr anfassen. Nie mehr. Du hast kein Recht dazu!“ Meine Worte kamen mir schroffer über die Lippen, als ich es beabsichtigt hatte. Jahre des Schmerzes schwangen in ihnen mit und ließen sie giftig und gehässig klingen.

„Ellie.“ Er zog die Augenbrauen zusammen, um sich zu konzentrieren. Seine Lippen bewegten sich, doch es kam nichts heraus außer einem leisen Schnauben. Mit gespreizten Fingern strich er sich durchs Haar. Als ich hörte, wie sanft er meinen Namen aussprach, geriet mein Herz ins Stocken. Ich hätte niemals geglaubt, diesen Jungen noch einmal meinen Namen sagen zu hören. Obwohl ich es nicht wollte, flatterten beim Klang seiner Stimme unzählige Schmetterlinge in meinem Bauch herum.

Ich schüttelte den Kopf. Er hatte verdammt noch mal nicht das Recht, solche Gefühle in mir auszulösen. Nicht, nachdem er mir das Herz gebrochen hatte. Und mein Körper, dieser Verräter, sollte das gefälligst genauso sehen. *Bitch.* „Drei Jahre lang kein Wort, und dann kommst du an und glaubst, mich packen und durch die Gegend tragen zu dürfen? Wie ein verdammter Höhlenmensch?" Ich zeigte mit dem Finger auf ihn. Doch meine Wut löste sich langsam auf, und ich konnte spüren, wie in mir die unterschiedlichsten Emotionen hochkamen. „Das darfst du nicht, Jamie. Du darfst nicht so tun, als wäre nichts passiert, und dich wie der Ritter auf dem weißen Pferd einmischen. Du darfst nicht so tun, als hättest du mir nicht das Herz gebrochen. Das darfst du einfach nicht." Als ich das letzte Wort aussprach, war es nicht mehr als ein Flüstern, und Tränen standen in meinen Augen.

Ich konnte es einfach nicht. Ich konnte nicht vor ihm stehen und mich zusammenreißen. Tränen wollten unkontrolliert laufen, dabei wollte ich auf gar keinen Fall vor ihm weinen. Hinter ihm konnte ich Stacey entdecken, die vom Podium kletterte und zu uns kam. Ich machte auf dem Absatz kehrt und suchte mit dem Blick nach dem Ausgang. Ich wusste, dass Stacey mir folgen würde. Gerade wollte ich Richtung Tür laufen, da umschloss seine Hand mein Handgelenk, und er zog mich zurück. Mein Körper prallte gegen seinen.

Ich keuchte und schaute Jamie an. Seine Augen glühten, und er hatte die Kiefer aufeinandergepresst, als er nun einen Schritt auf mich zu machte. Er hielt noch immer mein Handgelenk fest, während er mit der anderen Hand meine Wange berührte. Er vergrub die Finger in meinem Haar. Ich hatte gar keine Zeit, um zu reagieren, als er mich auch schon küsste.

Ich stieß einen erstickten Schrei aus und war wie erstarrt, da er sich an mich drängte. Seine Wärme durchströmte mich, als seine Lippen sanft über meinen Mund strichen. Der Kuss dauerte nur einen winzigen Moment, doch auch danach löste Jamie sich nicht ganz von mir. Seine Nase berührte meine, während sein Atem über meine Lippen und mein Kinn strich. Er ließ mein Handgelenk los und fuhr mit der Hand zu meiner Hüfte. Ich hätte gehen können, wenn ich gewollt hätte. Doch ich tat es nicht.

Mein Körper machte, was er wollte. Mein Atem ging flach und schnell, als ich instinktiv den Rücken durchbog und mich an den muskulösen Jungen vor mir schmiegte. Jamie war durchtrainiert, entschlossen und so warm und vertraut, dass mein Herz zu rasen begann. Ich starrte auf seinen Mund. Ich starrte auf die Lippen, die meinen Körper früher so liebevoll erkundet hatten, auf den Mund, der „Ich liebe dich!“ geflüstert hatte, während ich in Jamies Armen gelegen hatte. Ein sehnsüchtiges Seufzen wollte mir über die Lippen kommen, während ich ebendiesen Mund nun betrachtete.

Alles war vergessen: der Schmerz, der Kummer, die Tränen, der Club, in dem wir gerade waren, die Leute, die uns beobachteten. All das nahm ich nicht mehr wahr, als ich mich nun in Jamie verlor.

Als seine Lippen zum zweiten Mal ganz sacht über meinen Mund strichen, schloss ich die Augen und erwiderte seinen Kuss. Ich genoss die wundervollen Gefühle, die ein einfacher Kuss von ihm in mir auslösen konnte. Er stöhnte leise. Mit der Hand glitt er zu meinem Rücken und hielt mich fest an sich gedrückt. Eine Welle des Verlangens und der Verzweiflung traf mich mit voller Wucht, und ich griff den Stoff seines Hemds und klammerte mich daran fest, während wir uns immer heftiger küssten.

Meine Beine gaben nach, doch er hielt mich fest, während die Lust mich durchströmte wie schon seit Jahren nicht mehr. Diese Leidenschaft war verzehrend. *Ich muss dich in mir spüren.* Sie war in ihrer Intensität fast schmerzhaft. Es war eine Leidenschaft, die nur Jamie in mir hervorzurufen vermochte.

Als er die Lippen öffnete, als er mit der Zungenspitze behutsam über meine Unterlippe strich und sich in mir Verlangen ausbreitete, wurde mir bewusst, dass ich seit Jamie nicht mehr so intensiv geküsst hatte. Diese Begierde und der verzweifelte Wunsch, dem anderen nahe zu sein, waren etwas, was ich nur mit ihm erlebt hatte. Toby hatte nie so heftige Gefühle in mir ausgelöst – weder mit einem Kuss noch mit einer Begegnung, in der unsere nackten Körper einander erkundet hatten. Nie hatte ich bei ihm so empfunden.

Und als mir in diesem Moment sein Name durch den Kopf schoss, war alles vorbei.

Toby. Mein Verlobter. Der Mann, der mir einen Job und einen Grund gegeben hatte, in England zu bleiben, als ich unter keinen Umständen nach Hause hatte zurückkehren wollen. Der Mann, durch den mein gebrochenes Herz wieder geheilt war, der Mann, der mich zum

Lachen gebracht hatte, obwohl ich nur Düsternis gesehen hatte. Der süße, liebenswerte, zuverlässige Toby, der das hier nicht verdient hatte.

Die Leidenschaft war von einer Sekunde auf die andere verpufft und wurde nun durch eine flammende Wut ersetzt, die so hell brannte, dass ich es körperlich spüren konnte.

Ich hob die Arme und stieß Jamie von mir fort. Ich holte tief Luft. Zorn loderte in mir auf, und mein ganzer Körper schien in Flammen zu stehen. Ohne zu wissen, was ich tat, hob ich die Hand und schlug Jamie ins Gesicht. Mit voller Wucht. Die Leute, die uns beobachteten, hielten mit großen Augen die Luft an. Ich sah, dass Stacey hinter Jamie stand. Auch ihr stand der Mund offen, und der Schock war ihr deutlich anzusehen.

Durch die Kraft des Schlages wurde Jamies Kopf zur Seite geschleudert. Doch außer dieser Bewegung reagierte er überhaupt nicht auf die Ohrfeige. Vor Wut sah ich alles um mich herum nur noch verschwommen. Vielleicht waren es auch die Tränen, die ich nicht länger zurückhalten konnte.

„Du Arschloch! Ich bin verlobt! Du kannst mich nicht einfach so küssen. Du hattest deine Chance und hast sie vermasselt! Du hast es versaut, Jamie!“, schrie ich. Ich schüttelte den Kopf und senkte den Blick, weil ich seinen verletzten Gesichtsausdruck nicht eine Sekunde länger ertragen konnte. „Ich weiß ehrlich nicht, wie du die Frechheit besitzen kannst, dich mir nach all der Zeit überhaupt zu nähern – ganz zu schweigen von diesem Kuss“, sagte ich. „Lass mich einfach in Ruhe. Ich habe schon genug Mist um die Ohren, ohne dass du kommst, um alles noch komplizierter zu machen und Dinge aufzuwühlen, die Vergangenheit sind."

Damit drehte ich mich um und rannte durch die Menge davon. Mit den Ellbogen schob und drängte ich mich zwischen den tanzenden Menschen hindurch, die offenbar nichts von dem Drama mitbekommen hatten, das sich im hinteren Teil des Clubs abgespielt hatte. Mein Blick war auf das grün leuchtende Schild mit dem Wort „Notausgang" gerichtet. Ich rannte vor Jamie davon. Und vor meinen Problemen. Aber als ich durch den Notausgang auf die dunkle, vermüllte Straße neben dem Club stürmte, wurde mir klar, dass meine Probleme tief in mir verwurzelt waren und dass ich nicht vor ihnen davonlaufen konnte.

Ich blieb stehen und lehnte mich an die kühle Steinmauer. Mein Zorn brannte noch immer, während ich versuchte, langsam und ruhig durchzuatmen. Doch als die frische Luft nun meine Tränen zu trocknen versuchte, während mir immer neue Tränen übers Gesicht liefen, wurde mir bewusst, dass meine Wut nicht gegen Jamie gerichtet war. Die Wut richtete sich gegen mich selbst. Er war nur der Sündenbock – weil es leichter war, anderen die Schuld zu geben, statt Verantwortung für das eigene Handeln zu übernehmen.

Ich hatte seinen Kuss erwidert. Das war es, worüber ich mich so ärgerte. Ich hatte den Kuss erwidert, obwohl ich mit einem anderen Mann verlobt war. Und ich hatte jede Sekunde genossen. Dafür hasste ich mich.

11. Kapitel

JAMIE

Ich schaute ihr hinterher, als sie in der Menge verschwand und in Richtung Seitenausgang lief. Meine linke Wange brannte. Sie hatte kräftig zugeschlagen. Doch der körperliche Schmerz war nichts gegen den Schock über die Verachtung, die ich in ihrem Blick gesehen hatte. Ich war nicht darauf vorbereitet gewesen, wie sehr sie mich hassen würde. Als ich diesen Ausdruck in ihren Augen bemerkt hatte, war mir eiskalt geworden.

„Du hattest deine Chance und hast sie vermasselt“, hatte sie gesagt. Und das hatte ich in der Tat. Ohne jeden Zweifel. Ich hatte das Beste aufgegeben, was mir je passiert war. Aber nicht aus den Gründen, die sie zu kennen glaubte. Sie glaubte, ich hätte sie betrogen, sie glaubte, ich hätte sie nicht geliebt, sie glaubte, ich hätte sie nicht gewollt. Und natürlich musste sie das glauben. Denn genau das hatte ich ihr gesagt. Doch die Wahrheit war, dass ich gelogen hatte. Ich hatte sie immer geliebt und gewollt. Sie war mein Leben. Ich hatte nur versucht, sie davor zu bewahren, ihre Zeit an jemanden zu vergeuden, der sie nicht verdiente.

Als ich nun sah, wie ihr kupferroter Schopf durch die Seitentür verschwand, fragte ich mich, ob ich vor all den Jahren einen Riesenfehler begangen hatte. Vielleicht hätte ich ihr die Wahrheit sagen und sie bitten sollen, auf mich zu warten. Wenn sie mich dann nach meiner Entlassung immer noch gewollt hätte, hätten wir uns ein gemeinsames Leben aufbauen können. Vielleicht war es ein Fehler gewesen, ihr diese Entscheidung vorzuenthalten.

Ich biss die Zähne zusammen. Ich konnte noch immer ihre Lippen auf meinem Mund spüren, die Wärme ihres Körpers in meinen Armen, schmeckte noch immer ihren Geschmack auf meiner Zunge. Gott, ich hatte sie mehr vermisst, als ich es mir selbst eingestanden hatte.

Bevor ich darüber nachdenken konnte, hatte ich mich schon in Bewegung gesetzt, um ihr zu folgen.

„Hey!“, rief Stacey mir zu und fasste mich am Oberarm. Ich blieb stehen und drehte mich zu ihr um. Ihr eisiger Blick traf mich. „Wo zur Hölle willst du hin? Du hast schon genug Unheil angerichtet, findest du nicht?“, fauchte sie, baute sich vor mir auf und verstellte mir den Weg zu Ellie.

Ich zog die Brauen zusammen und warf über ihre Schulter hinweg einen Blick zur Seitentür, die gerade ins Schloss fiel. „Ich muss nur kurz mit ihr reden.“

Sie verschränkte die Arme vor der Brust und zog eine Augenbraue hoch. „Du hast Nerven, Jamie. Echt. Sie will nicht mit dir reden!“

„Hör mal, Stacey, du kannst mich mit deinen Blicken töten, wenn es dir dann besser geht, aber ich werde jetzt da rausgehen und mit ihr reden. Und du wirst mich gehen lassen, sonst werde ich einen meiner Mitarbeiter rufen, damit er dich kurz festhält“, warnte ich sie.

„Du bist ein Trottel, weißt du das? Ich habe gesehen, was zwischen euch war, wie ihr miteinander umgegangen seid. Sie hätte alles für dich getan, und du hast einfach alles weggeworfen und ihr das Herz gebrochen. Sie wird dir wahrscheinlich nicht sagen, was für ein Arschloch du bist, aber ich habe kein Problem damit, es dir ins Gesicht zu sagen. Du, Jamie Cole, bist ein Vollidiot, und sie ist ohne dich besser dran."

Ein kleines Lachen kam mir über die Lippen, als ich ihre Worte hörte und die Giftigkeit, die darin mitschwang. Stacey hasste mich – das war nicht zu leugnen. Doch sie konnte mich gar nicht so sehr hassen, wie ich mich selbst verachtete.

„Direkt auf den Punkt kommen, ohne ein Blatt vor den Mund zu nehmen. Das fand ich an dir schon immer gut", erwiderte ich. Ich beugte mich leicht vor, um ihr in die Augen zu sehen, bevor sie die zickige Antwort geben konnte, die sie sich, wie ich ihr ansehen konnte, offensichtlich gerade zurechtlegte. „Hör mal, du bist eine gute Freundin, und Ellie kann sich glücklich schätzen, dich an ihrer Seite zu haben, aber ich werde jetzt da rausgehen und mit ihr reden – ob es dir nun passt oder nicht."

Ich gab Ed ein Zeichen. Er war schon vorher in meine Richtung gekommen, hatte allerdings ein paar Meter entfernt gewartet. Mit einem Kopfnicken wies ich auf Stacey. „Halt sie mal fünf Minuten hier fest. Danach kannst du sie wieder gehen lassen", sagte ich zu ihm. Ich machte einen Schritt zur Seite, und Ed ergriff sofort ihre Oberarme und signalisierte einem der Sicherheitsleute, ihm zu helfen.

Ich beachtete Staceys empörten Widerspruch und ihren Kampf gegen meine Leute nicht weiter, sondern lief zur Seitentür. Bei Carl blieb ich kurz stehen und zog meinen Autoschlüssel hervor. „Hol meinen Wagen und fahr ihn in die Seitenstraße. In ein paar Minuten werden zwei Mädchen hier draußen stehen, die nach Hause gebracht werden müssen. Ich möchte, dass du sie fährst und dafür sorgst, dass sie sicher zu Hause ankommen. Verstanden?“

Er nickte, also ließ ich den Schlüssel in seine ausgestreckte Hand fallen und ging durch die Seitentür nach draußen. Ich blinzelte, denn meine Augen mussten sich erst an die Dunkelheit gewöhnen. Ich hörte Ellie, bevor ich sie sah. Sie stand auf der anderen Seite der Straße, lehnte an einer Wand und weinte leise.

Bei dem Geräusch zog sich mein Herz zusammen. Ich hasste es, dass sie traurig und ich der Grund dafür war. Sie hatte aufgeblickt, als die Tür aufging. Nun wirkte sie angespannt, hob die Hand und wischte sich die Tränen vom Gesicht.

„Ich habe dir doch gesagt, dass du mich in Ruhe lassen sollst“, zischte sie, und noch immer schwang Wut in ihren Worten mit.

„Ich wollte nur kommen und schauen, ob es dir gut geht. Ich wollte das alles nicht einfach so zwischen uns stehen lassen“, sagte ich. „Wir haben zu viel zusammen erlebt, um so auseinanderzugehen.“

Sie schniefte und starrte auf ihre Hände, ohne etwas zu sagen. Ich hatte sie noch nie so niedergeschlagen erlebt. Ellie war für gewöhnlich ein fröhlicher Mensch und immer gut drauf. Doch jetzt schien es, als hätte man ihr die Flügel gestutzt. In diesem Moment wünschte ich mir nichts sehnlicher, als zu ihr zu gehen, die Arme um sie zu legen und sie vor allem Schmerz zu beschützen und für sie da zu sein. Ich spürte die Traurigkeit darüber, sie so unglücklich zu sehen, beinahe körperlich.

„Das hier ist echt komisch. Ich meine, was soll man zu dem Mann sagen, der einen betrogen und im Stich gelassen hat, sodass man sich schließlich ganz allein in einem fremden Land durchschlagen musste?“, fragte sie. Ihre Stimme klang sarkastisch und bitter, während sie auf den Boden starrte.

Ihre Worte versetzten mir einen schmerzhaften Stich, denn nichts von alldem war wahr. Ich räusperte mich und hoffte, dass meine Stimme nicht versagen würde. „Äh … Wie wäre es erst einmal mit ‚Hi, wie geht es dir?‘“, scherzte ich und versuchte, die Stimmung ein bisschen zu lockern.

Sie lachte leise, doch es war ein freudloses Lachen, das nichts mit dem herzhaften Lachen oder dem Kichern zu tun hatte, die ich so an ihr liebte. Die Last der ganzen Welt schien auf ihr zu liegen, und ich wollte ihr die Bürde abnehmen.

Ich seufzte, ging zu ihr und lehnte mich neben sie an die Wand. Ich hätte mir so gewünscht, die Distanz zwischen uns zu überwinden, ihre Hand zu nehmen, sie zu streicheln, an meine Lippen zu heben und ihr einen Kuss auf die Fingerspitzen zu hauchen. Ich vermisste die Nähe, die wir gehabt hatten und die sich selbst in winzigen Gesten gezeigt hatte. Diese Vertrautheit hatte ich mit keiner anderen Frau je erlebt. Seit Ellie hatte es mich auch nicht mehr gereizt, es mit einer anderen Frau auszuprobieren. Ich wollte Ellie oder keine.

„Es ist wirklich eine komische Situation“, gab ich zu. „Hör mal, es tut mir leid, dass ich dich geküsst habe. Ich war so erschrocken, dich plötzlich zu sehen. Ich hätte nicht erwartet, dass du in meinem Club auftauchen würdest, und ich … Ich weiß nicht … Du warst da, und ich hatte dich so lange nicht gesehen, und du sahst so wunderschön aus! Und du wolltest vor mir davonlaufen. Das konnte ich nicht zulassen. Ich …“ Ich verstummte und starrte finster auf den Boden, denn ich fand keine Worte. Wenn ich in ihrer Nähe war, plapperte ich kopflos drauflos und sagte garantiert das Falsche.

Es herrschte Schweigen. Eine gefühlte Ewigkeit sagte keiner von uns beiden auch nur ein Wort. Das einzige Geräusch war die gedämpfte Musik, die durch die Tür nach draußen drang. Schließlich räusperte sie sich. „Das *Red's* gehört dir?“, fragte sie. Offensichtlich hatte sie beschlossen, nicht auf meine Bemerkung über ihr Aussehen einzugehen.

„Ja“, erwiderte ich und machte eine Handbewegung in Richtung der Plakate, die an der Hauswand klebten und bevorstehende Themen- oder Partynächte ankündigten. Das Logo des Clubs prangte oben auf den Plakaten: ein rothaariges Mädchen mit einem bauchfreien weißen Top und roten Shorts, das ein Tablett mit Getränken in den Händen hielt und verführerisch zwinkerte. Ellie sagte nichts, und ich fragte mich, ob ihr die Bedeutung des Namens bewusst war oder ob ihr das hübsche rothaarige Mädchen aufgefallen war, das ich für das Logo hatte entwerfen lassen. „Ich habe ein paar Bars in der Stadt und in Queens, aber das hier ist mein Lieblingsclub“, sagte ich.

Bedächtig fuhr sie sich mit der Zungenspitze über die Lippen. Sie wirkte in Gedanken versunken. „Also stiehlst du keine Autos mehr?“

„Heute Abend jedenfalls nicht“, entgegnete ich ausweichend.

Sie zog die Nase kraus und dachte nach. „Was ist mit dir passiert, Jamie? Du wolltest das alles hier doch hinter dir lassen. Du hast gemeint, dass du ein anständiger Mensch werden willst … Oder war das auch nur eine Lüge?“, wollte sie wissen und sah mich an.

Du bist mir passiert. Brett ist mir passiert. So viele Dinge sind mir passiert. Und nichts ist mir passiert.

Ich zuckte die Achseln. „Ich schätze, ich habe den Grund verloren, mich zu ändern.“

Sie runzelte die Stirn und schaute mich eindringlich an, ehe sie wieder das Wort ergriff. „Warum bist du zu mir gekommen und hast den Mann zusammengeschlagen? Ich wäre sehr gut allein zurechtgekommen. Du hättest nicht dazwischengehen und dich so machomäßig aufführen sollen. Jetzt wirst du wahrscheinlich Ärger dafür bekommen.“

Ich zuckte erneut mit den Schultern, ohne den Blick von ihr abzuwenden. „Ich war eifersüchtig“, sagte ich ganz ehrlich.

Sie sah mich mit offenem Mund an. „Du hast nicht mehr das Recht dazu.“

„Ich weiß.“

„Ich bin verlobt“, fuhr sie fort.

„Ich weiß.“

Unsicher schluckte sie. „Er ist echt ein guter Mensch. Er kümmert sich um mich. Ich … Ich liebe ihn.“

Ich nickte langsam und bemühte mich, mir meinen Schmerz nicht anmerken zu lassen. „Das weiß ich auch.“

Sie zog die Brauen zusammen, als sie meine Antworten hörte. „Wie kannst du das alles wissen?“

Ich lächelte reumütig. Ich hatte keine Ahnung, wie ich

zugeben sollte, dass ich sie praktisch stalkte und dass ich Leute geschickt hatte, die dafür sorgten, dass es ihr gut ging. Zum Glück wurde in diesem Moment die Seitentür geöffnet, das war meine Rettung. Ich drehte mich um und erblickte Ed.

„Die fünf Minuten sind vorbei, Kid“, erklärte er.

Ich hob einen Finger hoch. „Ich brauche nur noch eine oder zwei Minuten“, antwortete ich und bat ihn damit ohne Worte, Stacey noch ein bisschen länger festzuhalten. Er nickte, lief wieder hinein und schloss die Tür hinter sich.

Ich wandte meine Aufmerksamkeit wieder Ellie zu. „Ich hätte nie gedacht, dass ich dich je wiedersehen würde. Du warst so lange auf Reisen, dass ich schon geglaubt habe, du würdest nie mehr zurückkommen.“

Sie trat mit der Ferse ihres Sneakers gegen die Mauer hinter sich. Ein kleines ersticktes Schluchzen kam über ihre Lippen. „Tja, ich musste ja zurückkommen.“

Seufzend hob ich die Hand und strich mir durchs Haar. Ich musste meine Hände beschäftigten, denn es juckte mich in den Fingern, sie zu berühren. „Ja, ich habe in den Nachrichten erfahren, was passiert ist. Es tut mir so leid wegen deines Dads.“ Verlust und Trauer machten sich in mir breit. „Er war ein toller Kerl.“

Sie reckte das Kinn vor und richtete den Blick zum Himmel. Sie blinzelte ein paarmal, um die Tränen zu vertreiben. „Ja. Scheiße“, stieß sie leise hervor.

Ich drehte den Kopf, sah sie an und nahm jeden Zentimeter von ihr in mich auf. Ich wollte sie mir einprägen. Wenn es überhaupt möglich war, sah sie noch umwerfender aus als drei Jahre zuvor.

„Wie geht es deiner Mom?“, fragte ich, obwohl ich es längst wusste. Ich hatte ein paar Telefonate getätigt und mich umgehört. Ich kannte überall Leute. Vorsichtig streckte ich die Hand aus, berührte mit meinem kleinen Finger den ihren, genoss diese winzige Berührung und wünschte mir, ich könnte mehr davon bekommen. Doch Ellie zog die Hand weg und schlang die Arme um ihren Körper.

Wütend funkelte sie mich an. „Als würde es dich tatsächlich interessieren. Du hast sie doch nie gemocht.“

Als ich die Wut in ihren Worten hörte, zuckte ich zusammen. Sie war wie eine wilde Katze, angriffsbereit. „Es interessiert mich, Ellie“, erwiderte ich mich fester Stimme. Nein, ich hatte sie nie gemocht, und dieses Gefühl beruhte auf Gegenseitigkeit, aber ihr Zustand interessierte mich, weil sie Ellie wichtig war. Mir lagen die Dinge am Herzen, die jemandem, den ich liebte, etwas bedeuteten und ihm vielleicht Schmerz zufügen konnten.

Sie starrte mich ein paar Sekunden lang an. Es dauerte einen Moment, bis der Ausdruck in ihren Augen weicher wurde. Ihre Lippe begann zu zittern, und sie schloss die Lider. „Sie ist noch immer im Krankenhaus und wird beatmet. Es sieht nicht gut aus.“

„Das tut mir leid“, flüsterte ich.

„Das sagt jeder und klingt dabei so, als wäre es seine Schuld. Jeder Mensch, den ich heute angerufen und dem ich von meinem Vater erzählt habe, hat sich bei mir so gut wie entschuldigt. Jeder einzelne. Ich kann die Worte nicht mehr hören“, sagte sie.

Ich seufzte und trat näher an sie heran. Mir entging

nicht, dass sie nicht zurückzuckte, als sich unsere Arme leicht berührten. „Kann ich irgendetwas für dich tun?“

Sie schüttelte den Kopf. Weil wir so eng beieinanderstanden, strichen unsere Körper bei jeder Bewegung aneinander. „Ich habe schon alles erledigt und die Beerdigung organisiert. Es muss nicht mehr viel getan werden.“

„*Du* hast die Beerdigung organisiert?“, fragte ich. Es missfiel mir, dass sie eine so schreckliche Aufgabe hatte übernehmen müssen.

„Ja.“

„Wann findet sie statt? Ich würde gern kommen, wenn das in Ordnung ist.“ Michael Pearce hatte mir eine Menge bedeutet, war immer freundlich zu mir gewesen und hatte mich behandelt, als wäre ich ein Teil der Familie. Er war nie der Meinung gewesen, ich wäre nicht gut genug für seine Tochter.

Sie keuchte und stieß sich von der Mauer ab. Sie stellte sich vor mich und funkelte mich wieder an. „Nein. Das ist nicht in Ordnung. Toby wird da sein, und alles andere wird so schon schwierig genug werden.“

„Ellie, bitte? Du wirst nicht einmal merken, dass ich da bin. Ich will ihm nur die letzte Ehre erweisen“, brachte ich hervor.

Sie öffnete den Mund und schloss ihn wieder. Ihre Miene wirkte unentschlossen. Doch bevor sie antworten konnte, bog ein Wagen in die Straße ein. Es war mein schwarzer BMW i8. Ellie und ich blickten gleichzeitig in Richtung des Autos. Ich hob einen Finger und sah Carl an, der hinterm Lenkrad saß, das Fenster öffnete, dann verständnisvoll nickte und das Fenster wieder schloss.

„Wer ist das?“, wollte Ellie wissen.

„Mein Fahrer. Ich habe ihn gebeten, dich und Stacey nach Hause zu bringen. Ich wollte nur zuerst mit dir reden." Ich seufzte und ging zur Seitentür des Clubs. Mit der Faust schlug ich ein paarmal dagegen. Gleich darauf wurde die Tür geöffnet, und ich nickte Ed zu, der mir gegenüberstand. Er drehte sich um und gab ein Handzeichen. Im nächsten Moment schoss eine Blondine mit wütender Miene an mir vorbei und rammte mich dabei absichtlich mit dem Ellbogen.

„Ellie!", rief Stacey, ging zu ihr, legte den Arm um ihre Schultern und wandte dann den Kopf, um mich anzusehen. „Du bist ein echtes Arschloch. Ich hätte große Lust, die Cops zu rufen und ihnen zu erzählen, dass du mich gegen meinen Willen im Club festgehalten hast."

Ellie runzelte die Stirn und blickte zwischen Stacey und mir hin und her. „Was?"

Ich zuckte mit den Schultern. „Carl bringt euch beide jetzt nach Hause."

Stacey stieß ein schnaubendes Geräusch aus und wandte angewidert den Blick von mir.

Ich nahm die Mäntel der Frauen entgegen, die Ed inzwischen geholt hatte, drehte mich um und gab sie Ellie, die dankbar lächelte. Sie schlüpfte in ihren Mantel und reichte Stacey den anderen.

„Danke", murmelte Ellie, wandte sich dem Wagen zu und zog Stacey hinter sich her.

„Hey, Ellie?", rief ich ihr hinterher. Sie drehte sich um. In ihren rot umränderten Augen stand ein neugieriger Ausdruck. „Du hast mir nicht gesagt, ob es in Ordnung ist, wenn ich zur Beerdigung komme, oder ob ich es lieber nicht tun soll."

Staceys Blick verfinsterte sich noch weiter, doch Ellie seufzte und nickte. „Du kannst zum Begräbnis kommen, aber ich will dich nicht bei uns zu Hause sehen. Die Beerdigung findet am Freitag um drei Uhr im Everglade Drive statt.“

Ich lächelte ihr zu. „Danke.“

Ich beobachtete, wie sie ins Auto stiegen und davonfuhren, ehe ich mich zu Ed umwandte, der noch immer in der geöffneten Seitentür des Clubs stand. „Sind die Salazars noch da?“

„Ja. Dodger ist bei ihnen. Mateo wollte offenbar warten, bis du wieder zurück bist“, erwiderte er und gab mir ein Papiertuch. „Deine Hand blutet.“

Ich nickte, nahm das Tuch entgegen und tupfte damit über eine Platzwunde an meinem Fingerknöchel. Ich folgte Ed zurück in den Club. Die Musik dröhnte, und die Gäste tanzten und lachten. Ich ging an einem Mann vorbei, der breit grinsend den Arm um eine junge Frau gelegt hatte. Neid ergriff mich. Die Menschen um mich herum waren mit ihren Freunden und ihren Partnern da, und ich war wie immer allein. Vor einer Woche … Ach, vor vier Tagen noch wäre mir dieses Pärchen gar nicht aufgefallen, aber jetzt war ich eifersüchtig auf den Mann, weil er eine Frau an seiner Seite hatte und ich nicht.

Als wir uns nun durch die Menge schoben, erblickte ich Dodger, der am Rand stand und sich mit einem Mitglied der Crew unterhielt. Als er mich bemerkte, kam er zu mir. Ich sah ihm an, wie besorgt er war. „Hey. Alles in Ordnung, Kumpel?“

Ich nickte und schaute an ihm vorbei zu den Salazars, die noch immer Whiskey tranken. Die Flasche war inzwischen halb leer. Bei ihnen am Tisch saß der Typ, den ich bewusstlos geschlagen hatte. Er schien noch ein bisschen benommen zu sein und drückte ein Tuch an seine Nase, um die Blutung zu stillen.

„Kommt mit mir“, sagte ich. Dodger und Ed folgten mir an den Tisch, und beide Salazar-Brüder blickten gleichzeitig auf. Auf Mateos Gesicht breitete sich ein Grinsen aus. Er sah mich an und lehnte sich lässig zurück.

„Warum seid ihr immer noch hier? Habe ich irgendetwas vergessen?“, stieß ich missmutig hervor und sah die beiden nacheinander an. Der Kerl mit dem blutigen Tuch in der Hand zuckte unwillkürlich zusammen und wich vor mir zurück. Ich wandte mich Alberto zu. „Das Meeting ist vorbei. Nehmt euren Idioten von Freund mit, der der Meinung ist, es wäre in Ordnung, Frauen zu erniedrigen. Und dann verschwindet aus meinem Club. Ich will keinen von euren verfluchten Dealern mehr in einem meiner Läden sehen, verstanden?“ Meine Stimme klang dröhnend, wütend. Ich wollte einfach nur noch, dass dieser Abend vorbei war. Ich wollte, dass der Mann, der es gewagt hatte, Ellie zu berühren, hier verschwand, bevor ich noch zu Ende brachte, was ich begonnen hatte.

Alberto seufzte und erhob sich, und die beiden anderen taten es ihm gleich. Er sagte kein Wort, als er sich umdrehte und losging. Mit einem kurzen Handzeichen bedeutete er seinen Leuten, ihm zu folgen. Ich stand da, hob das Kinn an und beobachtete aufmerksam, wie sie das Feld räumten.

Mateo blieb noch kurz bei mir stehen. Ein breites Grinsen stand auf seinem Gesicht. „Sieht so aus, als hätte Kid Cole doch eine Schwäche …“

Wieder sah ich rot. Verdammt, ich sah alle Farben. Eine Wut, die so extrem war, dass ich sie beinahe auf der Zunge schmecken konnte, erfüllte mich. Ich streckte blitzschnell die Arme aus, packte ihn und zog ihn an mich. Mein Gesicht war so dicht vor seinem, dass ich sehen konnte, wie seine Pupillen sich weiteten. Sein Whiskey-Atem strich über mein Gesicht. „Wenn du auch nur zu lange in ihre Richtung blicken solltest, schwöre ich bei Gott, dass ich dich dermaßen verprügeln werde, dass du so schnell nicht mehr aufstehst“, brachte ich zornig hervor und packte ihn noch ein bisschen fester. „Führe mich nicht in Versuchung. Ich werde dich umbringen. Aber zuerst werde ich deinen Bruder umbringen und dich dabei zusehen lassen“, versprach ich ihm.

Alberto war hinter Mateo aufgetaucht und griff nach der Schulter seines Bruders. Seine Miene wirkte besorgt, als er Mateo von mir wegzog und mit ihm zum Ausgang ging. Dodger hielt mich zurück. Offensichtlich hatte auch er gespürt, wie gefährlich die Situation war. Ich ließ Mateo nicht aus den Augen, um ihm klarzumachen, dass ich es ernst meinte. Falls er sich Ellie nähern sollte, würde ich ihn vernichten. Ich würde ihm sein verdammtes Herz herausreißen.

12. Kapitel

ELLIE

„Ellie, Liebling, bist du schon wach?“, rief Nana von unten.

Ich stöhnte und blinzelte auf den Radiowecker auf meinem Nachttischchen. Es war kurz nach sieben. „Ja“, erwiderte ich, stützte mich auf einen Ellbogen und hoffte, dass sie mich gehört hatte, obwohl meine Antwort nicht viel mehr als ein krächzendes Flüstern gewesen war. „Ich komme gleich runter.“

Ich hatte in der vergangenen Nacht nicht viel Schlaf bekommen. Meine Nerven waren zum Zerreißen gespannt, meine Gefühle spielten verrückt. Ich hatte nur an Jamie denken können und daran, wie es sich angefühlt hatte, ihn wiederzusehen. Es war schmerzhaft. Es holte eine Menge Erinnerungen an die Oberfläche zurück, die ich so tief in mir verborgen hatte, dass ich gedacht hätte, es wäre für immer. Doch irgendwie waren sie in dem Moment zurückgekehrt, als unsere Blicke sich getroffen hatten. Seitdem überschlugen sich in meinem Kopf die Gedanken. Ich hörte immer wieder, was Jamie gesagt hatte, überlegte, was er nicht gesagt hatte, sah vor mir, wie er mich angeschaut hatte, spürte, wie seine Lippen sich angefühlt hatten. Ich hatte stundenlang wach gelegen und gegrübelt, wie gut die Sache zwischen uns gewesen war, wie sehr es mir wehgetan hatte, als ich erfahren hatte, dass er mich betrog, und wie schmerzhaft es gewesen war, als wir uns trennten. Einen solchen Schmerz hatte ich noch nie zuvor empfunden. Mir war nicht klar gewesen, dass ein Mensch einen anderen mit ein paar wenigen Worten zerstören konnte.

Das alles brodelte noch in mir, und meine Gedanken waren ein riesiges Durcheinander. Ich hatte am vergangenen Abend, als Stacey mich auf dem Rücksitz des Wagens dazu hatte bringen wollen, mich zu öffnen und mit ihr zu sprechen, nicht darüber reden wollen. Doch jetzt fragte ich mich, ob das ein Fehler gewesen war. Vielleicht hätte es mir geholfen, darüber zu sprechen, statt alles in mich hineinzufressen.

Aber wie hätte ich meine Gefühle in Worte fassen sollen? Ich wusste nicht einmal, was ich empfand oder warum.

Vor gestern Abend hatte ich geglaubt, über Jamie hinweg zu sein. Ich hatte geglaubt, ich wäre endlich aus dem langen finsteren Tunnel herausgetreten. Doch vielleicht war ich noch nicht ganz geheilt. Deshalb gab es wahrscheinlich noch immer diesen Teil von mir, der sich nicht ganz öffnen wollte – selbst Toby gegenüber nicht. Ich hatte einfach Angst davor, was passieren würde, wenn ich mich jemandem ganz hingeben würde. Ich hatte es schon einmal getan, hatte Jamie bedingungslos geliebt und mich ihm vorbehaltlos geöffnet. Er hatte mein Herz unwiderruflich verletzt, deshalb wusste ich nicht, ob ich einem anderen Mann je wieder ganz vertrauen könnte. Er hatte mir so viel genommen. Ich war ein vorsichtiger Mensch geworden, der Angst davor hatte, wieder verletzt zu werden. Und das hatte auch meine Beziehung zu Toby beeinflusst.

Bei dem Gedanken durchströmte mich wieder die Wut. Ich konnte mich nicht daran erinnern, wann mich ein anderer Mensch zuletzt so wütend gemacht hatte. Es kam mir vor, als würde es Jamie gelingen, alle meine Gefühle noch zu verstärken. Alle Emotionen – ob nun gut oder schlecht – schienen irgendetwas mit ihm zu tun zu haben.

Ich stieß die Luft aus und schloss die Augen. Ich sollte einfach vergessen, dass diese Begegnung überhaupt stattgefunden hatte. Im Augenblick hatte ich schon genug um die Ohren, da konnte ich nicht noch über einen Exfreund nachdenken, der so tat, als würde ich ihm am Herzen liegen, obwohl ich wusste, dass es nicht so war. Ich setzte mich auf und lockerte meine Hände, die ich unwillkürlich zu Fäusten geballt hatte. Ich sah die halbmondförmigen Abdrücke, die meine Fingernägel in den Handflächen hinterlassen hatten. Jamie hatte mir schon genug genommen. Ich würde ihm nicht noch mehr Zeit opfern.

Ich schwang die Beine über die Bettkante, schnappte mir meinen Bademantel und verließ mein Zimmer. Dem wundervollen Duft von Bacon und Kaffee folgend, ging ich nach unten. Als ich sah, dass Kelsey am Küchentisch saß, blieb ich wie angewurzelt stehen. Sie war bereits angezogen, und ihre Schultasche stand neben ihr auf dem Stuhl. In dieser Woche war sie nicht zur Schule gegangen – sie hatte nicht gewollt. Also hatte ich am Montag in der Schule angerufen und erklärt, dass ich nicht sicher wäre, wann sie wieder am Unterricht teilnehmen würde.

Ich räusperte mich und lächelte leicht, als sie in meine Richtung blickte. Sie hatte gerade die Gabel zum Mund führen wollen und hielt nun mitten in der Bewegung inne. „Guten Morgen“, sagte ich und hoffte, dass sie nicht nur ein Knurren ausstoßen und das Zimmer verlassen würde – so wie sie es in den vergangenen fünf Tagen getan hatte.

Sie nickte mir zu und richtete ihre Aufmerksamkeit dann wieder auf ihr Frühstück und ihr iPhone. Nana drehte sich um und lächelte mich warmherzig an, als sie nun die Kaffeekanne ergriff und mir eine Tasse einschenkte. „Guten Morgen. Hast du Hunger?“, fragte sie.

Ich zuckte die Achseln und setzte mich auf einen freien Platz. „Ein bisschen.“ Ich wandte mich Kelsey zu. „Gehst du heute zur Schule?“

Sie sah mich an. „Besser, als hier herumzusitzen und nichts zu tun“, erwiderte sie knapp.

Ich nickte und lächelte meiner Nana zu, als sie eine Tasse mit heißem Kaffee auf den Tisch stellte. „Ich glaube, das ist eine gute Idee. Es könnte dir helfen, zur Normalität zurückzufinden“, sagte ich nachdenklich.

„Normalität? Was ist denn hier gerade *normal* für dich?“, entgegnete Kelsey wütend und funkelte mich an.

„Ich meinte nicht *normal*“, ruderte ich zurück und versuchte, mich zu erklären. „Ich dachte nur, dass es dir helfen könnte, deine Freunde zu sehen und wieder einen Alltag zu haben. Beschäftigt zu sein. Das war alles, was ich damit sagen wollte.“

„Ist ja auch egal“, schnaubte sie, legte die Gabel ab und schob den halb vollen Teller von sich.

Ich seufzte. „Kels, wie lange willst du mich noch so behandeln?“

Sie schob den Stuhl zurück, der ein lautes Geräusch auf dem Boden machte. Vor Wut verzog sie das Gesicht. „Bis du verschwindest und mich wieder im Stich lässt!“ Sie schnappte sich ihre Tasche und stürmte aus dem Zimmer, ohne mir die Möglichkeit zu geben, irgendetwas zu erwidern. Ich wusste nicht mal, was ich erwidern sollte. Ich war sprachlos. In meinem Kopf hallten ihre Worte wider. „… und mich wieder im Stich lässt!“ War es das, was sie glaubte? Dass ich sie im Stich gelassen hatte? Ich wusste, dass sie mit meiner Abreise damals nicht einverstanden gewesen war, aber ich hätte nie gedacht, dass sie mich dafür so offen anfeinden würde.

Ich sah zu meiner Nana und hoffte auf ein paar kluge Worte von ihr, doch sie zuckte nur mit den Schultern. Ihr Lächeln war traurig und mitfühlend. „Lass nicht locker. Sie wird irgendwann einlenken.“ Sie legte einen Pancake und ein paar Stückchen Bacon auf einen Teller, den sie vor mich stellte. „Iss. Du brauchst deine Kraft, Schatz.“

„Danke.“

„Ist es immer noch in Ordnung, dass du mich heute Vormittag nach Hause fährst, damit ich ein paar Sachen holen kann?“, wollte sie wissen.

„Selbstverständlich.“

„Danke, Ellie. Ich habe dieses Kleid diese Woche schon dreimal gewaschen. Ich wollte mir ein paar Kleider deiner Mom ausleihen, aber sie passen mir nicht. Leider hat sie obenrum deutlich mehr zu bieten als ich“, sagte sie und wies auf ihren flachen Busen. „Ruth hat, was ihr jungen Leute wohl einen ‚tollen Vorbau‘ nennt.“

Ich lachte und hätte mich beinahe an meinem Kaffee verschluckt. Meine achtzigjährige Großmutter die Worte

„toller Vorbau“ aussprechen zu hören, war etwas, was ich mir nie im Leben hätte vorstellen können.

Die Fahrt nach Mount Pocono, wo meine Großmutter wohnte, war schön wie immer. Als wir vor dem Haus mit der Holzverkleidung hielten, musste ich einfach lächeln. Ich hatte viele wundervolle Erinnerungen an diesen Ort. Meine Großeltern hatten hier gelebt, seit ich denken konnte. Sie hatten an einem ruhigen Ort alt werden wollen. Leider war mein Großvater vor sechs Jahren gestorben, und seitdem war Nana allein. Wir kamen so oft hierher, wie wir konnten. Bis zum Unfall waren meine Eltern jeden Samstag zu meiner Nana gefahren, um den Tag hier zu verbringen. Kelsey und ich kamen regelmäßig mit, und Nana Betty hatte ihre Freunde und ihre Vereine, in denen sie sich engagierte. Sie war also gut beschäftigt. Meine Nana war kein Mensch für den Ruhestand, und so war sie sowohl Präsidentin eines Weinclubs als auch Präsidentin des hiesigen Bowlingvereins.

„Ach, es ist so schön, der Unruhe der Großstadt einmal zu entkommen“, meinte sie seufzend, als sie die Beifahrertür öffnete und aus dem Wagen stieg. Sie atmete tief durch. „Meine Güte, ich habe diesen Duft so sehr vermisst.“

Ich lächelte und kletterte ebenfalls aus dem Auto. Als die alte Nachbarin Nora nun aus ihrem Haus kam, Nana zuwinkte und dann herüberkam, um ein bisschen mit ihr zu reden, lehnte ich mich an den Wagen. Versonnen schloss ich die Augen und genoss den Sonnenschein auf meiner Haut. Mir wurde bewusst, wie anders die Luft hier draußen *tatsächlich* war – frischer, sauberer. Man gewöhnte sich daran, in der Großstadt zu wohnen. In London war es genauso. Die Stadt war voller Smog und Abgase, wenn man durch die Straßen spazierte. Ich hatte ganz vergessen, wie die saubere Luft in den Bergen roch.

Meine Eltern hatten sich immer ausgemalt, eines Tages auch hierherzuziehen. Mein Dad hatte von einem Häuschen am See geträumt. Sie hatten eine Frühstückspension eröffnen wollen und schon Pläne gemacht: Meine Mom hätte sich um die Gäste gekümmert und das Frühstück zubereitet, und Dad hätte den Leuten am Anleger hinter dem Haus Unterricht im Kajakfahren gegeben. Es wäre perfekt gewesen. *Konjunktiv.* Jetzt würde es nicht mehr dazu kommen.

Als ich spürte, wie mir wieder die Tränen in die Augen stiegen, schob ich die Gedanken darüber, was hätte sein können, beiseite und wandte meine Aufmerksamkeit Nana zu. Sie brachte gerade die leise Unterhaltung mit ihrer Nachbarin zu Ende. Ich sah den beiden Damen an, dass sie über den Unfall meiner Eltern sprachen, also hielt ich mich zurück und ging langsam zum Haus. Sie folgten mir und umarmten sich vor der Tür. Nora sagte zu Nana, dass sie jederzeit anrufen könne, falls sie Hilfe bräuchte.

Als Nora sich schließlich zum Gehen wandte, sah sie mich mitfühlend an. Sie war eine reizende alte Dame. Wir hatten jeden Sommer in ihrem Garten über ihrer schmiedeeisernen Feuerstelle S'Mores gemacht – leckere Kekssandwiches mit Marshmallows und Schokoladenstückchen. „Ach, Ellie. Du bist so eine wunderschöne, starke Frau geworden." Sie kam zu mir und umarmte mich herzlich. Ihr leicht muffig riechendes Parfüm stieg mir in die Nase. „Tust du mir einen Gefallen und kümmerst dich gut um deine Großmutter?“

„Das werde ich“, entgegnete ich, löste mich aus ihrer Umarmung und machte einen Schritt zurück.

Sie ging zurück zu ihrem Haus nebenan. Während Nana die Eingangstür öffnete, beobachtete ich ein kleines Eichhörnchen, das im Vorgarten nach Futter suchte.

Bevor Nana ins Haus trat, beschloss ich, ein Thema anzusprechen, das mich schon seit einigen Tagen beschäftigte.

„Weißt du, Nana, du musst nicht unbedingt wieder mit zu uns kommen, wenn du nicht möchtest. Ich meine, ich bin ja wieder da und kann mich um Kels kümmern. Wenn du also lieber hierbleiben möchtest, ist das okay“, bot ich ihr an. Wir hatten noch nicht darüber geredet, doch ich wusste, dass sie die Stadt hasste, und sie vermisste bestimmt auch ihr Haus und ihr eigenes Bett. Am Anfang war sie bei uns geblieben, weil es näher am Krankenhaus und weil Kelsey dort war, aber nachdem ich nun wieder da war, gab es keinen zwingenden Grund mehr für sie, mit mir zurückzufahren.

„Willst du mich loswerden?“, fragte sie scherzhaft und stieß mir gegen den Arm.

„Natürlich nicht. Ich habe dich gern in meiner Nähe, und ich würde deine Kochkünste vermissen“, erwiderte ich und lächelte verlegen. „Aber … Kelsey und ich kommen schon zurecht, wenn du lieber zu Hause bleiben möchtest.“

Sie sah mich mit ernster Miene an. „Ellie, du weißt, dass durchaus die Gefahr besteht, dass eure Mutter nicht mehr aufwachen wird. Ihr müsst euch darauf vorbereiten – für den Fall der Fälle."

Ich zuckte zurück. Der plötzliche Themenwechsel hatte mich auf dem falschen Fuß erwischt. „Das weiß ich."

Sie nickte, streckte den Arm aus und legte ihre runzelige Hand an meine Wange. „Falls es so kommen sollte, muss es eine dauerhafte Lösung, geregelte Abläufe für Kelsey geben. Schließlich ist sie noch minderjährig und braucht einen Vormund. Ich werde mit dir zu euch nach Hause kommen, denn wenn das hier alles vorbei ist und wir wissen, wie es weitergeht, werde ich für Kelsey da sein. Es ist nicht gerecht, dass du eine solche Last auf dich nimmst, wenn du ein Leben auf der anderen Seite des großen Teichs hast."

In meinem Hals bildete sich ein Kloß. Ich hob die Hand und legte sie auf ihre, die noch immer an meiner Wange lag. Dankbar lächelnd, sah ich sie an. „Du bist die beste Großmutter, die man sich wünschen kann", sagte ich. „Aber wenn es zum Schlimmsten kommen und Mom nicht mehr aufwachen sollte, dann werde ich hierbleiben, um mich um Kels zu kümmern. Du musst dir um keine von uns Sorgen machen. Ich schaffe das. Versprochen." Es war die leichteste Entscheidung, die ich je getroffen hatte. Ich musste nicht einmal großartig darüber nachdenken. Niemals hätte ich von meiner Großmutter erwartet, sich um einen Teenager zu kümmern.

Das Vogelgezwitscher war das einzige Geräusch, das zu hören war, als wir schweigend voreinanderstanden. Tränen schimmerten in Nanas Augen, und ich streckte die Arme aus, schlang sie um sie und hielt sie ganz fest.

„Ich kann nicht glauben, dass das alles passiert ist. Deine Eltern waren so gute Menschen. Wie konnten ihnen bloß solche schrecklichen Dinge widerfahren?", fragte sie leise. Ihre Stimme an meiner Schulter klang gedämpft.

„Ich weiß es nicht, Nana", erwiderte ich ehrlich.

Sie löste sich aus meiner Umarmung und schniefte. Vorsichtig zog sie ein Taschentuch aus ihrer Tasche und putzte sich die Nase. „Hast du mit deinem Verlobten darüber gesprochen, was passiert, wenn es zum Schlimmsten kommt?"

Ich starrte auf den Boden und runzelte die Stirn. „Darüber werde ich später mit ihm reden." Ich würde Toby in ein paar Stunden vom Flughafen abholen. Bisher hatten wir dieses Thema bei unseren täglichen Telefonaten gemieden, doch wir konnten es nicht ewig vor uns herschieben. Ich wusste nicht, wie es weitergehen sollte, da er Verpflichtungen in England und ich Verpflichtungen hier hatte. Ich fürchtete, dass wir keinen Kompromiss finden würden.

„Lass uns einfach beten, dass es nicht so weit kommt. Lass uns beten, dass deine Mutter aufwacht und dass alles gut wird. Sie ist eine Kämpferin. Also machen wir uns vielleicht Sorgen über etwas, was niemals eintreten wird", sagte Nana, ergriff meine Hand und drückte sie.

Ich nickte. Aber ihre Worte halfen mir nicht, denn tief in meinem Innersten war mir längst klar, dass ich lieber hierbleiben wollte. Egal, was passieren würde. Ich hatte meine Familie schon einmal verlassen, hatte Zeit verloren, die ich mit meinen Lieben hätte verbringen können, und ich war mir nicht sicher, ob ich stark genug wäre, diese Menschen noch einmal zurückzulassen. Es war ein Dilemma, das sich nicht leugnen ließ und mich umtrieb. Ich wusste nicht, was die Zukunft für meine Mutter bereithielt, doch ich war mir ziemlich sicher, dass ich wusste, wie meine Zukunft aussah.

Später stand ich im Ankunftsbereich des Flughafens und hielt Ausschau nach Toby, der durch die Glastüren kommen sollte. Ich hielt einen Becher mit starkem Kaffee in der linken Hand und ein Sandwich mit Schinken, Salat und Tomate in der rechten. Toby hatte mir eine Nachricht geschickt, in der er mich bat, beides für ihn zu besorgen. Offensichtlich war das Essen an Bord des Fliegers nicht so toll gewesen, und er starb vor Hunger – das waren seine Worte gewesen, nicht meine.

Er war zusammen mit einer Dame mittleren Alters, mit der er sich angeregt unterhielt, der Erste am Gepäckband. Ein Lächeln ließ sein Gesicht strahlen, als er mich erblickte.

Ich biss mir auf die Unterlippe und betrachtete ihn. Er trug Jeans und sein blaues T-Shirt vom Millwall FC, abgetragene Nike-Sneakers und einen Sweater, den er sich locker um die Hüften gebunden hatte. Er hatte noch immer sein Nackenkissen um den Hals liegen, einen Rucksack über die Schulter gehängt und zog sein Handgepäck hinter sich her. Sein Haar war zerzaust und an der Seite, auf der er geschlafen hatte, ganz platt. Die dunklen Schatten unter den Augen zeigten, dass er bereits den Jetlag spürte.

Er sagte etwas zu der Frau an seiner Seite, und sie sah zu mir und winkte mir lächelnd zu. Ich winkte etwas unbeholfen zurück, denn mit dem Sandwich und dem Kaffeebecher in den Händen war das nicht so leicht. Ich lächelte ebenfalls. Toby kam einfach mit jedem Menschen ins Gespräch. Man konnte ihn mit einem Haufen Fremder in ein Zimmer stecken, und im Handumdrehen hatte er zu jedem Kontakt und kannte von allen die Lebensgeschichte.

„Hey“, sagte ich, als er vor mir stehen blieb.

Er grinste, trat noch näher und schlang einen Arm um mich. Er zog mich an sich und küsste mich. Ich stieß einen erschrockenen Laut aus, streckte die Arme von mir und bemühte mich, ihm nicht den heißen Kaffee über den Rücken zu kippen. Als er den Kuss beendet hatte und mich wieder losließ, schaute er mich erschöpft an. „Du bist ein wundervoller Anblick für meine müden Augen“, sagte er.

„Ich? Oder doch eher der Kaffee?“, erwiderte ich scherzhaft und reichte ihm den Becher.

„Mmmmh“, seufzte er, schnappte sich den Kaffee und trank einen großen Schluck.

Der üble Geruch von verdorbenem Fleisch oder etwas Ähnlichem drang mir in die Nase. Angewidert zog ich sie kraus. „Igitt. Was ist das für ein Gestank?“ Ich hielt mir die Nase zu und atmete durch den Mund.

Er stöhnte wieder. Dieses Mal allerdings nicht wegen des köstlichen Kaffees. Er schüttelte den Kopf. „Oh Mann, ich rieche nach Kotze, oder?“ Er senkte den Kopf und schnüffelte zögerlich an seinem T-Shirt. „Der Flug war ein bisschen turbulent. Ich musste mich übergeben. Sehr oft sogar. Das Meiste ging in diese blöden Papiertüten, aber ich bin mir sicher, dass mein T-Shirt für alle Ewigkeiten nach Erbrochenem stinken wird.“

Ich grinste. „Du armer Junge."

Er nickte und zog spielerisch die Mundwinkel nach unten. „Ich weiß. Ich habe dir ja gesagt, dass es für mich nicht leicht ist zu fliegen. Und mein 'als bringt mich auch um. Ich musste mir im Flieger ein total überteuertes Kissen kaufen. Doch das sind nun mal die Dinge, die ein Mann tun muss, wenn er seine Verlobte zufriedenstellen will, was?" Er seufzte übertrieben und rieb sich über den Nacken.

„Du hast dich echt aufgeopfert", erwiderte ich und lächelte ihn dankbar an. „Ich bin so froh, dass du hier bist." Das war keine Lüge. Toby besaß die Fähigkeit, mich zu beruhigen und jedermanns Laune zu heben. Das war Teil seiner funkelnden, witzigen Persönlichkeit.

„Ich 'abe dich vermisst", sagte er, beugte sich vor und küsste mich wieder.

„Ich dich auch." Ich sah ihn an und wünschte mir, meine Leidenschaft würde erwachen. Ich hatte ihn seit Tagen nicht gesehen und hätte eigentlich den Wunsch verspüren müssen, ihm die Kleider vom Leib zu reißen und ihn überall zu küssen, aber bis auf einen kleinen Hüpfer, den mein Herz machte, und die Dankbarkeit, die ich empfand, weil er gekommen war, war da nichts. Ich schätzte, es war auch nicht so leicht, vor Lust für einen Kerl zu vergehen, wenn er aussah wie der Tod und nach Kotze roch. Tja, das redete ich mir zumindest ein.

„Komm schon. Lass uns nach Hause fahren, damit du duschen kannst", schlug ich vor und wedelte mir mit der Hand vor der Nase herum, als wir zum Ausgang liefen. „Die Wagenfenster müssen wir natürlich aufmachen", fügte ich grinsend hinzu.

Er keuchte und tat entsetzt. „Das geht nicht! Das zerstört meine Frisur“, scherzte er und zwinkerte mir zu. Als wir aus der Tür traten, blieb er stehen und blickte sich um. „Also, deswegen machen alle Leute so ein Aufhebens, ja? Das ist der Big Apple.“

Ich nickte. „Ja. Willkommen in New York. Was hast du denn erwartet?“

Er sah nach links und rechts und dann hinauf in den blauen Himmel mit den weißen Wölkchen. Er atmete tief ein und hustete dann dramatisch. „Riecht wie London.“

Ich brach in Lachen aus. Zum ersten Mal seit Tagen konnte ich lachen. Es war ein echtes Talent, das Toby da besaß.

13. Kapitel

JAMIE

Wie konnte es sein, von vielen Menschen umgeben zu sein und sich dennoch ganz allein zu fühlen? Es war beinahe tragisch, dass ich mich so sehr an die Einsamkeit gewöhnt hatte, dass es mir kaum noch auffiel. Aber nachdem ich Ellie wiedergesehen, sie berührt und geküsst hatte – auch wenn es nur für eine Sekunde gewesen war –, wollte ich nur noch mehr von ihr. Das halbe Team saß um mich herum und lauschte Dodgers Plänen für den Autodiebstahl am Wochenende, den wir eingefädelt hatten, doch ich bekam kaum etwas mit.

„Also brauchen wir am Samstagabend zwei Leute, die die Autos zurückfahren, sobald Kid und ich sie geknackt haben“, sagte Dodger und blickte in die Runde. „Freiwillige? Ich weiß, dass einige von euch an der Riesenparty teilnehmen wollen, die Shaun anlässlich seiner Hochzeit veranstalten will.“

Shaun war nicht mehr in unserer Crew. Nachdem er aus dem Gefängnis entlassen worden war, hatte er beschlossen, ein anständiges Leben zu führen. Genau genommen, hatte seine Freundin, die während seiner Zeit im Gefängnis ein Kind zur Welt gebracht hatte, diese Entscheidung „dringend angeregt“. An diesem Wochenende wollten sie heiraten. Ich war eingeladen und würde wahrscheinlich zur Zeremonie erscheinen, mich dann aber frühzeitig von der Feier absetzen.

Dodger hatte den Auftrag fürs Wochenende angenommen und dabei ganz vergessen, dass die Hälfte seiner zuverlässigen Mitarbeiter Shaun schon seit Jahren kannte und zu seiner Hochzeit gehen wollte. Jetzt fehlten ihm ein paar Leute.

„Ich bin dabei", bot Chase an. Er war ziemlich neu in meinem Team. Er war jung, ein bisschen zu hitzköpfig für meinen Geschmack, aber loyal.

Dodger nickte, notierte seinen Namen auf einem Block und sah sich dann nach dem nächsten mutigen Kämpfer um.

Ed rutschte auf seinem Stuhl nach vorn. „Ich kann das machen. Ich wollte sowieso nicht zu der Hochzeit gehen." Ich grinste in mich hinein, als ich das hörte. Er war nicht einmal eingeladen worden. „Ich weiß, dass ich normalerweise nicht an den Autodiebstählen beteiligt bin, aber ich kann ein Auto fahren", sagte er.

„Toll", entgegnete Dodger, nickte zustimmend und nahm sich seinen Block. „Dann wäre das geklärt. Kid und ich knacken die Autos, Chase und Ed fahren sie zurück zur Lagerhalle, und Ray kümmert sich hier um alles und leitet die Versendung in die Wege."

Ich hob einen Finger, um zu signalisieren, dass er noch einen Moment warten sollte. „Ich brauche Ed am Samstagabend. Wenn ich die ganze Nacht lang unterwegs bin, brauche ich jemanden, der die Wache übernimmt", sagte ich und zuckte die Achseln, als Dodger frustriert stöhnte. Ich sah zu Ed, der finster in meine Richtung blickte. Er war offensichtlich wütend, weil er für etwas von dem Job zurückgezogen wurde, was in seinen Augen zweifelsohne eine niedere Tätigkeit darstellte. Allerdings war es das keineswegs. Für mich war es sogar die wichtigste Aufgabe, die ich jemandem anvertraute. „Ich werde dir das gleiche Geld bezahlen wie den Autodieben. Ich brauche einfach jemanden hier, der aufpasst und dafür sorgt, dass die Salazars ihr nicht zu nahe kommen."

In den letzten zwei Tagen hatte ich meine Männer damit beauftragt, rund um die Uhr vor Ellies Haus zu stehen und sicherzustellen, dass Mateo nicht irgendetwas Idiotisches tat, mit dem er sein eigenes Todesurteil unterzeichnete. Ich hatte selbst ein paar der Schichten übernommen – für gewöhnlich am Abend –, doch ich konnte nicht alles allein stemmen. Bisher war nichts passiert. Tatsächlich hatte Ellie bis auf den gestrigen Tag das Haus nur verlassen, wenn sie ins Krankenhaus oder zum Einkaufen gefahren war. Gestern hatte sie ausnahmsweise ihre Großmutter nach Hause gebracht und anschließend den Kerl, den ich so inbrünstig hasste, weil er sie im Gegensatz zu mir berühren durfte, vom Flughafen abgeholt.

Es war auf jeden Fall richtig, vorsichtig zu sein. Egal, wie die anderen mich anschauten. Sie fanden offenbar, dass meine Reaktion übertrieben und verrückt war. Regel Nummer eins in diesem Geschäft lautete: *Zeige niemandem, dass dir irgendjemand am Herzen liegt. Zeige keine Emotionen, zeige keine Verletzbarkeit, denn es gibt immer Leute, die dich beobachten, um deine Schwächen herauszufinden.* Es gab immer Menschen wie Mateo, die jeden Vorteil nutzen wollten. Ich hatte es am Dienstagabend vollkommen vermasselt, und jetzt wollte ich es wiedergutmachen und dafür sorgen, dass Ellie sicher war und dass niemand hinter ihr her war, um mir etwas heimzuzahlen. Ich war mir nicht sicher, ob diese Gefahr überhaupt bestand, aber ich wollte auf alle Eventualitäten vorbereitet sein – nur für den Fall.

Dodger seufzte, doch in seinen Augen stand ein verständnisvoller Ausdruck. Er wusste, was ich für Ellie empfand und was sie mir bedeutete. Er und Ray waren die einzigen Menschen, denen ich davon erzählt hatte. „Okay, also brauche ich noch immer einen Freiwilligen …“ Er sah sich langsam um.

Mit ein bisschen Überzeugungsarbeit stimmte Enzo schließlich zu, die Hochzeitsfeier mit mir zusammen etwas früher zu verlassen. Das Geld war doch zu verlockend für ihn, denn er träumte davon, sich eine Wohnung zu kaufen.

„Dann ist das ja geregelt. Ihr könnt Feierabend machen, denn heute ist nichts Wichtiges mehr zu erledigen“, sagte Dodger und gab allen anderen ein Zeichen, den Raum zu verlassen. Als wir allein waren, wandte er sich mir zu. „Was ist mit dir? Was hast du vor? Willst du was essen gehen?“

„Klar, warum nicht?“, entgegnete ich. Das Handy in meiner Tasche vibrierte. Ich hatte eine Nachricht erhalten. Ich zog das Gerät hervor – gleichzeitig mit Dodger. Wir lasen beide den Betreff der Nachricht. Mein Herz machte einen Hüpfer. Heute Abend sollte ein illegales Rennen stattfinden. In drei Stunden sollte es bereits losgehen. Dodger machte einen kleinen Freudentanz und riss die Faust in die Luft. Ich trommelte aufgeregt auf dem Tisch herum.

„Das wurde aber auch verdammt noch mal Zeit!“ Das Timing war perfekt – vor allem, weil ich mein wundervolles Auto gerade diese Woche hergerichtet hatte.

„Ich werde dir heute Abend so in den Arsch treten“, sagte Dodger grinsend und schob sein Handy zurück in die Tasche. „Ich werde dir mal kurz vom Siegerpodest zuwinken, ja?“ Er zwinkerte mir zu und wandte sich zur Tür. „Und jetzt werde ich besser mal mein Baby auftanken.“

„Also gehen wir nicht essen?“, rief ich ihm hinterher und lachte.

Der Ort stand fest. Das Rennen sollte in einem verschlafenen Nest auf dem North Fork von Long Island stattfinden. Es war fast Mitternacht, als ich Dodgers rotem Ford Shelby GT500 folgte. Langsam und so unauffällig wie möglich fuhren wir zum vorgesehenen Startpunkt.

Während der Fahrt dorthin, die ungefähr eine Stunde dauerte, hatte sich Aufregung in mir breitgemacht, und meine Handflächen juckten mittlerweile vor Ungeduld. Dieses Rennen hätte zu keinem besseren Zeitpunkt stattfinden können. Es brachte mir innere Ruhe und Frieden, wenn ich ein Rennen fahren konnte. Die Kraft des Wagens, die Geschwindigkeit – all das zusammen führte zu einem Adrenalinschub, den ich in vollen Zügen genoss. Nach dem Wahnsinn der letzten Tage brauchte ich etwas, was mich ablenkte, damit ich mich mal nur auf den Moment konzentrieren konnte – auch wenn es nur ein Rennen war, das nicht länger als fünfzehn Minuten dauerte.

Dodger wurde am Ende der Straße langsamer, und ein Typ mit einem Funksprechgerät beugte sich ins Auto, um kurz mit ihm zu reden. Ich sah das leuchtende Display von Dodgers Handy, das er dem Mann zeigte. Dann wurde Dodger vorbeigewinkt. Bedächtig fuhr ich ein Stückchen vor, hatte das Telefon bereits angemacht und zeigte die Einladung zum Rennen vor, die ich bekommen hatte. Der Typ warf einen Blick darauf und winkte mich ebenfalls weiter.

Im Schritttempo fuhr ich weiter. Ich sah die bunten hochgezüchteten Wagen, die neben der Straße standen, und die Zuschauer, die zwischen den Autos entlangliefen und die Fahrzeuge und Fahrer bestaunten. Ich parkte neben Dodger am Straßenrand und öffnete die Motorhaube meines Autos. Diese Rennen begannen immer damit, dass die Zuschauer und die anderen Fahrer die Motoren der gegnerischen Wagen inspizierten und sich über die Änderungen lustig machten, die vorgenommen worden waren.

Ich kletterte aus dem Auto und konnte schon den Benzingeruch in der Luft wahrnehmen. Dodger kam zu mir, und wir gingen durch die Menge und sahen uns die Herausforderer an, die an der Straße standen. Ich sah ein paar Wagen, die viele dieser Rennen fuhren, aber auch einige Neuzugänge.

Ein Stöhnen kam mir über die Lippen, als ich zwei Wagen erblickte, die sich durch ihre übertriebenen Lackierungen und die riesigen Heckspoiler von den anderen Fahrzeugen abhoben. Es waren zwei Mitsubishi Lancer Evolution. Einer davon war orangefarben lackiert und hatte einen limonengrünen Blitz auf der Seite. Der andere war limonengrün und hatte einen orangefarbenen Blitz auf der Seite. Die Autos gehörten den eineiigen Zwillingen Regan und Harley. Die meisten Leute hier nannten sie die Kamikaze-Zwillinge – nicht weil sie besonders rücksichtslos gewesen wären, sondern weil sie besonders furchtlos waren. Sie waren meine größten Konkurrenten. Neben Dodger und mir siegte wenigstens einer der Kamikaze-Zwillinge bei fast jedem Rennen, an dem sie teilnahmen. Sie fuhren klug, raffiniert und mühelos. Die beiden waren in der Rennszene sehr erfolgreich, und ich hatte gehört, dass sie auch die anderen Straßenrennszenen in Los Angeles und Miami aufmischten. Ich mochte sie irgendwie, obwohl sie großspurige kleine Idioten waren, durch die ich ab und zu ein Rennen verlor. Sie waren gute Jungs und reichten einem anschließend immer die Hand.

Dodger wies auf die beiden Autos. „Ich werde den Brüdern in den Arsch treten“, prahlte er zuversichtlich.

Ich lachte leise, und wir gingen rüber zu der Gruppe von Fahrern, die am Ende der Autoreihe zusammenstanden. Die Teilnehmer der Rennen kamen aus allen sozialen Schichten. Straßenrennen waren nicht nur etwas für den Bad Boy oder den Kriminellen. Einer der Teilnehmer war zum Beispiel ein Top-Anwalt, ein anderer war ein unterbezahlter Lehrer. Am Tage konnten sie auf der Straße einer von vielen sein – einfach irgendein Mensch, der abends seinem schnellen Hobby frönte. Das war eine Sache, die mir daran gefiel: Jeder war nur aus dem einen Grund hier, dass er die Geschwindigkeit und sportliche Wagen liebte.

Irgendjemand tauchte an meiner Seite auf. „Was geht, Bruder?“

Ich wandte mich um, um zu sehen, wer mich da angesprochen hatte, und blickte einem der Zwillinge ins Gesicht. Ich hatte keine Ahnung, welcher von beiden es war. Für mich sahen sie vollkommen gleich aus – bis auf die Haare. Beide waren blond und trugen die Haare gleich lang, aber einer gelte sie nach oben und der andere kämmte sie lieber zur Seite.

„Hey … äh … Harley?“, versuchte ich es.

Er schüttelte den Kopf und grinste. „Regan“, korrigierte er mich. Sein Bruder, der sich inzwischen neben ihn gestellt hatte, hob die Faust, um mich zu begrüßen, und ich klatschte mit ihm ab.

„Eines Tages wird er richtig raten“, meldete Dodger sich zu Wort, beugte sich vor und klatschte ebenfalls Faust an Faust mit den beiden ab.

„Wahrscheinlich nicht“, erwiderte ich.

Die Zwillinge zuckten die Schultern und grinsten breit. „Ihr seid also gekommen. Um ehrlich zu sein, haben wir gehofft, dass dein Wagen immer noch Schrott ist und du nicht kommen würdest“, sagte Regan, und seine Augen funkelten frech. „Dann wäre mehr Geld für mich im Pott, wenn ich gewinne.“

Ich machte den Mund auf, um ihm zu antworten, doch ein lautes Räuspern zu meiner Linken hielt mich davon ab. Ein Typ in einer fluoreszierenden Warnweste mit einer halb gerauchten Zigarette zwischen den Lippen stand mit einer schwarzen Umhängetasche da. „Das Startgeld“, knurrte er. Die Zigarettenasche fiel auf seinen dicken Bauch. Abwesend strich er sie mit dem Handrücken weg.

Jeder von uns zog die fünfhundert Dollar Startgeld hervor und warf das Geld in den Beutel.

„Jetzt prüft die Strecke und stellt euch zum Start auf, damit es endlich losgehen kann", sagte Rodriguez zu den Fahrern. Jeder trat vor, um einen Blick auf die große Karte zu werfen, auf die man eilig in Rot den Streckenverlauf gezeichnet hatte. Handschriftlich waren an der Seite eine Liste von Straßennamen und unsere Startpositionen vermerkt.

Dodger und ich gingen langsam zurück zu unseren Wagen. Die Menschenmenge zerstreute sich, und die Leute liefen Richtung Start.

„Bist du bereit?", fragte Dodger, während ich den Haken an der Motorhaube löste und die Haube dann fallen ließ.

„Ja, der Wagen ist top in Schuss. Ich schulde Ray etwas, weil er mir das Teil beschafft hat", erwiderte ich und strich liebevoll über den Lack des Autos.

„Das meinte ich nicht", entgegnete Dodger und verschränkte die Arme vor der Brust. „Du warst in letzter Zeit ein bisschen abgelenkt. Ich wollte nur sichergehen, dass du heute Abend einen klaren Kopf hast und bei der Sache bist. Du kannst kein Rennen fahren, wenn du ständig an etwas anderes denken musst. So passieren nämlich Unfälle und Leute sterben."

Hier ging es um Ellie. Damit hatte ich nicht gerechnet. War ich bereit dafür? Ja. Verdammt, ja. Ich brauchte das jetzt. Sobald ich auf der Strecke wäre, würde mein Verstand sich automatisch auf die Aufgabe konzentrieren, statt sich ständig mit dieser Frau zu beschäftigen, sich zu sorgen und mit den Gedanken um sie zu kreisen. Zumindest war das der Plan.

„Mir geht es gut." Ich streckte den Arm aus und schlug

ihm leicht auf die Schulter. „Aber danke, dass du dir Sorgen um mich machst. Du wirst für irgendjemanden mal eine echt tolle Tussi sein."

Er verdrehte die Augen, bevor er Anstalten machte, in sein Auto zu steigen. Grinsend sah er zu mir. „Dann mal los."

Ich erwiderte sein Lächeln, ließ mich auf den Ledersitz meines Wagens sinken und startete den Motor. Mit einem dröhnenden Geräusch erwachte mein Auto zum Leben. Der Motor klang laut und kraftvoll. Ich seufzte zufrieden und strich beinahe zärtlich über das Lenkrad. Meine Kopfhaut prickelte vor Aufregung. Zu wissen, dass ich in ein paar Minuten mit über hundertsechzig Stundenkilometern die Straße entlangrasen würde, jagte mir einen Schauer über den Rücken.

Ich warf einen Blick über meine Schulter, um sicherzugehen, dass die Straße hinter mir frei war, stieß aus der Parklücke und rollte zu meiner provisorischen Startposition. Die anderen Fahrer standen bereits im Leerlauf auf ihren Positionen.

Innerlich ging ich die Strecke noch einmal durch, sah die Kurven, die Straßen vor mir und dachte darüber nach, wie scharf sie waren. Adrenalin strömte durch meine Adern. Mein Fuß schwebte über dem Gaspedal. Ich hatte den Blick auf Rodriguez gerichtet, der nun drei Meter vor die Startlinie trat und ein Signalhorn hob.

Unwillkürlich hielt ich die Luft an und presste konzentriert die Kiefer aufeinander. Es juckte mich im Gasfuß. Und dann ertönte das schrille Geräusch des Horns, und mein Körper reagierte sofort. Ich legte den Gang ein und gab Gas. Die Reifen quietschten, Motoren heulten auf, und Abgas- und Staubwolken bildeten sich hinter den Wagen, als wir alle beinahe gleichzeitig losschossen. Durch die Geschwindigkeit wurden wir in unsere Sitze gedrückt.

Als ich am Ende der kurzen Straße ankam, hatte ich schon eine Geschwindigkeit von fast hundertdreißig Stundenkilometern erreicht. Mein Blick war auf die Strecke gerichtet, und ich beobachtete den orangefarbenen Mitsubishi und den BMW M3, die um die Führung kämpften, während ich um die erste Kurve schlitterte. Meine Reifen suchten Halt, und mein Magen zog sich vor gespannter Aufregung zusammen.

Während die Straßen vorbeiflogen und ich schneller und schneller wurde, spürte ich, wie die Anspannung der letzten Tage allmählich von mir abfiel. Bei jedem Schalten gewann ich etwas von der Kontrolle wieder, die mir entglitten war, seit Ellie zurückgekehrt war.

Die Straßen waren verlassen. Ich lächelte, als der Wagen vor mir zu früh bremste und ich an ihm vorbeiziehen konnte. Ich war jetzt auf Platz zwei hinter dem orangefarbenen Wagen eines der Kamikaze-Zwillinge. Ich warf einen kurzen Blick in den Spiegel und sah Dodger, der den Wagen überholte, den ich ein paar Sekunden zuvor ebenfalls überholt hatte. Er kämpfte mit dem grünen Auto der Kamikaze-Zwillinge um den dritten Platz. Es war fast immer so, dass wir vier um den Sieg rangen.

Konzentriert biss ich die Zähne zusammen, lenkte und schoss auf die andere Seite der Straße, um dort vielleicht mehr Platz zu haben, um den Kamikaze-Zwilling auf Platz eins anzugreifen. Mein Tacho zeigte mittlerweile fast hundertfünfundneunzig Stundenkilometer.

Der orangefarbene Wagen beschleunigte, und der Zwilling grinste mich an, als wir mit viel Lärm, Rauch und Abgasen die Straße entlangrasten. Die Anwohner würden bestimmt aufwachen und sich beschweren.

Ich zog zurück auf die rechte Straßenseite und war nun auf Höhe des orangefarbenen Kamikaze-Zwillings, während Dodger hinter mir erfolglos versuchte, einen Weg nach vorn zu finden. Ich lächelte und packte das Lenkrad noch ein bisschen fester, als wir mit Höchstgeschwindigkeit auf die nächste Kurve zusteuerten. Erst im allerletzten Moment bremste ich und spürte, wie meine Hinterräder für den Bruchteil einer Sekunde den Halt verloren, ehe ich wieder Grip hatte und der Wagen sich fing. Die Härchen an meinen Armen richteten sich auf, und es strömte noch mehr Adrenalin durch meine Adern, als ich nun nach vorn zog und Vollgas gab. Hinter mir quietschten die Reifen der anderen Autos, als sie um die Kurve bogen. Das schrille Geräusch schnitt wie ein Messer durch die Nachtluft.

„Noch zwei Kurven“, murmelte ich und erlaubte es mir noch einmal, in den Spiegel zu blicken. Direkt hinter mir sah ich drei Wagen, die versuchten, mich zu überholen. An der nächsten Ecke bremste ich ein bisschen zu spät. Mir war einfach nicht bewusst gewesen, wie eng die Kurve tatsächlich war. Ich stöhnte leise, kämpfte mit dem Lenkrad, um nicht ins Schleudern zu geraten, korrigierte meinen Kurs und donnerte weiter die Straße entlang.

Plötzlich tauchte Ellies Gesicht vor meinem inneren Auge auf, und mit einem Mal war ich nicht mehr so furchtlos, wie ich es gern glauben wollte. In all der Zeit, die ich nun schon Straßenrennen fuhr, hatte ich mir nie

Sorgen darüber gemacht, dass ich verwundet oder gar getötet werden könnte. Ich hatte nie etwas gehabt, wofür es sich zu leben lohnte. Doch als ich nun das Gesicht dieser jungen Frau vor mir sah, umklammerte die Angst mit kalten Fingern mein Herz. Wenn ich jetzt verletzt oder getötet werden würde, dann könnte ich nicht mehr für sie da sein, und das war etwas, was mir sehr wichtig war. Ich *hatte* etwas, für das es sich zu leben lohnte, auch wenn sie nicht *wirklich* an meiner Seite war.

Ich sah mich um und bemerkte, dass der grüne Wagen der Kamikaze-Zwillinge inzwischen auf dem zweiten Platz und fast auf einer Höhe mit mir war. Ich konnte den entschlossenen Blick des Zwillings sehen, als er das Lenkrad fester umklammerte und noch mal Gas gab. Die nächste Straßenecke kam in Sicht. Der Zwilling dachte noch nicht daran zu bremsen. Ich schluckte. Mir schoss durch den Kopf, dass Ellie am nächsten Tag ihren Vater beerdigen würde. Ich musste dabei sein. Ich musste einfach.

Ich nahm den Fuß vom Gas, und mein Wagen wurde langsamer. Im nächsten Moment rasten das grüne Auto der Kamikaze-Zwillinge und Dodger an mir vorbei und bogen ab, während ich bremste und die Kontrolle behielt. Das war es nicht wert. Ich konnte es nicht riskieren.

Auf der Zielgeraden behauptete ich meinen Platz und fuhr als Dritter über die Ziellinie. Ich sah Leute, die Videos drehten und Beifall klatschten, als die Autos hielten. Als ich schließlich stehen blieb, schloss ich die Augen und lehnte den Kopf auf das Armaturenbrett. Dodger hatte recht gehabt: Ich hätte heute Abend kein Rennen fahren sollen. Ich war abgelenkt gewesen und hatte beinahe die Kontrolle verloren. Wenn ich etwas langsamer reagiert hätte, dann hätte ich mich mit dem Wagen überschlagen. Und bei der Geschwindigkeit wäre ich nicht ohne Blessuren davongekommen.

Als es an der Scheibe klopfte, machte ich die Augen auf. Einer der Zwillinge stand neben meinem Auto und grinste breit. Ich öffnete das Fenster.

„Ich hätte dich beinahe gehabt", sagte ich und zwang mich zu einem Lächeln, damit er nicht mitbekam, dass irgendetwas nicht stimmte.

Er zuckte mit den Schultern und fuhr sich mit gespreizten Fingern durchs Haar. „Beinahe. Bis du vor der letzten Kurve Schiss bekommen hast."

„Wie auch immer", erwiderte ich und rollte gespielt genervt mit den Augen.

Er grinste. „Wir sehen uns dann beim nächsten Mal, Kumpel. Fahr vorsichtig." Er hob die Faust, und wir klatschten ab.

„Ja, bis zum nächsten Mal", erwiderte ich. Allerdings war ich mir nicht sicher, ob es ein nächstes Mal geben würde. Jedenfalls nicht, solange Ellie nicht wieder aus meinem Leben verschwunden und mit ihrem Briten zurück nach England gereist war. Als mir der Gedanke kam, wurde mir bewusst, dass ich nicht wollte, dass das passierte. Ich wollte nicht, dass sie wieder aus meinem Leben verschwand. Ich wollte nicht, dass sie jemand anders heiratete und seine britischen Kinder bekam. Ich wollte nicht, dass sie mich weiterhin hasste und glaubte, dass ich sie nicht genug geliebt hätte.

Ich wollte das Leben, das ich gerade führte, nicht mehr. Seit ich aus dem Gefängnis entlassen worden war, hatte ich mir selbst etwas vorgemacht und mir eingeredet, glücklich mit all dem zu sein, was ich hatte. Doch die Wirklichkeit hätte nicht weiter von der Wahrheit entfernt sein können. Vielleicht war es Zeit, ehrlich zu sein und mir einzugestehen, dass ich es möglicherweise doch wert war, dass man ein Risiko für mich einging. Vielleicht könnte ich doch noch gut genug für sie sein. Vielleicht.

14. Kapitel

ELLIE

Piep. Piep. Piep.

Der Radiowecker auf meinem Nachttischchen war laut und schrill. Sofort bereute ich es, ihn gestellt und nicht das Vogelgezwitscher oder die sanfte Musik gewählt zu haben, die es auf meinem Handy als Alarmton gab.

„Boah, sag mir, dass es noch nicht Morgen ist und dass das Ding nicht richtig funktioniert", brummte Toby und warf den Arm über sein Gesicht, als ich mich streckte, um den Wecker abzuschalten.

„Nein, es ist Morgen", antwortete ich und rieb mir die müden Augen. Schon jetzt spürte ich, dass Kopfschmerzen im Anmarsch waren. *Als würde der Tag nicht auch so schon schwer genug werden.* Der Kopfschmerz war das Nebenprodukt einer weiteren schlaflosen Nacht. Bis in die frühen Morgenstunden hatte ich im Bett gelegen, an die Decke gestarrt und über alles nachgedacht, was ich an diesem Tag noch zu bewältigen hatte, was ich tun und sagen musste. Ich hatte mich gefragt, wie ich mich zusammenreißen sollte. An diesem Tag würden wir meinen Vater zu Grabe tragen, und von mir wurde erwartet, stark und für meine Familie da zu sein. Wie zum Teufel sollte ich das anstellen? Ich hatte keine Ahnung.

Ich drehte mich zu Toby um und blinzelte ihn mit meinen verquollenen Augen an. Ich hatte mich irgendwann leise in den Schlaf geweint, um ihn nicht aufzuwecken. Er lächelte mich traurig an. Er war noch nicht ganz wach. Ich legte mich wieder hin, rutschte näher an ihn heran und schmiegte meinen Kopf an seine Brust. Er schlang die Arme um mich und umhüllte mich mit seiner Wärme. Liebevoll hauchte er mir einen Kuss aufs Haar. Eingekuschelt in einen Kokon aus Bettdecke und Toby, fühlte ich mich sicher und geborgen. Und damit meinte ich nicht nur die Schlafposition. Unsere ganze Beziehung war so: Es war eine angenehme, gemütliche und unkomplizierte Verbindung.

„Alles in Ordnung, Süße?“, flüsterte er.

Ich stieß den Atem aus, hob den Kopf an und legte das Kinn auf seine Brust, um ihn anblicken zu können. „Toby, wie soll ich das heute bloß schaffen? Ich glaube, ich kann das nicht.“ Mein Herz schmerzte, mein ganzer Körper fühlte sich vor Traurigkeit schwer an.

Er hob die Hände und legte sie sacht an meinen Hals, während er mich mit seinen grünen Augen ansah. „Du schaffst das. Ich bin da, und du wirst es überstehen. Du bist stärker, als du glaubst.“

„Ja“, entgegnete ich, und meine Stimme zitterte. Ich war mir nicht sicher, ob ich das glauben konnte. Den heutigen Tag zu überstehen, würde das Härteste werden, was ich mir vorstellen konnte, und ich hatte schon in den letzten Tagen meine Schwierigkeiten gehabt.

Wie sollte ich mich von meinem Dad verabschieden? Wie sollte ich dort stehen und den Leuten zuhören, die über ihn sprachen und erzählten, was für ein toller

Mensch er gewesen sei und dass er so viel Leben in sich gehabt habe? Und wie zum Teufel sollte ich das schaffen, ohne vor allen anderen zusammenzubrechen?

„Kannst du mir heute einen Gefallen tun?“, fragte ich.

„Natürlich.“ Er nickte traurig.

Ich lächelte dankbar. „Kümmere dich um meine Nana, ja? Ich komme schon klar. Ich werde es überstehen. Bitte bleib an ihrer Seite und sorge dafür, dass es ihr gut geht. Ich weiß, dass wir alle Schweres durchmachen, aber sie verabschiedet sich heute von ihrem Sohn, und keine Mutter sollte das tun müssen.“

Toby streichelte über meinen Rücken, zog mich an sich und drückte mich. „Selbstverständlich werde ich das tun. Ich werde mich um euch alle kümmern.“

„Danke“, murmelte ich an seiner Schulter, hielt mich an ihm fest und wünschte mir, dieses Bett nicht verlassen zu müssen und mich dort einfach vor all meinen Problemen verstecken zu können. Leider lief das Leben nicht so. Also löste ich mich von Toby, gab ihm einen zärtlichen Kuss auf die Wange und schwang die Beine über die Bettkante.

Es war erst sieben Uhr, doch ich hatte vor der heutigen Beerdigung noch einiges zu tun. Um Geld zu sparen – ich hatte nämlich keine Ahnung gehabt, wie teuer eine Beerdigung war, und wir mussten sowieso schon jeden Cent zweimal umdrehen –, kümmerten Nana und ich uns selbst um das anschließende Essen. Wir hatten gestern Abend schon einiges vorbereitet, kleine Würstchen gebraten, Pasteten mit verschiedenen Füllungen gemacht und bis nach Mitternacht unterschiedliches Fingerfood angerichtet. Heute mussten wir noch die Sandwiches und die gefüllten Eier zubereiten, die kalten Platten arrangieren und Gemüse schneiden. *Wenigstens sind wir so eine Zeit lang beschäftigt und abgelenkt.* Ich schlüpfte in meinen Morgenmantel und ging nach unten.

Stunden später waren wir so gut wie fertig, und ich stand kurz davor, die Hors d'œuvres aus dem Fenster zu schmeißen. Ich wollte in meinem ganzen Leben keine einzige Minipizza und keinen Chicken Nugget mehr sehen. Der Tisch im Wohnzimmer sah aus, als würden wir eine Party für besonders kleine Menschen veranstalten. Meine Nana sagte immer wieder, wie sehr es Dad gefallen hätte und dass er eine Vorliebe für Fingerfood gehabt habe. Sie hatte recht. Er hatte oft gesagt, dass Köstlichkeiten in Miniaturform irgendwie noch besser schmeckten als in normaler Größe.

Während Toby und Kelsey das Haus putzten, kümmerte sich Nana um die letzten kalten Platten, und ich sammelte den restlichen Abfall ein und band den Müllbeutel fest zu. „Bist du dir sicher, dass du nicht mit ins Krankenhaus kommen willst?“, fragte ich, ging ins Wohnzimmer und sprach etwas lauter, weil Kelsey gerade mit dem dröhnenden Staubsauger durch das Zimmer lief.

„Ja. Ich werde lieber hierbleiben und zu Ende putzen“, antwortete sie schnell und schaltete den Staubsauger aus. Kelsey besuchte Mom nicht so oft wie ich. Sie sprach nicht darüber, doch ich hatte den Eindruck, dass sie unsere Mutter nicht gern so hilf- und reglos im Bett liegen sah. Ich musste zugeben, dass es mir da ebenso ging.

„Gut. Ich bin bald wieder da", sagte ich, ehe ich mich Toby zuwandte. „Und du kümmerst dich um Nana und hast ein Auge auf sie, solange ich weg bin?"

Er lächelte, kam zu mir, beugte sich herunter und gab mir einen Kuss auf die Wange. „Ich werde sie 'üten wie meinen Augapfel", erwiderte er.

Beruhigt drehte ich mich um und verließ das Haus und die anderen. Auf meinem Weg nach draußen nahm ich noch den Müll mit. Als ich den Weg entlanglief, sah ich zu den Regenwolken hinauf, die sich am Himmel zusammenballten, und hoffte, dass sie sich vor der Beerdigung am Nachmittag wieder verziehen würden. Ein Begräbnis im Regen wäre das Sahnehäubchen für mich, auch wenn es meiner dunklen, depressiven Stimmung entsprechen würde.

„Ach, Ellie. Braucht ihr heute noch etwas, Schätzchen?" Mrs. Egbert, unsere Nachbarin, kam über den Rasen auf mich zu. Sie trug noch immer Lockenwickler und einen Morgenmantel.

„Wir haben alles unter Kontrolle. Danke. Obwohl ich fragen wollte, ob es in Ordnung wäre, wenn später vielleicht ein paar Wagen in Ihrer Einfahrt stehen könnten?", erwiderte ich. Ich hatte eigentlich schon am Tag zuvor fragen wollen, aber wir hatten zu viel mit den Einkäufen für die Speisen und Getränke für die Trauergäste zu tun gehabt.

„Selbstverständlich, Schätzchen. Ich werde Derek bitten, unsere Wagen in die Garage zu fahren, dann könnt ihr die gesamte Einfahrt nutzen, wenn ihr wollt", sagte sie und legte eine Hand auf meinen Arm. „Es ist so traurig, was passiert ist. Ich fühle mit euch allen. Und deine arme Mutter …" Sie schnalzte betroffen mit der Zunge und schüttelte traurig den Kopf. „Wir beten für sie."

„Danke", murmelte ich. „Ich sollte jetzt gehen. Ich wollte noch im Krankenhaus vorbeischauen."

„Oh, dann bestell deiner Mutter liebe Grüße", bat sie mich.

Ich nickte, lächelte ihr noch einmal zu und wandte mich dann meinem Auto zu. Als ich weiterging, fiel mir eine am Straßenrand geparkte rotbraune Limousine auf. Ich blieb stehen und betrachtete den fremden Wagen. Er stand auf der anderen Straßenseite, gegenüber von unserem Haus. Schon gestern hatte er dort gestanden. Heute erwiderte der Typ, der am Steuer saß – ein gut aussehender Afroamerikaner in den Zwanzigern –, meinen Blick. Er wirkte etwas beklommen, als wir Blickkontakt hatten. Ich runzelte die Stirn. War der Kerl, der gestern in dem Wagen gesessen hatte, nicht ein älterer Weißer mit braunem Haar gewesen? *Aber es kann ja wohl nicht derselbe Wagen gewesen sein, wenn es zwei unterschiedliche Männer waren, die vor meinem Haus geparkt haben …*

Während ich die Augen leicht zusammenkniff, um den Mann besser erkennen zu können – er kam mir seltsam bekannt vor –, startete der Typ den Motor und fuhr mit dem Handy am Ohr davon. Ich sah dem Wagen hinterher, als er die Straße entlangrollte und schließlich verschwand. Vielleicht hatte ich mich auch getäuscht, was den gestrigen Tag und das Auto betraf. Meine Gedanken waren im Augenblick nicht gerade fokussiert, mein Verstand unzuverlässig. Ich fühlte mich noch immer wie benebelt.

Ich schüttelte das unbehagliche Gefühl wegen der Wagen ab, ging zu meinem Käfer und bemühte mich, nicht daran zu denken, was in vier Stunden geschehen würde.

Egal, wie oft ich dem Krankenhausgeruch ausgesetzt war, konnte ich mich doch nicht daran gewöhnen. Er war für mich wie der Duft des Todes, der in der Luft hing und der vom Geruch nach Putzmitteln und Bleiche nicht ganz übertönt wurde. Ich kam zwei- oder dreimal pro Tag ins Hospital, um meine Mutter zu besuchen, und bei dem Geruch – vor allem auf ihrer Station – wurde mein Hals trocken, und meine Nase brannte.

Wie immer hielt ich kurz beim Schwesternzimmer an und fragte dort nach, ob und wie sich der Zustand meiner Mutter verändert hatte. Und wie immer sagten die Schwestern mir, dass es keine Veränderung gab.

Moms Zustand war schon viel zu lange unverändert. Seit dem Unfall war eine Woche vergangen, und sie war nicht aufgewacht. Ihre Prognose wurde von Tag zu Tag schlechter. Ich hasste den Gedanken, dass man nichts tun konnte, außer es ihr so angenehm wie möglich zu machen und abzuwarten. Es gefiel mir nicht, so hilflos zu sein und keine Kontrolle über die Situation zu haben.

Der ungemütliche Stuhl neben dem Bett meiner Mom quietschte leise, als ich mich setzte, meine Tasche auf den Boden stellte, mich dann vorbeugte und Moms Hand nahm.

„Guten Morgen", sagte ich leise. Die Ärzte und Schwestern hatten uns dazu ermuntert, mit Mom zu sprechen, weil es hilfreich sein könnte. Es fühlte sich komisch an, mit ihr zu reden, doch wir versuchten es.

Sogar Kelsey. „Ich kann heute nicht lange bleiben. Ich wollte nur kurz vorbeikommen und Hallo sagen." Ich räusperte mich. „Also … äh …" Ich sah mich im Zimmer um und hoffte, dass mir irgendetwas einfallen würde, über das ich erzählen könnte. „Sieht aus, als würde es heute noch Regen geben." Das war alles. *Jämmerlich.*

Ich seufzte, beugte mich vor und legte das Kinn auf die Bettkante. Ich beobachtete, wie sich im Takt zum Beatmungsgerät ihr Brustkorb hob und senkte.

„Es tut mir leid, dass wir mit der Trauerfeier für Dad nicht warten können, bis du aufwachst." Und es tat mir wirklich leid. Aber die Ärzte hatten unmissverständlich und knallhart gesagt, dass es das Beste wäre, die Beerdigung jetzt stattfinden zu lassen. Sie hatten uns erklärt, dass die Feier – selbst wenn Mom aufwachen würde – zu viel Stress für sie bedeuten würde und es in der Folge zu Komplikationen kommen könnte.

„Ich wünschte, du könntest dabei sein." Die Stille im Zimmer war ohrenbetäubend. „Ich bin mir nicht sicher, ob ich es schaffe, Mom. Ich versuche, für alle stark zu sein, aber innerlich fühle ich mich, als würde ich zerbrechen. Der Druck ist zu groß, und alle Blicke sind auf mich gerichtet. Man erwartet von mir, alles im Griff zu haben. Vor allem, weil Nana ebenfalls kämpft. Doch es fühlt sich an, als wäre die Last zu groß für mich, und ich weiß nicht, wie viel ich noch aushalten kann."

Ich schluckte und schloss die Augen. „Ich glaube, wir haben alles getan, was nötig ist. Ich habe das Essen, die Blumen und die Musik für heute ausgesucht. Und mach dir keine Sorgen: Wir haben das ganze Haus geputzt, weil ich doch weiß, wie sehr dir solche Äußerlichkeiten am

Herzen liegen.“ Ich lachte leise und freudlos. „Es sollte alles gut gehen. Zumindest hoffe ich das. Es tut mir einfach nur leid, dass du nicht dabei sein kannst.“

Ich drückte ihre Hand und lehnte mich dann zurück. Versonnen beobachtete ich weiter, wie ihr Brustkorb sich hob und senkte, während ich an den Nachmittag dachte. Tränen stiegen mir in die Augen.

Als ich nach Hause zurückkehrte, war das Haus sauber, aber scheinbar verlassen. Dann konnte ich hören, dass oben jemand duschte, auch wenn niemand zu sehen war. Ich stellte die Tasche ab und warf einen Blick auf meine Armbanduhr. Halb zwei. Wir hatten noch eine gute Stunde Zeit, ehe der Wagen kommen und uns zum Krematorium bringen würde.

Ich folgte den Geräuschen nach oben. Vor dem Gästezimmer blieb ich stehen. Hier schlief Nana, und ich konnte den Föhn hören. Ich ging weiter in Richtung meines Zimmers, um zu duschen und mich umzuziehen. Während ich durch den Flur lief, vernahm ich plötzlich ein leises Schluchzen. Ich runzelte die Stirn, ging zu Kelseys Zimmer und stellte fest, dass die Tür nur angelehnt war. Je näher ich dem Zimmer kam, desto lauter wurde das Weinen. Mein Herz zog sich schmerzhaft zusammen, und ich wünschte, ich hätte ihr die Verzweifelung abnehmen können.

Vorsichtig steckte ich den Kopf ins Zimmer und sah Kelsey vor ihrer Spiegelkommode sitzen. In einer Hand hielt sie eine Bürste, in der anderen eine Haarspange. Tränen rannen ihr übers Gesicht, als sie vergeblich versuchte, ihren langen Pony aus dem Gesicht zu nehmen, einzudrehen und die Strähne mit der Haarklammer festzustecken. Schließlich entrang sich ihr ein frustriertes Stöhnen, und sie schleuderte die Bürste durchs Zimmer. Mit einem lauten Geräusch traf die Bürste die Wand.

„Verdammtes Haar!“, weinte sie, sprang auf und wischte mit den Armen alles von ihrer Spiegelkommode herunter. Die Haarklammern flogen in alle Richtungen.

Ich schluckte. Ich wusste, dass es nicht ihre Frisur war, die sie so aus der Fassung brachte.

„Kels, wie wäre es, wenn ich dir kurz mit den Haaren helfe?“, schlug ich leise vor.

Kelsey zuckte zusammen. Ihr Blick huschte zu meinem Bild im Spiegel. Ihr sonst so hübsches Gesicht war durch Wut und Frust verzerrt. Sie kam zu mir. Als sie die Hand hob, um die Tür zu greifen und sie mir ein weiteres Mal vor der Nase zuzuschlagen, war ich vorbereitet. Ich fing die Tür ab, bevor sie krachend ins Schloss fiel, schob sie wieder auf und trat ungebeten ins Zimmer.

Kelseys Benehmen musste ein Ende haben. Ich konnte nicht länger zulassen, dass sie mich als Punchingball für ihre Trauer und Wut benutzte. Ich hielt das nicht länger aus.

„Kelsey, hör auf. Hör auf, mich ständig auszuschließen und so gemein zu mir zu sein. Ich leide auch! Glaubst du wirklich, dass diese Situation mich innerlich nicht umbringt? Glaubst du wirklich, dass du die Einzige bist, die darunter leidet? Ich habe ihn ebenso verloren wie du. Ich vermisse ihn und Mom ebenso wie du“, rief ich, und Frust schwang in meinen Worten mit. „Du kannst mich nicht länger dafür bestrafen, dass ich nicht hier gewesen bin, als es passiert ist. Das ist nicht fair.“ Ich schüttelte den Kopf. Ich wollte, dass sie mir zuhörte und dass sie sich öffnete. „Ich brauche dich, Kels. Ich kann das alles nicht allein schaffen. Du musst aufhören, mich wegzustoßen. Im Augenblick haben wir nur einander. Wir können uns gegenseitig helfen, das zu überstehen. Wenn du mich allerdings weiterhin ausschließt, geht das nicht."

Sie weinte jetzt hemmungslos. Es war das erste Mal, dass ich sie weinen sah, seit ich wieder hier war. Ich stöhnte und ging zu ihr. Ich legte den Arm um sie und zog sie an mich. Als sie versuchte, sich aus meiner Umarmung zu winden, hielt ich sie nur noch fester. Ich ließ sie nicht los. Nach ein paar Sekunden ließ sie sich schließlich gegen mich sinken, schlang die Arme um meine Taille und erwiderte die Umarmung.

Ich schloss die Augen und schmiegte mein Gesicht in ihr Haar, während sie an meiner Schulter schluchzte und endlich alles rausließ. Behutsam streichelte ich ihr über den Rücken und dankte Gott für diesen ersten Schritt in die richtige Richtung. Ich konnte nur hoffen, dass dieser Durchbruch sich nicht nur auf den heutigen Tag beschränken würde.

Nach ein paar Minuten zog Kelsey sich zurück und schniefte laut. Mit dem Handrücken wischte sie sich übers Gesicht. Meine Hände lagen noch immer auf ihren Schultern. Ich legte den Kopf leicht schräg, um ihr in die rot umränderten Augen blicken zu können. „Ich hab dich so lieb wie Kroketten. Das weißt du doch, oder?", flüsterte ich. Das hatten wir immer zueinander gesagt, als wir noch jünger gewesen waren. Sie hatte es sich ausgedacht, weil Kroketten früher ihr Leibgericht gewesen waren.

Sie nickte. „Ich dich auch."

Ich lächelte und hob die Hand, um ihr liebevoll und sacht an den Haaren zu ziehen. „Wie wäre es, wenn ich dir wie früher die Haare mache?", bot ich an und hoffte, dass sie mich nicht wieder zurückweisen würde, nachdem die erzwungene Umarmung nun vorbei war.

„Okay." Es war eine kleine Geste des Entgegenkommens von ihrer Seite, auf die ich gern einging.

Ich lächelte dankbar und bückte mich, um die Bürste aufzuheben, die sie durchs Zimmer geschleudert hatte. „Wie wäre es, wenn ich den vorderen Teil flechte und wir hinten Locken machen?", schlug ich vor. Die Frisur hatte Stacey mir schon oft gemacht.

„Bist du dir sicher, dass du genug Zeit dazu hast? Musst du nicht noch duschen und dich umziehen?", fragte sie und warf einen skeptischen Blick auf meine Jeans und den Pullover.

Ich winkte ab. Ich würde mich beeilen, die Dusche ausfallen lassen und mich einfach nur umziehen. „Es ist doch noch massenhaft Zeit."

Sie setzte sich wieder vor die Kommode. Wir schwiegen, als ich den vorderen Bereich ihrer Haare zu einem süßen französischen Zopf flocht. Die Enden versteckte ich unter den anderen Haaren. Dann nahm ich ihren Lockenstab und formte an ihrem Hinterkopf einige leichte Wellen.

„Fliegst du Mittwoch mit Toby zusammen weg?", fragte Kelsey ganz unvermittelt.

Stirnrunzelnd legte ich eine Haarsträhne um den Lockenstab. „Nein. Wie kommst du darauf?"

Sie zuckte die Achseln und knibbelte an der Haut um ihre Fingernägel herum. „Ich dachte nur, dass du, so schnell es geht, wieder verschwinden würdest, sobald die Beerdigung vorbei ist."

Ich schüttelte nachdrücklich den Kopf. „Ich bin hier, um mich um dich zu kümmern."

„Das macht Nana schon."

Mein Blick verfinsterte sich, und ich legte den Lockenstab auf die Kommode. Ich ging neben ihr in die Knie, damit wir ungefähr auf Augenhöhe waren. „Kelsey, ich bin hier, um mich um dich zu kümmern – was auch immer passiert", versprach ich. „Bist du deshalb so wütend auf mich? Weil du glaubst, ich wäre nur zur Beerdigung gekommen und würde danach sofort die Flucht ergreifen?"

Wieder zuckte sie mit den Schultern, hob die Hand und knabberte an einem Fingernagel. Ich wusste, dass ich mit meiner Vermutung ins Schwarze getroffen hatte. Sie glaubte, dass ich sie bei der ersten sich bietenden Gelegenheit im Stich lassen würde.

„Ich werde nicht wegfliegen. Versprochen."

„Was ist, wenn Mom nicht wieder aufwacht?", flüsterte sie mit vor Angst geweiteten Augen. Ich konnte ihre Verzweiflung sehen, als sie mich anblickte.

„Sie wird aufwachen. Ich weiß, dass sie aufwachen wird", erwiderte ich und klang sicherer, als ich es tatsächlich war. Die Wahrheit war, dass niemand wusste, was passieren würde. Nicht einmal die Ärzte.

„Aber was ist, wenn sie nicht wieder aufwacht?", drängte sie.

Ich lächelte sie ermutigend an. „Falls sie nicht aufwacht, bin ich für dich da. Das ist alles, was du wissen musst." Ich erhob mich und hauchte ihr einen Kuss aufs

Haar, während ich mit den Fingern durch ihre Locken strich. Ich lächelte ihr im Spiegel zu. „So. Du bist wunderhübsch."

Ein Lächeln umspielte ihre Mundwinkel, als sie meinen Blick im Spiegel erwiderte. „Danke, Ellie."

15. Kapitel

Als die schwarze Limousine des Bestattungsunternehmens mit mir, meiner Schwester, meiner Großmutter und meinem Verlobten vor dem Krematorium hielt, das wir für die Trauerfeier meines Vaters ausgesucht hatten, zog sich mein Innerstes schmerzhaft zusammen.

Kelsey hielt meine Hand und drückte sie so fest, dass es wehtat. „Ich glaube, ich kann das nicht“, murmelte sie, schüttelte den Kopf und weinte wieder. Ihre Worte waren ein Echo meiner Worte vom Vormittag.

Ich drehte mich auf meinem Sitz um, damit ich sie ansehen konnte. „Du kannst das. *Wir* können das“, sagte ich zuversichtlich. „Komm. Wir schaffen das.“ Ich streckte den Arm aus, legte meine freie Hand auf die runzelige Hand meiner Großmutter und drückte sie leicht. „Wir alle schaffen das.“

Nana nickte, und Toby machte die Wagentür auf. Er verließ als Erster das Auto, drehte sich um und half meiner Großmutter beim Aussteigen. Ich lächelte Kelsey an und ließ dann ihre Hand los, damit meine kleine Schwester ebenfalls aus dem Wagen klettern konnte. Ich atmete tief durch, wappnete mich innerlich und wiederholte das Mantra, das ich in der vergangenen Stunde immer wieder vor mich hin gesagt hatte.

Nicht weinen. Nicht weinen. Nicht weinen.

Ich hob das Kinn an, stieg aus dem Wagen und ging zu

Kelsey, die mit unverhohlenem Entsetzen auf das unheilvolle Gebäude aus Ziegel und Glas starrte. Sacht legte ich die Hand auf ihren Rücken. Sie wandte sich um und lächelte zaghaft, doch ich konnte den Schmerz in ihren Augen sehen.

Als ich zu meiner Linken leises Schluchzen hörte, drehte ich mich um. Es war Nana, die plötzlich am Boden zerstört war. Sie weinte und tupfte sich mit einem Taschentuch die Tränen vom Gesicht. Toby hatte den Arm um ihre Schultern gelegt. Seine Miene war ernst. Mein Magen zog sich zusammen, als ich Kelsey nun unterhakte. Ich wollte einfach nur noch, dass das alles hinter uns lag. Vielleicht würden wir uns, wenn wir uns verabschiedet hätten, endlich ein bisschen besser fühlen und damit beginnen können, nach vorn zu sehen.

„Komm, Nana", sagte ich und bedeutete ihr, zu mir zu kommen und sich ebenfalls unterzuhaken. Toby ließ den Arm sinken, den er um ihre Schultern gelegt hatte, und formte mit den Lippen lautlos „Ich liebe dich", während Nana nun zu Kels und mir kam. Ich lächelte. Mir wurde warm ums Herz, als ich den Stolz in Tobys Augen sah, mit dem er mich anblickte. Nana kam zu mir und schmiegte sich an mich, während sie den Arm um meine Taille legte. Sie griff nach dem Stoff meiner schwarzen Jacke, die ich für die Trauerfeier angezogen hatte. Ich hob das Kinn. Zu dritt gingen wir zu der Eingangstür mit dem Rundbogen, um uns von dem tollsten Menschen zu verabschieden, den ich hatte kennenlernen dürfen.

Toby ging ein Stück voraus, blieb an der schweren Holztür stehen und wartete auf uns, damit wir zuerst eintreten konnten. Ich schluckte, wiederholte mein Mantra „Nicht weinen!“ und zwang mich, für meine Familie stark zu bleiben. Als wir hineingingen, weiteten sich meine Augen vor Überraschung. Es waren so viele Menschen da, so viele Freunde meines Dads, so viele Verwandte, die meinem Dad die letzte Ehre erweisen wollten, dass sämtliche Bänke bereits belegt waren. Auf der linken Seite standen noch mindestens zwanzig weitere Trauergäste, die sich alle dem Anlass entsprechend schick gemacht hatten. Einige waren Freunde, die ich wiedererkannte, andere waren Arbeitskollegen und Kunden. Leute aus den unterschiedlichsten Bereichen waren gekommen, um meinem Vater die letzte Ehre zu erweisen. Stolz und Dankbarkeit ergriffen mich. Es war ein Beleg für seinen wundervollen Charakter, dass so viele Leute ihn vermissen würden. Er hätte sich geehrt gefühlt zu sehen, wie viele Menschen er berührt hatte.

Wir blieben im Eingang stehen und nahmen uns eine Karte mit dem Ablauf des Gottesdienstes, die dort verteilt wurden. Bevor wir weitergehen konnten, kam der Pfarrer zu uns. Er lächelte traurig, als er Nanas Hand mit beiden Händen umschloss. „Mein herzliches Beileid. Ich glaube, dass jetzt alle Gäste der Trauerfeier anwesend sind. Wir haben alles vorbereitet, und ich kann mit dem ersten Lied beginnen, wenn Sie so weit sind.“

„Danke“, erwiderte ich.

Er lächelte und ließ Nanas Hand los. Dann gab er uns ein Zeichen, nach vorn zu gehen. Als wir den Gang entlang zur vordersten Bank gingen, die für uns freigehalten worden war, nickten uns einige der Gäste zu und lächelten traurig und mitfühlend.

Mein Blick fiel auf einen jungen Afroamerikaner, der einen schicken grauen Anzug und ein schwarzes Hemd trug und der an der Seite zwischen einigen anderen Leuten stand. Sein Gesicht kam mir bekannt vor, doch es dauerte einen Moment, bis ich ihn einordnen konnte. Er sah auf, und unsere Blicke trafen sich. Plötzlich fiel es mir wieder ein: Er hatte in der Limousine vor meinem Haus gesessen.

Und neben ihm stand … Jamie Cole.

Mir stockte für eine Sekunde der Atem. Ich hatte vergessen, wie gut Jamie in einem Anzug aussah. Als er mich gebeten hatte, zum Gottesdienst kommen zu dürfen, hatte ein Teil von mir geglaubt, er würde nur aus Höflichkeit fragen, es nicht ernst meinen und gar nicht erscheinen. Ein Teil von mir hatte das sogar *gehofft*. Doch da stand er und sah unglaublich gut aus.

Ich zwang mich, den Blick von ihm zu wenden und meine Aufmerksamkeit auf den Sarg zu richten, der auf einem großen Podest aus Eichenholz stand. Blumen waren an den Seiten arrangiert worden. Ein Blumengesteck lag auf dem Sarg. Links und rechts von dem Podest sah ich Holzgestelle, auf die man große Fototafeln gestellt hatte.

Meine Beine wurden schwach, aber irgendwie gelang es uns allen, bis nach vorn zu gehen und uns auf die freie Bank zu setzen. Meine Großmutter nahm links von mir Platz, meine Schwester rechts. Toby quetschte sich neben Nana auf die Bank. Sobald wir saßen, erklang Frank Sinatras *That's Life*. Für meinen Vater war es eines der tollsten Lieder gewesen, das der legendäre Sinatra, der zufällig der Held meines Dads gewesen war, je gesungen hatte. Also hatte ich diesen Song gewählt, um damit die Zeremonie zu beginnen.

Als das Lied langsam verklang, sah ich zum Pfarrer und versuchte, mich innerlich darauf vorzubereiten, was nun kommen würde.

Während der Zeremonie bemühte ich mich, konzentriert zu bleiben, doch während ich meine Tränen zurückzudrängen versuchte, wanderte mein Blick immer wieder auf den Riss in dem Fliesenfußboden unter meinen Füßen. Ich ließ meine Großmutter und Kelsey nicht los, während die Gemeinde Lieder sang, zu denen ich nur die Lippen bewegen konnte, und ein paar enge Freunde meines Vaters etwas vorlasen, das ich kaum hörte. Als der Pfarrer die von mir verfasste Trauerrede hielt, begannen die Gäste an den Stellen, an denen ich es beim Schreiben auch so vorgesehen hatte, zu lachen. Ich hatte mir eine Rede voller Humor, Anstand und Würde gewünscht – genau so, wie mein Vater gewesen war.

Doch während ich lauschte, saß ich nur wie betäubt in der Bank. Schweigend, benommen, am Boden zerstört. Mein Innerstes hatte sich zusammengezogen, und ich hatte Schwierigkeiten, richtig durchzuatmen. Es fühlte sich an, als läge ein Schraubstock um meine Brust. Ich verlor meinen Kampf, stark zu bleiben. Meine Fassung bröckelte dahin, als ich das Foto meines Vaters sah und das Lächeln, das stets in seinen Augen gefunkelt hatte. Ich konnte es nicht länger aushalten. Ich musste raus. Ich wollte hier weg und keine Blumen, keine Gesangsbücher und keine Trauergäste mehr sehen. Ich wollte gegen die Ungerechtigkeit der ganzen Situation anschreien, wollte Gegenstände werfen, Sachen kaputt schlagen, wollte fragen: „Warum? Warum? Warum?“ Ich konnte meinen Herzschlag in den Ohren dröhnen hören. Ich konnte spüren, wie es hinter meinen Schläfen pochte.

Doch als ich gerade kurz davorstand, die Beherrschung zu verlieren, schniefte Kelsey und umklammerte meine Hand noch ein bisschen fester. Sie lehnte ihren Kopf an meine Schulter. Den anderen Arm schlang sie um meinen, zog ihn an sich, als wollte sie sich dahinter verstecken und Schutz suchen. Und in diesem Moment überkam mich tiefe Ruhe, und die Anspannung in meinem Innersten löste sich. Sie brauchte mich. So einfach war das. Ich durfte mich nicht hängen lassen, weil sie mich brauchte und damit ich mich um sie kümmerte.

Ich hob den Blick und sah zu dem Sarg aus dunklem Holz. Innerlich schwor ich meinem Vater, dass ich immer da sein würde, um mich um Kelsey zu kümmern. Immer. Egal, was mit meiner Mom passieren würde. Und ich sagte ihm, dass es in Ordnung wäre und dass er in Frieden ruhen könne, weil er sich sicher sein könne, dass es uns gut gehen würde. Zusammen.

Durch die Nase holte ich tief Luft, atmete langsam durch den Mund wieder aus und wiederholte das Ganze ein paarmal. Ich atmete die drohende Panikattacke weg, bis ich mich wieder besser fühlte.

Die Zeremonie neigte sich dem Ende entgegen. Die letzte Lesung war gerade vorgetragen worden, und nun sollte es noch den Schlusssegen und das Abschlusslied geben.

„Also sprechen Sie viel über ihn, teilen Sie Geschichten über die schönen, die lustigen Dinge, die er getan hat, erinnern Sie sich oft an ihn. Denn wenn wir das tun, lebt der

Geist eines Menschen durch uns weiter und stirbt niemals ganz", sagte der Pfarrer, ehe er uns zulächelte. „Michaels Familie möchte, dass ich Ihnen sage, dass es bei ihnen zu Hause noch einen Imbiss geben wird, zu dem Sie alle herzlich eingeladen sind. Ich bin mir sicher, es ist im Sinne der Familie, wenn ich mich bei Ihnen allen für Ihre Anwesenheit bedanke. Es ist schön, dass Sie gekommen sind, um sich von Michael zu verabschieden. Für den Auszug aus der Kapelle hat die Familie sich für ein Lied entschieden, das Michaels erklärtes Lieblingslied war." Er drehte sich um und wirkte etwas zögerlich, als er nun einem seiner Mitarbeiter zunickte, der das Lied starten sollte.

Eine laute, wunderschön gesungene Harmonie erfüllte den Raum.

Die Person hinter mir lachte auf, als ihr klar wurde, um welches Lied es sich handelte.

Im nächsten Moment erklangen Gitarren und laute Trommeln, als Queens *Fat Bottomed Girls* von den Mauern der Kapelle widerhallte. Ich lächelte trotz des Schmerzes, den ich innerlich verspürte. Mein Vater hatte eine große Bandbreite an Liedern gemocht. Dieser Song – so unangemessen er für eine Beerdigung auch sein mochte – war sein Lieblingslied von seiner Lieblingsgruppe gewesen. Es wäre unvorstellbar gewesen, es *nicht* ein letztes Mal für ihn zu spielen.

Neben mir lachte Nana leise, ließ meine Hand los und fing an, im Takt der Musik zu klatschen. Ich lächelte sie an und sah, dass die Leute das Gleiche taten, dass sie grinsten, mit den Füßen wippten und die Schultern bewegten. Einige der Anwesenden sangen sogar ganz leise mit. Wir alle hatten meinen Dad wahrscheinlich schon mindestens einmal dabei gesehen, wie er zu diesem Song die Luftgitarre gespielt hatte. Niemand verließ die Kapelle, bis auch der letzte Ton verhallt war.

Als das Lied schließlich vorbei war und die Leute sich von ihren Plätzen erhoben, war die Stimmung in der Kapelle sichtlich gehoben – und auch mir ging es besser.

Die Freunde meines Dads, unsere Familie, die Nachbarn und seine Kollegen begaben sich langsam zum Seitenausgang, der in den Garten neben dem Krematorium führte. Einige Leute blieben in der Kapelle kurz bei uns stehen, um uns noch einmal ihr Beileid auszusprechen, ein paar andere machten uns Komplimente für die Musikauswahl, und ein Freund meines Vaters lachte sogar und erzählte mir, dass er meinen Vater vor sich sähe, wie er mit dem Kopf im Takt wippend im Himmel säße. Ich lächelte und nickte, bedankte mich bei den Gästen, dass sie gekommen waren, und sagte ihnen, dass wir uns dann später zu Hause wiedersehen würden, wo etwas zu trinken und zu essen auf sie wartete.

„Was für eine wundervolle Trauerfeier", bemerkte Großtante Shelly. „Die Trauerrede passte perfekt auf Michael. Ich erinnere mich noch daran, als er klein war. Er war ein frecher Junge, aber er hatte ein so verschmitztes Lächeln, dass man ihm nie böse sein konnte." Sie lachte leise, und meine Nana nickte zustimmend.

Ich streckte den Arm aus und legte die Hand auf Shellys Arm, weil die alte Dame etwas unsicher auf den Beinen wirkte. „Danke, dass du gekommen bist. Kommst du noch mit zu uns, um eine Kleinigkeit zu essen?"

„Oh ja. Ich werde da sein. Ich muss Errol allerdings bitten, eurem Wagen bis zum Haus zu folgen. Ich kann mich nämlich nicht mehr genau an den Weg erinnern, und er war noch nie bei euch zu Hause", erwiderte sie und wies mit einem Kopfnicken auf ihren neuen Freund, der auch schon an die achtzig war.

Mein Blick wanderte nach links, als sie mir nun erzählte, wie langsam Errol fahren würde und wie lange es gedauert hätte hierherzukommen. Ich sah Jamie, der ebenfalls in der Reihe stand und sich hinter einigen von Dads Arbeitskollegen Richtung Seitenausgang bewegte. Ich biss mir auf die Zunge. Plötzlich trafen sich unsere Blicke. Und als ich meine Aufmerksamkeit nun auf den Jungen richtete, der mir das Herz gebrochen hatte, waren mit einem Mal alle anderen um mich herum unbedeutend. Er nickte mir beinahe unmerklich zu. Doch es entging mir nicht, und ich verstand, was er mir damit sagen wollte. Er dankte mir still, weil ich ihm gestattet hatte, an der Beerdigung teilzunehmen. Ich erwiderte sein Nicken und hoffte, dass er nicht zu mir kommen und stehen bleiben würde. Da Toby nur einen Meter von mir entfernt stand, wäre die Situation extrem unangenehm und mehr, als ich heute noch verkraften konnte. Aber wie er es versprochen hatte, ging Jamie schweigend an mir vorbei und lief mit den anderen Trauergästen zusammen zum Ausgang.

Ich stieß erleichtert die Luft aus, die ich unwillkürlich angehalten hatte. Gleichzeitig versuchte ich, den Stich der Enttäuschung, der vollkommen unangemessen war, nicht weiter zu beachten. Ein Teil von mir hatte sich gewünscht, er würde zu mir kommen, um mir nahe genug zu sein, dass ich sein Aftershave riechen und die Wärme seines Körpers spüren könnte. Ein Teil von mir hatte sich gewünscht, dass er die Arme um mich legen und mir ins Ohr flüstern würde, dass alles gut werden und er für mich da sein würde, um mir durch diese schwere Zeit zu helfen. Ein Teil von mir sehnte sich nach ihm wie zu der Zeit, als ich achtzehn Jahre alt gewesen war. Diese Sehnsucht war im Laufe der Zeit nicht kleiner geworden – egal, wie sehr ich es mir gewünscht hätte.

Ich zwang mich dazu, den Blick von Jamie zu lösen. Denn ich spürte, wie ich errötete, als meine Gedanken zu dem Kuss am Dienstag wanderten und ich mich daran erinnerte, wie vor Verlangen Funken gestoben waren, die gedroht hatten, uns zu entflammen.

Ich wandte mich Toby zu, der gerade Nana und Großtante Shelly unterhakte, um sie sicher über den gewundenen Weg zum Parkplatz zu geleiten. Bei dem Anblick zog mein Herz sich schmerzhaft zusammen. Eine Welle aus Traurigkeit und Schuldgefühlen überrollte mich. Toby war ein so guter Mensch, und ich hätte mir gewünscht, die Dinge wären anders. Ich hätte mir gewünscht, *ich* wäre anders. Ich hätte mir gewünscht, ich wäre nicht so verletzt gewesen, als wir uns begegnet waren, hätte mir gewünscht, dass ich mir nicht erlaubt hätte zu glauben, ich wäre von ihm geheilt. Denn als ich Jamie nun wiedergesehen hatte, war mir klar geworden, dass ich uns beiden etwas vorgemacht hatte. Ich war nicht über Jamie hinweg – nicht im Geringsten. Und ich hasste mich selbst dafür.

16. Kapitel

JAMIE

Shauns Hochzeitsfeier war im vollen Gange. Die Zeremonie war vorüber, und nun feierten wir die Hochzeitsparty. Das Paar hatte sich dafür entschieden, es nicht zu übertreiben. Es gab kein Menü, das am Tisch serviert wurde, sondern ein riesiges Büfett und eine Bar. Genau so hätte auch ich eine Hochzeit geplant – ich hätte den Fokus ebenfalls auf die Feier und nicht auf Förmlichkeiten gelegt. Ein paar Mitglieder meiner Crew hatten die Bar bereits mit Beschlag belegt und schon ganz anständig getrunken. Andererseits waren inzwischen auch alle anderen Gäste leicht beschwipst – allen voran Shaun.

„Also vermisst du es nicht?“, fragte ich Shaun, der vor mir an der Theke lehnte und an seinem Getränk nippte.

Er zuckte mit den Schultern. „Einiges vermisse ich schon. Die Jungs. Und das Geld.“ Er seufzte wehmütig. „Aber das Gefängnis vermisse ich ganz sicher nicht.“

„Bist du dir sicher, dass du nicht wieder zu uns kommen willst? Ich könnte dich gut in unserem Team gebrauchen“, sagte ich.

Shaun lachte und wandte sich mir zu, um mich ansehen zu können. Sein Blick war vom Alkohol leicht glasig. „Das geht nicht. Es ist nicht so einfach, pleite zu sein und sich von Lohnscheck zu Lohnscheck zu hangeln, aber ich würde es nicht anders wollen. Ich kann jeden Morgen neben meinem kleinen Sohn und meiner wunderschönen Freundin … ups, Ehefrau aufwachen", sagte er und blickte auf den neuen goldenen Ring an seinem Finger. „Das ist etwas, was man sich mit Geld nicht kaufen kann, also mache ich so weiter und spare mir eben für die Dinge, die ich unbedingt haben will, die Kohle zusammen."

„Das ist doch gut. Ich freue mich für dich." Ich lächelte und schlug ihm freundschaftlich auf die Schulter. Ich respektierte seine Art zu leben. Um ehrlich zu sein, hatten mir in der Zeit mit Ellie an meiner Seite Dinge wie Geld und Autos auch nicht viel bedeutet. Wenn man einen Menschen so bedingungslos liebte, wurde alles andere unwichtig. Ich vermisste dieses Gefühl.

„Danke, Mann", nuschelte Shaun.

Ray und Enzo kamen zu uns. Ray legte den Arm um Shauns Schultern. „Vielleicht solltest du mit dem Schnaps ein bisschen aufpassen, Shaun. Du willst deine Hochzeitsnacht doch noch erleben und die Ehe vollziehen, oder?"

„Das kann ich jederzeit und in jedem Zustand", prahlte Shaun und grinste schief.

Ray wandte sich mir zu. „Bist du bereit zu gehen, Kid? Ich muss morgen früh raus", log er.

Ich verstand den Wink. Es war an der Zeit zu verschwinden. Wir hatten noch einige Wagen zu stehlen. „Ja, klar. Danke für die Einladung, Shaun. Und noch mal herzlichen Glückwunsch zum neuen Klotz am Bein", scherzte ich und reichte ihm die Hand. „Du kannst jederzeit in den Club kommen. Für dich und deine bessere Hälfte ist der Eintritt immer frei."

„Danke, Kid. Das werde ich machen."

Nachdem Ray und Enzo sich auch verabschiedet hatten, gingen wir zu meinem Wagen und fuhren zurück zur Lagerhalle, wo der heutige Raubzug starten würde. Es war nur eine kurze Fahrt, und die ganze Zeit über redete Ray über Shaun und wie gut er ausgesehen hätte. Ich musste zugeben, dass es Shaun stand, nun Familienvater zu sein. Ich versuchte, das Gefühl der Eifersucht, das sich in meinem Innersten breitgemacht hatte, nicht weiter zu beachten. Wenn ich damals nicht verhaftet worden wäre, hätten Ellie und ich das Brautpaar sein können. Wenn ich den verdammten Job nicht übernommen hätte, wäre mein Leben ganz anders verlaufen.

Dodger, Chase und Ed waren bereits in der Lagerhalle und bereit loszulegen. Dodger und Chase waren damit beschäftigt, die drei Lkws mit den Containern auf dem Gelände zu verteilen, damit sie startklar wären, wenn wir mit den geklauten Wagen zurückkehren würden.

Ich nahm mein Einbruchsset von der Werkbank und ging zu Ed, um mit ihm zu reden, während Ray und Enzo sich umziehen gingen.

„Hör mal, wenn du heute Nacht vor Ellies Haus Wache schiebst, sei besonders vorsichtig. Sie hat Dodger gestern gesehen, und ich bin mir ziemlich sicher, dass sie ihn auf der Beerdigung wiedererkannt hat, weil sie ihn so komisch angeschaut hat. Ich will nicht, dass sie von der Sache Wind bekommt, also parke den Wagen ein Stück weiter weg und sei aufmerksam", sagte ich zu Ed. Ich stellte meine Tasche ab und sah sie durch, damit auch alles zur Hand war, was ich heute Abend brauchen würde. „Ach, und nimm nicht die Limousine, sondern ein anderes Auto vom Hof", fügte ich noch hinzu. Mit einem Kopfnicken deutete ich Richtung Tür, wo fünf Fahrzeuge bereitstanden. Ich hatte sie für meine Crew besorgt, damit sie sie nach Belieben benutzen konnten. Es waren keine besonderen Autos, denn einige Jobs erledigte man lieber mit einem unauffälligen Wagen, der nicht zu einem zurückverfolgt werden konnte. Es war klug, vorbereitet zu sein, und die Wagen erwiesen sich nun als äußerst nützlich für die Männer, die Ellie für mich im Auge behielten.

„Okay, Kid", sagte Ed seufzend und ließ sich auf den leeren Hocker am Ende der Werkbank fallen. „Bist du dir sicher, dass du die Überwachung für dieses Mädchen nicht einfach beenden willst? Wenn die Salazars etwas in der Richtung hätten unternehmen wollen, dann hätten sie es längst getan."

„Nein, das möchte ich noch nicht", antwortete ich, holte den Bolzenschneider aus der Tasche und legte ihn auf den Tisch, um ihn noch einmal zu schmieren, für den Fall, dass ich ihn heute Abend brauchen würde. „Hast du etwas von ihnen gehört? Was hat Mateo vor?", erkundigte ich mich und warf Ed einen Seitenblick zu.

„Mateo ist noch immer in Mexiko", antwortete Ed achselzuckend. Ich hatte auch jemanden auf die Salazars angesetzt, um sie zu beschatten. Soweit ich wusste, war Mateo in das Dorf gereist, aus dem er stammte, um dort seine Familie zu besuchen.

„Und Alberto?", hakte ich nach.

Ed rollte mit den Augen. „Alberto wird es nicht wagen, irgendetwas zu unternehmen. Nach allem, was ich in Erfahrung gebracht habe, war er derjenige, der Mateo weggeschickt hat, damit sich nach dem Aufruhr und der Auseinandersetzung mit dir im Club alles wieder beruhigen konnte. Ich glaube nicht, dass das Lager der Salazars im Moment vollständig und vereint ist.“

„Gut. Das ist gut.“

Enzo kam zu uns. Er trug inzwischen Jeans und einen Pullover. Frierend blies er sich warme Luft in die Hände, um sie zu wärmen. „Kalt heute Abend“, murmelte er. „Bist du fertig? Dodge meinte, ich würde heute Abend mit dir zusammenarbeiten. Er nimmt Chase mit.“

„Ich muss mich nur noch umziehen, dann bin ich bereit“, erwiderte ich und stopfte schnell alle Utensilien in die Tasche zurück. Ich wandte mich Ed zu. „Fahr los und löse Spencer vor Ellies Haus ab. Ich komme direkt nach dem Raub zu dir.“

Er nickte und drehte sich zur Tür um. „Ich hoffe, heute Abend läuft alles glatt.“

„Das wird es“, entgegnete ich zuversichtlich. Das tat es doch immer.

Die ersten beiden Wagen, die wir stahlen, stellten kein Problem dar. Es waren zwei wunderschöne Rolls-Royce Dawn, die eine Aura von Eleganz und Geld verströmten.

Zwei Autos hatten wir, sieben waren noch zu stehlen.

Das dritte Auto war ein dunkelblauer F-Type Jaguar, der auf einer Einfahrt stand. Wir kamen um fast zwei Uhr morgens dort an.

„Wir sehen uns dann in der Lagerhalle“, sagte ich zu Enzo, schnappte mir meine Tasche und sah mich nach links und rechts um, ehe ich aus dem Wagen sprang und über die Straße zu dem Jaguar lief. Als ich die Einfahrt betrat, sprang die Sicherheitsbeleuchtung an und strahlte mich fast wie ein Scheinwerfer an. Ich erstarrte. Mein Blick huschte hin und her. Es war zwar nur ein Bewegungsmelder, doch man konnte nicht vorsichtig genug sein. Autos, die auf Privatgrundstücken standen, waren immer etwas schwieriger zu stehlen – wenn auch nicht so schwierig wie beim Einbruch in eine Garage.

Ich sah hinauf zu dem Strahler. Er war über der Garage angebracht und leicht zu erreichen. *Die Leute denken echt nicht nach!* Ich verdrehte die Augen, nahm die Tasche vom Rücken und holte ein Paar Latexhandschuhe heraus. Eilig zog ich sie an, ehe ich eine schwarze Plastiktüte aus meiner Tasche nahm. Ich ging zum Strahler, stellte mich auf die Zehenspitzen und stülpte die schwarze Tüte über die Lampe. Es funktionierte so, wie ich es mir erhofft hatte: Die Tüte fing den größten Teil des Lichts ab, sodass die Straße praktisch wieder im Dunkeln lag. Zwar strahlte noch immer etwas Licht durch den unteren Rand und die Luftlöcher in der Tüte, aber es würde nicht ausreichen, um mich beim Diebstahl des teuren Sportwagens erkennen zu können – selbst wenn jemand zufällig aus dem Fenster sehen sollte.

Ich lächelte Enzo zu, der die Daumen hob. Dann huschte ich zu dem Jaguar. Erneut griff ich in die Tasche und holte das wertvollste Werkzeug eines Autodiebs hervor. Behutsam schob ich den flachen Haken zwischen Gummidichtung und Fensterscheibe des Wagens. Das Schloss ging innerhalb weniger Sekunden auf, und ich sprang in das Auto, schnitt die Kabel für die Alarmanlage durch und machte ein Reset. Sobald ich mich um die Alarmanlage gekümmert hatte, hebelte ich die Verkleidung der Lenksäule auf und durchtrennte die Drähte. Dann legte ich die entsprechenden Kabel aneinander, schloss den Wagen kurz und seufzte glücklich, als der Motor zu schnurren begann.

„Ein Kinderspiel", murmelte ich, legte den Gang ein und rollte so langsam, wie es ging, von der Einfahrt. Ich wollte mit dem Motorgeräusch, das mit Sicherheit laut und sexy wäre, keine Aufmerksamkeit erregen.

Als ich zur Lagerhalle zurückkehrte, kam ich an Dodger vorbei, der bereits wieder auf dem Sprung war. Ich winkte ihm zu. Er hatte offenbar gerade einen Wagen hier abgeliefert. Ich hielt neben einem der Container und stieg aus. Als ich die Tür schloss, fiel mir ein dicker weißer Kratzer an der Seite des Wagens auf.

„Verdammte Scheiße!", murmelte ich und betrachtete missmutig den Kratzer. Gestern Morgen war das Auto noch unversehrt gewesen. Ich hatte den Wagen höchstpersönlich noch einmal geprüft. Der dämliche Besitzer musste diesen Kratzer noch in den letzten vierundzwanzig Stunden in den Lack gefahren haben. „Ray!", rief ich und sah, wie er aus der Werkstatt kam und sich die Hände an einem alten Lappen abwischte. „Dieser Wagen hat an der Seite einen verflucht großen Kratzer. Und bevor du fragst: Nein, ich war das nicht."

Sein Blick wurde ernst, und er kam zu mir. Mit den Fingerspitzen strich er vorsichtig über den Makel. „Sieht so aus, als wäre der Kratzer nur oberflächlich. Ich kann das reparieren. Mach dir keine Sorgen", sagte er schließlich, als ich gerade anfing, mir Sorgen zu machen, dass wir entweder nicht die komplette Lieferung abgeben könnten oder dieses Auto mit dem Schaden würden ausliefern müssen.

„Ja?“

Er nickte und erhob sich. „Ja. Wie gesagt: keine Sorge. Hol den letzten Wagen. Dodger ist auch schon mit seinem letzten Auto beschäftigt.“

Dodger hatte mehr Wagen als ich auf seiner Liste, doch seine Autos waren nicht so weit entfernt. Ich hoffte, dass wir im Laufe der nächsten Stunde fertig werden würden. „Also gut. Wir sehen uns dann später.“

„Ach, und Kid, versuch bitte mal, das nächste Auto nicht zu zerkratzen“, rief Ray, zwinkerte mir fröhlich zu und ging dann wieder zurück in die Lagerhalle, um das Reparaturset zu holen.

„Sehr witzig“, murmelte ich und stieg wieder zu Enzo ins Auto. Meine Laune war gedämpft und das Hochgefühl fast verpufft. Ich wollte einfach nur noch, dass der Auftrag erledigt war, damit ich zu Ellie fahren und sichergehen konnte, dass es ihr gut ging.

Der vierte Wagen für heute Nacht würde nicht so leicht zu knacken sein. Das Auto stand in der privaten Tiefgarage eines luxuriösen Apartmentgebäudes. Es gab Kameras am Eingang und am Ausgang, die mit Schranken gesichert waren, und nur Wohnungsbesitzer durften dort parken. Glücklicherweise hatte ich keine Schwierigkeiten gehabt, an einen Hausausweis zu gelangen. Wenn man genügend Geld auf den Tisch legte, war so gut wie alles möglich.

Als ich den Wagen sah, wegen dem ich gekommen war, juckte es mich vor Aufregung in den Fingern. Es handelte sich um ein brandneues Audi R8 V10 Plus Coupé in Rot mit einer schwarzen Zierleiste. Das Auto war wunderschön und weniger als eine Woche alt – ein Wagen im

Wert von hundertachtzigtausend Dollar stand einfach so da und war bereit, mitgenommen zu werden. Ein wohliges Seufzen kam mir über die Lippen, als ich nun zu dem Fahrzeug ging. Ich sah immer wieder nach links und rechts, um zu checken, ob ich allein war.

Als ich niemanden sah, machte ich mich an die Arbeit. In weniger als einer Minute hatte ich die Tür des Wagens geöffnet und die Alarmanlage zurückgesetzt. Als ich die Verkleidung der Lenksäule gelöst und den Wagen kurzgeschlossen hatte, rechnete ich eigentlich damit, dass der Motor mit einem satten Dröhnen anspringen würde. Doch es tat sich gar nichts. Stirnrunzelnd versuchte ich es noch einmal. Wieder nichts. Ich riss die Augen auf, während ich auf dem Sitz tiefer rutschte und auf der Suche nach dem sogenannten Notschalter oder auch Not-Aus mit der Hand unter dem Armaturenbrett entlangstrich. Viele teure Wagen hatten einen solchen Schalter. Ein Not-Aus war im Grunde genommen nur ein kleiner Schalter, der verhinderte, dass Benzin zum Motor kam. Wenn ich den Schalter nicht fand, könnte ich diesen Wagen nicht starten. In meinen Unterlagen hatte nichts davon gestanden.

Als meine Suche unter dem Armaturenbrett ergebnislos blieb, schloss ich daraus, dass der Schalter im Motorraum sitzen musste. Ich öffnete die Motorhaube, stieg aus dem Wagen und sah mich noch einmal in der Tiefgarage um. Dann zog ich die Taschenlampe aus meiner Tasche, machte die Motorhaube ganz auf und strich mit der Hand an der Innenseite der Karosserie entlang. *Da!* Ich drückte den Schalter und schloss die Motorhaube wieder. So ein *Kill Switch* war bemerkenswert wirkungsvoll – solange man ihn dort verbaute, wo er nicht direkt zu sehen war.

Ich grinste und stieg wieder ein. Leise machte ich die Tür zu und schloss den Motor wieder kurz. Ich lachte, als der Wagen ansprang. Dann warf ich meine Tasche auf den Beifahrersitz, zog mir meine Baseballkappe tief ins Gesicht und fuhr zur Schranke der Tiefgarage. Mit dem gefälschten Sicherheitshausausweis gelang es mir, die gelb-schwarz gestreifte Schranke zu öffnen.

Obwohl alles in mir in Jubel ausbrechen wollte, hielt ich den Kopf gesenkt und mein Gesicht von der Kamera weg, als ich nun auf die Straße bog. Als ich auf der Hauptstraße war und damit in Sicherheit, konnte ich mir ein Lächeln nicht mehr verkneifen. Ich beschloss auszutesten, wie schnell dieses Baby werden konnte. Ich trat das Gaspedal durch und ließ den Wagen laufen. Es war niemand in der Nähe, und die Straße war frei.

Die Fahrt zur Lagerhalle in einem dieser Wagen war immer ein Vergnügen. Mir kam es vor, als säße ein Dämon unter der Motorhaube des Autos, der jedes Mal, wenn ich auf das Gaspedal trat, zu entkommen versuchte. Auf der kurzen Fahrt zurück beschloss ich, mir selbst einen solchen Wagen zu gönnen.

Nach meiner Rückkehr dauerte es nicht lange, um alles zu erledigen, was noch getan werden musste. Nachdem ich mit allen abgerechnet und ihnen ihren Lohn ausgezahlt hatte, fuhren Chase, Enzo und Dodger die drei Trucks zu dem Treffpunkt, an dem der Kunde auf die Lieferung wartete. Ray folgte ihnen, um sie anschließend wieder zur Lagerhalle zurückzubringen, damit sie in ihren eigenen Wagen nach Hause fahren konnten. Ich selbst hatte für den restlichen Abend etwas anderes geplant. Schlaf würde es heute nicht geben.

„Hey. Wie ist der Coup gelaufen?“, fragte Ed, als ich kam, um ihn abzulösen und die nächste Schicht zu übernehmen.

„Problemlos wie immer“, erwiderte ich und zuckte mit den Schultern. Mit dem Kinn wies ich auf Ellies Haus. „Gab es besondere Vorkommnisse?“, erkundigte ich mich. Ich warf einen Blick in seinen Wagen und sah ein iPad, ein paar Magazine und leeres Bonbonpapier, das vor dem Beifahrersitz auf dem Boden lag.

„Nein. Sie war den ganzen Abend zu Hause. Der Rest der Familie auch. Ihre Freundin – die heiße Blondine – war auch kurz da, aber sie ist um elf wieder gegangen. Seit ein paar Stunden brennt kein Licht mehr.“ Er gähnte und sah auf die Uhr, bevor er sich eine Dose mit Soda aufmachte und einen großen Schluck trank.

Nickend legte ich die Hand auf den Griff und öffnete die Autotür. „Gut. Danke. Du kannst jetzt Feierabend machen. Bring nur noch meinen Wagen zurück zur Lagerhalle.“

Ed stieg aus dem Auto und streckte sich stöhnend. „Löst dich morgen jemand ab, oder soll ich mich darum kümmern?“, fragte er und zeigte auf sein iPad. „Kannst du mir das bitte noch geben?“

„Spencer kommt her, um mich abzulösen“, erwiderte ich und reichte ihm sein Tablet, bevor ich mich auf den Fahrersitz sinken ließ. Ich hasste es, dass der Sitz noch warm war.

Ed klopfte noch einmal an den Fensterrahmen und richtete sich dann auf. „Also gut. Viel Spaß.“

Als seine Rücklichter schließlich in der Dunkelheit verschwanden, wandte ich meine Aufmerksamkeit Ellies Haus zu. Ich rutschte auf dem Sitz nach unten, um es mir etwas gemütlicher zu machen, und griff nach dem Energydrink, den ich mitgebracht hatte. Im Haus war es tatsächlich dunkel und still. Kein Lebenszeichen war zu entdecken. Meine Gedanken wanderten zu Ellie, und ich fragte mich, was sie wohl gerade machte. Schlief sie tief und fest? Oder warf sie sich unruhig hin und her, weil sie sich Sorgen um ihre Mutter machte? Sprach sie im Schlaf? Hatte sie sich an ihren Verlobten gekuschelt? Oder war er nicht der Typ, der gern kuschelte? Ich seufzte und wünschte mir, ich wäre an seiner Stelle. Ich wünschte mir, sie würde zu mir gehören. Und ich wünschte mir, dass ich an sie geschmiegt neben ihr in ihrem pinkfarbenen Schlafzimmer liegen würde, statt in diesem kalten ungemütlichen Auto zu sitzen. Mein Leben war echt scheiße.

17. Kapitel

ELLIE

Heute war Tobys letzter Tag bei mir in New York. Er wollte nicht abreisen, und ich wollte nicht, dass er ging, doch er hatte für den Pub nur eine Vertretung für eine Woche organisieren können. Es war toll gewesen, ihn hier bei mir zu haben. Er hatte mich und uns alle von der schrecklichen Situation abgelenkt, in der wir uns befanden. Ihn an meiner Seite zu haben und mir seiner Unterstützung sicher sein zu können, hatte viel Druck von mir genommen.

Natürlich war es ihm gelungen, meine Nana um den Finger zu wickeln, sodass sie ihm jeden Tag seine Leibspeisen zubereitet hatte. Er hatte es sogar geschafft, meine kleine Schwester hinter ihrer Schutzmauer hervorzulocken, indem er Londoner Rhyming Slang mit ihr geübt hatte. Toby hatte ein Herz aus Gold, und ich wollte nicht zusehen, wie er davonflog und mich zurückließ.

Während der begrenzten freien Zeit, die wir seit der Beerdigung gehabt hatten, hatten wir versucht, ihm einige Sehenswürdigkeiten zu zeigen. Am Montag waren wir beim Empire State Building gewesen, hatten uns den Times Square, das Rockefeller Center und den Central Park angesehen. Gestern hatten wir eine Show am Broadway besucht. Und an seinem letzten Tag hier wollten wir uns ansehen, worauf er sich schon die ganze Zeit über freute: die Freiheitsstatue. Als er die Wahl gehabt hatte, was er hier alles erleben wollte, hatte ein Besuch der Freiheitsstatue ganz oben auf seiner Liste gestanden. Und das nicht etwa, weil Lady Liberty ein historisches Wahrzeichen gewesen wäre. Nein, er wollte die Freiheitsstatue unbedingt sehen, weil die Geisterjäger sie im zweiten Teil von *Ghostbusters* mithilfe von pinkfarbenem Schleim zum Leben erweckt und zur Musik von *(Your Love Keeps Lifting Me) Higher and Higher* durch die Straßen New Yorks hatten laufen lassen. Ich war mit einem Freak verlobt.

Es war noch früh am Tag, als wir im Battery Park ankamen und uns in die Schlange stellten, um darauf zu warten, dass die Fähre ihren Dienst für den Tag aufnahm. Da wir nicht Wochen im Voraus gebucht hatten, konnten wir leider nicht bis ganz hinauf in die Spitze der Statue, aber Toby freute sich trotzdem wie ein Kind, das darauf wartete, auf dem Schoß eines Kaufhaus-Weihnachtsmanns Platz zu nehmen.

„Warteschlangen-Selfie!“, sagte Toby und holte sein Handy heraus. „Ich werde dieses Foto meiner Mum schicken. Sie ist ganz bestimmt neidisch.“

Ich lächelte und beugte mich zu ihm hinüber. Im letzten Moment streckte ich die Zunge raus und kicherte, als er mir zur Strafe den Finger in die Seite bohrte. Er legte den Arm um meine Schultern und sah auf das Wasser hinaus. „Das ist toll. Ich bin echt traurig, dass es mein letzter Tag ’ier ist. Ich will dich eigentlich nicht verlassen.“ Er wandte sich mir zu und zog die Mundwinkel herunter, als er mich an sich zog.

„Ich will auch nicht, dass du gehst“, murmelte ich,

schmiegte mein Gesicht in seine Halsbeuge und atmete seinen Duft ein. Sein Flug sollte um sechs Uhr abends gehen, und er musste zwei Stunden vorher am Flughafen sein, also blieben uns nur noch wenige Stunden zusammen. Ich wollte, dass sie etwas Besonderes wurden.

Sobald die Fähre in Dienst ging, bewegte sich die Warteschlange recht schnell vorwärts, und wir waren in kürzester Zeit auf der Insel. Je mehr Zeit verstrich, desto aufgeregter wurde Toby. Sein Gesicht leuchtete, als wir uns der Statue näherten. Er beschattete seine Augen mit der Hand und blickte bis hinauf zur Spitze. Wir machten Selfies ohne Ende. Nachdem wir uns sehr lange umgesehen hatten und dann einfach auf einer Bank saßen, um die Schönheit der Statue zu bewundern, fing Toby an, das Titellied aus *Ghostbusters* zu summen. Ein ungefähr Vierzigjähriger, der mit einer teuren Kamera um den Hals neben ihm saß, lachte und summte mit.

Damit war es offiziell: Toby konnte überall Freunde gewinnen – dazu musste er nicht einmal etwas sagen.

„Wie oft 'ast du die Freiheitsstatue schon gesehen? Ich wette, es wird allmählich langweilig für dich, oder?“, fragte Toby, legte das Kinn auf meine Schulter und schlang die Arme um meine Taille, während er sich von hinten an mich schmiegte.

Ich lächelte. „Schon sehr oft“, erwiderte ich und drehte mich in seinen Armen um, damit wir uns ansehen konnten. „Aber ich kann ehrlich sagen, dass ich es noch nie so genossen habe wie heute.“ Die Statue durch seine Augen zu sehen und zu spüren, wie aufgeregt und beeindruckt er war, ließ mich alles auf einem ganz neuen Level wahrnehmen und schätzen.

Als mein Magen knurrte und den wundervollen Moment zerstörte, grinste Toby. „Wie wäre es, wenn wir kurz den Souvenirshop stürmen und uns dann etwas zu essen besorgen? Ich kann nicht riskieren, dass du vor 'unger schlechte Laune bekommst, oder?"

Ich nickte. „In dem Zustand würdest du mich nicht mögen."

„Mein Schatz, ich 'abe es schon einmal erlebt. Und es war tatsächlich erschreckend und mehr als beängstigend."

Nachdem wir uns im Shop mit Schneekugeln, die er niemals heil und in einem Stück nach England bekommen würde, Schlüsselanhängern, Flaschenöffnern und Notizblöcken mit Lady Liberty ausgestattet hatten, gingen wir auf die Fähre und fuhren zurück aufs Festland. Ich führte ihn in eine großartige Pizzeria, in die ich oft mit Stacey ging.

Sobald wir das Restaurant betraten, lief mir das Wasser im Mund zusammen. Der Duft, der in der Luft hing, war einfach unglaublich. Es war kurz vor zwölf, und der Laden war schon fast voll. Ich nahm Tobys Hand und zog ihn hinter mir her zum Tresen, damit wir bestellen konnten. Seine Augen wurden groß, als er die unzähligen Pizzen sah, die vorgebacken hinter Glas unter einer Wärmelampe lagen.

„Verdammt, die Dinger sind verflucht groß!"

Ich lachte und machte einen Schritt zur Seite, als sich die Person vor mir mit ihrem Essen in der Hand umdrehte. „Was möchtest du?", fragte ich Toby, ehe ich meine Aufmerksamkeit dem pickeligen Angestellten hinter dem Tresen zuwandte. „Hi, kann ich bitte ein

Stück Peperoni-Pizza und eine Cola Light bekommen?“ Ich drehte mich zu Toby um und wartete darauf, dass er sich auch etwas bestellte.

„Ich nehme das Gleiche, danke“, murmelte er und sah zu, wie der Angestellte zwei gigantische Stücke Pizza in den Ofen steckte und sich dann umdrehte, um die Getränke abzufüllen. Als uns die heiße Pizza auf Papptellern herübergeschoben wurde, musste ich über Tobys gierigen Ausdruck in den Augen lächeln.

Als ich mein Portemonnaie herausholen wollte, um zu bezahlen, winkte Toby ab. „Ich übernehme das – ich ’abe noch jede Menge Dollar übrig, die ich verbrauchen muss“, sagte er. Lächelnd nahm ich unser Essen. Ich achtete darauf, dass die dünnen Pappteller sich nicht durchbogen, und ging langsam zu einer leeren Sitzbank im hinteren Teil des Restaurants.

Als ich Platz nahm, quietschte das plastikbezogene Sitzkissen unter mir. Kurz darauf kam Toby mit unseren Getränken an den Tisch und schob mir einen Becher zu, ehe er sich mir gegenüber auf die Bank setzte. „Warst du schon mal ’ier?“, fragte er und nahm sich seinen Teller.

Ich nickte, ergriff meinen Becher und zog am Strohhalm. „Ja, Stacey und ich waren oft hier, wenn wir zusammen shoppen waren.“

Toby nickte abwesend. Er griff nach dem Serviettenspender, schob ihn zur Seite, blickte dahinter und runzelte die Stirn. „Wo ist das Besteck?“

Ich grinste und schüttelte den Kopf. „Du bist in New York. Du musst wie einer von uns essen. Nimm die Pizza in die Hand, du Weichei.“

Er zog die Brauen noch weiter zusammen. Seine Mutter hatte ihn gut erzogen, und ich hatte ihn noch nie Pizza ohne Besteck essen sehen. „Wirklich?“ Er nahm die Pizza in eine Hand. Sofort knickte sie ab und hing auf den Teller herunter. Stirnrunzelnd nahm er die zweite Hand zu Hilfe, um das Stück zu halten und am vorderen Ende abbeißen zu können.

„Ihr Briten habt keine Ahnung von Pizza“, witzelte ich und zwinkerte ihm zu. „Du musst sie zusammenfalten.“ Ich nahm mein Stück in die Hände, faltete es zusammen und biss dann herzhaft hinein. Der geschmolzene Käse schmeckte himmlisch, und ich stöhnte leise auf.

Er brummte etwas Unverständliches. „Ihr verrückten Amerikaner.“ Er machte es mir nach, faltete die Pizza zusammen und nahm einen großen Bissen. Unwillkürlich schloss er die Augen, als er den Geschmack auf der Zunge spürte. Ich lächelte, kaute langsam und sah mich in dem voll besetzten Restaurant um. „Jetzt ist es offiziell“, verkündete Toby und nahm noch einen großen Bissen. „New York ’at mich für die britischen Pizzen ruiniert. Von jetzt an werde ich alle Pizzen mit dieser ’ier vergleichen. Das schmeckt so lecker“, murmelte er mit vollem Mund und ließ die Schultern sinken.

„Viel besser als diese widerliche Pastete mit dem Püree und diesem grünen Zeug, das ihr in London Essen nennt“, stimmte ich zu. Ich hatte nie verstanden, welche Faszination von den sogenannten Pie-and-Mash-Shops ausging, von denen Toby so schwärmte. Das Püree dort war für meinen Geschmack langweilig, denn es fehlte an Butter, und die Pasteten schmeckten fad und hatten seltsame Füllungen. Um dem Ganzen die Krone aufzusetzen, wurde das Essen mit einer komischen Soße aus Petersilie geflutet. Wenn sich einem bis dahin nicht schon der Magen umgedreht hatte, rundeten viele Leute das alles noch mit einem guten Schuss Essig ab. Ekelig.

„Oi, zieh nicht über die Pie-and-Mash-Shops 'er", erwiderte Toby und zog gespielt tadelnd eine Augenbraue hoch.

Ich grinste und kaute schweigend weiter. Irgendwann kam dann die Sprache auf das unvermeidliche Thema – seine Rückreise. Wir waren es den ganzen Morgen über bewusst umgangen.

„Ellie, es tut mir echt leid, dass ich nicht länger bleiben kann. Ich fühle mich schlecht, weil ich nach 'ause fliege und dich 'ier allein lasse", sagte er und biss von seiner Pizza ab.

„Ich bin nicht allein. Ich komme schon zurecht. Versprochen."

Er nickte, legte den Rand der Pizza auf den Teller und lehnte sich auf der Bank zurück, um sich zufrieden über den Bauch zu streichen. „Also, wie lange wirst du ungefähr noch 'ierbleiben? Soll ich in ein paar Wochen noch mal 'erkommen und mich um eine Vertretung kümmern? Oder glaubst du, dann schon wieder in England zu sein?", fragte er und sah mich aufmerksam an.

Ich war mir nicht sicher, ob wir schon bereit waren, darüber zu reden, oder ob wir bereit sein würden, damit umzugehen, wenn wir es einmal ausgesprochen hätten.

„Ich weiß es nicht. Toby, ich ..." Ich schluckte und starrte auf meinen Teller. Langsam wischte ich mir die Finger mit meiner Serviette ab. Der Appetit war mir vergangen. Mein Magen zog sich zusammen, und ein Gefühl von Furcht und Beklemmung machte sich in mir breit. „Ich weiß nicht, was passieren wird. Falls meine Mutter nicht wieder aufwachen sollte …“ Ich schloss die Augen und hasste es, dass ich daran zweifelte, dass sie wieder gesund werden würde. Doch es waren schon eineinhalb Wochen seit dem Unfall vergangen. Ihre Chancen schwanden von Minute zu Minute. „Ich muss an Kelsey denken“, sagte ich.

Er nickte und trommelte mit einem Finger auf der Tischplatte herum. Die Richtung, in die sich das Gespräch entwickelte, wühlte ihn ganz offensichtlich auf. „Falls das Schlimmste passieren sollte und deine Mom nicht mehr aufwacht … Was wirst du dann tun?“

Ich konnte die Angst in seiner Stimme kaum ertragen und sah ihn an. „Dann werde ich Kelseys Vormund“, flüsterte ich. Ich würde sie nicht noch einmal verlassen. Ich hatte es ihr versprochen.

Er nickte bedächtig und lehnte sich wieder auf der Sitzbank zurück. Seine Haltung wirkte so, als würde er sich anstrengen, nach außen hin entspannt zu wirken. „Und glaubst du, dass sie mit nach England kommen würde?“

Ich stieß den Atem aus. Ich hatte noch nicht mit ihr darüber geredet, weil es bedeuten würde, Zweifel an der Genesung unserer Mutter zu haben. Doch ich glaubte nicht, dass sie Lust hätte, nach England zu ziehen. Es würde heißen, dass sie ihre Freunde, ihr Zuhause, ihre Ausbildung aufgeben müsste, um ihrer Schwester in ein fremdes Land zu folgen, in dem sie niemanden kannte. Ich war mir fast sicher – ohne sie gefragt zu haben –, dass sie das nicht wollen würde. Und ich würde sie bestimmt nicht dazu zwingen. Das hier war ihr Zuhause. Ich hatte nicht das Recht, sie zu meinem persönlichen Vorteil dazu zu nötigen, das alles zurückzulassen.

„Ich denke, nicht", murmelte ich.

Sein Auge zuckte, und sein Adamsapfel hüpfte auf und ab, als er nun schluckte. „Das denke ich auch."

„Würdest du hierherziehen?", fragte ich, kannte jedoch tief in meinem Innersten schon die Antwort. Toby hatte seine Kinder in England. Er war ein toller Vater, hatte seine Kinder gern so oft wie möglich bei sich und würde niemals in ein anderes Land ziehen. Und, um ehrlich zu sein, würde ich das auch nicht von ihm verlangen wollen. Ich liebte seine Kinder ebenfalls und würde ihnen niemals den Vater nehmen wollen.

Er rutschte auf der Sitzbank hin und her und zog die Schultern hoch, als er sich nun vorbeugte und meine Hand ergriff. Er verengte die Augen zu schmalen Schlitzen, presste die Lippen aufeinander und sah mich voller Bedauern an. „Ellie, ich … ich 'abe doch die Jungs", flüsterte er.

Ich nickte eilig. „Ich weiß."

Er stieß die Luft aus und fuhr sich mit gespreizten Fingern durchs Haar. „Ich bin mir nicht sicher, wohin uns das führen würde. Wir müssen einen Mittelweg finden, einen Kompromiss – falls es so etwas geben sollte."

Doch bei dieser Sache gab es keinen Mittelweg, und das war uns beiden bewusst, auch wenn es keiner aussprechen wollte. „Fernbeziehungen … funktionieren einfach nicht", murmelte ich, und meine Stimme brach, als ich es aussprach. Mein Herz zog sich zusammen, und Trauer ergriff mich.

Toby schluckte, während meine Worte noch in der Luft hingen. Schweigend blickten wir einander an. Er war ein kluger Mann. Er wusste Bescheid und ahnte, was das bedeutete.

Plötzlich schüttelte er den Kopf und drückte meine Hand. „'ör mal, wir sollten uns jetzt keine Gedanken über ungelegte Eier machen. Wir machen uns Sorgen über etwas, was so vielleicht nie eintreten wird. Deine Mutter könnte jeden Tag aufwachen. Und sobald es ihr dann wieder besser geht, kann sie sich um Kelsey kümmern und du könntest nach 'ause kommen."

Nach Hause. Bei diesen Worten fühlte ich mich noch schlechter, weil ich seit meiner Rückkehr wusste, dass ich *hier* zu Hause war. Ich hatte mich in England vor meinen Problemen verkrochen und versucht, eine andere Version von mir selbst zu sein. Nachdem ich nun wieder hier war, meinen Vater verloren hatte und um meine Mom bangen musste, wusste ich tief in meinem Innersten, dass ich meine Familie nicht wieder verlassen wollte, auch wenn meine Mutter sich erholen würde. Ich war schon einmal gegangen und hatte Zeit verloren, die ich mit meiner Familie hätte verbringen können. Ich wollte wieder in ihrer Nähe sein, wollte für sie da sein. Ständig. Doch das bedeutete, dass ich nicht bei Toby sein könnte. Es war eine schreckliche Wahl, der ich mich stellen musste. Aber mein Herz und meine Seele hatten ihre Entscheidung schon getroffen – auch wenn es noch so schmerzhaft war. Und ich glaubte, dass Toby es bereits wusste. Er sah mich verständnisvoll an, doch ich konnte auch den Schmerz in seinen Augen sehen.

Toby räusperte sich geräuschvoll. „Lass uns das Thema

erst einmal beiseiteschieben. Wir machen uns darüber Gedanken, wenn es so weit ist. Wenn deine Mom sich erholt, zerbrechen wir uns 'ier gerade ganz umsonst den Kopf. Wir sollten die Diskussion verschieben." Er zwang sich, heiter zu klingen – ich merkte es ihm an.

Er wusste es und wollte es nur nicht zugeben. Keiner von uns wollte das. Wir hatten eine wundervolle Zeit zusammen gehabt, und ein Unfall und ein einziger Anruf hatten unsere Beziehung praktisch zerstört. Es gab für uns kein Zurück mehr, und das fühlte sich an wie ein Schlag in die Magengrube.

Ich zwang mich ebenfalls zu einem Lächeln und bemühte mich, dieses Lächeln möglichst überzeugend rüberzubringen. „Ja, wir werden uns einfach auf das Hier und Jetzt konzentrieren und schauen, was passiert", stimmte ich ihm zu. Ich warf einen Blick auf die Uhr und sah, dass es fast ein Uhr war. „Wir sollten lieber gehen."

Nachdem er noch einen Schluck von seinem Getränk genommen hatte, nickte er und stand auf. Er schnappte sich seine Tasche mit den Souvenirs und reichte mir dann die Hand. Lächelnd ergriff ich sie und folgte ihm aus dem Restaurant. Wir schlenderten die belebte Straße entlang zur Bushaltestelle.

Die Fahrt zurück nach Hause verlief schweigend. Nur das dumpfe Dröhnen des Motors und das leise Murmeln der anderen Fahrgäste unterbrachen die Stille. Es fühlte sich etwas unbehaglich an. Wir litten beide, doch statt einander anzuvertrauen, wie es in uns aussah, entschlossen wir uns, das alles mit uns selbst auszumachen.

Als wir zu Hause ankamen, packte Toby die Schneekugeln und die anderen Sachen in seinen Koffer und verabschiedete sich schließlich von meiner Familie. Meine Nana sah besorgt aus, weil er nun abreisen würde. Er hatte ganz offensichtlich innerhalb kürzester Zeit ihr Herz gewonnen. Kelsey umarmte ihn fest und ermahnte ihn, auf jeden Fall anzurufen, wenn er heil in England angekommen war. Mit einem Kloß im Hals betrachtete ich die drei. Ich beobachtete, wie unkompliziert er mit meinen Lieben umging und wie freundschaftlich er und meine kleine Schwester miteinander verbunden waren. Mir brach das Herz. Ich blinzelte, um meine Tränen zurückzudrängen. Verzweiflung und Trauer machten sich in mir breit.

„Fertig?“, fragte ich und räusperte mich.

Er wandte sich mir zu und nickte. „Ja.“ Er drehte sich noch einmal zu meiner Nana um und schenkte ihr ein schiefes Lächeln, bei dem sich um seine Augen kleine Fältchen bildeten. „Danke, dass ich ’ier sein durfte. Und für das Essen für den Flug.“ Er klopfte auf seine Tasche und grinste.

„Gern geschehen, mein Lieber. Und du kommst doch bald wieder, oder?“, sagte Nana, beugte sich vor und drückte ihm einen weiteren Kuss auf die Wange. Ich verließ das Haus und ging zu meinem Auto. Ich wollte den Abschied der beiden nicht miterleben. Auf gewisse Weise versuchte ich bereits, Abstand zu nehmen. Toby hatte enormen Anteil daran gehabt, dass ich nach der Trennung von Jamie wieder zu mir selbst hatte finden können. Ich schuldete ihm so viel. Und da nun alles zu Ende ging, wollte ich das nicht mehr.

Kurz darauf folgte er mir hinaus zu meinem Auto, legte den Koffer auf den Rücksitz und nahm auf dem Beifahrersitz Platz. „Deine Nana ’at mich dazu überredet, für den Flug noch mehr von dem Bananenkuchen mitzunehmen.“

Ich lächelte und umklammerte das Lenkrad, als ich den Motor nun startete. „Du weißt, dass du keine Lebensmittel durch die Zollabfertigung schleusen darfst, oder?“

Er nickte. „Ich weiß. Ich glaube, sie wollte sich nur nützlich machen. Sie ist so fürsorglich. Sie ist erst zufrieden, wenn alle um sie ’erum satt sind.“

Er hatte ihre Persönlichkeit in nur einer Woche durchschaut. Ich lächelte und nickte. Dann herrschte wieder Schweigen zwischen uns. Ich versuchte, zuversichtlich zu bleiben und nicht zu niedergeschlagen zu sein, doch als wir am Flughafen ankamen, stand ich kurz davor, in Tränen auszubrechen. Mühsam riss ich mich zusammen.

Als wir aus dem Wagen kletterten, ließ Toby den Blick schweifen und lächelte, bevor er seinen Rucksack nahm und die braune Papiertüte mit den Sandwiches, dem Kuchen, den Chips und den Getränken herauskramte. „Ich bin gleich wieder da“, murmelte er und lief davon. Ich beschattete mit der Hand meine Augen und beobachtete, wie er zu einem Obdachlosen rannte, der die Mülltonnen durchwühlte. Als er ihm die Tüte reichte, war dem zahnlosen Mann die Dankbarkeit deutlich anzusehen, auch wenn ich fast hundert Meter entfernt war.

Mein Herz schlug heftig, und wieder wünschte ich mir, die Lage wäre anders und ich könnte irgendwie mit Toby zusammenbleiben.

Als er wieder zu mir zurückkam, lächelte er, nahm meine Hand und zog mit der anderen seinen Rollkoffer hinter sich her. Wir gingen in das belebte Terminal. Ich runzelte die Stirn und fühlte mich leicht unwohl, wieder an diesem Flughafen zu sein. Als ich das letzte Mal in diesem Terminal gewesen war und einen Flieger genommen hatte, war ich allein und am Boden zerstört gewesen. Nun stand ich wieder hier und bereitete mich darauf vor, mich von dem Menschen zu verabschieden, der mir geholfen hatte, wieder zu mir selbst zu finden und glücklich zu werden, und mir brach abermals das Herz.

Nachdem Toby eingecheckt hatte, gingen wir zur Sicherheitskontrolle. Weiter durfte ich ihm nicht folgen. Als er sich zu mir umdrehte und mir ein schiefes Lächeln zuwarf, verlor ich den Kampf gegen meine Tränen und fing an zu weinen. Er stöhnte und schlang die Arme um mich, zog mich an sich und drückte mich so fest, dass es fast wehtat. Die Umarmung dauerte länger, als eine gewöhnliche tröstende Umarmung eigentlich dauern sollte – es war, als würde er mich einfach nicht loslassen wollen. Wir klammerten uns aneinander, während um uns herum die Leute ihr Leben weiterlebten und sich des Schmerzes, den wir teilten, nicht bewusst waren.

Schließlich löste er sich von mir und strich mit den Händen behutsam meinen Rücken hinauf bis zu meinem Hals. Mit seinen hellgrünen Augen sah er mich an, und ich konnte in ihnen Verständnis, Akzeptanz und Traurigkeit erkennen. In seinem Blick stand die unausgesprochene Trennung. Er wusste, dass ich nicht nach England zurückkehren würde, und er verstand, warum.

„Ich liebe dich wirklich, weißt du das?“, sagte er leise.

Ich nickte, und ein Schluchzen ließ meinen Körper erbeben. „Ich liebe dich auch.“ Und es war die Wahrheit.

Es war vielleicht nicht die alles verzehrende Liebe, bei der man weiche Knie bekam und schwach wurde und in Ohnmacht zu fallen drohte, doch ich liebte ihn von Herzen.

Er lächelte leicht und beugte sich vor. Zärtlich küsste er mich auf den Mund. Federleicht und doch so voller Emotionen, dass der Kuss mich beinahe umwarf. Ich stieß ein leises Geräusch aus, griff nach seinem Shirt und schmiegte mich an ihn. Ich wollte jedes Detail in mich aufnehmen, mir alles ganz genau einprägen, damit ich niemals vergessen würde, wie sich dieser letzte wundervolle Kuss anfühlte. Es war kein lustvoller Kuss. Es war ein süßer Abschiedskuss.

Ich sah Toby hinterher, bis er außer Sichtweite war, und hatte das Gefühl, gerade meinem besten Freund Lebewohl gesagt zu haben. Ich fühlte mich wie ausgehöhlt, leer, und mir wurde alles zu viel.

Doch ich konnte es mir nicht erlauben, jetzt in Depressionen zu verfallen, denn sonst würde ich vielleicht nie wieder aus diesem tiefen Loch herausfinden. Besser war es, mich abzulenken, indem ich mich beschäftigte. Ich würde später noch Zeit für Tränen haben, wenn ich allein in meinem Bett lag. Jetzt konnte ich sie mir nicht gestatten.

Statt vom Flughafen direkt nach Hause zu fahren, beschloss ich, einen schnellen Zwischenstopp beim Bestattungsunternehmen zu machen, um dem Herrn dort den Eingang der Rechnung zu bestätigen. Ich brauchte nur noch ein paar Tage, um alles zu ordnen. Das wollte ich ihm kurz erklären.

Ich parkte den Wagen auf einem kleinen Parkplatz

neben dem *Mortimer and Witcombe*-Bestattungsunternehmen, griff nach meiner Tasche und ging zum Eingang. Als ich durch die Tür trat und das kleine Glöckchen darüber mein Kommen ankündigte, blickte eine rundliche Dame mit silberblau getöntem Haar auf, die an einem Schreibtisch saß. Ihre Lippen formten sich zu einem warmherzigen Lächeln. „Guten Tag, kann ich Ihnen behilflich sein?“

„Ich habe mich gefragt, ob ich wohl kurz mit Mr. Mortimer sprechen könnte? Mein Name ist Ellie Pearce. Mr. Mortimer hat sich in der letzten Woche um die Beerdigung meines Vaters gekümmert“, sagte ich und konnte die Hände nicht still halten, weil ich ein wenig nervös war. Ich mochte diesen Ort nicht. Hier roch es nach Tod und Trauer. Ich spürte, wie meine Laune noch schlechter wurde als beim Abschied von Toby vor nicht einmal einer Stunde – und das nur, weil ich hier war.

„Selbstverständlich. Er hat gerade ein wenig Zeit. Folgen Sie mir, dann bringe ich Sie zu seinem Büro“, erwiderte sie, erhob sich und strich den Rock ihres blassrosafarbenen Kostüms glatt. Ich folgte ihr langsam und blieb vor Mr. Mortimers Büro stehen, das ich genau kannte, weil ich in der vergangenen Woche sehr oft hier gewesen war. Sie klopfte leise an. „Maurice, Miss Pearce ist hier und möchte dich gern sprechen.“

„Oh, bring sie ruhig rein, Beryl.“

Die Dame drehte sich zu mir um und bedeutete mir einzutreten. Sie schob die Tür auf. Ich lächelte sie dankbar an und betrat das Büro. Mr. Mortimer saß an seinem Schreibtisch. Er erhob sich und kam mit ausgestreckter Hand um den Tisch herum, um mich zu begrüßen.

„Hallo, Ellie. Wie geht es Ihnen?“ Er schüttelte meine Hand und ergriff mit der anderen meinen Unterarm. Es war eine Geste, die er zweifelsohne im Laufe der Jahre perfektioniert hatte. Sie vermittelte ein gewisses Maß an Mitgefühl – falls ein Handschlag so etwas konnte.

„Mir geht es gut. Ich wollte Ihnen persönlich für Ihre Hilfe bei der Beerdigung danken. Es war eine schöne Feier“, sagte ich, doch er wusste das bereits, weil er dabei gewesen war, um alles im Blick zu haben.

„Gern geschehen.“ Er gab mir mit einem Handzeichen zu verstehen, mich auf einen der Stühle zu setzen, und nahm selbst auf der Kante seines Schreibtischs Platz. Er sah mich an.

„Ich wollte Ihnen auch sagen, dass ich die Rechnung in Kürze begleichen werde. Nach meiner Rückkehr aus England war alles ein bisschen schwierig. Es war ein kleiner Kampf mit der Bank, aber ich verspreche Ihnen, dass ich das Problem in den nächsten Tagen lösen werde. Ich habe bei meiner Bank in England angerufen, damit das Geld auf mein hiesiges Konto überwiesen wird, doch das wird einige Tage in Anspruch nehmen. Ich hätte nicht damit gerechnet, dass es so kompliziert sein würde, Geld von einem Sparkonto in Großbritannien hierher zu transferieren“, erklärte ich.

Glücklicherweise hatte ich etwas Geld für meine Hochzeit gespart. Jetzt sah es so aus, als würde ich es für einen ganz anderen Zweck verwenden müssen.

Verwirrt runzelte Mr. Mortimer die Stirn. „Aber die Rechnung ist schon bezahlt worden.“

Ich schüttelte den Kopf. „Ich habe sie noch nicht bezahlt.“

Er lächelte. Es war ein Lächeln, in dem Mitleid mitschwang oder aber die Überzeugung, mit jemandem zu reden, der geistig nicht ganz auf der Höhe war. „Die Rechnung ist Freitagmorgen telefonisch beglichen worden."

Ich war vollkommen überrascht. „Wie bitte?"

Er nickte. „Es steht nichts mehr aus. Ein Mann rief am Morgen der Beerdigung an, um sicherzugehen, dass für die Totenfeier alles geregelt wäre. Dann hat er mit seiner Karte alles bezahlt. Er meinte, er wäre ein Freund der Familie und dass Sie ihn gebeten hätten, die Angelegenheit für Sie zu regeln."

Vor Überraschung stand mir der Mund offen. Ich schuldete dem Bestatter Tausende. Auf keinen Fall hatte irgendjemand einfach angerufen und das alles bezahlt. Außer ... Steckte Toby dahinter? Hatte er sich darum gekümmert, ohne mir Bescheid zu sagen, damit ich eine Sorge weniger hätte? Doch warum hatte er mir bisher nichts davon erzählt? Mir wurde klar, dass er nicht dahinterstecken konnte, weil er neben mir gesessen hatte, als ich am Montag bei der Bank angerufen und gebeten hatte, das Geld auf mein Konto in den USA zu überweisen.

„Wer hat die Rechnung bezahlt?", wollte ich wissen.

Er runzelte die Stirn, erhob sich und ging zu seinem Schreibtischstuhl. „Ich glaube, es war ein Mr. Colt oder Cole oder so. Ich kann mich nicht genau erinnern. Lassen Sie mich kurz nachsehen", erwiderte er und zog bereits eine Schublade des Aktenschranks auf, um sie zu durchsuchen.

Mr. Cole. Jamie Cole. Mein Körper war mit einem

Schlag angespannt, und meine Augen weiteten sich, als ich seinen Namen hörte. Jamie hatte für die Beerdigung meines Vaters bezahlt? Hatte er gewusst, dass ich in finanziellen Nöten steckte und kaum genug Geld hatte, um die Kosten für das Begräbnis zu begleichen? Mir fehlten die Worte.

Der Gedanke daran traf mich ganz unvorbereitet und heftig, und mein Herz zog sich zusammen. Solche Dinge waren der Grund dafür, dass ich mich überhaupt in ihn verliebt hatte – seine rücksichtsvolle, mitfühlende Seite, die so hell strahlte.

„Ach, da ist es ja", sagte Mr. Mortimer und zog ein hellgrünes Blatt Papier hervor. Er überflog es. „Ja, ein Mr. J. Cole. Er hat die gesamte Rechnung beglichen." Er legte den Zettel auf den Schreibtisch und schob ihn zu mir hinüber. „War es nicht richtig, die Zahlung anzunehmen? Kennen Sie diese Person nicht?" Er wirkte nun etwas besorgt und verengte die Augen ein wenig.

„Doch, ich kenne die Person", entgegnete ich.

Ich presste die Lippen aufeinander und wusste nicht, wie ich diese Information aufnehmen sollte. Ich schluckte den Kloß in meinem Hals hinunter und starrte auf meine Hände. In meinem Kopf überschlugen sich die Gedanken. Hatte er das mit Absicht getan, weil er wusste, dass ich es irgendwann herausfinden und dann in seiner Schuld stehen würde? Nein, das war nicht seine Art. Aber andererseits kannte ich ihn gar nicht so gut, wie ich geglaubt hatte. Eines wusste ich jedoch mit Sicherheit: Ich würde ihn aufsuchen und herausfinden müssen, was zum Teufel er sich dabei gedacht hatte, sich in Dinge einzumischen, die ihn überhaupt nichts mehr angingen.

Das war eine Aufgabe, auf die ich mich nicht gerade freute.

„Ist alles in Ordnung, Ellie?“, erkundigte sich Mr. Mortimer und berührte mich am Ellbogen.

Ich erschrak und zuckte zusammen. Mir war nicht aufgefallen, dass er inzwischen um den Schreibtisch herumgegangen war und nun mit besorgter Miene neben meinem Stuhl hockte.

Ich zwang mich zu einem Lächeln und nickte. „Es ist alles in Ordnung, danke. Mir war nur nicht klar, dass Mr. Cole schon alles bezahlt hat. Das ist alles. Ich bin froh, dass Sie Ihr Geld bereits bekommen haben, und ich entschuldige mich dafür, dass ich Ihnen heute die Zeit gestohlen habe.“ Ich stand auf und wollte möglichst schnell das Büro verlassen.

Er hielt sich an der Armlehne fest und erhob sich ebenfalls. „Sind Sie sicher, dass alles in Ordnung ist? Sie wirken ein bisschen durcheinander.“

Ich nickte schnell und lächelte ihn an, während ich ihm nun die Hand reichte. „Danke noch mal für die schöne Feier.“ Ich schüttelte seine dickliche Hand und wandte mich zur Tür um. Eilig ging ich den Flur entlang. Ich blieb nicht mehr stehen, sondern stürmte zur Tür hinaus, obwohl die Rezeptionistin mir noch einen Gruß hinterherrief.

Erst als ich draußen war und sicher sein konnte, dass die Dame am Empfang mich nicht mehr sehen konnte, blieb ich stehen. Ich lehnte mich an die Hauswand und atmete tief durch. Mein Innerstes zog sich zusammen, und ich hatte das Gefühl, eine Panikattacke zu bekommen.

Warum? Warum hatte er mir das angetan? Warum konnte er mich nicht einfach in Ruhe lassen, statt Gefühle aus der Vergangenheit heraufzubeschwören, die eigentlich genau dort hätten bleiben sollen – in der Vergangenheit?

18. Kapitel

Als ich auf dem ungemütlichen Krankenhausstuhl am Bett meiner Mutter saß, war ich mir nicht sicher, wie viel ich noch aushalten könnte.

Allmählich wuchs mir alles über den Kopf: der Verlust meines Vaters, seine Beerdigung, die Aussicht, Kelseys Vormund zu werden, wenn das Schlimmste eintreffen sollte, der Abschied von Toby und die Erkenntnis, dass unsere Beziehung praktisch vorüber war, weil ich meine Entscheidung unbewusst schon längst getroffen hatte, und dann auch noch die Tatsache, dass Jamie meine Schulden beglichen hatte. Diamanten entstanden unter Druck, doch ich war mir sicher, dass der Druck mich langsam zermalmen würde. Nein, keine Diamanten.

Ich seufzte, beugte mich vor und ergriff vorsichtig die Hand meiner Mutter. „Mom, ich weiß nicht, ob du mich hören kannst, aber wenn du es kannst, dann bitte ich dich aufzuwachen", flüsterte ich. Ich schloss die Augen und drückte ihre Hand an mein Gesicht. „Ich brauche dich. Kelsey braucht dich. Ich weiß nicht, ob ich so weitermachen kann. Es gibt so viel, was passiert, gibt zu viel Traurigkeit und Schmerz. Ich versuche, gute Miene zum bösen Spiel zu machen, aber ich muss kämpfen, um alles zusammenzuhalten. Es fühlt sich an, als würde ich ertrinken, und ich weiß nicht, was ich tun soll. Ich bemühe mich, zuversichtlich zu bleiben, aber jedes Mal, wenn ich hier sitze, habe ich Angst, dass du auch gehst. Und ich glaube nicht, dass ich das ertragen könnte. Ich habe nicht mehr viel Kraft. Also, bitte, wenn du mich hören kannst, dann komm zurück." Ich machte die Augen auf und starrte auf den Monitor, der die Herzaktivität aufzeichnete. Keine Veränderung. Nichts. Wenn sie mich hören könnte, würde es dann nicht irgendein Zeichen geben?

„Mom, bitte. Ich kann nicht noch eine Beerdigung organisieren. Ich kann nicht auch noch dich verlieren. Und Kels kann das auch nicht. Wir brauchen dich. Also bitte, kämpf dich zurück. Bitte, wach auf", flehte ich und blickte wieder zum Monitor. Nichts.

Ich schluckte, und Enttäuschung machte sich in mir breit. Ich wollte einfach nur in einem abgedunkelten Raum hocken und schweigend die Knie an meine Brust ziehen. Eine Depression ergriff mich und zog mich ganz langsam immer weiter runter. Wenn ich es zuließ, würde sie mich ganz erfassen und mich in Dunkelheit hüllen. Doch ich konnte das nicht zulassen. Ich musste weitermachen – für Kelsey. Ich musste mich zusammenreißen, zuversichtlich bleiben. Oder ich musste wenigstens so tun als ob. Es war unendlich schwer. Aber ich schuldete es meiner kleinen Schwester, mich durchzuboxen und nicht aufzugeben.

„Ich muss jetzt los. Ich komme dann später mit Kels und Nana wieder." Ich erhob mich, beugte mich über meine Mom und gab ihr einen Kuss auf die Wange. „Schlaf gut, aber wach bald wieder auf." Ich zog mich zurück, nahm mir meine Tasche und die Magazine und ging dann hinaus. Ich verließ das Krankenhaus und fragte mich, wie oft ich noch hierherkommen würde, bevor wir erfuhren, wie Moms Schicksal aussah – so oder so.

Auf dem Weg zum Auto zog ich mein Handy aus der Tasche und schaltete den Flugmodus aus. Als ich es gerade wieder einstecken wollte, bekam ich eine Nachricht von Nana.

Könntest du auf dem Rückweg bitte Rinderhackfleisch, Tomaten und Eier mitbringen?

Ich schickte ihr schnell eine SMS, dass ich das machen würde, und stieg dann in meinen Wagen. Ich schloss die Augen und umklammerte das Lenkrad so fest, dass meine Fingerknöchel schmerzten.

„Ich will nicht mehr erwachsen sein", murmelte ich in die Leere des Wagens hinein.

Nach ein paar tiefen Luftzügen, um meine angespannten Nerven zu beruhigen, drehte ich den Schlüssel im Zündschloss, drückte das Gaspedal ein paarmal durch und hörte, wie der Motor kämpfte, um anzuspringen. Mein Auto war schon an guten Tagen nicht besonders zuverlässig gewesen, und anscheinend hatte es ihm nicht gutgetan, dass ich es in den letzten Wochen so oft benutzt hatte. Beim zweiten Versuch sprang der Käfer schließlich an. Eine riesige schwarze Wolke stieg hinter meinem Rückfenster auf und sah nicht gerade gesund aus. Wahrscheinlich würde ich mir demnächst ein neues Auto kaufen müssen. Wenn ich für Kels verantwortlich wäre, könnte ich kein unzuverlässiges Fahrzeug gebrauchen.

Noch eine Sache, um die ich mich kümmern muss …

Ich fuhr zum Gemischtwarenladen, der auf halber Strecke zwischen dem Krankenhaus und zu Hause lag, und sprang aus dem Wagen. Ich kaufte schnell die Sachen für Nana ein und nahm noch einen Schokoriegel mit, den ich unterwegs essen würde. Im Augenblick brauchte ich eine süße Stärkung.

Als ich in der Schlange an der Kasse wartete, fiel mir ein großer Kerl mit olivfarbenem Teint auf, der vor dem Ausgang stand. Er war schätzungsweise Anfang dreißig, trug dunkle Jeans und ein schwarzes langärmeliges Shirt mit einer Bikerweste aus Leder darüber. Er schien mich direkt anzustarren. Als ich aufsah, trafen sich unsere Blicke, und er schaute schnell weg. Er ließ einen Zigarettenstummel auf den Boden fallen und trat ihn mit seinem klobigen schwarzen Stiefel aus. An seiner Art, mich zu beobachten und dann schnell wegzuschauen, war etwas, bei dem sich mir die Härchen im Nacken vor Unbehagen aufrichteten.

„Neun fünfundachtzig."

Ich erschrak und blickte zur Kassiererin. Die junge Frau hatte die Hand ausgestreckt und wartet, Kaugummi kauend und mit gelangweilter Miene, auf ihr Geld. Mir war nicht einmal bewusst gewesen, dass ich schon an der Reihe war. Hastig öffnete ich meine Tasche, zog einen Zehner hervor und reichte ihn ihr. Dann packte ich meine Sachen zusammen. Als ich wieder zum Ausgang blickte, war der Kerl verschwunden, und das unwohle Gefühl in meiner Magengegend verflüchtigte sich.

Meine Reaktion war übertrieben und albern gewesen.

Ich schob mir die Träger meiner Tasche über die Schulter, nahm die Tüte mit meinen Einkäufen und riss mit den Zähnen die Verpackung des Schokoriegels auf. Während ich um den Laden herum und über den verlassenen

Parkplatz zum Auto ging, biss ich gierig von der Schokolade ab, ohne den Geschmack zu genießen. Im Moment brauchte ich einfach nur Zucker. Als ich neben meinem Käfer stand und Tüte und Schokoriegel in der einen Hand hielt, fummelte ich mit der anderen den Schlüssel hervor.

Plötzlich traf mich etwas von hinten. Ich hatte es nicht einmal kommen sehen und knallte nun mit Bauch und Brust gegen den Wagen. Mir blieb die Luft weg, und alles fiel mir aus den Händen auf den Boden. Irgendetwas Hartes presste mich von hinten an das Auto.

„Was soll das?“, schrie ich, und Panik ergriff mich.

Eine Hand griff in mein Haar. Mein Kopf wurde brutal nach unten gedrückt, und ich konnte nur noch Füße, den Boden, den verstreuten Inhalt meiner Tasche und die Eier sehen, die zerbrochen waren und aus der Papiertüte quollen. „Schnauze! Wenn du nur einen Laut von dir gibst, schneide ich dir die Kehle durch“, knurrte ein Mann in mein Ohr, während er sich noch dichter an mich drängte und mich festhielt.

Mein Atem ging schnell und flach, als ich versuchte zu begreifen, was hier gerade vor sich ging. Ich überlegte, was zum Teufel ich tun sollte. Mein Überlebensinstinkt setzte ein, und ich schob mich nach hinten, kämpfte und wand mich, um mich aus der Situation zu befreien. Als ich den Mund aufmachte, um wie am Spieß zu schreien, wurde mir etwas Kaltes, Scharfes an den Hals gedrückt. Ich spürte es, und es stach unangenehm, tat aber nicht weh. Ich wimmerte, machte die Augen zu und hörte auf, mich zu wehren.

Ich werde sterben. Ich werde sterben. Das war alles, was ich noch denken konnte. Immer und immer wieder.

Als ein Auto auf den Parkplatz raste und mit quietschenden Reifen hinter mir anhielt, wurde ich unsanft zurückgerissen. Das Messer schnitt in die Haut meines Halses. Ich keuchte und hob den Arm, um die Hand des Mannes zu packen und von meinem Hals wegzuziehen. Tränen schossen mir in die Augen. Mein Blick huschte von links nach rechts. Ich war verzweifelt auf der Suche nach Hilfe, hoffte, dass irgendjemand auf diesem Parkplatz wäre, um mir zu helfen. Doch soweit ich sehen konnte, war der Platz menschenleer. Und weil ich mich auf der Rückseite des Geschäfts befand, würde auch von der Straße aus niemand mitbekommen, dass ich hier gerade überfallen wurde.

„Auf die Rückbank mit ihr", befahl ein anderer Mann, der nun ebenfalls hinter mir stand. Ich hörte, wie die Wagentür geöffnet wurde. Die Panik hatte mich inzwischen fest im Griff, und mein Herzschlag dröhnte mir in den Ohren, als der Typ nun den Arm um meine Taille schlang, mich praktisch hochhob und zu dem dunkelblauen Wagen schleppte, der gerade gekommen war. Ich wusste, dass ich auf jeden Fall verhindern musste, in das fremde Auto geschoben zu werden. Also trat ich wild um mich, kratzte den Mann und schlug mit den Armen auf ihn ein – alles, um mich vielleicht doch irgendwie befreien zu können.

Ich hörte, wie der zweite Mann zischte: „Ach, du Scheiße. Ist das etwa …" Und plötzlich lockerte sich der Griff des Mannes, der mich an der Taille festgehalten hatte, und das Messer rutschte von meinem Hals. Ich kam abrupt auf die Beine. Durch die unvermutete Bewegung verlor ich jedoch das Gleichgewicht und fiel der

Länge nach nach vorn auf den Boden. Dabei schrammte ich mir die Hände und Knie auf. Irgendetwas schien dann auf meinen Beinen zu liegen, sodass ich mich nicht rühren konnte.

Ich rang nach Luft und drehte den Kopf, um vielleicht erkennen zu können, was passiert war. Zugleich bereitete ich mich innerlich darauf vor, mich irgendwie aus meiner Lage zu befreien, aufzuspringen und, so schnell ich konnte, Richtung Straße zu rennen.

Es dauerte ein paar Sekunden, ehe ich begriff, was ich sah. Der Kerl, der mich festgehalten hatte und den ich als den Mann wiedererkannte, der mich vor dem Geschäft beobachtet hatte, lag reglos auf meinen Beinen. Seine Augen waren geschlossen, sein Körper war schlaff. Blut quoll aus einer Wunde an seinem Hinterkopf und rann ihm über Ohr und Wange.

In der Nähe bemerkte ich eine Bewegung. Als mir klar wurde, dass er dahintersteckte, ließ meine Panik ein wenig nach. Jamie. Ich erkannte ihn sofort wieder, auch wenn er eine rote Kappe trug. Ich hätte ihn überall wiedererkannt. Er stand in entspannter Haltung da und hielt einen Baseballschläger fest. Er ließ den Schläger kreisen wie die Spieler, die eine Show abzogen. Sein Blick war allerdings nicht auf mich gerichtet. Er starrte den zweiten Mann an, der mit dem Wagen gekommen war.

„Du bist am Arsch, Mann“, stieß Jamie verächtlich hervor, ging auf den Mann zu und hob den Baseballschläger.

Der Kerl schüttelte den Kopf und riss die Hände hoch, als wollte er sich ergeben. Doch Jamie war das entweder egal oder er sah es nicht, denn er schlug trotzdem mit dem

Schläger zu. Das Geräusch von Holz, das auf Fleisch und Knochen traf, drang an mein Ohr. Ich zuckte zusammen, als der Baseballschläger das Knie des Mannes zertrümmerte. Ein Schmerzensschrei gellte in meinen Ohren, als der Kerl zu Boden ging. Mit einer Hand schien er etwas hinter seinem Rücken zu suchen, während er die andere Hand hochnahm, um sein Gesicht zu schützen. Ich sah, wie Jamie erneut mit dem Schläger zuschlug. Dieses Mal traf er mit voller Wucht den Arm des Mannes. Wieder ertönte ein gequälter Schrei.

Ich kroch unter dem bewusstlosen Mann hervor und rappelte mich auf. Womit ich nicht gerechnet hätte, war, dass meine Beine mir den Dienst versagen würden. Ich stolperte nach vorn, fiel gegen mein Auto und konnte mich noch gerade so fangen. Ich drehte mich um und sah, dass der zweite Mann jetzt auf der Seite lag. Sein Arm war entsetzlich verdreht, und mir wurde übel. Mit seiner gesunden Hand fummelte er noch immer hinter seinem Rücken herum. Mein Herz raste, als ich die Szene verfolgte. Ich konnte den Blick nicht abwenden.

Mit einem Mal riss der Typ den gesunden Arm hoch und hielt eine schwarze Handfeuerwaffe umklammert. Es ging alles so schnell, dass ich kaum mitbekam, wie er die Waffe auf Jamie richtete.

„Pass auf!“, schrie ich. Doch Jamie war vorbereitet und schlug mit dem Baseballschläger gegen die ausgestreckte Hand des Mannes, die zur Seite geschleudert wurde, ehe der Typ die Chance hatte, den Abzug zu betätigen.

Als der Kerl sich aufrichtete und wieder auf Jamie zielen wollte, hob Jamie den Fuß, trat damit auf das

Handgelenk des Mannes und fixierte es am Boden. Dann bückte er sich blitzschnell und nahm dem Mann die Waffe ab. Obwohl Jamie mir den Rücken zugedreht hatte, konnte ich an seiner Haltung erkennen, dass er wütend war. Seine Schultern waren steif, seine Muskeln angespannt, als er die Waffe hob und dem Mann damit ins Gesicht schlug. Die Nase fing sofort an zu bluten, und der Mann blieb reglos auf dem Boden liegen.

Jamie drehte sich nicht zu mir um. Stattdessen hockte er sich neben den Kerl, zerrte an dessen Ärmel und entblößte den tätowierten Unterarm. Ich hörte, wie Jamie scharf einatmete. „Arschloch“, murmelte er leise, ehe er sich wieder aufrichtete und sich die Waffe hinten in den Hosenbund steckte.

Ich blickte nach unten, sah die beiden bewusstlosen Männer, das Blut, die zerschmetterten Körper, die neben den kaputten Eiern lagen. Mir wurde schwarz vor Augen. Ich lehnte mich an meinen Wagen und hörte das Blut in meinen Ohren rauschen, während meine Hände anfingen zu kribbeln.

Mein ganzer Körper war seltsam schwer, als Jamie nun auf mich zukam. Er bückte sich und hob das riesige silberne Messer auf, das mir an den Hals gedrückt worden war. Er schob es ebenfalls in seinen Hosenbund. Meine Knie zitterten, und ich versuchte, tief durchzuatmen. Ich konnte spüren, wie ich ohnmächtig zu werden drohte. Ich wusste es, denn ich hyperventilierte, ohne etwas dagegen tun zu können. Ich stand kurz vor einem Nervenzusammenbruch.

„Ellie, es ist schon okay“, flüsterte Jamie und ließ den blutigen Baseballschläger fallen, der mit einem lauten

Geräusch auf dem Boden landete. Er kam zu mir, legte die Hände an mein Gesicht, hob meinen Kopf leicht an und lenkte meine Aufmerksamkeit weg von den zerschmetterten Körpern und auf ihn. In seinen braunen Augen stand ein weicher, besorgter Ausdruck, als er mich nun ansah. „Es ist schon gut, Kleine. Schhh. Ich bin da. Alles ist gut“, murmelte er, kam noch näher und legte einen Arm um mich. Meine Beine gaben unter mir nach, und ich hatte das Gefühl zu fallen. Doch Jamie hielt mich. Mein Kopf fiel nach vorn, und meine Stirn lag in seiner Halsbeuge. Ich schloss die Augen. Sein Duft umhüllte mich wie ein schützender Umhang. Der Geruch war mir so vertraut, als hätte ich ihn nie missen müssen. Zusammen mit den sanft geflüsterten Worten beruhigte mich dieser Duft, und meine Atmung normalisierte sich wieder. Auch mein Herzschlag wurde allmählich langsamer.

Arm in Arm standen wir eine Weile so da, bevor ein Stöhnen aus Richtung der Männer Jamie aufhorchen ließ. Von einer Sekunde auf die andere veränderte sich sein Gesichtsausdruck. Er wirkte nicht länger weich und besorgt, sondern wie die personifizierte Wut. Ich hatte noch nie einen Menschen gesehen, der so zornig war – sein Blick war ernst und drohend, die Lippen hatte er zu einem gefährlichen, höhnischen Grinsen verzogen. Ich sah an ihm vorbei und bemerkte, dass der Mann, der mich gepackt hatte, aufgewacht war. Er war offensichtlich benommen, blinzelte verwirrt und versuchte, sich zu konzentrieren.

Sobald Jamie mich losließ, wurde mir kalt, und ich spürte, wie mir ein Schaudern über den Rücken rieselte. Er hatte die Hände so fest zu Fäusten geballt, dass seine

Fingerknöchel weiß hervortraten. Der Mann sah den ersten Schlag nicht einmal kommen. Jamie trat ihm in den Bauch, und der Kerl rollte auf den Rücken und stieß einen kehligen Schmerzensschrei aus.

Was als Nächstes folgte, war wie aus einem Film. Ich hatte im echten Leben noch nie etwas derart Brutales gesehen. Und ich wollte es auch nie wieder sehen. Jamie hatte sich auf die Brust des Mannes gesetzt und schlug immer und immer wieder auf dessen Gesicht ein. Der Kopf des Kerls flog bei jedem Schlag von einer Seite auf die andere. Blut spritzte aus Platzwunden und anderen Verletzungen, seine Augen waren zugeschwollen, blaue Flecke bedeckten das Gesicht. Irgendwann ließen seine Bewegungen nach, bis er schließlich reglos unter Jamie lag.

„Jamie?" Ich schüttelte den Kopf, konnte nicht wegsehen. „Jamie, hör auf", flehte ich. Meine Stimme war kaum mehr als ein Flüstern. Die Hände am Auto hinter mir abgestützt, richtete ich mich auf und hoffte, dass meine Beine mich tragen würden. „Jamie?"

Als hätte er mich gehört, stoppte er seinen schonungslosen Angriff und stand auf. Erleichtert atmete ich durch. Doch im nächsten Moment rang ich entsetzt nach Luft, denn Jamie zog die Waffe aus seinem Hosenbund und richtete sie auf das Gesicht des bewusstlosen Mannes. Ich wimmerte und taumelte vorwärts. Die Hand auf seine Schulter gelegt, zog ich mit aller Kraft, die ich aufbringen konnte, an Jamie. „Nein!", rief ich verzweifelt. „Jamie, nein, tu das nicht. Bitte, tu das nicht." Ich kannte seine Vergangenheit, wusste, dass er schon einmal getötet hatte. Er hatte mir erzählt, dass er die Kontrolle über sich verloren habe, als seine Schwester umgebracht worden sei. Aber das war eine vollkommen andere Situation gewesen. Ich konnte ihm ansehen, dass er in diesem Augenblick Herr seiner Sinne war. Es wäre also ein kaltblütiger Mord aus Rache gewesen, und das konnte ich nicht einfach so hinnehmen.

Als er sich zu mir umdrehte, stand in seinen Augen ein tödlicher Ausdruck. Sein Gesicht war ernst und bestimmt. Er wollte diesen Mann umbringen. Wahrscheinlich wollte er beide Männer umbringen. Er hatte sich total verändert und war längst nicht mehr der Junge, den ich kennengelernt hatte. Es tat mir weh, das sehen zu müssen. „Ellie, ich muss es tun. Ich muss dafür sorgen, dass du in Sicherheit bist." Sein Blick war entschlossen. Ich konnte auch Schmerz und Qualen in seinen Augen sehen. Und verzweifeltes Verlangen.

Ich schüttelte den Kopf und ging noch näher zu ihm. Ohne ihn aus den Augen zu lassen, sprach ich weiter. „Tu das nicht, Jamie. Das bist nicht du. Das kannst nicht du sein", sagte ich leise.

Er presste die Kiefer aufeinander und sah den Mann auf dem Boden an. Jamies Gesicht war hasserfüllt.

Ich schluckte und war mir nicht sicher, ob ich hier nicht auf verlorenem Posten kämpfte. „Ich bin doch jetzt in Sicherheit", fuhr ich fort. Ich streckte den Arm aus und legte meine Hand an seine Wange, sodass er mich ansehen musste. „Mir geht es gut. Siehst du?" Flehentlich blickte ich ihn an und bat ihn stumm, nicht all das Gute zu zerstören, das ich in seinem Herzen gesehen hatte und das ich immer noch in ihm sah, auch wenn es im Moment hinter einer Wolke aus Zorn verborgen war.

Er schloss die Augen und nickte. Dann ließ er die

Hand sinken, und ich atmete erleichtert auf. Ich trat zu ihm und schlang meine Arme, die noch immer schwer waren und nicht so funktionierten, wie ich es wollte, um seine Taille. Behutsam schmiegte ich mich an ihn.

Er umarmte mich, hielt mich fest und gab mir einen Kuss auf die Schläfe. „Ich wäre beinahe zu spät gekommen. Ich weiß nicht, was ich dann getan hätte. Ich weiß nicht …", murmelte er in mein Haar und umarmte mich beinahe verzweifelt.

„Mir geht es gut", wiederholte ich. Ich wusste, dass auch er Trost brauchte.

Eine Weile standen wir so da. Ich hielt mich an ihm fest, als wäre er mein Rettungsfloß in stürmischen Gewässern. Irgendwann ließ er mich los und hielt mich eine Armeslänge von sich entfernt, um mich ansehen zu können. „Wir sollten gehen. Mein Auto ist gleich da vorn", sagte er und wies mit einem Nicken auf den schwarzen BMW, in dem ich nach Hause gebracht worden war, nachdem ich ihn in seinem Club wiedergesehen hatte.

Ich nickte und folgte ihm einfach, als er mich zum Auto brachte. Bei meinem Käfer blieb er stehen, hob meine Handtasche vom Boden auf und steckte schnell die Sachen wieder ein, die herausgefallen waren. Als er alles eingesammelt hatte, gingen wir weiter zu seinem Wagen. Er hatte den Arm um meine Taille geschlungen, weil ich auf meinen zittrigen Beinen sehr unsicher war. Er machte die Beifahrertür auf, half mir beim Einsteigen und stellte meine Tasche in den Fußraum.

„Was ist mit meinem Käfer?", fragte ich mit heiserer Stimme, lehnte den Kopf gegen den Sitz und schloss für ein paar Sekunden die Augen, während er meine Hände ergriff und die Schürfwunden betrachtete, die ich durch den Sturz davongetragen hatte.

„Mach dir keine Sorgen um den Wagen. Ich werde mich darum kümmern." Abrupt ließ er meine Hände wieder los. Ich machte die Augen auf und sah, wie er das Handschuhfach öffnete und die Pistole und das Messer hineinlegte, ehe er das Fach wieder schloss.

Er wandte seine Aufmerksamkeit wieder mir zu, zog meinen Gurt hervor und schnallte mich an, bevor er sich aufrichtete und die Beifahrertür schloss. Während er um den Wagen herumging, konnte ich ein gedämpftes Telefonat hören, ohne das Gesprochene zu verstehen. Als Jamie auf der Fahrerseite einstieg, nahm er das Handy vom Ohr, beendete die Verbindung und warf das Telefon in den Getränkehalter in der Mittelkonsole seines Wagens. Ich hatte nicht einmal mehr die Kraft zu fragen, wen er angerufen hatte.

Als der Motor dröhnend zum Leben erwachte und Jamie vom Parkplatz rollte, warf ich einen Blick zurück auf die reglosen Männer. „Was geschieht mit ihnen?", fragte ich. Hätten wir nicht eigentlich einen Krankenwagen rufen sollen oder etwas in der Richtung?

„Machst du dir wirklich Sorgen um die beiden?", erwiderte er knapp. Er richtete den Blick auf den Rückspiegel und presste die Kiefer aufeinander, als er die beiden Körper sah.

Machte ich mir Sorgen? „Nein", antwortete ich ehrlich und schüttelte den Kopf.

„Na also."

Während er die Straßen entlangfuhr, verschwamm die Szenerie vor meinem Fenster vor meinen Augen. Ich dachte an nichts mehr. Versonnen starrte ich auf meine kribbelnden Hände. Sie zitterten. Ich ballte sie ein paarmal zu Fäusten und versuchte, das Zittern abzustellen, doch es gelang mir nicht. Ich gab auf und schob die Finger unter meine Oberschenkel, um sie zu verstecken.

Die Minuten verstrichen. Es herrschte Schweigen. Meine Gedanken gingen immer wieder zurück zu den jüngsten Geschehnissen. Diese Männer hatten mich in ihr Auto zerren wollen. Ich mochte gar nicht darüber nachdenken, was alles hätte passieren können, wenn Jamie nicht rechtzeitig aufgetaucht wäre. Er hatte mich gerettet. Er hatte die Kerle verprügelt.

Ich drehte den Kopf zur Seite und sah ihn an. Ich sah, wie er die Hände mit den blutigen Fingerknöcheln um das Lenkrad gelegt hatte, sah, wie die Muskeln an seinen Armen sich anspannten, sah, wie sein Bizeps hervortrat, sah, dass sein gesamter Körper in Alarmbereitschaft war. Er strahlte Wut aus. Ich schluckte und dachte an den tödlichen Ausdruck, den ich in seinen Augen gesehen hatte.

Wenn ich ihm nicht in den Arm gefallen wäre und ihn angefleht hätte aufzuhören, hätte er die beiden Männer dann getötet? Hätte er den Abzug tatsächlich betätigt? Sein Blick sagte mir, dass er es getan hätte. Ich hatte ihn noch nie so erlebt. Es war beängstigend gewesen, diesen mörderischen Sturm in seinen Augen zu sehen. Ich wusste, dass ich Angst haben und ihn fragen sollte, warum er mich nach allem, was ich gerade gesehen hatte, in seinen Wagen gesetzt hatte. Doch ich hatte noch nie Angst vor Jamie gehabt. Er hätte mir niemals etwas angetan. Ich hatte einen Blick auf seine verletzte, zerbrochene Seele erhascht. Ich kannte die Dämonen, die ihn nicht losließen, und ich wusste, dass er im Grunde seines Herzens nicht böse war.

Na ja, das hatte ich zumindest von dem Jamie geglaubt, den ich früher gekannt hatte. Der Mann, der hier neben mir im Auto saß, war anders. Er hatte eine unkontrollierbare, harte Seite. Seine Persönlichkeit hatte sich verändert. Ich spürte eine Härte und eine Gleichgültigkeit gegenüber Gewalt. Mir war klar gewesen, dass er brutale Dinge getan hatte, als er für Brett gearbeitet hatte. Ich hatte solche Verletzungen an seinen Fingerknöcheln schon einmal gesehen. Damals hatte ich seine Wunden sogar versorgt. Aber es hatte ihm immer leidgetan. Ich hatte die Reue wahrgenommen, hatte erlebt, dass er ganz still geworden war und sich zurückgezogen hatte, dass Scham auf seinem Gesicht gestanden hatte. Jetzt konnte ich keine Reue, keine Scham, keine Traurigkeit sehen – nur brennenden Zorn. Was war mit dem Jungen passiert, den ich geliebt hatte? Wo war er?

„Hey, geht es dir gut?"

Ich zuckte zusammen. Seine Stimme riss mich aus meinen Grübeleien und brachte mich in die Wirklichkeit zurück. Ich sah Jamie an. Sein besorgter Blick traf mich. Behutsam schob er mir eine Haarsträhne hinter das Ohr. Beinahe zärtlich berührten seine Finger meine Wange und hielten dort für eine Sekunde inne. Ich spürte, wie mir die Hitze in die Wangen stieg. Es war kein unangenehmes Gefühl. An der Stelle, an der er mich berührt hatte, kribbelte meine Haut.

Es dauerte ein wenig, bis mir klar wurde, dass er den Wagen geparkt und sich auf seinem Sitz halb zu mir umgedreht hatte. Stirnrunzelnd sah ich mich um und versuchte herauszufinden, wo wir waren. Es sah aus wie eine Tiefgarage.

„Wo sind wir?", fragte ich. Meine Stimme klang etwas krächzend, weil mein Hals so trocken war.

„Äh ... Ich bin umgezogen", erwiderte er und ließ die Hand in seinen Schoß sinken. Diese Version von Jamie kam dem Jungen, den ich kennengelernt hatte, schon näher. Er erinnerte mich nun an den Menschen, dem ich begegnet war, bevor wir uns näher kennengelernt und uns miteinander so wohlgefühlt hatten. Dieser Jamie, der jetzt vor mir saß, erinnerte mich an den nervösen, schüchternen Jungen, der geglaubt hatte, es nicht zu verdienen, freundlich behandelt zu werden. Es tat mir in der Seele weh, dass er immer noch so empfand.

„Oh", antwortete ich. Aber dann war ich verwirrt. „Warum bringst du mich hierher? Warum hast du mich nicht einfach nach Hause gebracht?" Und warum kam mir dieser Gedanke erst jetzt?

Ein weiteres Auto fuhr auf den Tiefgaragenparkplatz und hielt direkt neben Jamies Wagen. „Gut. Er ist hier", murmelte Jamie, als eine einzelne Person ausstieg. Jamie beantwortete meine Frage nicht, kletterte nur aus dem Fahrzeug und schloss die Tür hinter sich. Er unterhielt sich mit dem Mann.

Mein Instinkt sagte mir, dass ich die Unterhaltung verfolgen wollte, also löste ich mit zittrigen Händen nach ein paar vergeblichen Versuchen meinen Gurt, stieg aus und drehte mich zu den beiden Männern um. Als ich das Gesicht des Neuankömmlings sehen konnte, verfinsterte sich mein Blick. Ich kannte diesen Kerl. Wir hatten uns schon ein paarmal getroffen. Ray. Er war der Mann, der damals auch an Jamies Stelle zum Flughafen gekommen war und mich gezwungen hatte, der Realität ins Auge zu blicken.

„Jamie?“, murmelte ich und lehnte mich schwer gegen die Autotür, da meine Knie weich waren und ich mich wackelig fühlte. Ich wusste, dass ich wahrscheinlich unter Schock stand. Ich hatte darüber gelesen, aber es noch nie am eigenen Leib erfahren.

Jamie sagte etwas zu Ray, machte einen Schlüssel von seinem Schlüsselbund ab und reichte ihn ihm. Dann wandte er sich mir mit einem Lächeln zu, das allerdings seine Augen nicht erreichte. „Ellie, erinnerst du dich an Ray?“, fragte er.

Ich nickte, sah wieder zu Ray und rief mir widerwillig in Erinnerung, was sich am Flughafen zugetragen hatte und wie enttäuscht ich gewesen war, als ich ihn und nicht Jamie dort gesehen hatte. Meine Füße schienen am Boden festgewachsen zu sein, als er und Jamie nun zu mir kamen.

„Ich muss noch etwas erledigen. Es wird nicht lange dauern. Ray wird dich nach oben bringen und auf dich aufpassen, solange ich weg bin“, sagte Jamie, beugte sich in den Wagen, nahm meine Handtasche und gab sie Ray.

„Ich will einfach nur nach Hause. Ich brauche niemanden, der auf mich aufpasst“, erwiderte ich. Ich versuchte, Kraft und Souveränität in meine Stimme zu legen – was mir jedoch nicht gelang, denn meine Stimme zitterte gewaltig.

Jamie seufzte schwer und kam zu mir. Er trat dicht an mich heran. Viel zu dicht. Ich hätte nur einen Schritt machen müssen und hätte mich an ihn schmiegen können, hätte meine Arme um ihn schlingen und mich an seiner

Brust verstecken können, bis alles vorbei und wieder gut gewesen wäre. Der Wunsch, das zu tun, war beinahe überwältigend.

„Ich kann dich nicht nach Hause bringen. Noch nicht. Ellie, diese Kerle waren meinetwegen hinter dir her, also brauche ich jemanden, der auf dich aufpasst, während ich tue, was getan werden muss. Es ist wichtig“, erklärte er.

Diese beiden Männer hatten es tatsächlich auf *mich* abgesehen? Es war kein zufälliger Überfall gewesen? Und der Grund dafür war Jamie? Das alles ergab überhaupt keinen Sinn. Ich warf einen Blick auf das Armaturenbrett und dachte über die Pistole und das Messer nach, die im Handschuhfach lagen. Ich schluckte unsicher. Ein Schaudern rann mir über den Rücken.

Als mich etwas an der Schulter berührte, zuckte ich zusammen. Mein Blick fiel auf Jamie. „Ich bin bald wieder da und werde dir alles erklären. Versprochen. Bitte, geh jetzt einfach mit Ray nach oben, damit ich mir um dich keine Sorgen machen muss. Ich muss mich jetzt konzentrieren. Bitte! Kannst du mir den Gefallen tun?“ Eindringlich sah er mich an und schien mich mit seinen Augen zu hypnotisieren, damit ich tat, was er sagte – das hatte er schon immer geschafft.

Ich nickte. Ich hatte keine andere Wahl. Es war klar, dass er nicht nachgeben würde, und ich hatte nicht die Kraft, um hier noch weiter zu stehen. Und erst recht nicht, um weiter mit ihm zu diskutieren.

Jamie lächelte. „Danke. Ich bin bald zurück, und dann reden wir.“

Ray trat nach vorn, umfasste meinen Oberarm und gab mir ein wenig Halt, als ich mich auf wackeligen Beinen in

Bewegung setzte. „Wir bringen dich jetzt erst mal nach oben. Und dann mache ich dir einen Tee. Das wird deine Nerven beruhigen“, sagte er leise, während ich ihm gehorsam folgte.

Als Ray am Lift stehen blieb und den Knopf drückte, warf ich einen Blick über meine Schulter und bemerkte, dass Jamie schon wieder in seinen Wagen gestiegen war. Durch die Windschutzscheibe hindurch trafen sich unsere Blicke. Ich schluckte, als ich ihn sah. Der angsteinflößende, zu allem entschlossene Jamie vom Parkplatz war zurück. Und dieses Mal würde ich nicht da sein, um ihn von dem abzuhalten, was er vorhatte.

19. Kapitel

JAMIE

Ich konnte kaum still sitzen, als ich von meinem Apartment losfuhr und Ellie bei Ray zurückließ. Mit den Händen umklammerte ich den Lenker und starrte finster durch die Windschutzscheibe. Mir ging nicht aus dem Kopf, wie knapp Ellies Rettung gewesen war und dass ich beinahe zu spät gekommen wäre. Ich hatte in der Straße neben dem Parkplatz gehalten. Ich war nicht auf die Idee gekommen, dass Ellie in Gefahr schweben könnte, also hatte ich sie allein auf den Parkplatz fahren lassen, damit sie mich nicht hatte sehen können. Wenn der zweite Mann nicht an mir vorbeigerast und auf den Parkplatz gebogen wäre, hätte ich gar nicht bemerkt, dass etwas nicht stimmte.

„Dumm, dumm, dumm“, stieß ich missmutig hervor und schlug ein paarmal mit der Hand auf das Lenkrad. Wut ergriff mich, als ich mich daran erinnerte, wie ich auf den Platz gekommen war und mit angesehen hatte, wie der Kerl Ellie gepackt hatte. Ich stöhnte, biss die Zähne zusammen und löste sie wieder, rutschte auf dem Sitz hin und her und gab Gas. Meine Wut war wie ein Monster, das mich innerlich gepackt hatte und unbedingt freigelassen werden wollte. Und ich würde meinem Zorn freien Lauf lassen. Es war mir egal, was sie gesagt hatte. Für diese Sache würde Mateo mit dem Leben bezahlen.

Schweigend fuhr ich weiter. Die Wut kochte in mir. Ich drückte ein paar Knöpfe auf meinem Armaturenbrett, und Dodgers Nummer wurde angewählt. Nach dem dritten Klingeln nahm er ab. „Hey, Kid", sagte er und klang so fröhlich wie immer. Manchmal stank mir das gewaltig.

„Dodge, zwei von Salazars Leuten haben gerade Ellie überfallen und wollten sie kidnappen." Ich spuckte die Worte fast heraus. Auf meiner Zunge hinterließen sie einen ekelhaften Geschmack.

„Was zum Teufel … Geht es ihr gut?"

„Es geht ihr gut." *Gott sei Dank.* „Aber den beiden Arschlöchern, die sie angegriffen haben, geht es nicht so prickelnd."

„Wer waren die zwei?", fragte Dodger.

„Ich weiß es nicht, aber sie gehörten definitiv zu Salazars Truppe. Sie hatten die Tätowierung." Ich dachte zurück an die Szene und das Tattoo mit der Schlange und dem Dolch auf dem Unterarm des Kerls. „Hör mal, du musst etwas für mich tun." Ich sah in den Rückspiegel, blinkte und fuhr in südliche Richtung in den nächsten meiner Clubs.

„Klar. Was denn?" Ich konnte hören, dass er herumlief und sich vermutlich einen Platz suchte, wo er ungestört mit mir telefonieren konnte.

„Du musst Detective Lewiston anrufen und ihm sagen, dass du ein paar interessante Details für ihn hast. Für seinen Bericht muss er sich allerdings eine eigene Quelle überlegen, mit der er die Geschichte stützen kann."

Ich hatte mir bereits alles genau überlegt. Ich konnte nicht überall zugleich zuschlagen, doch ich wollte, dass die Salazars ruiniert sein würden, dass sie die Stadt verlassen oder den Tod finden würden. Und um das zu erreichen, brauchte ich Hilfe. Detective Lewiston hatte sich schon vorher als hilfreich erwiesen, und das würde er auch in den nächsten paar Stunden sein.

„Okay, was soll ich ihm sagen?"

„Sag ihm, dass du im Zusammenhang mit den Salazars von drei Drogenlaboren wüsstest. Gib ihm die Adressen der Labore in Greenwich Village, in der Lower East Side und in der Bronx. Sag ihm, dass die Polizei dort so schnell wie möglich Razzien durchführen soll, weil du gehört hättest, dass sie in den nächsten Stunden alles zusammenpacken und in neue Unterkünfte umziehen würden", wies ich ihn an und bog auf den Parkplatz eines kleineren Clubs, den ich besaß. Es war ein Club, der nur abends und an den Wochenenden geöffnet hatte. Also war er zu dieser Tageszeit geschlossen. *Perfekt.*

„In der Zwischenzeit fahre ich zu ihrem Meth-Labor auf Long Island. Ich habe das Gefühl, dass Mateo dort sein könnte." Ich griff hinter mich, nahm meine Sporttasche, öffnete sie und zog ein altes T-Shirt hervor, das ich für gewöhnlich anzog, wenn ich trainierte. Während ich sprach, riss ich es einmal in der Mitte auseinander und dann noch einmal in jeweils zwei Hälften. Ich dachte bereits darüber nach, was ich tun würde.

„Wenn du dorthin fährst, hol mich vorher ab", sagte Dodger. „Ich werde mit dir kommen, falls es Ärger geben sollte."

Ich lächelte, schüttelte jedoch den Kopf und lehnte

sein Angebot ab. „Es werden nicht viele Leute dort sein. Und die werden wahrscheinlich sowieso high sein."

„Und Mateo?", fragte Dodger und klang besorgt.

„Ich werde schon allein mit diesem Mistkerl fertig", zischte ich. „Hör mal, ich muss jetzt los. Also, ruf Lewiston an, aber sag ihm, dass er eine Nutte oder einen Junkie bezahlen muss, damit sie ihm die Geschichte bestätigen. Im Bericht muss stehen, dass der Tipp von jemand anders kam. Wir dürfen nicht damit in Verbindung gebracht werden", sagte ich. Ich konnte es kaum noch erwarten, endlich aktiv zu werden, und wurde langsam ungeduldig.

„Also gut. Das mache ich. Gib mir die Adresse, wo du die beiden Kerle gelassen hast", sagte Dodger. Ich erklärte ihm, wo die Auseinandersetzung stattgefunden hatte und die zwei Typen vermutlich immer noch lagen. „Sind sie tot?", erkundigte Dodger sich.

Ich schloss die Augen und wünschte mir, Ellie hätte mich die Sache zu Ende bringen lassen. „Nein."

„Okay. Ich schicke jemanden dorthin."

„Und schicke noch jemanden, der Ellies Wagen zu ihr nach Hause fährt. Es ist der grüne Käfer."

„Wird gemacht. Wo ist Ellie jetzt? Soll irgendjemand sie abholen?", entgegnete er.

„Sie ist mit Ray bei mir zu Hause. Er wird sich um sie kümmern und auf sie aufpassen, bis ich wieder zurück bin."

„Gut. Ich werde dann jetzt mal ein bisschen telefonieren. Und, Kid? Pass auf dich auf, ja?"

„Ja." Ich beendete das Gespräch, kletterte aus dem Wagen und ging zum Hintereingang des Clubs. Ich ließ mich hinein, lief die Treppe zur Bar hinauf und nahm mir vier Flaschen Whiskey. Wie vermutet, war um diese Tageszeit niemand im Club.

Das wird reichen. Ich machte mich daran, die Flaschen vorzubereiten und dann vorsichtig aufrecht in meinen Rucksack zu stellen. Nachdem ich zufrieden festgestellt hatte, dass ich alles hatte, was ich brauchen würde, fuhr ich zur Lagerhalle und tauschte meinen Wagen gegen eines der unauffälligen Autos, die auf eine falsche Adresse zugelassen waren, sodass sie nicht zurückverfolgt werden konnten. Schnell zog ich mich um, schlüpfte in einen Kapuzenpullover und stülpte die Kapuze über meine Kappe – nur für den Fall.

Von der Lagerhalle aus fuhr ich zu dem verlassenen Gebäude, wo die Salazars ihren Scheiß kochen ließen, und hoffte, dass Mateo da sein würde, damit ich es schnell beenden könnte. Ich wollte zurück zu Ellie und ihr sagen, dass sie endgültig in Sicherheit sei – und das sollte verdammt noch mal auch der Wahrheit entsprechen.

Ich hielt am Ende der Straße, stieg aus dem Wagen und lief ein Stück weiter. Ich versteckte mich hinter einer verfallenen Mauer gegenüber der Drogenküche der Salazars. Vorsichtig stellte ich mich so hin, dass ich einen guten Überblick hatte. Neben mir auf dem Rasen gab es einen großen Brandfleck – ihre Feuerstelle. Dort verbrannte man die überflüssigen Chemikalien. Ich rümpfte angewidert die Nase, warf einen Blick über die Mauer und verschaffte mir einen ersten Eindruck.

Das große Gebäude vor mir sah heruntergekommen aus. Im Grunde war es nicht mehr als eine mit Graffitis besprühte bessere Wellblechhütte mit geschwärzten

Fensterscheiben. Irgendwann einmal war es ein Lagerhaus für ein Industrieunternehmen oder Ähnliches gewesen, doch nun wurde es genutzt, um Hunderte Pfund Crystal Meth zu produzieren – oder „Ice“, wie man es auf der Straße auch nannte.

Ich blieb in Deckung, sah mich nach links und rechts um und betrachtete die anderen Gebäude in diesem kleinen Industriegebiet. Eines der Gebäude war halb eingefallen. Die eine Seite fehlte komplett, und Teile des Daches hingen herunter und wirkten, als würden sie jede Sekunde herabstürzen. Das einzige andere Gebäude in der Gegend war eine kleine Hütte aus Ziegelsteinen, in der früher vermutlich einmal der Sicherheitsdienst untergebracht gewesen war, der dieses Gebiet überwacht hatte. Das Dach war durchlöchert, und die Fensterscheiben waren eingeworfen worden. Offensichtlich wurde die Hütte nicht mehr genutzt. Drei Autos standen auf dem verlassenen Platz zu meiner Rechten. Keines davon war jedoch protzig genug, um einem der Salazars zu gehören.

Ich verhielt mich ruhig, beobachtete und wartete auf meine Chance. Ich spielte mit dem Gedanken, einfach hineinzustürmen. Weniger als drei Minuten später kam meine Chance. Ein Typ bog um die Ecke des Gebäudes. Er starrte auf das Display seines Handys. Es war klar, dass er total darin vertieft war. Es war der Sicherheitsmann, der seine Runden drehte. Ich lächelte in mich hinein, schlang den Träger meiner Tasche quer über meinen Oberkörper, damit er nicht abrutschte, und zog die Waffe hervor, die ich dem Kerl abgenommen hatte, der Ellie angegriffen hatte. Ich war selbst in Besitz von Waffen, die nicht zurückverfolgt werden konnten, aber ich fand den Gedanken amüsant, dass ich Mateo mit der Pistole einer seiner Männer umbringen würde – die Ironie gefiel mir.

Der Sicherheitsmann blieb stehen. Er hatte mir den Rücken zugewandt. Eine Hand hatte er auf den Türgriff gelegt, ließ sie dann jedoch wieder sinken und lehnte sich an die Hauswand. Offenbar hatte er beschlossen, erst zu Ende zu gucken, was er sich auf dem Handy ansah, bevor er sich wieder an die Arbeit machte.

Ich richtete mich auf, hielt meine Tasche an die Hüfte gedrückt und rannte leise zu dem Mann. Er war so vertieft in die TV-Show, die er sich ansah, dass er mich gar nicht kommen hörte. Erst als ich ihm die Mündung der Waffe an den Hinterkopf drückte, bemerkte er mich. Sein Körper war mit einem Mal angespannt, und er hob reflexartig die Hände. Ich sah, dass er sich *The Walking Dead* angeschaut hatte.

„Keine Bewegung, dann besteht die Chance, dass du das hier überlebst", sagte ich und drückte die Pistole noch fester an seinen Kopf. Ich beugte mich vor und nahm ihm das Handy aus der Hand. Ich schaltete das Video ab und steckte das Telefon ein. „Hände hinter den Kopf", wies ich ihn an, machte einen Schritt zurück und presste ihm die Mündung der Waffe zwischen die Schulterblätter. Er gehorchte sofort und verschränkte die Hände hinter dem Kopf. Die Tätowierung der Salazar-Bande war auf seinem Unterarm zu sehen. „Gut. Wie viele Wachen laufen noch hier herum?" Ich tastete den Kerl ab und fand ein Messer und eine kleine Pistole, die er im Hosenbund stecken hatte. Beides nahm ich an mich und schob es in meine Tasche.

„Nur ich“, antwortete er. Seine Stimme klang jünger, als sein Gesicht es vermuten ließ.

„Wenn du lügst …“ Ich rammte ihm die Waffe in den Rücken.

„Ich lüge nicht. Ich schwöre es“, erwiderte er schnell. Er drehte den Kopf und riss erschrocken die Augen auf. „Oh Scheiße. Du bist Kid Cole.“

Mein Ruf eilt mir voraus.

Ich nickte langsam. „Ja. Ist Mateo da?“ Ich stieß den Namen angewidert hervor, und meine Wut flammte wieder auf.

Er schüttelte den Kopf. „Nein. Er war schon seit ein paar Tagen nicht mehr da.“

Ein frustriertes Stöhnen entrang sich mir. Ich hatte wirklich gehofft, dass er hier sein würde. „Wie viele Leute sind da drin?“

„Drei. Nur drei.“

„Und erwartet ihr in nächster Zeit irgendwelche Lieferungen oder Abholungen?“, fragte ich, sah die Straße entlang und stellte fest, dass sie noch immer menschenleer war. Niemand war zu sehen.

„Nein, wir hatten heute Morgen eine Lieferung“, antwortete der Mann. Ein Teil von mir glaubte ihm, aber ich musste trotzdem vorsichtig und auf der Hut sein. Ich wusste nicht, was oder wer mich drinnen erwarten würde.

„Wie heißt du?“

„Stan“, antwortete er.

„Okay, Stan. Mach ganz langsam die Tür auf, damit ich reinsehen kann …“ Mit einem Nicken wies ich auf die Tür, durch die er hatte gehen wollen. „Und vergiss nicht:

Wenn irgendjemand schießen sollte, bist du der Erste, der stirbt."

Er schluckte und nickte. „Bis auf die Drogenköche ist niemand da." Vorsichtig öffnete er so weit die Tür, dass ich sehen konnte, dass sie zu einem kleinen Büro für die Sicherheitsleute führte, in dem ein Schreibtisch und ein Monitor standen.

„Geh rein", befahl ich und stieß ihn an, damit er sich bewegte, denn seine Beine schienen ihm den Dienst zu versagen. Er betrat das Büro, und ich sah mich aufmerksam um. Es war leer. „Geh zum Schreibtisch." Er tat, was ich ihm sagte, und ging mit mir im Schlepptau um den Schreibtisch herum. Die ganze Zeit über richtete ich die Waffe auf ihn.

Auf dem Monitor waren drei sich bewegende, körnige Schwarz-Weiß-Bilder zu sehen – eines zeigte die Rückseite des Gebäudes, wo nichts und niemand zu sehen war, das zweite zeigte die Vorderseite des Gebäudes, wo wir gerade gestanden hatten, und das letzte Bild zeigte das Labor selbst. Drei Menschen in weißen Laborkitteln, mit Gummihandschuhen, Schutzbrillen und Masken bewegten sich in dem Labor. Genau wie Stan gesagt hatte.

„Gut, wir gehen jetzt langsam und locker da rein. Du gehst vor." Ich streckte den Arm aus, legte die Hand auf seine Schulter und hielt ihn eine Armeslänge von mir entfernt, während ich die Waffe hob, über seine Schulter zielte und mich auf alles vorbereitete, was kommen mochte.

Stan nickte, ging langsam zur Tür, damit ich mit ihm Schritt halten konnte, öffnete die massiv wirkende Metalltür und ließ sie nach innen schwingen, sodass wir

Zugang zum großen Labor hatten. Sobald die Tür offen war, brannten der Geruch von Ammoniak und Lösungsmitteln in meiner Nase, und es kratzte im Hals.

Die Drogenköche blickten nicht einmal von ihrer Arbeit auf, als wir eintraten. Ich sah mich schnell um und erblickte alle möglichen Dinge, die sich bis zur Decke stapelten: Packungen mit Erkältungsmitteln, Flaschen über Flaschen mit Bleiche, riesige Säcke mit Salz, leere Sodaflaschen, Behälter mit Abflussreiniger, Druckgaszylinder und so viele unterschiedliche Haushaltsmittel, dass es aussah wie in der Reinigungsmittelabteilung im Supermarkt.

Flecke von Chemikalien waren an den Wänden zu sehen, und lange große Tische waren mitten im Raum aufgestellt worden. Dort wurden die Drogen produziert. Auf einem weiteren Tisch auf der rechten Seite lagen die fertigen Produkte in Plastiktüten und sorgfältig zusammengebunden. Es lag locker Crystal Meth im Wert von ein paar Hunderttausend Dollar auf dem Tisch. Als ich mit Stan als Schutzschild weiter in den Raum hineinging, fingen meine Augen an zu tränen. Der Geruch von Reinigungsmittel war überwältigend. Ich fragte mich, wie die Männer das den ganzen Tag lang aushielten. Sie trugen dünne Atemmasken aus Stoff über Mund und Nase, doch das hielt die chemischen Dämpfe bestimmt nicht davon ab, in ihre Atemwege zu gelangen. Stan spürte es offenbar auch, denn er fing an zu husten und spuckte auf den Boden.

Sein angewidertes Stöhnen ließ die Drogenköche aufhorchen, und zwei von ihnen blickten zu uns herüber. Der dritte Mann arbeitete weiter und summte dabei ein

Lied, das verdächtig nach Disneys *Probier's mal mit Gemütlichkeit* klang, während er eine Bratenspritze benutzte, um eine Substanz aufzuziehen und sie in eine hitzebeständige Schale zu füllen.

„Niemand rührt sich", rief ich und zielte mit der Waffe auf jeden von ihnen. Der dritte Mann hörte auf zu summen, als er aufblickte und die Pistole sah.

Alle drei standen wie angewurzelt da und starrten mich mit aufgerissenen Augen ängstlich an. Sie waren keine Bandenmitglieder und keine Bösewichte. Sie waren nur Junkies, die ein Produkt herstellten, um selbst etwas davon abzubekommen.

„Hände hinter den Kopf und Beine auseinander. Niemand bewegt auch nur einen Muskel." Ich griff in meine Tasche und suchte nach Stans Handy. Als ich es gefunden hatte, zog ich es hervor und reichte es ihm. „Ich will, dass du Mateo anrufst. Sag ihm, dass ich hier bin und dass ich mit ihm sprechen will."

Er schluckte, nahm vorsichtig das Telefon, gab mit einer Hand die PIN ein und rief Mateos Nummer auf. Als er sich das Handy ans Ohr drückte, richtete ich die Waffe wieder auf ihn und sah ihn an. „Mateo, ich bin hier im Labor in Long Island. Kid Cole ist gerade mit einer Pistole aufgetaucht und will mit dir sprechen." Er wurde bleich, als er hörte, was Mateo sagte. Dann hielt er mir das Handy hin.

Lächelnd nahm ich es und drückte es mir ans Ohr. Die Waffe richtete ich weiterhin auf Stan. Als ich zu den anderen drei Männer sah, bemerkte ich, dass sie noch immer die Hände hinter dem Kopf verschränkt und die Beine gespreizt hatten, wie ich es ihnen befohlen hatte.

„Mateo", sagte ich drohend.

„Kid, was machst du da?" Ich konnte die Panik in seinen Worten hören.

Beim Klang seiner Stimme wurde ich unglaublich wütend, und ich musste mich zusammenreißen, um nicht die Kontrolle zu verlieren. „Du stehst ganz oben auf meiner schwarzen Liste, weil du Ellie deine Leute auf den Hals gehetzt hast. Ich werde dein verdammtes Labor bis auf die Grundmauern niederbrennen, wie ich es dir versprochen habe. Und danach mache ich Jagd auf dich. Ich werde dich finden und so langsam umbringen, dass du mich darum anbetteln wirst, es zu beenden. Du verschwindest jetzt besser, Salazar. Noch hast du einen kleinen Vorsprung, auch wenn er dir nicht viel nützen wird. Ich werde dich finden." Das war ein Versprechen. Ich hatte schon einmal einen Menschen getötet. Mateo würde der zweite sein, weil er es gewagt hatte, Ellie wehzutun. Ich legte auf, ohne auf seine Antwort zu warten. Dann warf ich Stan das Handy wieder zu.

Alle starrten mich mit aufgerissenen Augen an, als ich in meine Tasche griff und die erste Flasche Whiskey herausholte, in deren Hals ein Stück T-Shirt steckte. Ich stellte sie auf den Tisch und nahm als Nächstes mein Feuerzeug.

Stan atmete scharf ein, und ich sah zu ihm. „Was zur Hölle machst du da? Das ganze Gebäude wird in die Luft gehen. Wir lagern hier Propangas!", rief er. Sein Blick huschte zu den Gastanks und den Chemikalien, die überall herumstanden.

„Ich weiß." Ich entzündete das Feuerzeug und hielt es an das Stück Stoff, das aus der Whiskeyflasche hing.

Sofort fing es Feuer. Ich nahm die Flasche und lächelte böse. „Wenn ihr überleben wollt, solltet ihr besser die Beine in die Hand nehmen", sagte ich, holte aus und warf die Feuerbombe quer durchs Labor. Die Flasche zerbarst an der Wand, und die brennende Flüssigkeit verteilte sich schnell. In der Ecke, in die ich gezielt hatte, standen keine Chemikalien oder Ähnliches. Ich hatte mir die Stelle bewusst als erstes Ziel ausgesucht.

Ich machte einen Schritt zurück und grinste, als die vier auf dem Absatz kehrtmachten und zur Tür rannten. Ich nahm die zweite Flasche aus meinem Rucksack, entzündete die provisorische Zündschnur und warf die Bombe direkt auf den Tisch mit den fertigen Drogen. Zufrieden beobachtete ich, wie das Feuer zum Leben erwachte, über Tisch und Wand weiter zum Boden kroch und dabei Salazars Drogen verzehrte. Die dritte Brandbombe warf ich wieder gegen die hintere Wand, wo sich das Feuer in Windeseile ausbreitete und die Flammen hinauf Richtung Decke leckten. Die Hitze im Raum wurde allmählich unerträglich, und ich konnte spüren, wie meine Haut zu spannen begann. Ich musste blinzeln, weil die Flammen mich blendeten.

Ich lachte und hatte richtig Spaß, als ich die nächste Flasche hervorholte und rückwärts in Richtung der offenen Tür ging. Ich wusste, dass diese Bombe die größte und verheerendste Wirkung haben würde. Mit dieser letzten Brandbombe würde ich das Haus endgültig vernichten.

Ich warf einen Blick über meine Schulter und sah, dass auch der letzte von Salazars Männern durch die Tür gerannt war und nun Richtung Ausgang schoss. Ich zündete die Flasche an und warf sie direkt auf die Druckgasbehälter und die hochentzündlichen Chemikalien, die in einer Ecke des Labors gelagert wurden. Dann drehte ich mich um und rannte, so schnell ich konnte, aus dem Gebäude und an die frische Luft. Ich folgte den vier Männern, die über den Platz und hinüber zu einem Grashügel jagten.

Als ich in der Mitte des Platzes war, wurde ich durch eine enorme Explosion nach vorn geschleudert. Trümmer und Gebäudeteile flogen durch die Luft und landeten um mich herum auf dem Boden. Flammen verzehrten sie.

Ich fiel mit einem dumpfen Aufprall zu Boden, drehte den Kopf und sah zu, wie das gesamte Gebäude in sich zusammenfiel. Flammen schlugen drei Meter hoch in den Himmel. Eine dicke schwarze Rauchwolke stieg in die Luft und verdeckte den blauen Himmel.

Ich schob die Hände unter mich und stemmte mich hoch, um wieder auf die Beine zu kommen. Dann klopfte ich mir den Dreck von meinen Jeans und sah zufriedend lächelnd zu dem brennenden Gebäude.

Ein Labor habe ich dem Erdboden gleichgemacht. Und die anderen drei nimmt hoffentlich Detective Lewiston hoch.

Die Salazars wären aus dem Geschäft, hätten kein Geld mehr und auch keinen Unterschlupf. Ich konnte ein böses Lachen nicht unterdrücken, als ich mich umdrehte und zum Wagen ging. Die vier Männer standen nun auf dem Grashügel gegenüber dem Gebäude und sahen mich mit großen Augen und offenen Mündern an.

Ich nickte ihnen noch einmal zu, als ich an ihnen vorbeiging. „Kid Cole ist dann mal weg“, scherzte ich und zwinkerte in ihre Richtung. Dieser Vorfall würde zu meinem Vermächtnis beitragen – die Leute würden noch lange darüber reden, wenn mein Name fiel.

Mein nächster und einziger Gedanke, als ich in mein Auto stieg, galt Ellie.

20. Kapitel

ELLIE

Als Ray und ich aus dem Aufzug kamen und zur Eingangstür von Jamies Wohnung gingen, konnte ich nicht aufhören, an den rachsüchtigen Ausdruck auf Jamies Gesicht zu denken. Wollte er zurück zum Parkplatz, um dort zu tun, was ich ihm eigentlich hatte ausreden wollen? Was hätte er sonst noch „erledigen" müssen?

Ray öffnete die Tür, ging hinein und zog mich leicht am Arm, damit ich ihm folgte.

„Was hat Jamie noch zu tun?", fragte ich ihn. So leicht wollte ich nicht aufgeben. Jamie hatte seinem Freund bestimmt erzählt, warum ich einen Babysitter brauchte. Er wollte es mir nur nicht verraten.

Rays Blick wirkte mit einem Mal sehr ernst und angespannt. „Komm einfach mit rein. Er hat gesagt, dass er dir alles erklären wird, sobald er zurück ist. Ich halte mich da raus." Er zog wieder an meinem Arm, und wegen meines schwachen, zittrigen Zustands gehorchte mein Körper, obwohl mein Verstand es nicht wollte.

Hinter mir fiel die Tür ins Schloss, und Ray verriegelte sie. Er beugte sich vor, um noch einmal durch den Spion zu schauen. Aus irgendeinem Grund wollte er unbedingt sichergehen, dass wir nicht verfolgt wurden – auch wenn wir allein da draußen gewesen waren.

Ich schlang die Arme um mich und schob die Hände unter meine Oberarme, um das Zittern zu unterdrücken. Während Ray am Spion Wache stand, drehte ich mich um und ging in das Apartment hinein. Obwohl meine Augen sehen konnten, nahm ich nicht wirklich etwas um mich herum wahr.

Die Wohnung war schön – viel besser als alles, was Jamie sich hatte leisten können, als wir noch zusammen gewesen waren. Ein riesiges Panoramafenster erstreckte sich über die Breite des Wohnzimmers und den offenen Küchenbereich und bot einen Blick über die Stadt, der bei Nacht, wenn die Lichter der Stadt leuchteten, bestimmt großartig war.

Schließlich kam Ray herüber. Seine Schultern wirkten etwas weniger angespannt, als er nun zu mir trat. „Also gut. Tee mit viel Zucker. Du setzt dich erst mal hin“, wies er mich an und zeigte auf eine große, teuer wirkende braune Ledersitzgarnitur, die an einem wundervollen Kamin stand. Darüber war einer der größten Fernseher angebracht, den ich je gesehen hatte.

Ich befolgte Rays Aufforderung und nahm Platz, ehe ich noch umfallen konnte. Ray stellte meine Tasche neben mich auf den Boden, bevor er in die Küche ging. Ich seufzte und sah mich um. In meinem Kopf überschlugen sich die Gedanken, und ich fragte mich, was dieses schöne, exklusive Apartment wirklich über Jamie Cole aussagte, denn ich konnte hier keine Spuren seiner Persönlichkeit erkennen. Alles war glatt, klinisch, kalt, mit der Betonung auf kostspielig – aber vielleicht *war* Jamie ja heute so …

Ein paar Minuten später kam Ray zurück und stellte einen Becher Tee und einen Teller mit Keksen auf den

Couchtisch. „Ich glaube, du solltest etwas essen. Es könnte helfen, falls du einen Schock hast.“ Er sah mich besorgt an, als ich mich mechanisch vorbeugte und den Becher ergriff. Ich trank von dem Tee und nahm mir dann einen Keks, an dem ich knabberte, ohne etwas zu schmecken. Der Tee half wirklich, und mein Zittern hörte allmählich auf.

Ich war mir nicht sicher, wie viel Zeit vergangen war – jedenfalls so viel, dass ich das heiße Getränk komplett ausgetrunken hatte. Als Rays Telefon klingelte, warf er einen Blick aufs Display und sah mich dann an, bevor er in den Flur ging und das Gespräch annahm.

Als er ins Wohnzimmer zurückkam und sich setzte, war seine Haltung steif und angespannt. Er beugte sich vor und nahm sich einen Keks, den er kaute, ohne mich anzusehen.

„War das Jamie?“, fragte ich.

Ray schüttelte den Kopf.

Ich schnaubte wütend, und meine Wut wuchs wieder. „Wie lange bleibt er noch weg?“, fragte ich. „Wie lange soll ich hier herumsitzen und auf ihn warten? Ich will nach Hause! Warum kannst du mir nicht einfach sagen, was los ist? Weißt du, wer die Kerle waren? Wird Jamie wegen der Sache Ärger bekommen? Ich meine, sie hatten immerhin Waffen und …“ Es war alles zu viel. Nachdem das Zittern endlich nachgelassen hatte und mein Verstand anscheinend langsam wieder normal funktionierte, kehrte die Vernunft zurück. Genau wie meine Wut. Ich wollte Antworten.

Ray seufzte schwer und sah mich endlich an. „Ellie, du kannst im Moment nicht nach Hause. Bitte, warte auf

Kids Rückkehr. Er wird dir alles erklären. Ich will mich da nicht einmischen, also hör auf, mich weiter auszufragen."

Wütend funkelte ich ihn an, doch er zuckte nur mit den Schultern und schüttelte leicht den Kopf. Ich wusste also, dass er so schnell nicht nachgeben würde. Ich schnaubte wieder. „Gut. Kann ich mal aufs Klo?", fragte ich. Ich musste irgendetwas tun und konnte nicht nur hier sitzen, abwarten und vor mich hin brodeln.

Ray nickte und wies mit dem Kinn auf die einzige andere Tür in der Wohnung. „Du musst durch das Schlafzimmer gehen. Auf der linken Seite ist dann das Bad."

Schlafzimmer. Mein Magen zog sich zusammen, als ich an den Platz dachte, an dem Jamie schlief. Aber dann kam mir noch etwas anderes in den Sinn. Jamie hatte in diesem Bett bestimmt schon mit anderen Mädchen geschlafen.

Sobald dieser Gedanke in meinem Kopf war, breitete sich ein unwillkommenes Gefühl in mir aus. Ich wollte es nicht als Eifersucht akzeptieren, doch als ich das Zimmer betrat und die Tür hinter mir schloss, suchte ich ganz automatisch nach Hinweisen auf eine Freundin – Dekokissen, Frauenkleidung, Make-up, irgendwas.

Ich war mehr als nur ein bisschen erleichtert, als ich sah, dass dieser Raum genauso kalt und klinisch eingerichtet war wie das Wohnzimmer. Bis auf eine Ausnahme: Auf dem Nachttischchen und der Kommode standen ein paar gerahmte Fotos.

Ohne dass ich es wollte, trugen meine Beine mich dorthin. Ich nahm das Foto in die Hand, das neben seinem Bett stand: Es zeigte seine Schwester Sophie. Es war das Foto, das ich für ihn wiederhergestellt hatte, nachdem es entzweigerissen worden war. Ein Lächeln umspielte meinen Mund, als ich es betrachtete. Sie war ein wirklich reizendes kleines Mädchen gewesen.

Ich ging zur Kommode und sah mir das nächste Bild an: Jamie hielt ein Baby in einem Taufkleid auf dem Arm. Er sah so aus wie jetzt, sein Haar war nur ungekämmter als zu der Zeit, in der wir zusammen gewesen waren. Er lächelte. Doch das Lächeln erreichte seine Augen nicht. Das letzte Foto auf der Kommode zeigte eine Gruppe von Menschen. Jamie hielt immer noch das Baby in den Armen, aber Ray und zwei andere Frauen standen hinter ihm. Ich wollte danach greifen, hielt aber inne, als mein Blick auf die jüngere der beiden Frauen fiel.

Ihr Gesicht kam mir vertraut vor.

Plötzlich erkannte ich sie wieder. Natalie.

Doch das konnte nicht sein, oder? Woher sollte Natalie Jamie kennen? Ich hatte sie in Rom kennengelernt. Es war ausgeschlossen, dass die Welt so klein war, oder?

In meinem Kopf überschlugen sich die Gedanken, als ich das Foto nahm und näher betrachtete. Aber ja, sie war es. Definitiv. Natalie Rowson. Meine Reisebegleitung. Ihre Haare waren inzwischen kürzer und zu einem süßen Pixiecut geschnitten. Sie lächelte das kleine Mädchen in Jamies Armen an.

Moment mal. War Jamie etwa mit Natalie zusammen? War das … ihr gemeinsames Kind?

Mein Magen zog sich zusammen und fing an zu brennen.

Natalie und ich hatten auch noch Kontakt gehalten, nachdem sie nach Hause zurückgekehrt war und ich beschlossen hatte, in England zu bleiben. Wir waren uns nicht mehr so nahe wie während der Reise, aber wir unterhielten uns manchmal per Facebook Messenger und likten unsere Posts und Statusmeldungen. Ich hatte nicht gewusst, dass sie mit jemandem zusammen war. Und schon gar nicht mit Jamie. Das hätte sie doch sicherlich erwähnt oder sogar damit angegeben, oder? Und sicherlich hätte sie Jamies Namen wiedererkannt. Ich hatte seinetwegen schließlich oft genug geweint. Wir hatten so oft auf seinen Untergang angestoßen, dass sein Name ihr etwas hätte sagen müssen. Sie hätte wissen müssen, dass er der Kerl war, der mir das Herz gebrochen hatte. Dennoch war sie auf diesem Foto abgebildet und stand stolz lächelnd neben ihm.

Meine Kehle war wie zugeschnürt, als ich den silbernen Fotorahmen fester umklammerte. Ich drehte mich um und ging ins Wohnzimmer zurück. Ray sah auf, als ich ihm den Rahmen entgegenstreckte.

„Wer ist das?", fragte ich und wies auf die Frau mit dem Pixieschnitt. Ich bemühte mich, ruhig zu klingen, und hoffte noch immer, dass ich mich irrte. Wenn es nicht so wäre, dann ergab das alles keinen Sinn. Es gab keinen Grund für Natalie, auf diesem Foto zu sein – jedenfalls keinen Grund, der mir einfallen würde.

Ray grinste, während er das Foto betrachtete. „Das ist Nat. Meine Schwägerin."

Nat. Sie ist es! Augenblick mal. Hat er gerade gesagt, sie sei seine Schwägerin? Was zum Teufel …

Ich atmete scharf ein, als ich seine Worte hörte. Rays Schwägerin. Also kannte Jamie sie? Hatte er sie schon gekannt, als wir uns in Rom begegnet waren? Oder hatte er sie erst später kennengelernt? Er und Ray waren schon lange befreundet. Hätte Jamie ihr dann nicht schon früher begegnen müssen? Und ich sollte ihr also rein zufällig auf einem Markt in Rom in die Arme gelaufen sein? Das konnte kein Zufall sein. Ich versuchte das alles zu begreifen, während mir alle möglichen Gedanken gleichzeitig durch den Kopf schossen.

Angesichts der Tatsache, dass Rays Augen sich geweitet hatten und ein Muskel in seinem Kiefer zu zucken begann, wusste ich, dass er es bereute, so locker und offen geantwortet zu haben. Er erhob sich, nahm mir das Foto aus der Hand und legte den Rahmen umgedreht auf den Couchtisch. „Hör mal, darüber werde ich auch nichts sagen, also mach dir erst gar nicht die Mühe, mich zu fragen. Das ist noch etwas, was du mit Kid direkt besprechen solltest. Sei nur nicht so hart zu ihm, wenn du ihn darauf ansprichst, ja?“

„Beantworte mir nur eine Frage, bevor du wieder zumachst, ja?“, sagte ich. „Sind sie zusammen? Ist das ihr gemeinsames Kind?“ Ich wies auf den umgedrehten Bilderrahmen und hielt unwillkürlich die Luft an. *Bitte, sag Nein. Bitte, sag Nein.*

Ray lächelte beinahe traurig. „Nein, sie sind nicht zusammen. Das ist meine jüngste Tochter. Kid ist ihr Pate.“

„Warum …“, fing ich an, doch er unterbrach mich.

„Du hast echt keine Ahnung, oder?“ Er schüttelte den Kopf, ehe er die Schultern straffte. „Ich sage gar nichts mehr. Sprich mit ihm über alles, wenn er kommt.“ Sein Tonfall ließ keinen Zweifel daran, dass das Thema für ihn beendet war. Und auch sein Blick war unmissverständlich.

Das waren die letzten Worte, die wir darüber wechselten. Egal, wie oft ich versuchte, ihn auszuhorchen, er wehrte mich jedes Mal ab. Ich war verwirrt, fand keine Worte, war vollkommen durcheinander. Meine Sorge um Jamie und darüber, was er tat und ob er vielleicht in Schwierigkeiten war, beherrschte mich. Das einzig Tröstliche war … Jamie und Natalie waren kein Paar. Es war nicht ihr Kind. Es missfiel mir, dass mir diese Information so viel bedeutete.

Mehr als eine Stunde lang hatten wir nicht mehr gesprochen. Plötzlich erklang ein Klopfen an der Tür, und Ray sprang auf, um zu öffnen. Ich drehte mich auf meinem Platz um und sah, wie er sich vorbeugte und durch den Spion sah, ehe er die Tür aufriss. Jamie betrat die Wohnung. Sofort fiel sein Blick auf mich. Mir entging nicht, dass er erleichtert wirkte, ehe er sich wieder Ray zuwandte. Sie unterhielten sich kurz, und dann nickte Ray und verließ die Wohnung. Er schloss die Tür hinter sich, und Jamie und ich blieben schweigend zurück.

Jamie kam ins Wohnzimmer und fuhr sich mit einer dreckigen, schmierigen Hand durch das Haar, um es zurückzustreichen. „Hey. Tut mir leid, dass es so lange gedauert hat.“ Er setzte sich ans andere Ende des Sofas und musterte mich mit leicht zusammengekniffenen Augen. „Geht es dir gut?“

Der Geruch von Rauch hing an ihm, und ich musste angeekelt die Nase rümpfen. Als ich noch einen Geruch bemerkte, den er verströmte, wurde ich wütend. Alkohol. Er stank danach, als hätte er darin gebadet. „Warst du etwa in einer Bar, während ich hier gesessen und auf dich gewartet habe?“, stieß ich ungläubig hervor.

Er zuckte sichtlich zusammen und runzelte die Stirn. „Was? Nein!“

„Ach, komm schon. Ich kann den Alkohol riechen!“, rief ich, erhob mich und nahm meine Tasche vom Boden auf. „Ich kann nicht glauben, dass ich so naiv war, hier sitzen zu bleiben und mir Sorgen um dich zu machen, während du dich betrunken hast!“, fauchte ich. „Ich will nach Hause. Sofort. Fährst du mich hin, oder soll ich mir ein Taxi rufen?“

Jamie sprang auf, schüttelte den Kopf und wollte meine Hand ergreifen, als ich die Tasche aufmachte und mein Handy herausholen wollte. „Ich habe nichts getrunken. Ich schwöre es. Ellie, bitte, hör mir einfach kurz zu, ja?“

Ich biss die Zähne zusammen, sah auf und bemerkte, dass in seinen Augen wieder dieser flehende Ausdruck stand, auf den ich schon früher hereingefallen war.

Ich riss mich von ihm los und machte einen Schritt zurück. „Gut.“

Er setzte sich auf die Sofakante und sah mich beschwörend an. „Die Kerle, die dich überfallen haben, arbeiten für die beiden Salazar-Brüder, die hier eine Art Bande haben. Es sind keine guten Menschen. Die Salazars haben dir die Männer auf den Hals gehetzt.“

Ich runzelte die Stirn und versuchte, seine Worte zu begreifen, aber es ergab alles keinen Sinn. „Warum sollten sie irgendein Interesse an mir haben?“

„Weil du mir wichtig bist“, antwortete er schnell.

Ich schnaubte und schüttelte nachdrücklich den Kopf. Abwehrend verschränkte ich die Arme vor der Brust. „Nein, das bin ich nicht. Ich war dir nie wichtig.“

Er stöhnte und legte den Kopf in die Hände. „Ellie, das darfst du nicht denken. Bitte. Denke niemals, dass du mir nicht wichtig wärst.“

Ich zuckte zurück. Meine Wut wurde immer größer. „Das hast du mir an jenem Abend auch gesagt, Jamie! Erinnerst du dich noch an den Abend, den ich meine? Den Abend, an dem du mich betrogen, mich dann angerufen und mir verdammt noch mal das Herz gebrochen hast? Und das genau an dem Tag, an dem unsere gemeinsame Zukunft hätte beginnen sollen?", rief ich und zeigte anklagend auf ihn. Drei Jahre voller Schmerz und Bitterkeit schwangen in meinen Worten mit.

Er schloss die Augen und ließ die Schultern sinken. „Ich habe gelogen", flüsterte er.

„Was?" Verwirrung machte sich in mir breit. „Was soll das bedeuten? Bei was hast du gelogen?"

„Es war alles eine Lüge." Er machte die Augen wieder auf und sah mich eindringlich an. Er streckte den Arm aus, ergriff mit seinen rauen Händen meine Hand und bedeutete mir, mich neben ihn zu setzen. „Ich habe dich nicht betrogen. Das hätte ich nie tun können. Du warst meine Welt, Ellie."

Du warst meine Welt. Genauso hatte ich auch für ihn empfunden. Bei seinen Worten zog sich mein Magen zusammen, und mein Kopf fing an zu kribbeln. Mit einem Mal war mein Mund trocken. „Ich verstehe nicht … Was?", stammelte ich.

Er seufzte. Ein Muskel in seinem Kiefer zuckte, als er die Zähne aufeinanderbiss. „Ich war nicht ehrlich zu dir, und ich hasse mich selbst dafür, aber ich glaube immer noch, dass ich es aus den richtigen Gründen getan habe." Er kam näher zu mir. Er war mir jetzt so nahe, dass sich unsere Knie berührten. Mit dem Daumen strich er über meine Hand, die er immer noch festhielt. Mir war es gar nicht aufgefallen. „In jener Nacht … Ich sollte noch einen letzten Job für Brett erledigen, erinnerst du dich?"

Ich nickte wie betäubt.

„Es war ein Treffen mit ein paar Drogendealern namens Lazlo aus einem anderen Bundesstaat. Bei dem Treffen wurden Verhandlungen darüber geführt, wie die beiden Organisationen einander helfen sollten. Es stellte sich heraus, dass die Polizei die Lazlos schon seit einiger Zeit beschattete. Die Polizei hatte auch dieses Gespräch abgehört und platzte dann mitten in das Treffen. Es kam zu einer Schießerei, und einige Männer wurden getötet. Auch Brett." Als er die letzten beiden Worte aussprach, war die Traurigkeit in seiner Stimme nicht zu überhören. „Alle anderen wurden verhaftet." Er sah mich mit einem verlorenen Ausdruck an.

„Du wurdest verhaftet?", murmelte ich. Mein Verstand arbeitete fieberhaft, um das Gesagte zu begreifen und zu verarbeiten.

„Ja. Ich hatte zum Zeitpunkt der Schießerei eine Waffe bei mir. Damit sollte ich auf dem Treffen eigentlich nur Stärke demonstrieren. Ich habe die Pistole nicht benutzt. Aber natürlich wurde ich schließlich wegen illegalen Waffenbesitzes angeklagt. Mein Anwalt schaffte es, alle anderen Anklagepunkte, die noch gegen mich hätten vorgebracht werden können, abzuschmettern. Ins Gefängnis musste ich trotzdem. Hinzu kam noch der Rest meiner Bewährungsstrafe."

Ich schüttelte den Kopf. „Lügst du mich jetzt an, Jamie? Ich kann es einfach nicht mehr genau sagen."

Er seufzte, und sein Blick sagte mir, dass ich ihm bitte zuhören solle. „Ich lüge nicht! Ich sage dir gerade die

Wahrheit. Ruf meinen Anwalt an, wenn du mir nicht glaubst. Es ist Miles' Vater, Arthur Barrington. Ruf im Gefängnis an, oder such im Internet danach. Die Razzia bei den Lazlos und Bretts Tod haben Schlagzeilen gemacht. Googel es. Hier." Er zog sein Handy hervor und wollte es mir reichen.

Ich nahm es nicht an. Seine Augen sagten mir alles, was ich wissen musste. Ich konnte die Aufrichtigkeit darin erkennen. Als ich gesagt hatte, dass ich nicht mehr wüsste, ob er nun die Wahrheit sagen oder lügen würde, hatte das nicht gestimmt. Ich hatte ihn immer lesen können.

Seine Beichte erklärte mir so vieles. Bisher hatte ich nie verstanden, wie er mit mir hatte Schluss machen können.

Es war mir immer schwergefallen zu akzeptieren, dass er mich betrogen hatte. Jamie war nicht der Typ dafür. Ich hatte immer gespürt, dass mehr dahintersteckte, doch ich hatte nie geahnt, was es war. Es in diesem Moment von ihm selbst zu hören, machte mir endlich einiges klar.

In meinem Kopf ging alles drunter und drüber. Mein Verstand versuchte, neue Zusammenhänge herzustellen und Altes, an das ich drei Jahre lang geglaubt hatte, zur Seite zu schieben. Jamie war verhaftet worden. Jamie hatte mich belogen. Jamie hatte mich nicht betrogen. „Warum hast du mir das alles nicht gesagt? Als du im Gefängnis warst, hast du deinen Telefonanruf dazu genutzt, mir das Herz zu brechen, statt einfach ehrlich zu sein. Wieso?"

Er sah mich an. „Das stimmt so nicht. Ich beschloss, meinen Telefonanruf dazu zu nutzen, dich gehen zu lassen."

„Das verstehe ich nicht", flüsterte ich. „Warum hast du das getan? Warum hast du mich angelogen? Du hast mir so verdammt wehgetan." Tränen rannen mir über die Wangen und fielen auf mein Sweatshirt.

Jamie stöhnte und drückte meine Hand so fest, dass es schmerzte. „Ich wusste, dass ich mindestens für ein Jahr ins Gefängnis gehen würde, Ellie. Das war abgemacht und nicht zu ändern. Ich liebte dich so sehr – mehr als alles andere –, und ich wollte dir nicht zumuten, auf mich warten zu müssen. Du hattest etwas Besseres als mich verdient. Schon immer."

Alles war eine große Lüge gewesen. All der Schmerz, den ich empfunden hatte, die Trauer, der Kummer, weil der Mann, den ich geliebt hatte, mich betrogen hatte, stürzten von einer Sekunde auf die andere wieder auf mich ein. Und all das hätte vermieden werden können. Er hatte mir das Herz gebrochen, weil er mir nicht hatte zumuten wollen, auf ihn zu warten? Weil er geglaubt hatte, ich hätte etwas Besseres verdient? Hatte ich denn das Gefühl verdient, mir wäre das Herz aus der Brust gerissen worden? Hatte ich es denn verdient, mich ein Jahr lang jede Nacht in den Schlaf zu weinen? Hatte ich es denn verdient, immer zu spüren, dass etwas in meinem Innersten fehlte – auch jetzt noch?

Wut, die so heiß wie Lava brannte, strömte durch meinen Körper. „Wäre das nicht *meine* Entscheidung gewesen?", schrie ich, riss mich von ihm los und sprang auf. Ich brauchte jetzt Zeit und Raum für mich. Er hatte mir so wehgetan. Es juckte mich in den Fingern, meine Hand zur Faust zu ballen und ihm ins Gesicht zu schlagen – nur um ihn etwas von dem Schmerz spüren zu lassen, unter dem ich so gelitten hatte. „Das erinnert mich daran, dass du auch deine Vergangenheit nicht mit mir teilen und mir nicht von deiner Schwester erzählen wolltest. Wieder hast du mir die Entscheidung genommen und geglaubt, mir damit etwas Gutes zu tun. Und wieder hast du dich geirrt, Jamie! Ich bin nach deinem Anruf durch die Hölle gegangen. Es hat mich eine Ewigkeit gekostet, über dich und deine Worte am Telefon hinwegzukommen!“

Vielleicht war ich noch immer nicht darüber hinweg. So fühlte es sich jedenfalls an. Der Schmerz war noch immer da, denn als ich Jamie nun ansah, spürte ich, wie dieser Schmerz mich wieder überkam. Und jetzt zu wissen, dass ich das alles niemals hätte durchmachen müssen … Ich war so wütend, dass ich kaum still stehen konnte. Drei Jahre lang hatte ich geglaubt, es wäre alles meine Schuld gewesen. Drei Jahre lang hatte ich geglaubt, dass meine Zweifel an ihm und mein Irrglaube, er könnte seine Schwester getötet haben, der Grund dafür waren, dass er nicht mit mir zusammen sein wollte. Und jetzt musste ich erfahren, dass mein Verhalten nichts damit zu tun gehabt hatte. Ich war mir nicht sicher, wie ich mit dieser neuen Information umgehen sollte.

Er erhob sich ebenfalls und hielt beschwichtigend die Hände hoch. „Es tut mir leid. Ich dachte wirklich, dass es so das Beste für dich wäre.“

„Tja, falsch gedacht!“, schrie ich und warf meine Handtasche mit aller Kraft aufs Sofa, um mir zumindest ein bisschen Erleichterung zu verschaffen. Vorwurfsvoll wies ich mit dem Zeigefinger auf Jamie. „Du wolltest nicht für unsere Beziehung kämpfen. Das war es. Du hattest Angst, mich zu bitten, auf dich zu warten. Was ist passiert? War ich es nicht wert, dass du um mich kämpfst?“ Meine Stimme brach, und ich begann zu schluchzen.

Seine Miene veränderte sich, und sein Blick war entschlossen, als er nun auf mich zuging und seine Hände an meine Wangen legte. Unsere Körper berührten sich, weil er mir so nahe war, und mein Herz pochte wie wahnsinnig. Mit den Daumen strich er mir sacht über die Wangen und wischte mir die Tränen vom Gesicht. „Du bist es wert, für dich zu sterben“, flüsterte er, und ein weicher, zärtlicher Ausdruck stand in seinen Augen, als er mich nun ansah.

Ein Kloß bildete sich in meinem Hals. Bei so süßen, kitschigen Worten aus seinem Mund hatte ich schon früher immer weiche Knie bekommen. Und wenn ich ehrlich war, hatte sich daran nichts geändert.

Seine Worte hingen in der Luft, als wir uns nun anblickten, nur Zentimeter voneinander entfernt, während seine Hände auf meinen Wangen lagen. So viele unausgesprochene Gedanken und Gefühle standen zwischen uns, als ich ihm tief in die Augen sah. Ich verlor mich in seinem Blick und kehrte dabei in die Vergangenheit zurück. In meinem Körper erwachte das Verlangen, und ich sehnte mich danach, dass Jamie mir noch näher kam, dass er seine weichen Lippen auf meinen Mund drückte und ihn mit einem heißen Kuss in Besitz nahm.

„Also wolltest du die Reise mit mir zusammen machen?“, fragte ich, als mein Verstand endlich folgen konnte.

Er nickte eilig. „Mehr als alles andere auf der Welt.“

Ich seufzte. „Du hast mir so wehgetan.“ Doch diese Worte konnten die Trauer und den Verlust nicht ausdrücken, die ich erlitten hatte.

„Ich weiß, und es tut mir leid. Wenn ich es ändern könnte …“ Er verstummte, löste den Blick von mir und starrte auf den Fußboden.

„Würdest du es tun?“

Er zuckte leicht mit den Schultern. „Ich weiß es nicht. Der selbstsüchtige Teil von mir würde es sofort ändern. Der Teil von mir, der dich so sehr liebte, dass es schon wehtat, dieser Teil, der noch immer auf der Stelle für dich sterben würde, möchte die Zeiger der Uhren zurückdrehen und dir die Wahrheit erzählen, möchte dich bitten, auf meine Entlassung zu warten, um mit dir das Leben führen zu können, das wir uns erträumt hatten.“ Er seufzte. „Aber der vernünftige, der fürsorgliche Teil von mir, der nur das Beste für dich will, würde wahrscheinlich dasselbe Telefonat wieder führen. Ich verdiene dich nicht, Ellie. Ich habe dich nie verdient. Selbst wenn ich tausend Jahre lang für die Scheiße büßen würde, die ich getan habe, würde ich dich nicht verdienen.“ Er sah mich an, und Aufrichtigkeit stand in seinen Augen.

Und plötzlich wurde ich innerlich schwach. „Das war so kitschig“, sagte ich, ohne es verhindern zu können.

„Dann kann ich es noch immer?“ Er lächelte. Es war sein wundervolles Lächeln, von dem ich immer geglaubt hatte, dass es nur für mich reserviert wäre. Wieder tauchte dieses Grübchen auf seiner Wange auf. Wie ich dieses Grübchen vermisst hatte. Es juckte mich in den Fingern, die Hand auszustrecken und sacht darüber zu streicheln. Doch ich widerstand dem Wunsch. Trotz allem lächelte ich und rollte mit den Augen.

Mir war klar, dass ich die Kontrolle über mich zurückbekommen musste und mich nicht länger wie ein aufgedrehtes Schulmädchen benehmen sollte. Also machte ich einen Schritt zurück. Er ließ die Hände sinken. Trotzdem ließ er mich nicht aus den Augen. Und sein Blick ließ meine Schutzmauern bröckeln, ließ meine Wut und meinen Schmerz verrauchen. Ich wollte weiterhin zornig auf ihn sein, wollte ihn dafür verantwortlich machen, dass er mir wehgetan hatte, obwohl er mir die Entscheidung über mein Handeln selbst hätte überlassen müssen.

Ich konnte verstehen, was seine Beweggründe dafür gewesen waren. Zum einen war Jamie selbstlos. Außerdem hatte er nie das Gute in sich selbst gesehen oder das Gefühl gehabt, irgendetwas Positives in seinem Leben verdient zu haben. Mich nicht gebeten zu haben, auf ihn zu warten, lag in seiner schrecklichen Kindheit und in dem Gefühl begründet, ungeliebt zu sein. Er hatte es selbst schon gesagt: Er war sich sicher, nicht gut genug für mich zu sein. Er irrte sich. Er irrte sich total. Ich hatte geglaubt, ihn überzeugt zu haben, dass er es wert war, zu lieben und im Gegenzug auch geliebt zu werden, doch das war offensichtlich ein Irrtum gewesen, denn sonst hätte er mir die Entscheidung damals selbst überlassen und sie mir nicht abgenommen.

„Ich verstehe noch immer nicht, warum diese Kerle versucht haben, mich zu kidnappen. Was wollen sie von dir?“, fragte ich.

Er seufzte, setzte sich und klopfte auf den freien Platz neben sich. „Das ist eine lange Geschichte. Willst du dich hinsetzen?“

Ich seufzte ebenfalls und hockte mich auf die Kante des Polsters. Ich hielt genug Abstand zu ihm, um mich darauf konzentrieren zu können, was er mir zu sagen hatte, und nicht daran zu denken, wie wir uns voller Verlangen und leidenschaftlich in den Kissen wälzten.

Er räusperte sich und starrte auf seine Hände, als wollte er mich nicht anblicken. „Ich war eineinhalb Jahre im Gefängnis. Zuerst hatte ich die feste Absicht, dich nach meiner Entlassung sofort aufzusuchen und dir die Wahrheit zu sagen. Eine ganze Weile hielt ich an diesem Vorsatz fest, bis ich irgendwann akzeptieren musste, dass die Dinge sich niemals so entwickeln würden, wie ich es mir wünschte. Während die Zeit verstrich und ich Tag für Tag mit all diesen Menschen im Gefängnis war, wurde mir bewusst, dass du ohne mich besser dran wärst. Du warst auf Reisen, lebtest dein Leben, und ich hatte das Gefühl, nicht das Recht zu haben, einfach aufzutauchen und wieder ein Teil davon zu werden. Als ich dann rauskam, erkannte ich, dass ich nichts mehr hatte, wofür es sich gelohnt hätte, ein guter Mensch zu sein: Du warst weg, Sophie war tot, und ich hatte keine Qualifikation, keine Ausbildung und nur meinen Ruf. Als ich wieder in Freiheit war, tat ich also einfach das, was ich am besten konnte. Brett hatte mir Geld hinterlassen, und das half mir. Außerdem waren einige Leute bereit, aufgrund meines Rufs ein Risiko einzugehen und mit mir zusammenzuarbeiten. Auf diese Weise habe ich im Laufe der letzten eineinhalb Jahre meine Organisation zu einer der größten in New York ausgebaut. Die Salazars gehören zu meinen Konkurrenten. Sie waren letzte Woche in meinem Club, als wir unseren kleinen … *Austausch* hatten.“ Er dachte über den Ausdruck nach, wollte offenbar einen besseren finden. „Ich schätze, sie sahen in dir einen Weg, um an mich heranzukommen und mich anzugreifen.“

Mein Mund war mit einem Mal trocken. Jamie hatte nun seine eigene Organisation, obwohl er so hart darum gekämpft hatte, das alles hinter sich zu lassen? Ich hatte nicht damit gerechnet, das von ihm zu hören. Ich wusste, dass er sich verändert hatte – das war nicht zu übersehen. Doch alles aufzugeben, was er sich damals für seine Zukunft erhofft hatte, und dann in ein Leben einzutauchen, das er eigentlich hasste? Mir war nicht klar gewesen, dass er sich so sehr gewandelt hatte.

Er sah mich an. Seine Augen flehten mich an, ihn doch zu verstehen. Ich konnte auch Reue und Scham darin erkennen. Es schien ihm unangenehm zu sein, das alles mir gegenüber zuzugeben. „Diese Leute, diese Salazar-Brüder und ihre Organisation, kennen keine Moral. Es ist ihnen egal, wen sie verletzen müssen, um zu bekommen, was sie wollen“, sagte er.

„Und ihr seid anders?“, fragte ich, und meine Stimme war kaum mehr als ein Flüstern.

Er runzelte die Stirn, als er nickte. „Ja. Ich meine, meistens vermeide ich es, Gewalt einzusetzen. Es kommt vor, dass ich Dinge tun muss, die ich nicht tun will, aber wir sind *ganz anders* als die Salazars. Unser Fokus lag immer schon auf den Autos.“

Ungläubig schüttelte ich den Kopf. „Das bist nicht du, Jamie. Das kann nicht sein. Du kannst dich nicht in wenigen Jahren so sehr verändert haben.“

Er lächelte jungenhaft. „Ich liebe es, wenn du mich Jamie nennst. So nennt mich niemand mehr.“ Er seufzte traurig. „Es scheint, als wäre Jamie damals ins Gefängnis gegangen und Kid Cole schließlich entlassen worden. So bin ich jetzt.“ Resigniert zuckte er die Achseln, doch seine Augen verrieten ihn. Ich konnte die Traurigkeit darin erkennen, das Verlangen nach etwas anderem – auch wenn er versuchte, es zu verbergen. Sogar vor sich selbst.

„Ich glaube das nicht. Ich kann es in deinen Augen lesen. Da ist noch etwas Gutes in dir. Du bist ein guter Mensch – das warst du immer. Es ist nur so, dass die Umstände schon immer gegen dich waren", widersprach ich. „Früher hattest du einen Grund, um gegen die Meinung der Leute über dich anzukämpfen. Ich glaube, du hast deinen Weg aus den Augen verloren. Es ist leichter, sich anzupassen und das zu sein, was von einem erwartet wird, statt sich zu ändern. Ich weiß das. Während meiner Highschool-Zeit habe ich ständig versucht, jemand anders zu sein als ich selbst – nur weil es von mir so erwartet wurde. Dann traf ich dich, und mir wurde klar, dass ich der Mensch sein konnte, der ich sein wollte. Ganz unabhängig von irgendwelchen Erwartungen oder dem Ruf, der mir vorauseilte. Ich konnte tun, was auch immer ich wollte."

Sein Blick verfinsterte sich. „Und was genau wolltest du, das so ganz gegen die Erwartungen war?"

Ich zuckte mit den Schultern. „Dich."

Es folgte Schweigen, und er zog die Augenbrauen hoch.

„Ich habe um dich gekämpft. Ich kämpfte gegen die Menschen an, die der Meinung waren, ich würde besser zur Sportskanone der Schule passen. Ich kämpfte gegen meine Mutter, die mir einreden wollte, dass du nicht gut genug für mich wärst. Ich kämpfte so hart um dich, weil ich das Gute in deiner Seele erkennen konnte. Ich sehe noch immer das Gute in dir, auch wenn du dieses Gute leugnest. Du hättest auch um mich kämpfen sollen. Alles hätte ganz anders kommen können. Ich habe dich geliebt. Ich hätte die Wahrheit verstanden und auf dich gewartet. Wir hätten eine gemeinsame Zukunft haben können, Jamie.“ Die Worte auszusprechen, tat weh, weil sie wahr waren. Ich hätte bis in alle Ewigkeit auf ihn gewartet, und wir hätten unser Happy End haben können.

„Jetzt ist es wohl zu spät?“, fragte er und blickte mich hoffnungsvoll an.

Diese Reaktion hatte ich nicht erwartet, und ich zuckte vor Schreck zusammen. „Ich … Ich bin …“ Ich war mir nicht einmal sicher, was ich eigentlich sagen wollte.

„Verlobt. Ich weiß. Und er ist ein guter Mensch“, beendete er den Satz für mich. Mit einem Mal huschte ein grimmiger Ausdruck über sein Gesicht. „Aber liebst du ihn genauso, wie du mich geliebt hast?“

Tat ich das? Nein. Tief in meinem Innersten wusste ich es. Ich hatte noch nie einen anderen Menschen so geliebt, wie ich Jamie geliebt hatte, und wahrscheinlich würde sich daran auch niemals etwas ändern. „Nein.“ Ich hatte das Gefühl, Toby zu betrügen, indem ich es laut aussprach.

Jamie, der Gentleman, war nicht schadenfroh. Ich sah, dass ein Lächeln seine Mundwinkel umspielte, aber er versteckte es genauso schnell, wie es gekommen war, und wechselte das Thema. „Ich habe dir damals einen Ring gekauft. Ich wollte dich bitten, meine Frau zu werden. Ich hatte deinen Vater schon gefragt, aber dann …“ Er runzelte die Stirn. „Dann passierte die ganze Scheiße.“

Ich konnte meinen Schock nicht verbergen. Mein Mund stand offen, und ich riss die Augen auf. „Was?“

Mein Vater hatte mir nie davon erzählt. Ich war mit gebrochenem Herzen fortgegangen, und er hatte mir nie erzählt, dass Jamie mit ihm bereits über den nächsten Schritt geredet hatte. „Was hat mein Dad gesagt?" Es war wichtig für mich, das zu wissen. Nachdem ich ihn gerade erst verloren hatte, musste ich seine Meinung kennen. Hätte er Jamie und mir seinen Segen gegeben?

Jamie lächelte traurig. „Er sagte, solange ich dich weiterhin zum Lächeln bringen würde, wäre er einverstanden. Er hat mir allerdings das Versprechen abgenommen, bis zur Hochzeit noch ein paar Jahre zu warten."

Wieder überrollten mich meine Emotionen, und ich brach in Tränen aus. Ich schlug die Hände vors Gesicht. Aber auch jetzt war Jamie für mich da, legte seine starken Arme um mich und hielt mich fest. Er vergrub sein Gesicht in meinem Haar, und sein Atem strich über meinen Hals. Ich weinte noch heftiger, klammerte mich an ihn und trauerte um uns als Paar und um meinen Dad.

„Hättest du Ja gesagt?", wollte Jamie wissen und streichelte beruhigend über meinen Rücken, während mein Körper zitterte und ich laut schluchzte.

Ich nickte an seiner Schulter und vergrub die Finger in seinem Rücken. Ich musste ihm noch näher sein. Ich hätte definitiv Ja gesagt und ihm den Ring wahrscheinlich aus den Händen gerissen. Ich hätte das Ja ganz laut geschrien und wäre stolz darauf gewesen, seinen Ring an meinem Finger zu tragen.

Er schmiegte sich an mich und stieß langsam den Atem aus. Dann neigte er den Kopf und drückte mir einen sachten Kuss auf die Schulter. Mein ganzer Körper kribbelte vor Verlangen, und mein Herz stockte für einen Moment, so stark war das Gefühl. Ich schluckte, schloss die Augen und genoss die Empfindungen, die sich in alarmierender Geschwindigkeit in mir ausbreiteten.

Ich rührte mich nicht, hatte Angst, was passieren würde, wenn ich es tat. Vielleicht würde er sich zurückziehen und sich entschuldigen. Oder er würde sich nicht zurückziehen, sondern mich noch fester halten, und die Flammen der Leidenschaft würden uns beide versengen. Ich war mir nicht sicher, welche der beiden Möglichkeiten ich vorziehen sollte.

„Warum riechst du nach Rauch?“, fragte ich, nachdem es mir gelungen war, mich zu beruhigen und meine Tränen zurückzudrängen. Der Geruch hing in seinen Kleidern, und mein Hals kratzte ein wenig.

„Äh … Ich war bei Salazars Angestellten“, antwortete er und klang leicht verlegen.

Ich löste mich von ihm und fuhr mir mit dem Handrücken über die Nase. „Was? Was soll das heißen?“

Er zuckte die Achseln, hob den Arm und kratzte sich im Nacken, während er den Blick von mir abwandte. „Ich konnte es ihnen doch nicht durchgehen lassen, dass sie dich angerührt haben.“

„Und was genau hast du mit ihnen gemacht?“, fragte ich, auch wenn ich mir nicht sicher war, ob ich es tatsächlich wissen wollte.

Er stand auf, strich sein T-Shirt glatt und zuckte wieder mit den Schultern. „Willst du etwas trinken? Oder etwas essen? Ich kann zwar noch immer nicht kochen, aber ich versuche es trotzdem manchmal.“ Er drehte sich um und ging in die Küche. Schweigend blieb ich zurück. Er hatte sich einfach geweigert, meine Frage zu beantworten. Was genau sollte ich davon halten?

Ich erhob mich, wandte mich um und sah, wie er in den Kühlschrank blickte. Er hatte mir den Rücken zugewandt. „Jamie, was hast du getan?“, wiederholte ich zögerlich.

Mit einem Mal war er sichtlich angespannt. Trotzdem drehte er sich nicht zu mir um. „Weniger, als ich eigentlich vorhatte.“

Ich erkannte, dass ich hier nicht gewinnen konnte – er würde mir nicht antworten, auch wenn ich noch so sehr darauf drängte. Mein Blick fiel auf den Tisch und das umgedrehte Foto, und plötzlich schossen mir die unterschiedlichsten Fragen durch den Kopf.

„Jamie, wie stehst du zu Natalie? Was bedeutet sie dir?“, fragte ich und sah, wie er innehielt, als er gerade nach der Brottüte greifen wollte.

„Was?“ Unbehaglich räusperte er sich. „Ich kenne keine Natalie.“ Er drehte sich zu mir um, und sein Blick war aufmerksam und argwöhnisch.

„Noch mehr Lügen“, murmelte ich und runzelte die Stirn. Ich griff nach dem Foto, hielt es hoch und sah, wie ein resignierter Ausdruck über sein Gesicht huschte.

Er seufzte schwer, hob die Hand und strich sich über den Nacken. Schweigen hing zwischen uns und war beinahe mit Händen greifbar. Endlich fing er an zu sprechen. „Sie ist Rays Schwägerin. Ich wollte nicht, dass du allein reist. Ich konnte nicht bei dir sein, und ich wusste, dass du aufgewühlt warst, also …“ Er schluckte. „Ich habe Nats Reise bezahlt, damit sie dich begleiten und ein bisschen aufmuntern konnte.“

Ich sah ihn mit großen Augen an. Diese Antwort hatte ich nicht erwartet. Diese Möglichkeit war mir nicht einmal in den Sinn gekommen, als ich vorhin während seiner Abwesenheit über eine mögliche Erklärung nachgedacht hatte. „Du hast was?“, stieß ich hervor und keuchte.

Sein Blick und seine Haltung waren mit einem Mal unsicher, nervös. „Ich wollte mich um dich kümmern, auch wenn ich nicht bei dir sein konnte. Ich konnte die Verbindung nicht einfach so abbrechen. Ich musste sicher sein, dass es dir gut geht“, erklärte er.

Ich war mir nicht sicher, was ich darauf erwidern sollte. Auf eine Art linderte es den Schmerz ein wenig zu wissen, dass er sich selbst aus dem Gefängnis heraus um mich gekümmert und mich beschützt hatte. Jamie war immer sehr fürsorglich gewesen, aber das hier war sogar für ihn extrem. Sein Verhalten rührte mich, doch es machte mich auch wütend.

„Ich kann es nicht glauben“, sagte ich leise. „Ich bin fast ein Jahr lang mit ihr zusammen gereist. Sie hat nie auch nur ein Wort über dich verloren. Ich dachte, sie wäre meine Freundin.“ Jetzt begriff ich, woher sie diese scheinbar nicht enden wollenden Geldreserven gehabt hatte – es war Jamies schmutziges Geld gewesen, für das er so hart gearbeitet hatte. Das alles nun zu erfahren, war wie ein Schlag ins Gesicht. Ich hatte mich ihr gegenüber geöffnet, hatte ihr von der Trennung erzählt, und sie hatte mir die ganze Zeit etwas vorgespielt, um eine Gratisreise machen zu können?

Jamie schüttelte den Kopf und kam zu mir. Er ergriff meine Hand und drückte sie leicht. „Sie *ist* deine Freundin. Nur was euer Kennenlernen betraf, hat sie gelogen.

Alles andere ist wahr. Sei nicht böse auf sie, Ellie. Sie hat dir durch schwere Zeiten geholfen. Sie war für dich da."

Das stimmt. Ich weiß nicht, was ich ohne sie getan hätte.

Er bückte sich, damit wir auf einer Höhe waren, und sah mich eindringlich an. Die Farbe seiner Augen traf mich wie der Blitz, und mein Herz setzte einen Schlag lang aus. „Sie hat auch mir durch schwere Zeiten geholfen", fuhr er fort. „Sie hat mir erzählt, wie es dir ging." Er lächelte traurig. „Wenn ich diese regelmäßigen Updates über dich nicht bekommen hätte, dann hätte ich es wahrscheinlich nicht überstanden. Ich fühlte mich fürchterlich, und mein Herz war genauso gebrochen wie deines." Er streckte den Arm aus und steckte mir eine Locke hinters Ohr. Mit den Fingern strich er über die empfindsame Haut an meinem Hals, und ich bekam am ganzen Körper eine Gänsehaut.

Ich öffnete den Mund, obwohl ich nicht wusste, was ich sagen wollte. Ich wollte ihm dafür danken, dass er sich um mich gekümmert hatte, wollte ihn anschreien, weil er in meine Privatsphäre gedrungen war, wollte zu ihm treten und mich an ihn schmiegen, wollte ihm ins Gesicht schlagen. Ich wusste nicht, was ich wollte.

Ich beschloss, offen und ehrlich zu sein.

„Als ich das Foto in deinem Zimmer sah, dachte ich, dass sie deine Freundin wäre", sagte ich. Es missfiel mir, dass meine Stimme bei dem Wort „Freundin" ein bisschen zitterte.

Er zog den Mundwinkel zu einem schiefen Lächeln nach oben. „Sie ist nicht meine Freundin. Seit unserer Trennung war ich mit keiner anderen Frau zusammen."

Erschrocken machte ich den Mund auf. „Mit keiner anderen Frau?“ Das konnte nicht stimmen. Ich war drei Jahre lang fort gewesen, und es war nicht so, als würde ein Mann wie er keine Angebote bekommen!

Bevor er antworten konnte, fing mein Handy an zu klingeln und rettete ihn so vor weiteren bohrenden Fragen. Wir warfen beide einen Blick auf meine Handtasche. Ich spielte mit dem Gedanken, es klingeln zu lassen, damit wir endlich alles auf den Tisch packen und uns aussprechen konnten. Doch dann kam mir der Gedanke, dass es auch meine Nana hätte sein können, die sich bestimmt schon fragte, wo ich mit den Lebensmitteln blieb, die ich für sie besorgen sollte.

Ich nahm meine Tasche, steckte die Hand hinein und fischte mein Handy heraus. Ich stöhnte, als ich sah, dass einige Sprünge mein Display durchzogen. Das Telefon selbst funktionierte glücklicherweise noch, denn es leuchtete und vibrierte noch immer. Ich sah, dass es sich um einen unbekannten Anrufer handelte. Ich nahm das Gespräch an und achtete darauf, mir dabei nicht mit den Splittern des Displays in den Finger zu schneiden. Dann hob ich das Handy ans Ohr.

„Hallo?“, meldete ich mich.

„Oh, guten Tag. Spreche ich mich Ellison Pearce?“, fragte eine Dame. Ihre Stimme klang knapp, aber freundlich.

Ich runzelte die Stirn und fragte mich, wer die Dame sein mochte. „Ja.“

„Hallo, Ellison. Hier spricht Schwester Partridge von der Intensivstation, auf der Ihre Mutter liegt.“

Mein Herzschlag schien auszusetzen, und mein Mund

wurde trocken. Ich rechnete mit dem Schlimmsten. „Ist alles in Ordnung?“, brachte ich mit zitternder Stimme heraus.

„Ich habe gute Neuigkeiten für Sie. Ihre Mutter ist gerade aufgewacht“, erwiderte die Schwester fröhlich.

Ich keuchte erschrocken. „Echt? O mein Gott“, murmelte ich und fasste mir unwillkürlich an den Hals. Dann musste ich lächeln. „Geht es ihr gut?“

„Es geht ihr den Umständen entsprechend gut. Ihre Werte sind stabil, und sie kann selbstständig atmen. Sie hat sogar schon etwas getrunken. Momentan ist sie wieder eingeschlafen, aber das war nicht anders zu erwarten. Wahrscheinlich wird sie heute und morgen immer wieder für längere Zeit schlafen“, erklärte die Schwester. „Ich weiß, dass Sie heute Morgen schon in der Klinik waren, aber ich dachte, ich rufe Sie trotzdem an, falls Sie vorbeikommen möchten, um sie zu sehen.“

Ich nickte aufgeregt. Mein Herz machte einen Hüpfer. Vielleicht hatte sie mich heute Morgen ja tatsächlich gehört. Vielleicht brachte das Reden mit Komapatienten, das die Ärzte so dringend anrieten, doch etwas.

„Ich komme gleich vorbei! Danke für den Anruf.“ Ich lächelte, beendete das Gespräch und sah zu Jamie, der mich neugierig betrachtete. „Meine Mom ist gerade aufgewacht“, stieß ich aufgeregt hervor.

Er lächelte ebenfalls und zog seinen Autoschlüssel aus der Hosentasche. „Das sind tolle Neuigkeiten! Komm, ich fahre dich.“

Ich nickte dankbar. Die Unterhaltung, die wir kurz zuvor geführt hatten, war mit einem Schlag vergessen, denn ich konnte an nichts anderes mehr denken als daran, meine Mutter zu umarmen und ihr zu sagen, wie sehr ich sie liebte.

Vielleicht ging es ja jetzt für die Familie Pearce wieder bergauf.

21. Kapitel

Auf dem Weg von Jamies Wohnung zu seinem Wagen rief ich zu Hause an und teilte Nana die guten Neuigkeiten über Mom mit. Wie erwartet war sie außer sich vor Freude und hätte mit ihrem Jubelschrei beinahe mein Trommelfell zum Platzen gebracht. Glücklicherweise war es nach drei Uhr nachmittags, also war auch Kelsey zu Hause. Jamie brachte mich nach Hause, damit wir von dort alle zusammen ins Krankenhaus fahren konnten. Auf der Fahrt konnte ich mir ein breites Grinsen nicht verkneifen. Nach allem, was wir durchgemacht hatten, änderte diese Nachricht alles, und mir ging das Herz auf.

Als wir uns meinem Zuhause näherten, sah ich, dass mein geliebter verrosteter grüner Käfer auf der Einfahrt stand. Verwirrt runzelte ich die Stirn. „Wie ist mein Wagen hierhergekommen?"

„Ich habe jemanden geschickt, der ihn vom Parkplatz des Ladens abgeholt und zu dir nach Hause gebracht hat", antwortete Jamie locker.

Ich suchte meine Taschen ab und spürte den Autoschlüssel. „Aber wie? Ich habe doch den Schlüssel …" Ich sah ihn an und bemerkte gerade noch, dass ein Lächeln seine Lippen umspielte.

„Ich und meine Mitarbeiter brauchen keine Schlüssel, um Autos zu starten, schon vergessen?", witzelte er.

Aus meiner Verwirrung wurde Unmut. „Stimmt ja", murmelte ich leise, als er vor dem Haus meiner Familie hielt und den Motor abstellte. „Tja, danke fürs Bringen. Und danke dafür, dass du mich vor diesen Leuten gerettet hast – auch wenn es deine Schuld war, dass sie überhaupt hinter mir her waren." Ich lächelte unsicher. „Wir sehen uns."

Ich wusste nicht, was ich sonst noch sagen sollte. Meine Worte hatten bestimmter geklungen, als ich es beabsichtigt hatte. Es gab immer noch einiges, über das wir reden mussten und das er mir erklären musste. Doch ich war mir im Augenblick nicht sicher, ob ich es überhaupt hören wollte. Es wäre viel leichter für mich, wenn ich weitermachen, nach vorn blicken und nicht länger über die Vergangenheit nachgrübeln würde.

Als ich meinen Gurt lösen wollte, streckte Jamie den Arm aus und legte die Hand auf mein Knie. „Ellie, die Salazars könnten noch immer hinter dir her sein. Ich habe Leute auf die Suche nach ihnen geschickt. Die Salazars sollten nicht so dumm sein, hierhierzukommen und es noch einmal zu versuchen. Aber für den Fall der Fälle habe ich ein paar weitere Männer abkommandiert, die dich vorerst im Auge behalten."

Ich drehte mich auf dem Sitz zu ihm um und sah ihn neugierig an. „Was meinst du damit? Werden sie mir folgen, wohin ich auch gehe? Das will ich nicht."

Er verzog den Mund zu einem schiefen Lächeln. „Bisher hat es dir doch auch nichts ausgemacht."

Bisher? Was soll das heißen? „Hä?"

Er wandte den Blick ab und sah durch die Windschutzscheibe zum Haus. „Seitdem du letzte Woche im

Club warst, wirst du rund um die Uhr von meinen Leuten überwacht. Wir wollen nur sichergehen, dass du nicht in Gefahr bist und dich niemand verfolgt oder so."

Mir wurde einiges klar, und ich keuchte. „Der Typ in der Limousine! Er war auch auf der Beerdigung meines Dads!"

Jamie nickte. „Das war mein Freund Dodger. Viele Schichten habe ich selbst übernommen, aber irgendwann muss ich auch mal schlafen und essen ..."

Jamie hatte im Auto vor unserem Haus gestanden? Er war die ganze Zeit in meiner Nähe gewesen, und ich hatte nichts davon mitbekommen? Die Erkenntnis versetzte mir einen Stich. „Du hast vor unserem Haus im Wagen gesessen und mich beobachtet?"

„Tja, auf die Gefahr hin, dass das jetzt klingt, als wäre ich dein Stalker oder so", sagte er und grinste schief.

Ich lächelte auch und schüttelte den Kopf. In diesem Moment konnte ich mich nicht mit alldem auseinandersetzen. Ich wollte jetzt woanders sein. „Wie auch immer. Danke noch mal fürs Bringen." Ich legte die Hand auf den Griff und machte die Tür auf.

„Warte, lass mich noch meine Nummer in dein Handy eingeben", sagte er und streckte die Hand aus. Ich runzelte die Stirn, zog jedoch das Handy aus meiner Tasche und reichte es ihm. Er gab seine Nummer ein und rief dann sein Handy an, damit er auch meine Nummer hatte. Als er mir das Telefon danach zurückgab, lächelte er verlegen. „Falls irgendetwas passieren sollte und du mich erreichen musst."

„Okay." Ich nickte. „Tschüs, Jamie."

„Ich kann euch auch ins Krankenhaus fahren, wenn du

willst“, bot er an, als ich aus dem Auto ausstieg und meine Tasche schulterte.

Ich wies auf meinen Käfer, der auf der Einfahrt parkte. „Ich habe ein Fahrzeug.“ Damit schloss ich die Tür und winkte ihm noch einmal zu. Ich erwartete eigentlich, dass er wegfahren würde, doch er startete den Motor nicht. Stattdessen blieb er stehen und sah mir hinterher, als ich aufgeregt zum Haus lief.

„Ich bin da. Seid ihr fertig?“, rief ich, als ich durch die Tür stürmte.

Sofort kam Kelsey die Treppe hinuntergelaufen. Sie grinste breit. Nana trat aus der Küche und hatte den Mantel schon angezogen. Mit einer hochgezogenen Augenbraue sah ich Kelsey an. „Ich sage Mom, dass du oben mit Turnschuhen herumgelaufen bist“, zog ich sie auf und wies mit einem Kopfnicken auf ihre Füße.

Sie ging nicht darauf ein, warf sich mir nur in die Arme und hielt mich so fest, dass es mir beinahe den Atem raubte. Ich lächelte und erwiderte die Umarmung. Dann löste ich mich von ihr. „Kommt. Lasst uns fahren.“

Ich ging wieder nach draußen und bemerkte, dass Jamie noch immer vor dem Haus parkte. Ich warf einen finsteren Blick in seine Richtung, konnte jedoch nicht in seinen Wagen sehen, weil die Scheiben getönt waren. Ich war mir also nicht sicher, ob er mich überhaupt sah. Wir quetschten uns in meinen Wagen und fuhren zur Klinik. Mit leichtem Unbehagen fiel mir auf, dass Jamie sich hinter mir in den Verkehr eingefädelt hatte und uns folgte. War es sein Ernst gewesen, dass jemand auf mich aufpassen müsse? Glaubte er tatsächlich, dass die Salazars mich noch einmal angreifen würden?

Als wir unser Ziel erreicht hatten, folgten wir eilig dem vertrauten Weg durch das Krankenhaus. Meine Nana schnalzte missbilligend mit der Zunge, weil der Aufzug, der uns ins entsprechende Stockwerk bringen sollte, so langsam war.

Meine Aufregung, Mom wiederzusehen, wurde ein wenig gedämpft, als wir in ihr Zimmer kamen und sahen, dass sie tief und fest schlief. Kelsey runzelte die Stirn, ergriff meine Hand und drückte sie fest. „Du hast doch gesagt, sie wäre aufgewacht …"

Ich ließ den Blick durchs Zimmer schweifen und bemerkte die kleinen Veränderungen zum heutigen Morgen. Obwohl der Herzmonitor noch immer regelmäßig piepste, hing am Infusionsständer, der nun an der Wand stand, kein Beutel mehr, der Zugang in ihrem Handrücken war verschlossen, und aus ihrem Mund und ihrer Nase kamen keine Schläuche mehr.

„Sie ruht sich nur kurz aus", flüsterte ich, ging weiter ins Zimmer und zog Kelsey hinter mir her. Sie hatte sich an mich geschmiegt, und ich konnte spüren, wie ihre Anspannung nachließ, als sie meine Worte hörte. Ich lächelte sie an und wies mit einem Kopfnicken auf einen der Stühle. „Ihr beide könnt euch hinsetzen. Ich bleibe stehen."

Ich trat ans Bett und sah zu, wie Nana und Kelsey auf den Besucherstühlen auf der anderen Seite des Bettes Platz nahmen. Schweigend warteten wir gute fünf Minuten, bevor wir uns im Flüsterton zu unterhalten begannen. Wir überlegten, wie wir sie vorsichtig aufwecken könnten, und dachten über die möglichen Konsequenzen nach, wenn wir es wirklich tun würden. Mit einem Mal fingen Moms Lider zu flattern an, und sie schlug kurz die Augen auf, ehe sie sie wieder schloss. Es war mit das Schönste, was ich je gesehen hatte. Ich trat noch näher an das Bett heran, als sie aufwachte. Sie blickte mich an.

Sie blinzelte ein paarmal, als wäre sie verwirrt. Dann öffnete sie den Mund und holte Luft. „Ellison?“

Ich nickte und strahlte sie an. „Hi, Mom.“

Ein unterdrücktes Schluchzen entrang sich ihr, als sie den Arm ausstreckte und mir vorsichtig über die Wange strich. „Oh, Ellison! Es ist so schön, dich zu sehen. Ich bin so froh, dass du hier bist.“ Ihre Stimme klang schwach und heiser – eine Folge der künstlichen Beatmung.

„Es ist auch schön, dich zu sehen“, erwiderte ich aufrichtig.

Mit der Hand strich sie von meiner Wange zu meinen Haaren, ergriff eine Locke und hielt sie mit Daumen und Zeigefinger fest. „Du bist seit unserem letzten Videoanruf beim Friseur gewesen.“ Ihr Lächeln war warmherzig und zärtlich. In ihren Augen stand eine Zuneigung, die ich in jüngeren Jahren niemals mit meiner Mutter in Verbindung gebracht hätte. „Dein Haar ist jetzt kürzer als meines. Ich glaube, so kurz hattest du die Haare nicht mehr, seit du ein Baby warst. Du mochtest es immer länger tragen.“

Kelsey trat ebenfalls ans Bett, streckte den Arm aus und ergriff Moms andere Hand. Mom drehte ihr den Kopf zu. Ihr Lächeln wurde breiter. „Kelsey“, flüsterte sie. Dann fiel ihr Blick auf Nana, die aufgestanden war, sich aber etwas im Hintergrund hielt, damit Kelsey ganz dicht bei meiner Mom stehen konnte. „Betty, hi“, begrüßte Mom sie.

„Hi, Ruth. Es ist so schön, dass du wieder wach bist. Wir haben uns schon gefragt, wie lange du noch schlafen würdest", entgegnete Nana und lächelte ihre Schwiegertochter liebevoll an.

Mom drückte meine und Kelseys Hand, zog sie auf ihren Bauch und hielt sie dort fest. „Was ist passiert? Man hat mir erzählt, es hätte einen Autounfall gegeben?" Sie runzelte die Stirn und wirkte verwirrt. „Ich kann mich an keinen Unfall erinnern."

Ich nickte und war im Stillen dankbar dafür, denn niemand sollte sich an so schreckliche Dinge erinnern müssen. „Du und Dad ... Ihr hattet einen Autounfall. Du hast im Koma gelegen, Mom."

Sie schluckte. Ihre Verwirrung schien noch größer zu werden. „Wie lange?"

„Fast zwei Wochen lang", erwiderte Kelsey. „Die Ärzte waren sich nicht sicher, ob du überhaupt wieder aufwachen würdest."

Mom sah mich fragend an, und ich nickte. „Du hattest massive Kopfverletzungen und eine Hirnblutung."

Sie wirkte schockiert und riss die Augen auf, als sie meine Worte hörte. Sie hielt meine Hand noch ein wenig fester. Es herrschte ein paar Sekunden lang Schweigen, ehe sie sich im Zimmer umsah und dann wieder zu uns blickte. Sie zog die Augenbrauen zusammen. „Wo ist Michael?"

Ich spürte einen schmerzhaften Stich. Die Frage war wie ein Schlag in die Magengrube. Die Ärzte hatten es ihr noch nicht sagen können. Sie wusste es nicht. Sie hatte alles verschlafen und wusste nicht, dass der Mann, mit dem sie zweiundzwanzig Jahre verheiratet gewesen war, ihr Vertrauter seit dem College, tot war. Ich erinnerte mich daran, wie schwer es schon für mich gewesen war, die Nachricht zu hören. Für sie würde es bestimmt noch zehnmal schlimmer sein.

Ich schluckte und öffnete den Mund, als Mom alarmiert die Stimme erhob und meine Nana ansah. „Betty, wo ist Michael?“

Kelsey hatte angefangen zu weinen. Dicke Tränen rollten ihr über die Wangen. Ich räusperte mich und zwang mich dazu, mit fester Stimme zu sprechen, als ich nun zu Nana sah. Sie presste die Lippen zusammen. „Nana, warum gehst du nicht kurz mit Kels raus, um für uns Kaffee und für Mom vielleicht ein paar Zeitschriften und etwas Süßes zu besorgen?“, schlug ich vor.

Nana nickte. Sie schien mir beinahe dankbar zu sein, als sie nun zu Kelsey ging und einen Arm um ihre Schultern legte. „Das ist eine gute Idee. Lass uns ein paar Dinge für deine Mom kaufen, die sie gern hat, ja?“

Kelsey sah zuerst mich und dann meine Mom an, in deren Blick inzwischen Panik stand. Mom schaute zwischen uns beiden hin und her. Sie knabberte nervös an ihrer Unterlippe, die zu bluten begann.

„Geh ruhig, Kels“, ermunterte ich meine Schwester und wies mit einem Kopfnicken zur Tür. Als Kelsey und Nana das Zimmer verließen, machte sich in meinem Innersten ein ungutes Gefühl breit.

„Was ist passiert?“, stieß Mom mit heiserer Stimme hervor, sobald die Tür hinter den beiden ins Schloss gefallen war.

Ich schluckte wieder und wusste nicht genau, was ich sagen sollte. „Mom, es tut mir so leid“, brachte ich heraus, streckte den Arm aus und legte die Hand auf ihre Schulter. Ich drückte sie leicht. „Dad … er …“ Ich schüttelte den Kopf, und mein Blick war durch die Tränen verschwommen, die mir in die Augen stiegen.

Sie atmete scharf ein. Ihr gesamter Körper war mit einem Mal angespannt. „Nein!“, rief sie schluchzend. „Nein, das kann nicht sein. Er würde mich niemals alleinlassen. Das würde er nicht tun. Das muss ein Irrtum sein. Irgendjemand hat da etwas verwechselt. Es kann nicht wahr sein.“ Ihre Stimme brach immer wieder, während sie sprach. Sie nahm den Blick nicht von mir, und ich konnte die Flut der Emotionen in ihren Augen und auf ihrem Gesicht sehen, als sie mich nun stumm anflehte, ihr zu sagen, dass das alles nur ein schrecklicher Irrtum war.

„Es tut mir leid, Mom. Es tut mir so leid“, flüsterte ich, neigte den Kopf und hauchte ihr einen Kuss auf die Wange.

Sie öffnete den Mund und schüttelte energisch den Kopf. „Nein“, sagte sie weinend. „Er ist tot? Dein Vater ist tot?“

Ich nickte knapp. Ich konnte sehen, wie ihr in diesem Moment das Herz brach. Ihr Kinn zitterte, und schmerzvoll verzog sie das Gesicht. „Aber ich kann nicht … Er kann nicht tot sein.“ Der Herzmonitor piepste immer schneller, als sie nun die Hände vors Gesicht schlug und so heftig weinte, dass ihr gesamter Körper bebte. „Ich will auch sterben. Warum bin ich nicht auch gestorben?“, stieß sie durch die Finger hindurch hervor. Ihre Stimme klang gequält und kehlig.

Ich stöhnte. Ihre Worte versetzten mir einen Stich ins Herz. Vorsichtig streckte ich den Arm aus und strich ihr das Haar aus der Stirn. „Mom, es ist schon gut. Ich bin hier, und Kels ist auch da. Wir werden uns um dich kümmern." Ich wusste nicht genau, was ich sagen sollte. Nichts konnte den Schmerz lindern, den sie gerade empfand. Ich konnte nicht mehr tun, als jetzt bei ihr zu sein. Meine Hilflosigkeit war mir zuwider.

„Oh, Michael!", rief Mom weinend aus.

Besorgt blickte ich auf den Überwachungsmonitor. Die Zahlen darauf stiegen höher und höher. Sie musste sich beruhigen. Sie war gerade erst aus dem Koma erwacht. Sie sollte sich nicht so aufregen, das war nicht gut für sie. Schweigen erfüllte den Raum. Nur ihr leises Weinen war über das unregelmäßige Pochen meines eigenen Herzens hinweg zu hören.

Sie ließ die Hände sinken und legte eine Hand auf ihre Brust. Noch immer rannen ihr Tränen übers Gesicht. Mit blutunterlaufenen, glasigen Augen sah sie mich an. „Dein Vater war mein Seelenverwandter, meine zweite Hälfte. Ich wünschte, das hätte ich ihm öfter gesagt. Jetzt ist es zu spät." Ihre Lippe zitterte, und ihr Atem ging stockend.

„Das wusste er, Mom." Da war ich mir sicher. All die liebevollen Blicke, die er ihr heimlich zugeworfen und bei denen ich ihn im Laufe der Jahre erwischt hatte, das verstohlene Lächeln oder das von Herzen kommende „Ich liebe dich!", das er so oft zu ihr gesagt hatte, wenn er sich ungestört geglaubt hatte, waren der Beweis dafür. Er hatte den Boden vergöttert, auf dem sie gelaufen war. Selbst an den Tagen, an denen sie schlecht gelaunt gewesen war. Und er hatte gewusst, dass sie genauso für ihn empfunden hatte.

„Ich hätte es ihm viel öfter zeigen müssen. Manchmal bin ich so schrecklich ungerecht zu ihm gewesen“, sagte sie leise. Sie weinte wieder stärker. Ich hatte keine Ahnung, was ich sagen oder tun konnte, um sie zu trösten, und so beugte ich mich zu ihr hinunter und umarmte sie unsicher. Ich schmiegte mein Gesicht in ihre Halsbeuge und hielt sie, so gut es in dieser Position möglich war. Sie hob die Hand, vergrub sie in meinem Haar und drückte mit der anderen Hand die meine so fest, dass es schon fast schmerzte.

Ihr Körper zitterte und bebte. Ihre Tränen fielen auf mein Haar und benetzten mein Gesicht, als sie sich an mich klammerte. Sie war in ihrem Schmerz verloren. Ich schluckte und versuchte, die Kontrolle über mich zu behalten, als ihr Schmerz drohte, mich nun ebenfalls zu verschlucken. In diesem Moment, als ich die Trauer mit ihr teilte, fühlte ich mich ihr so nahe wie noch nie zuvor. Es war das erste Mal, dass ich sie weinen sah. Die Tränen, die sie kurz vor meiner Abreise vergossen hatte, weil sie angeblich etwas im Auge gehabt hatte, waren nichts gegen diese herzzerreißende, alles verzehrende Trauer.

Irgendwann ging ihre Atmung wieder ruhiger. Ich blickte erneut auf den Überwachungsmonitor und sah nun, wie die Zahlen in der Ecke langsam sanken und wieder ein normaler, gleichmäßiger Rhythmus einsetzte. Langsam löste ich mich von Mom und richtete mich auf. Meine Mutter war eingeschlafen. Ihre Stirn und ihre Wangen waren vom vielen Weinen gerötet.

Ich schluckte, hob die Hand und fuhr mir über mein eigenes tränenüberströmtes Gesicht. Dann setzte ich mich an die Seite ihres Bettes und ergriff ihre Hand. Während ich sie betrachtete, wie sie schlafend dalag, fürchtete ich mich schon vor dem Moment, in dem sie wieder aufwachen und sich erneut dem Schmerz würde stellen müssen, dass sie ihren Seelenverwandten verloren hatte. In der Stille des Zimmers begann ich mich zu fragen, ob es besser und gerechter gewesen wäre, wenn sie *tatsächlich* mit Dad gestorben wäre.

Ein paar Minuten später ging die Tür hinter mir auf. Ich sah auf und bemerkte den Arzt, der hereinkam. „Sie ist wieder eingeschlafen. Ist das normal?“, fragte ich leise. Meine Stimme klang rau und trocken.

Er nickte, nahm das Krankenblatt in die Hand und trug ein paar Dinge ein. „Ganz normal. Ihr Körper kann sich besser selbst heilen, wenn sie schläft. Sie hat viel durchgemacht und großes Glück gehabt. Eine ganze Weile lang stand alles auf Messers Schneide.“

„Ich weiß“, erwiderte ich. Ich wollte nicht zugeben, dass ich zwischendurch die Hoffnung aufgegeben hatte, dass alles wieder gut werden würde.

„Wie lange wird es noch dauern, bis es ihr gut genug geht, um nach Hause zu dürfen?“, wollte ich wissen und strich Mom das Haar aus der Stirn.

Der Arzt lächelte. „Es ist noch ein weiter Weg, und ich fürchte, er wird auch steinig werden. Ihre Mutter wird noch ein paar Tage hierbleiben müssen. Danach wird sie aller Wahrscheinlichkeit nach ein paar Wochen lang einen Rollstuhl brauchen, weil die Verletzungen nicht unerheblich waren. Und sie wird eine Reha und Physiotherapie benötigen, um wieder auf die Beine zu kommen. Aber irgendwann wird sie es wieder. Wenn das Gehirn verletzt war, muss man davon ausgehen, dass es gute, klare, aber auch schlechte Tage geben wird. Sie wird sehr viel tatkräftige und emotionale Unterstützung brauchen."

Ich nickte und hob ihre Hand an meine Lippen. Zärtlich hauchte ich einen Kuss auf ihre Finger. „Das ist schon okay. Ich werde da sein." Und das würde ich. Für immer.

22. Kapitel

Die Stimmung auf der Rückfahrt von der Klinik war um einiges nüchterner als auf dem Hinweg. Wir waren alle so euphorisch gewesen, als wir die Nachricht erhalten hatten, dass Mom aufgewacht war. Niemand hatte daran gedacht, dass Mom die Ereignisse der vergangenen zwei Wochen nicht mitbekommen und nichts vom Tod meines Dads gewusst hatte. Wenn es überhaupt möglich war, dann war unsere Laune noch gedrückter als in den Tagen zuvor. Wir alle teilten die Trauer meiner Mutter.

Sie war während unseres Besuchs immer wieder aufgewacht und dann erneut eingeschlafen. Und jedes Mal war es schlimm und herzzerreißend gewesen, weil sie sich immer aufs Neue erinnert hatte und in Tränen ausgebrochen war. Am schlimmsten hatte sie getroffen, dass die Beerdigung bereits stattgefunden hatte. Sie war am Boden zerstört gewesen, weil sie sich nicht hatte verabschieden können. Sie hatte geweint und fragte sich, was Michael wohl davon gehalten hätte, dass sie nicht dabei gewesen war. Wir hatten nichts tun können, um sie zu trösten. Die Schuld, die ich fühlte, breitete sich in meinem Innersten aus und versetzte meinem Herzen einen schmerzhaften Stich. Doch der vernünftige Teil von mir wusste, dass ich keinen Grund hatte, mich zu quälen. Die Ärzte hatten mir geraten, nicht mit der Beerdigung zu warten, weil sie sich nicht sicher gewesen waren, ob meine Mom je wieder aufwachen würde. Wir hätten eine Ewigkeit vergeblich darauf warten können. Niemand hatte die Zukunft vorhersagen können.

Ein Teil von mir entschied sogar, dass es gut gewesen war, dass meine Mom das alles versäumt hatte. Ihre letzten Erinnerungen an Dad waren ungetrübt. Sie konnte sich nicht an den Unfall erinnern. Sie wusste nur noch, dass sie im Auto gesessen und mein Dad einen Song von Spandau Ballet im Radio mitgesungen hatte – und das sehr schlecht, um sie zum Lachen zu bringen.

Ich beneidete sie. Immer wenn ich jetzt an meinen Dad dachte, war alles, was ich vor meinem geistigen Auge sah, die Beerdigung, die weinenden Gäste und den Sarg, der auf dem Podest gestanden hatte. Vielleicht war es gar nicht so schlecht, dass sie das alles verschlafen hatte. Ich wünschte mir, ich hätte es auch verschlafen können.

Meine Mom im Krankenhaus zurückzulassen und nach Hause zu fahren, war schwer gewesen. Sie war so traurig und schwach und schien nur noch ein Schatten der starken und kontrollierten Frau zu sein, die ich kannte und liebte. Es war, als wäre sie ein kleines Mädchen, das in einem Sturm verloren gegangen war. Das Klinikpersonal hatte ihr schließlich ein Beruhigungsmittel gegeben, damit sie hatte schlafen können, weil ihr Puls schon wieder viel zu hoch gewesen war. Als sie wieder eingeschlafen war, waren wir gegangen, hatten uns in meinen Wagen gequetscht und waren nach Hause gefahren.

Der Besuch hatte bei uns allen Spuren hinterlassen. Als ich kurz in den Rückspiegel sah, bemerkte ich, dass Kelsey den Kopf an die Scheibe gelehnt hatte und ins Leere starrte, während sie die Hände in ihrem Schoß wand. Seit wir aus dem Krankenhaus aufgebrochen waren, hatte sie keinen Ton mehr gesagt.

Als ich auf die Einfahrt bog, sah ich einen Wagen, der an der Bordsteinkante hielt. Die Scheinwerfer gingen aus. Jamie. Ich stieg aus dem Auto und sah, dass er dieses Mal viel offener vor unserem Haus geparkt hatte. Er stand am Ende unseres Grundstücks am Straßenrand und nicht ein paar Häuser weiter. Vielleicht lag es daran, dass ich inzwischen wusste, dass er mich im Auge hatte – er musste sich also nicht mehr verstecken.

Kelsey blickte ebenfalls in Richtung des geparkten Wagens und runzelte die Stirn. Unwillkürlich hielt ich die Luft an und hoffte, dass sie meinen Exfreund nicht erkennen und keine Fragen stellen würde. Ich konnte heute Abend nicht noch mehr Drama gebrauchen. Wenn ich ehrlich war, sehnte ich mich nur noch nach einem starken Drink. Glücklicherweise sagt Kels nichts. Jamies Wagen fesselte ihre Aufmerksamkeit nur kurz, ehe sie mit Nana zusammen ins Haus ging.

Ich hob die Hand und winkte Jamie kurz zu – es war eine höfliche Geste, mit der ich anerkannte, dass er hier Wache hielt. Dann verschwand ich ebenfalls im Haus.

„Ich werde uns etwas zu essen machen“, sagte Nana, ging sofort in die Küche und öffnete den Kühlschrank. Als das Wort „essen“ fiel, fing mein Magen an zu knurren. Mir fiel ein, dass ich die Lebensmittel, die meine Nana hatte haben wollen, gar nicht mitgebracht hatte. Wahrscheinlich lagen sie noch immer verstreut auf dem Parkplatz des Ladens, wo ich sie hatte fallen lassen. Glücklicherweise hatte Nana die Sachen in der ganzen

Aufregung nicht mehr erwähnt. Ich warf einen Blick auf die Uhr und stellte fest, dass es nach zwanzig Uhr war. Es war ein sehr langer Tag gewesen.

Kelsey und ich setzten uns ins Wohnzimmer und taten so, als würden wir fernsehen, um uns nicht unterhalten zu müssen. Nana hantierte unterdessen in der Küche herum. Als sie fünfzehn Minuten später mit drei Tellern zurückkehrte, auf denen Quesadillas mit Käse und Tomaten lagen, lief mir das Wasser im Mund zusammen. Tatsächlich zu essen, war allerdings eine ganz andere Sache. Ich konnte mich einfach nicht konzentrieren und schob das Essen nur auf dem Teller herum, während ich ununterbrochen daran denken musste, was meine Mom heute gesagt hatte. Irgendwann gab ich den Versuch auf, etwas zu mir zu nehmen.

„Ich werde mir ein Bad einlassen“, verkündete ich, erhob mich und trug Nana und Kelseys Teller, die ebenfalls noch fast voll waren, in die Küche. Nachdem ich die Essensreste in den Mülleimer befördert hatte, lief ich nach oben und ging ins Badezimmer. Ich drehte das Wasser auf, gab ein wenig Badesalz in die Wanne und starrte vor mich hin, während mich der Wasserdampf wie eine Wolke umgab und den Spiegel beschlagen ließ.

Langsam zog ich mich aus und glitt dann in das heiße Wasser. Ich schloss die Augen, als das Wasser meinen Hals und mein Kinn umspülte. Der blumige Duft des Badesalzes kitzelte in meiner Nase. Eine ganze Weile lag ich einfach so da. Das Wasser wurde allmählich kalt, während ich darüber nachdachte, wie die Zukunft meiner Mutter aussehen würde und wie sie mit meiner Zukunft verknüpft wäre. Die Gespräche mit Toby kamen mir wieder ins Gedächtnis, die unausgesprochenen Worte, die am Flughafen zwischen uns gehangen hatten, das Verständnis in seinem wissenden Blick, als er mich zum Abschied geküsst hatte.

Ich seufzte und setzte mich auf, schob mir die nassen Haare aus dem Gesicht und starrte an die Decke. Ich musste mit ihm reden. Ich wollte hier bei meiner Familie bleiben, und er musste bei seiner Familie in Großbritannien sein – eine aussichtslose Situation für uns beide, die nur noch mehr Schmerz bedeutete.

Nachdem ich mir die Haare gewaschen und mich abgeseift hatte, stieg ich aus der Wanne und schlang ein flauschiges Handtuch um mich. Dann tapste ich in mein Schlafzimmer. Nachdem ich mich kurz abgetrocknet und meine zerzausten roten Haare gekämmt hatte, holte ich meinen gemütlichsten Pyjama hervor, auf den schlafende Pandabären gedruckt waren. Außerdem zog ich einen alten Kapuzenpulli meines Highschool-Teams aus dem Schrank. Als ich ihn anziehen wollte, bemerkte ich, dass er nicht mehr passte, doch ich zerrte ihn trotzdem über meinen Oberkörper. Er war ein bisschen zu eng – vor allem am Bauch und am Busen. Ich erinnerte mich daran, wie der Pulli in der Highschool meinen flachen Bauch unterstrichen und sich perfekt an meine Hüften geschmiegt hatte. Missmutig zog ich die Nase kraus und spielte mit dem Gedanken, eine Diät zu machen, um die überflüssigen vierzehn Pfund, die ich im Laufe der letzten Jahre zugenommen hatte, wieder loszuwerden. Aber dann fiel mir ein, dass ich einfach zu gern Schokoladenkuchen aß. Also verwarf ich den Gedanken wieder. Ich war nicht übergewichtig, ich war nur nicht mehr die durchtrainierte dünne Cheerleaderin, die ich früher mal gewesen war.

Ich lächelte in mich hinein, nahm mein kaputtes Handy in die Hand und suchte Tobys Nummer heraus. Erst als es klingelte, fiel mir die Zeitverschiebung wieder ein. Ich zuckte zusammen, als Toby sich mit rauer, schlaftrunkener Stimme meldete, und warf einen Blick auf die Uhr. Hier war es fast zweiundzwanzig Uhr. Das hieß, dass es in England ungefähr drei Uhr morgens war.

„Es tut mir so leid! Die Zeitverschiebung habe ich ganz vergessen", meldete ich mich eilig und hockte mich auf die Bettkante.

Toby räusperte sich, und ich konnte im Hintergrund hören, wie die Bettdecke raschelte. „Das ist schon okay. Mach dir keine Gedanken."

„Entschuldige, Toby", flüsterte ich.

„Ehrlich. Es ist schon in Ordnung. Ich unterhalte mich gern mit dir, also ist es gut so", erwiderte er. Seine Stimme klang weich und sinnlich, da er gerade erst aufgewacht war. „Wie geht es dir?"

„Meine Mom ist aufgewacht." Ich lächelte.

„Verdammt, das sind tolle Neuigkeiten!"

„Ja." Ich nickte, und selbst mir entging der traurige Unterton in meiner Stimme nicht. Es überraschte mich nicht, dass auch Toby ihn bemerkte.

„Was ist los? Du klingst nicht so fröhlich wie sonst."

Ich seufzte, beugte mich vor, stützte den Kopf in die Hand und den Ellbogen auf mein Knie. „Es war ziemlich hart, das ist alles. Sie wusste ja nichts von Dad, also musste ich es ihr erklären." Ich biss mir von innen auf die

Wange und versuchte, mir nicht wieder ihre niedergeschlagene Miene ins Gedächtnis zu rufen.

„Verflucht, das ist 'art“, entgegnete er und klang unglaublich mitfühlend. „Geht es dir gut?“

Muss ja. „Das wird schon.“ Wir würden uns irgendwann alle wieder besser fühlen.

„Wenn sie aufgewacht ist, bedeutet das, dass sie bald nach 'ause kommen wird, oder?“, fragte Toby.

Ich schloss die Augen. Das war der Startschuss für das Gespräch, das ich mit ihm führen musste. Ich würde ihm nun sagen müssen, dass ich nicht mehr zurückkehren würde. Obwohl ich wusste, dass ich es ihm sagen musste, wollte ich es nicht. Ich hätte niemals damit gerechnet, dass es so enden würde. Genau genommen, hätte ich niemals damit gerechnet, dass es überhaupt enden würde. Wenn das alles nicht passiert wäre, hätte ich den Rest meines Lebens mit ihm zusammen verbracht, wäre eine zufriedene Stiefmutter für die beiden Jungs gewesen, die uns an den Wochenenden besucht hätten, hätte den Pub mit ihm geleitet und wäre jede Nacht zu diesem wundervollen Menschen ins Bett geschlüpft. Doch das Schicksal hatte etwas anderes für uns vorgesehen.

„Die Ärzte meinten, dass sie noch ein paar Tage im Krankenhaus bleiben muss. Wenn sie dann entlassen wird, braucht sie viel Hilfe, um sich wieder zu erholen.“ Ich räusperte mich und holte dann tief Luft. „Toby, wir müssen reden“, begann ich und rang nach Worten. „Ich … ich …“ *O Gott, warum ist es nur so schwer, das Richtige zu tun?*

Er seufzte schwer, und sein Atem war durch das Telefon gut als Rauschen zu hören. „Ich weiß, was du sagen willst.“

Mir stockte der Atem. „Tatsächlich?“ Meine Stimme war nicht mehr als ein Flüstern.

Wieder seufzte er. „Ja. Ich ’abe es in deinen Augen gesehen. Du willst deine Familie nicht verlassen. Du willst dableiben und nicht mehr nach ’ause zurückkommen.“

Ich nickte. Er hatte es richtig zusammengefasst – bis auf eine Sache: Ich war *hier* zu Hause. London war nie wirklich mein Zuhause gewesen. Genauso wenig wie er. Ich hatte es mir nur einfach nicht eingestehen wollen. „Es tut mir so leid“, brachte ich mit brüchiger Stimme hervor. Und das entsprach der Wahrheit. Ich hatte ihm nie wehtun wollen, doch nun führte kein Weg daran vorbei. Wir lebten an entgegengesetzten Enden der Welt.

„Es ist schon in Ordnung, Ellie. Ich verstehe das. Wirklich. Versteh mich nicht falsch – ich bin enttäuscht und traurig, aber ich verstehe es. Ich weiß, wie viel dir deine Familie bedeutet, und nach allem, was passiert ist, kann ich sehen, warum du diese Entscheidung treffen musstest.“

„Ich wollte dir nie wehtun“, sagte ich ernst.

„Das weiß ich, Schatz. Doch es liegt an der Geografie. Die ’at uns einen Strich durch die Rechnung gemacht. Wir ’atten nie wirklich eine Chance.“ Er bemühte sich, tapfer zu sein und gute Miene zum bösen Spiel zu machen. Er versuchte sogar, fröhlich zu klingen. Doch ich konnte die Traurigkeit in seiner Stimme hören. Er verstand mich vielleicht, aber es verletzte ihn trotzdem. „Ich liebe dich. Ich wünschte, die Dinge lägen anders, doch wenn die Geografie spricht, müssen alle ge’orchen“, scherzte er.

„Ich liebe dich auch.“ Die Worte waren aufrichtig empfunden. Sie kamen von Herzen. Auf eine Art hatte er mich gerettet. Ich war ein anderer Mensch gewesen, als wir uns damals begegnet waren, und er hatte mir geholfen, wieder auf die Beine zu kommen, hatte mich unterstützt bei meiner Suche nach mir selbst. Ich schuldete ihm mehr, als ich ihm je würde zurückgeben können. Ich hatte immer geglaubt, dass das reichen würde, um eine Beziehung darauf aufzubauen, doch jetzt wurde mir klar, dass es nicht so war. „Ich werde dich unheimlich vermissen.“ Ich würde seine Scherze vermissen, sein ansteckendes Lachen, seine Güte und seine verschmitzt-lässige Londoner Art.

„Wir können in Kontakt bleiben, telefonieren, reden und uns gegenseitig auf dem Laufenden ’alten. Ich will dich nicht ganz verlieren.“ Seine Worte klangen ehrlich, und ich konnte die Traurigkeit darin hören, die er eigentlich hatte verbergen wollen.

Ich nickte zustimmend. Wir würden tatsächlich Freunde bleiben – da war ich mir sicher. Toby war mit unglaublich vielen Leuten befreundet. Sogar mit seiner Exfrau. Ich wusste, dass wir wirklich in Kontakt bleiben würden. „Du wirst mich nicht ganz verlieren“, versprach ich.

„Gut. Denn das würde mir überhaupt nicht gefallen.“ Er räusperte sich. „’ör mal, ich sollte jetzt weiterschlafen. Ich muss morgen früh raus. Wir ’ören dann die Tage voneinander, ja?“

Ich wusste, dass er das Telefonat einfach nur beenden wollte. Anrufe, bei denen man miteinander Schluss machte, gehörten nicht gerade zu den angenehmsten

Dingen. „Ja“, stimmte ich zu. „Ich rufe dich in ein paar Tagen an.“

„Gut. Und falls sich irgendetwas ändern sollte oder du reden willst, ruf mich jederzeit an. Ich werde auch weiterhin für dich da sein.“

Ich lächelte. Tobys Güte war etwas, was ich an ihm liebte. Seine Güte und sein Talent, aus allem einen Witz zu machen – auch wenn es nur ein schrecklich krummes Wortspiel im Supermarkt war. „Danke. Und das Gleiche gilt für dich. Grüß die Jungs von mir, wenn du sie das nächste Mal triffst“, sagte ich. Bei dem Gedanken, die Jungen nicht mehr wiederzusehen, zog sich mein Herz zusammen. Es tat weh. Aber nicht so sehr, wie ich es erwartet hatte.

Toby beendete das Gespräch, und ich legte mich aufs Bett. Ich wusste, dass ich das Richtige getan hatte. Ich hatte die richtige Entscheidung für mich getroffen. Für Toby mochte es sich im Moment nicht so anfühlen, doch irgendwann würde er verstehen, dass es auch für ihn so am besten war. Ich liebte ihn, aber ich war nie bis über beide Ohren und leidenschaftlich in ihn verliebt gewesen. Und eine solch leidenschaftliche, tiefe Liebe hatte er verdient. Er war ein so guter Mensch. Er verdiente jemanden, dessen Herz einen Hüpfer machte, sobald er – nur mit einem Handtuch um die Hüften – das Zimmer betrat. Er verdiente eine Frau, die unwillkürlich die Oberschenkel zusammenkniff, wenn er sie berührte. Er verdiente jemanden, der in Verzückung geriet, wenn er lächelte. Diese Frau war ich einfach nicht. Ich war es nie gewesen. Eine ganze Zeit lang hatte ich geglaubt, dass es dennoch in Ordnung wäre, doch ich hatte uns beiden etwas vorgemacht. Wir hatten uns aufeinander eingestellt, doch Menschen wie Toby verdienten etwas Besseres als das.

Ich war froh und erleichtert, dass es endlich ausgesprochen worden war. Jetzt konnten wir nach vorn blicken, und ich konnte mich darauf konzentrieren, dass es meiner Familie Stück für Stück wieder besser ging und dass sich alle erholten. Ich schlüpfte in die flauschigen pinkfarbenen Slipper, die Kelsey mir zum achtzehnten Geburtstag geschenkt hatte, und tapste aus dem Zimmer und die Treppe hinunter. In der Küche wollte ich mir einen heißen Kakao machen.

Am Fuß der Treppe angekommen, ging ich zur Haustür, schob den Vorhang ein Stückchen zur Seite und blickte hinaus. Jamies Auto parkte noch immer an derselben Stelle. Ich runzelte die Stirn und fragte mich, wie lange er noch vorhatte, da draußen zu stehen und jeden meiner Schritte zu beobachten. Es war zwar ein bisschen seltsam, aber ich konnte verstehen, warum er so vorsichtig war und mich beschützen wollte.

Ich erinnerte mich wieder daran, wie ich in seiner Wohnung gewesen war und wie er meine Tränen getrocknet und mir gesagt hatte, dass er damals eine gemeinsame Zukunft für uns geplant hatte. Und ich erinnerte mich daran, wie er mich gefragt hatte, ob es jetzt zu spät für uns zwei wäre.

Ich schluckte, und mein Herz zog sich bei der Erinnerung zusammen. Meine Entscheidung, hierzubleiben und nicht nach England zurückzukehren, hatte nichts mit Jamie zu tun. Unterbewusst hatte ich diese Entscheidung schon getroffen, bevor ich ihn im Club wiedergesehen hatte. Ich wollte in der Nähe meiner Familie sein.

Ich wollte zu Hause sein, statt mit Toby an einem anderen Ort zu wohnen. Jamie hatte bei meinem Entschluss keine Rolle gespielt … Zumindest nicht am Anfang. Jetzt wusste ich es nicht mehr so genau.

Ich schob die Gedanken beiseite und ging ins Wohnzimmer. Kelsey und Nana saßen zusammen auf der Couch und sahen fern. „Möchte noch jemand einen heißen Kakao? Ich meine, ich hätte vorhin im Schrank auch noch ein paar Marshmallows gesehen“, sagte ich.

Die beiden nickten eifrig, und ich ging in die Küche. Dort nahm ich die Milch aus dem Kühlschrank und gab etwas davon in einen Topf. Als ich mich bückte, um die Tüte zurückzustellen, sah ich das Hühnchen, das vom Vorabend übrig geblieben war. Sofort wanderten meine Gedanken wieder zu Jamie. Hatte er etwas zu essen bekommen? Ich biss mir auf die Innenseite der Wange und nahm das Hühnchen und die Mayonnaise aus dem Kühlschrank. Dann machte ich mich daran, ihm ein Sandwich zu belegen, während die Milch im Topf leise blubberte.

Als alles fertig war, brachte ich den Kakao ins Wohnzimmer und stellte die Becher auf den Tisch, ehe ich wieder in die Küche zurücklief, um den Teller mit Essen und einen weiteren Kakao für Jamie zu holen. So leise wie möglich – ich hatte keine Lust, irgendwelche Fragen zu beantworten – schlich ich mich aus dem Haus und schloss behutsam die Tür hinter mir.

Als ich durch den Vorgarten ging und mein Haar vom Wind zerzaust wurde, machte Jamie das Fenster auf. Ich lächelte ihm verhalten zu und reichte ihm den Teller und den Becher. Dankbar nahm er alles entgegen. „Ich dachte, du hättest vielleicht Hunger. Ich habe nicht mitbekommen, ob du schon etwas gegessen hast", sagte ich, als er herzhaft in das Sandwich biss und gierig kaute.

„Ich bin am Verhungern", murmelte er mit vollem Mund. „Danke." Seine Augen blitzten in der Dunkelheit auf, als ich mich etwas vorbeugte, um besser in das Auto hineinsehen zu können.

„Jamie, wie lange wirst du hier noch Wache halten?"

Er zuckte die Achseln und stellte den Kakaobecher auf das Armaturenbrett, wo dieser mit Sicherheit einen ringförmigen Abdruck auf der teuren Innenausstattung hinterlassen würde. Innerlich schimpfte ich auf mich, weil ich nicht daran gedacht hatte, Jamie einen Untersetzer oder etwas Ähnliches mitzubringen. „Ich verschwinde in ein paar Stunden. Jemand anders wird das Haus dann heute Abend überwachen, aber morgen bin ich wieder da."

„Das habe ich nicht gemeint."

Er seufzte schwer und wandte sich mir zu, sodass wir uns beinahe auf einer Höhe ansehen konnten. „Ich weiß es nicht. Ich habe Leute losgeschickt, die den Kerl finden sollen, der den Auftrag für die Entführung gegeben hat. Aber ich habe keine Ahnung, wie lange es dauern wird, ihn ausfindig zu machen." In seinen Augen standen Wut und Sorge.

„Oh", murmelte ich. Es missfiel mir, dass man auf mich aufpassen musste. Ich schob die Hände in die Tasche meines Kapuzenpullis und verschränkte sie vor meinem Bauch. „Wir müssen noch mal über etwas reden. Du weißt schon ..."

Er nickte und stellte den Teller neben den Becher auf das Armaturenbrett. „Jetzt? Wir könnten uns einen Kaffee holen“, schlug er vor und klang dabei mehr als bereit. Ich versuchte, das Flattern in meinem Magen nicht weiter zu beachten. Insgeheim gefiel es mir, dass er mehr Zeit mit mir verbringen wollte.

Ich blickte auf meine pinkfarbenen Plüschslipper, meinen Pyjama und den viel zu kleinen Kapuzenpulli und zog eine Augenbraue hoch. „Für den Anlass bin ich nicht gerade passend gekleidet.“ Ich zuckte mit den Schultern.

Er verzog die Mundwinkel zu einem Lächeln. Dann ließ er seinen Blick so langsam über mich gleiten, dass ich spürte, wie mir die Hitze in die Wangen stieg. „Ist mir egal. Ich finde dich wunderschön.“

Ich musste lächeln. *Kitschig.* Ich seufzte und schüttelte den Kopf. Müdigkeit überkam mich. „Heute Abend nicht, okay? Ich bin einfach viel zu müde.“ Ich sah zum Haus und hob die Hand, um mir meine noch immer feuchten, zerzausten Haare hinters Ohr zu streichen. Der kühle Wind wehte sie jedoch wieder hervor. „Ich sollte jetzt reingehen. Gute Nacht, Jamie.“ Ich drehte mich zum Haus um und ging davon, ohne seine Antwort abzuwarten.

„Ellie?“

Ich hatte erst ein paar Schritte gemacht, als er mich zurückrief. Ich blieb stehen, wandte mich um und sah, dass er aus dem Wagen stieg. Er war groß und schlank und umwerfend, als er nun auf mich zukam. Er sagte kein Wort, als er die Arme um mich schlang, mich umarmte und festhielt. Ich seufzte tief und schmiegte mich an ihn. Dann schloss ich die Augen und legte die Arme um seine Taille. Wir waren einander so nahe, dass ich sein Herz spüren konnte. Ein Gefühl der Sicherheit und

Geborgenheit überkam mich, als mir sein Duft in die Nase stieg.

Ich legte den Kopf in seine Halsbeuge und strich mit der Nase über seine Haut. Er stöhnte leise auf. Behutsam grub er die Fingerspitzen in meinen Rücken und zog mich noch enger an sich, während ich das wundervolle Gefühl genoss, wieder in seinen Armen zu liegen. Es fühlte sich so richtig an. In diesem Moment kam es mir vor, als wäre ich nach Hause gekommen.

Er schmiegte das Gesicht an meinen Kopf, hauchte mir einen Kuss aufs Haar, und jede Zelle meines Körpers erwachte zum Leben und fing an zu kribbeln. Das Verlangen, das ich in meinem Innersten spürte, wurde von einem leichten Lodern zu einem Feuer. Ich wollte ihm noch näher sein. Ich wollte dahinschmelzen, eins mit ihm werden, all meine Probleme vergessen. Es sollte für immer so sein.

Vorsichtig löste er sich von mir, ohne mich jedoch loszulassen. Ich konnte die Begierde in seinem Blick sehen. Sein Verlangen war vermutlich genauso stark wie meines. Ich lächelte dankbar. Diese Umarmung hatte ich gebraucht – ohne dass es mir bewusst gewesen war.

Eigentlich wollte ich für immer und ewig in seinen Armen liegen, doch mit größter Anstrengung gelang es mir, einen Schritt zurückzumachen und etwas Distanz zwischen uns zu bringen. „Gute Nacht, Jamie."

Das Grübchen erschien auf seiner Wange. Und das Lächeln erreichte auch seine Augen. Er ließ die Arme sinken. „Gute Nacht, Kleine." Seine Stimme klang rau. Begehren schwang darin mit, und meine Körpermitte zog sich unwillkürlich zusammen. Dass er mich so nannte, wie er mich früher immer genannt hatte, ließ meine Gefühle in diesem Moment noch stärker werden.

Ich lächelte und hoffte, dass Jamie in der Dunkelheit nicht erkennen konnte, dass ich rot geworden war. Er sollte nicht merken, wie sehr mir der Kosename noch immer gefiel. Ich machte auf dem Absatz kehrt und ging zum Haus zurück. Wahrscheinlich würde ich in dieser Nacht zum ersten Mal seit zwei Wochen wieder schlafen können.

23. Kapitel

Als ich an der Haustür meine Sneakers und meinen Mantel anzog, streckte ich den Arm aus, schob den Vorhang zur Seite und warf einen Blick hinaus. Ich sah den blauen Astra, der noch immer am Ende des Grundstücks parkte. Ein junger blonder Typ saß am Steuer und wirkte gelangweilt. Ich war ein bisschen enttäuscht – genau wie bei den letzten drei Malen, die ich nach draußen geschaut und bemerkt hatte, dass es nicht Jamie war, der das Haus bewachte. Er war heute Morgen verschwunden und durch diesen Typ ersetzt worden, den ich noch nie zuvor gesehen hatte. Die Enttäuschung, dass es nicht Jamie war, traf mich viel heftiger, als ich erwartet hätte. Nachdem er mich in der vergangenen Nacht auf dem Rasen vor unserem Haus umarmt hatte, hatte ich nicht aufhören können, an ihn zu denken. Daran, wie schön es sich angefühlt hatte, wieder in seinen Armen zu liegen, wie unglaublich gut er geduftet hatte und wie sehnsüchtig mein Herz auf das Grübchen in seiner Wange reagiert hatte. Danach war ich zum ersten Mal seit Langem friedlich eingeschlafen.

Seufzend verabschiedete ich mich von meiner Nana und ging hinaus. Ich lief zu meinem Wagen und ignorierte den Kerl in dem Astra, der den Motor anließ, um mir zu meinem Ziel zu folgen – dem Krankenhaus.

Wir hatten versucht, die Besuche bei meiner Mutter unter uns aufzuteilen, sodass in der Besuchszeit immer einer von uns bei ihr war. Nana war heute Morgen ins Krankenhaus gefahren, als Kelsey in der Schule gewesen war. Ich fuhr jetzt am Nachmittag in die Klinik, und heute Abend würden wir meine Mutter wahrscheinlich alle zusammen noch einmal besuchen.

Als ich in ihr Zimmer kam, saß Mom aufrecht im Bett. Der Fernsehapparat lief leise, doch sie sah nicht hin, starrte nur abwesend in die Richtung. Nana hatte mir erzählt, dass es Mom ein bisschen besser gehen würde, dass sie nicht mehr wie am Tag zuvor ständig einschlafen und wieder aufwachen würde und dass sie nicht so viel geweint hätte. Es war das erste Mal, dass ich Mom sah, nachdem ich ihr hatte erklären müssen, dass mein Vater gestorben war.

„Hi, Mom", begrüßte ich sie, trat ins Zimmer und legte die Trauben, die Nana mir mitgegeben hatte, auf den kleinen Tisch.

Mom sah auf und lächelte leicht. „Guten Tag, Ellison."

Ich ging zu ihr und gab ihr einen Kuss auf die Haare. „Wie geht es dir heute?", erkundigte ich mich, setzte mich auf die Bettkante und sah Mom besorgt an. Ihre Augen waren rot umrändert und ihre Wangen fleckig und gerötet. Sie sah aus, als hätte sie gerade noch geweint.

Sie hob eine zitternde Hand und schob sich die Haare aus der Stirn. „Mir geht es besser. Sie haben mir heute andere Schmerzmittel gegeben. Ich bin zwar ein bisschen benommen, aber die Schmerzen in meiner Hüfte und in meinem Bein sind nicht mehr so schlimm wie vorher."

Ich nickte. „Das ist doch gut. Also nicht die Benommenheit, aber die nachlassenden Schmerzen."

„Ja“, erwiderte sie und sah mich aufmerksam an. „Geht es *dir* gut?“

„Na klar“, antwortete ich ganz automatisch, streckte den Arm aus, öffnete die Tüte mit den Weintrauben und nahm mir ein paar. Ich sah zum Fernseher. „Was siehst du dir an?“

Sie seufzte schwer. „Irgendeine schreckliche Seifenoper. Ich hatte ganz vergessen, wie schlecht das Fernsehprogramm tagsüber ist.“

Ich lächelte und blickte auf den Bildschirm. Unwillkürlich wanderten meine Gedanken zu Jamie. Mom streckte die Hand aus und legte sie sacht auf meinen Arm. Ich sah sie an und bemerkte, dass sie anscheinend etwas gesagt hatte, während ich in meine eigene kleine Welt abgetaucht war.

„Ellison, stimmt etwas nicht? Du wirkst so abwesend.“

Ich zuckte mit den Schultern und nahm mir noch eine Traube. „Es ist alles in Ordnung. Tut mir leid, was hast du gesagt?“

Sie seufzte. In ihren Augen stand Sorge, als sie mich nun ansah. „Ich habe gefragt, wann du zurück nach London fliegst?“

Langsam schüttelte ich den Kopf. „Ich werde nicht nach London zurückkehren. Ich habe beschlossen, dass ich lieber hierbleiben möchte. Mein Zuhause ist hier bei euch.“

Sie zuckte zusammen und sah mich mit offenem Mund an. „Du bleibst hier?“

Ich nickte und steckte mir eine weitere Traube in den Mund. „Ja. Ich habe gestern Nacht mit Toby gesprochen. Es ist alles entschieden.“

„Aber wie soll es zwischen euch weitergehen?“, brachte sie hervor und durchbohrte mich mit ihrem Blick.

„Wir haben uns getrennt“, erwiderte ich. „Einvernehmlich und freundschaftlich. Es war die einzige Lösung. Ich möchte hierbleiben, und er kann wegen seiner Kinder nicht umziehen.“

Sie machte eine Pause, bevor sie weitersprach. Sie schien nach den richtigen Worten zu suchen. „Ellison, glaub nicht, dass ich mich nicht wahnsinnig darüber freuen würde, dass du hierbleibst. Das tue ich. Ich habe dich so vermisst, als du fort warst. Es kam mir vor, als wäre damals ein Teil von mir mit dir fortgegangen. Aber falls deine Entscheidung etwas mit mir und dem Unfall zu tun hat … Ich werde bald wieder zu Hause sein und kann mich dann um Kels kümmern. Du musst das also nicht tun. Ich will nur, dass du glücklich bist. Ich will nicht, dass du dein Leben aufgibst, um bei uns zu bleiben.“

Ich seufzte und fummelte an einer Ecke des Bettlakens herum. Ich hatte noch mit niemandem darüber gesprochen. Bis jetzt hatte ich es noch nicht einmal mir selbst ganz eingestanden. „Das Ding ist, Mom, dass ich mir nicht sicher bin, ob das mein Leben sein sollte. Ich frage mich, ob ich vielleicht nur vor allem davongelaufen bin und mich in London verkrochen habe, weil es so leichter war, als zurückzukehren und mich den Dingen zu stellen.“

„Was meinst du damit?“

Ich schluckte und sah Jamies Lächeln vor meinem geistigen Auge. Wie hatte ich je denken können, dass ich mein Leben an Tobys Seite verbringen sollte, wenn ein Teil meines Herzens noch immer Jamie allein gehörte? Ich runzelte die Stirn und stellte die Frage, die ich mir heute Morgen immer und immer wieder gestellt hatte. „Mom, bist du je über deine erste große Liebe hinweggekommen?“

„Geht es hier um Miles?“, fragte sie.

Ich stieß ein bitteres Lachen aus und schüttelte den Kopf. „Nein.“

Sie schürzte die Lippen. „Jamie?“

Ich nickte. Er war meine erste große Liebe gewesen. Und, wie mir klar geworden war, meine einzige Liebe. „Ja. Ich habe ihn neulich wiedergesehen, und wir haben geredet. Es hat all die alten Gefühle wieder an die Oberfläche gebracht. Wir haben darüber gesprochen, was passiert ist und warum wir uns getrennt haben. Er hat mir einige Dinge erzählt, die die ganze Sache damals in einem vollkommen anderen Licht erscheinen lassen.“

Sie lehnte sich in die Kissen zurück und sah mich eindringlich an. „Was denn zum Beispiel?“

Finster starrte ich auf die Bettdecke. Ich konnte ihr nicht verraten, was er mir alles erzählt hatte. Sie wusste nichts über seine Vergangenheit. Ich hatte sein Geheimnis immer bewahrt, weil er nicht wollte, dass sein Umfeld davon wusste. Ich konnte ihr jetzt nicht sagen, dass er in jener Nacht verhaftet worden war. Unsicher biss ich mir auf die Innenseite meiner Wange und fragte mich, wie ich ihr das alles erklären sollte, ohne die ganze Wahrheit preiszugeben. „Er meinte, dass er einen riesigen Fehler gemacht hätte, als er sich von mir getrennt hat, und dass er gern mit mir zusammen auf die Reise gegangen wäre, aber dass er eben ...“ Fieberhaft dachte ich über ein Wort nach, das passte und nicht „verhaftet“ lautete. „Von seiner Angst überwältigt wurde“, fuhr ich schließlich fort. „Das mit uns ging so schnell, dass er Angst bekam. Deshalb haben wir uns getrennt. Er bereute es, aber es war zu spät, um es zurückzunehmen, weil ich schon abgereist war und nicht mehr zurückgekehrt bin ...“

Meine Mutter schwieg. Ich sah sie an und rechnete damit, dass sie darüber wütend sein würde. Doch stattdessen wirkte sie sehr nachdenklich. „Ich habe mich schon immer gefragt, was für ein seltsames Ende das war. Der Junge war so verliebt in dich. Selbst ich konnte das sehen. Ich hätte niemals so etwas kommen sehen. Ich dachte, das mit euch wäre etwas Festes. Dein Vater meinte sogar, dass ihr beide bestimmt in ein oder zwei Jahren heiraten würdet. Ich habe mich immer gefragt, was der Auslöser für die Trennung gewesen sein mochte. Du hast uns nie die ganze Geschichte erzählt“, sagte sie nachdenklich. „Liebst du ihn noch immer?“

Ich schluckte. „Ich werde ihn immer lieben – das ist ja das Schwierige“, gab ich zu.

Sie nickte. „Und was ist mit Toby?“

„Wir hatten eine ganz andere Art von Beziehung. Ich liebe ihn auch, aber ... Ach, das war etwas ganz anderes. Ich frage mich, ob ich mich vielleicht einfach an ihn gehängt habe, weil er so gut zu mir war und weil er der erste Mann war, dem ich mich nach Jamie wieder nahe gefühlt habe“, sagte ich. „Ich glaube nicht, dass ich je wirklich über Jamie hinweggekommen bin.“ Dass es tatsächlich so war, stand für mich außer Frage: Ich war nie über ihn hinweggekommen, und daran würde sich auch nie etwas ändern.

Meine Mom räusperte sich unsicher. „Empfindet Jamie denn das Gleiche für dich?“

Ich zuckte die Achseln. „Ich weiß es nicht. Ich denke schon. Vielleicht. Ja.“

Er hatte nicht gesagt, dass er noch immer mit mir zusammen sein wollte. Doch einige Dinge, die er gesagt hatte, ließen mich glauben, dass wir als Paar noch eine Chance haben könnten.

Mom seufzte schwer und zog die Bettdecke hoch. Ein verträumter Ausdruck trat in ihre Augen. „Ellison, habe ich dir je davon erzählt, wie ich deinen Vater kennengelernt habe?“

Ich verzog den Mund zu einem schiefen Lächeln und schüttelte den Kopf. „Ich weiß, dass ihr euch im College begegnet seid, aber das war es auch schon.“

Sie lächelte traurig, und Tränen schimmerten in ihren Augen. „Als ich Michael traf, hätte ich mir niemals vorstellen können, ihn ein paar Jahre später zu heiraten. Er verkörperte alles, was ich an einem Mann nicht mochte, alles, was ich glaubte zu hassen, alles, bei dem ich mir sicher war, mich niemals daran gewöhnen zu können“, begann sie.

Versunken saß ich da und lauschte ihren Worten, denn ich hatte sie noch nie so von meinem Dad sprechen hören.

Sie lächelte. „Wie du dir vermutlich denken kannst, war ich sehr pingelig, trug immer gebügelte Klamotten, und mein Haar war perfekt frisiert. Dein Vater war ein bisschen … schmuddelig – es gibt kein anderes Wort dafür. Er spielte in einer echt schlechten Band Gitarre. Er trug ein altes *Star Wars*-T-Shirt drei oder vier Tage lang, ohne es zu waschen. Er kämmte sich scheinbar nie die Haare, und er liebte es, auf Festivals zu gehen und im Zelt zu schlafen."

Sie lachte und schüttelte den Kopf. „Ich war wohl ein bisschen zu behütet aufgewachsen. Die Jungs, die ich von der Highschool kannte, waren ganz anders als dein Vater. Sie waren eingebildete, selbstgerechte Bankersprösslinge, die der Meinung waren, die Welt wäre ihnen aufgrund ihres Familiennamens irgendetwas schuldig. Dein Vater öffnete mir die Augen für Möglichkeiten, die ich niemals in Betracht gezogen hatte, und half mir dabei, die leichte Seite des Lebens zu sehen, die ich nie zu schätzen gewusst hatte. Ich hatte nie zuvor jemanden wie ihn kennengelernt. Innerhalb weniger Wochen verliebte ich mich so heftig in ihn, dass ich praktisch alles aufgab, um mit ihm zusammen zu sein. Meine Eltern waren nie mit Michael einverstanden gewesen. Sie verstanden nicht, was ich in ihm sah. Doch das konnte mich nicht aufhalten. Man kann sich nicht aussuchen, in wen man sich verliebt. Wenn man den Menschen findet, mit dem man zusammen sein soll, fügt sich alles andere, und man würde alles für ihn tun."

Beim Anblick ihres traurigen Lächelns zog sich mein Herz schmerzhaft zusammen. Ich hatte immer den Verdacht gehabt, dass zwischen ihr und ihren Eltern etwas vorgefallen sein musste. Bei unseren Besuchen dort war die Atmosphäre immer irgendwie unbehaglich gewesen. Deshalb hatte sich der Kontakt auch in Grenzen gehalten. Jetzt wusste ich, warum. Die Liebe für meine Mom wurde noch einmal stärker, weil sie meinen Vater so sehr geliebt hatte, dass sie ihrem alten Leben und der Gesellschaft, in der sie einen Platz hatte, praktisch den Rücken gekehrt hatte. Diese neue Information erklärte auch, warum meine Großeltern nicht gekommen waren, um ihre Tochter zu besuchen, als sie in kritischem Zustand im Krankenhaus gelegen hatte, oder warum sie nicht zur Beerdigung ihres Schwiegersohns erschienen waren. Zwar hatten sie ihre schlechte Gesundheit als Grund vorgeschoben, aber wenn sie es wirklich gewollt hätten, dann hätten sie Himmel und Erde in Bewegung gesetzt, um für ihr Kind da zu sein. Das machte man doch so – egal, wie es um die eigene Gesundheit bestellt war, oder? Vielleicht war die alte Feindseligkeit noch immer nicht überwunden, auch wenn sie es nicht offen zugeben wollten. Doch das war ihr Pech, nicht unseres.

Mom hob die Hand und wischte sich eine Träne fort, die ihr übers Gesicht rann. „Ich glaube, ich will sagen, dass ich es dir und Jamie nicht gerade leicht gemacht habe. Dafür entschuldige ich mich, Ellison. Ich schätze, ich hatte schlicht vergessen, wie es ist, sich zu verlieben, aber die Erwartungen der Eltern zu spüren. Es tut mir leid, dass ich solchen Druck auf dich ausgeübt und dich dazu gedrängt habe, jemand zu sein, der du nicht sein wolltest. Ich hätte deinem Urteil vertrauen und dich mit mehr Respekt behandeln sollen, als meine Eltern mir entgegengebracht haben. Du bist ein guter Mensch, Ellison, und ich wollte immer nur, dass du glücklich bist."

„Danke, Mom", brachte ich mit brüchiger Stimme hervor und fing an zu weinen.

Sie lächelte und ergriff meine Hand. Sie hielt sie fest und blickte mir direkt in die Augen. „Wenn du jemanden liebst, hab keine Angst, es der Welt zu zeigen. Schrei es hinaus, wenn du das willst. Das Leben ist so kurz, Ellison. Die wahre Liebe ist schwer zu finden. Wenn du sie also gefunden hast, dann halte sie fest und lass nichts und niemanden zwischen dich und diese Liebe kommen."

Die wahre Liebe. Das war es, was Jamie und mich verbunden hatte – so hatte ich es jedenfalls empfunden. „Also denkst du, ich sollte mit ihm darüber reden?", fragte ich und war mir nicht sicher, wie es überhaupt dazu gekommen war, dass wir diese Unterhaltung führten.

Mom nickte. „Ich bin meinem Herzen gefolgt und habe es nie bereut – nicht einen einzigen Tag. Das wünsche ich mir auch für dich. Ich will, dass du jemanden findest, mit dem du diese überwältigende, gewaltige Liebe erlebst, auch wenn er sich nicht rasiert hat oder den Klodeckel nie herunterklappt oder es nicht fertigbringt, den Milchkarton zurück in den Kühlschrank zu stellen, nachdem er daraus getrunken hat. All diese Dinge spielen keine Rolle, denn sobald du dich *wirklich* in jemanden verliebt hast, liebst du diesen Menschen bedingungslos. Mit all seinen Schwächen und Fehlern."

Sie hatte recht. Ich wusste, dass sie recht hatte. Jamie war meine andere Hälfte, so wie Dad Moms andere Hälfte gewesen war. „Aber was ist, wenn er nicht dasselbe empfindet? Was ist, wenn er mir wieder wehtut?" Ich sprach die Worte aus, bevor ich darüber nachgedacht hatte.

Mom lächelte traurig und tätschelte meine Hand. „Das könnte passieren. Aber wenn du es nicht versuchst, wirst du niemals wissen, was du vielleicht versäumst. Wenn du ihn liebst, Ellison, musst du mutig genug sein, um euch diese Chance zu geben."

Wieder wusste ich, dass sie recht hatte. Sie hatte nichts als die Wahrheit gesagt, und ihre Worte spiegelten meine Gefühle des vergangenen Tages wider. Das Problem war, dass die Situation viel komplizierter war, als ich ihr sagen konnte. Mit Jamies Schwächen konnte ich leben, doch seine neue Karriere als Gangster stand auf einem anderen Blatt. Ich war mir nicht sicher, ob ich mit ihm zusammen sein konnte, wenn ich immer die Angst haben musste, dass er mir wegen seines Jobs genommen werden würde. Ich wollte nicht für immer mit dieser Angst leben müssen. Irgendwann würde es mich verrückt machen. Da war ich mir sicher. Darüber würden wir reden müssen, bevor wir den Gedanken an eine gemeinsame Zukunft zulassen konnten – falls er das überhaupt wollte. Früher hatte er dieses kriminelle Leben hinter sich lassen wollen. Und vielleicht würde er es noch einmal versuchen. Wie meine Mutter schon sagte, musste ich nur mutig genug sein, um das Gespräch mit ihm zu suchen und zu schauen, wohin es uns führte.

Ich seufzte. „Du hast recht. Ich muss mit ihm sprechen", stimmte ich zu. „Wann bist du so weise geworden?"

„Das muss an dem Schlag auf meinen Kopf liegen", scherzte sie, hob die Hand und strich sacht über die abheilende Narbe über ihrem rechten Ohr. „Wie auch immer du dich entscheidest: Ich werde hinter dir stehen. Es tut mir nur leid, dass es so lange gedauert hat, bis ich das eingesehen habe."

Ich beugte mich vor und schlang die Arme um sie. Ich umarmte sie fest, und meine Anspannung ließ nach. Mir war nicht bewusst gewesen, welche Last ich mit mir herumgetragen und wie sehr ich mir gewünscht hatte, mit jemandem darüber reden zu können. Sie hatte recht. Ich war es der Erinnerung an Jamie und mich schuldig, mutig zu sein und ihm noch eine Chance zu geben.

Mom erwiderte meine Umarmung. Ihr Atem strich über meinen Hals, und ich spürte ihre Tränen auf meiner Schulter. „Du solltest wirklich bald mit ihm reden. Du solltest keine Sekunde vergeuden. Genieße jeden wertvollen Augenblick deines Lebens und mach ihn zu etwas Besonderem, denn du weißt nicht, wann dir dieses Leben vielleicht genommen wird."

Ich löste mich von ihr, lehnte mich ein Stückchen zurück und gab ihr einen Kuss auf die Wange, als die Liebe zu ihr mich ganz unvermittelt durchströmte. Noch nie hatte ich eine solche Unterhaltung mit ihr geführt. Dass sie sich mir geöffnet und über meinen Dad geredet hatte, zeigte mir eine ganz neue Seite von ihr, die ich als Kind und Heranwachsende nicht gesehen hatte. „Ich hab dich lieb", sagte ich leise und meinte es auch so. Es war wahrscheinlich das erste Mal, dass ich ihr das so offen sagte, doch es fühlte sich einfach richtig an, es in diesem Moment zu tun.

Sie lächelte, streckte den Arm aus und streichelte über meine Wange. „Ich liebe dich auch, und es tut mir leid, dass ich dir das nicht oft genug gesagt habe. Von jetzt an wird sich das ändern. Ich werde mich ändern. Und ich werde dich immer bei allem, was du tust, unterstützen. Ich bin so stolz auf dich und auf die wunderschöne junge

Frau, die du geworden bist, Ellison. Du erinnerst mich in vielerlei Hinsicht an deinen Vater." Sie schniefte, und ihr Lächeln wurde breiter. „Und ich freue mich wahnsinnig, dass du bleibst."

„Ich mich auch", entgegnete ich und umarmte sie wieder.

24. Kapitel

JAMIE

Als ich am Samstag vor Ellies Haus parkte, war es fast Mitternacht. Doch irgendjemand war noch wach. Ich konnte das schwache bläuliche Flackern eines Fernsehers durch die Vorhänge hindurch erkennen. Ich fragte mich, ob es Ellie war, die noch wach war. Was sie sich wohl ansah?

Ich hatte sie ein paar Tage lang nicht gesehen – genauer gesagt, seitdem ich ihr erzählt hatte, was an dem Tag passiert war, als wir uns getrennt hatten. Ich hatte versucht, Abstand zu halten und ihr Zeit und Raum zu lassen. Ich nahm an, dass sie genau das brauchte, nachdem ich die Bombe hatte platzen lassen. Ich hatte gehofft, sie würde mich vielleicht anrufen, aber bisher hatte sie sich nicht bei mir gemeldet.

Das Auto vor mir wurde gestartet, und Spencer, der den heutigen Abend über auf Ellie aufgepasst hatte, winkte mir noch einmal zu, ehe er losfuhr und mir die nächste Wache überließ. Er hatte viele Schichten für mich übernommen. Er war einer meiner zuverlässigsten Mitarbeiter, und ich wusste, dass er den Job ernst nahm. Zusammen mit ihm, Ed, Enzo und Dodger war es mir gelungen, dass vierundzwanzig Stunden am Tag jemand hier war und ein Auge auf Ellie hatte. Nicht, dass sie außer in die Klinik, in den Supermarkt oder zu Stacey irgendwo hingegangen wäre, aber das machte keinen Unterschied. In den letzten beiden Tagen hatten sich vor allem die anderen um ihre Sicherheit gekümmert, während ich versucht hatte, Mateo ausfindig zu machen. Bisher war meine Suche erfolglos geblieben. Er war untergetaucht. Wie ein Geist hatte er sich scheinbar in Luft aufgelöst.

Während ich das Haus beobachtete, fiel mir auf, dass die Vorhänge sich bewegten. Für den Bruchteil einer Sekunde drang ein Lichtschein nach draußen, als jemand einen Blick in den Garten warf. Im nächsten Moment war es wieder dunkel. Ich griff ins Handschuhfach und holte meinen iPod heraus. Ich wollte gerade die Kopfhörer aufsetzen, als die Haustür aufging und Ellie herauskam. Vorsichtig schloss sie die Tür hinter sich.

Ich runzelte die Stirn, warf meinen iPod auf den Beifahrersitz und stieg aus dem Wagen. Stimmte irgendetwas nicht? Oder warum tauchte sie so plötzlich hier draußen auf? Als sie in ihrem engen pinkfarbenen Tanktop und den knappen Shorts, die kurz unter dem Po endeten und auf denen Miss Piggy prangte, zu mir kam, konnte ich nicht verhindern, dass mein Blick über ihren Körper streifte. Unwillkürlich biss ich mir auf die Unterlippe, als ich ihre Brüste und Schenkel betrachtete und mich fragte, wie sich ihre zarte Haut unter meinen Fingerspitzen anfühlen würde. Sie war umwerfend, auch wenn der Wind ihr Haar zerzauste.

Sie senkte den Blick und sah zu Boden, während ein leichtes Lächeln ihre Mundwinkel umspielte. Vielleicht gefiel es ihr, dass sie mich noch immer in den Wahnsinn treiben konnte. Vielleicht kam sie auch nur in ihrem engen, sexy Outfit zu mir nach draußen, um mir zu zeigen, was ich versäumte. So schnell mir der Gedanke gekommen war, verwarf ich ihn auch schon wieder. Sie hatte nicht gewusst, dass ich heute Abend hierherkommen und Wache halten würde. Sie trug einfach nur ihren Schlafanzug … der zufälligerweise zu den heißesten Outfits gehörte, die ich seit verdammt langer Zeit gesehen hatte.

„Hey", sagte sie leise, schlang die Arme um sich und versuchte so, sich zu wärmen.

Ich räusperte mich und zog meine Jacke aus. Ich konnte nur hoffen, dass mir mein Verlangen nicht allzu deutlich anzuhören war. „Hey. Du hättest nicht ohne Jacke rauskommen sollen. Du wirst dir eine Lungenentzündung holen", schimpfte ich, streckte die Arme aus und legte ihr meine über die Schultern.

Sie lächelte dankbar und zog die Jacke enger um sich. „Danke." Mit einem Kopfnicken wies sie zum Haus. „Ich wollte nur mal hören, ob du vielleicht mit reinkommen möchtest, um etwas zu trinken oder so. Ich kann dir auch etwas zu essen machen, falls du Hunger hast."

„Äh … Ja, klar", erwiderte ich und war mir nicht sicher, worum es hier eigentlich ging. Sobald sie meine Antwort gehört hatte, drehte sie sich um und ging Richtung Haustür. Mein Blick fiel auf ihre Beine, die unter meiner Jacke hervorschauten. Ich würde diese Jacke nie wieder tragen können, ohne das Bild vor meinem inneren Auge zu sehen – da war ich mir sicher.

Ich folgte ihr, nachdem ich den Wagen mit der Fernbedienung verschlossen hatte, und betrat nach ihr das Haus. Ich blieb stehen, als mich vollkommen unvorbereitet eine

Welle von Erinnerungen traf. Schon sehr lange war ich nicht mehr hier gewesen, doch es sah noch genauso aus wie früher. Ellie zog ihre Schuhe aus, und ich tat es ihr gleich. Versonnen beobachtete ich, wie sie meine Jacke auf einen der Kleiderhaken an der Wand hängte.

Mein Blick fiel auf das Familienfoto, das auf dem Sideboard stand, und Trauer ergriff mich, als ich den lächelnden Vater sah. „Hier hat sich nichts verändert", sagte ich. Ich wusste nicht, was ich sonst hätte sagen sollen, als ich ihr durch das Wohnzimmer folgte. Ich sah die Couch und blieb stehen. Mit der Hand strich ich über die Rückenlehne. Allein das Gefühl unter meinen Fingern ließ meinen Puls schneller schlagen. Mit einer hochgezogenen Augenbraue grinste ich Ellie an. „Dieses Sofa ist mir auf jeden Fall im Gedächtnis geblieben." Die Anspielung war unüberhörbar. Wir hatten auf der Couch nicht nur gekuschelt, sondern viel Heißeres veranstaltet, wenn die anderen am Samstagmorgen zu Nana gefahren waren.

Ellie errötete und nagte an ihrer Unterlippe. „Ja, das ist ein echt tolles Sofa."

Ich konnte mir ein selbstzufriedenes Lächeln nicht verkneifen. Sie sah mich eindringlich an, als die Erinnerungen an die schmutzigen Dinge, die ich mit ihr auf dieser Couch erlebt hatte, in mir hochkamen. Ich wollte Ellie so sehr, dass es beinahe schon wehtat. Sie schluckte und schüttelte dann den Kopf, als wollte sie die Bilder verjagen, um wieder klar denken zu können.

„Möchtest du einen Kaffee, ein Soda oder irgendetwas anderes zu trinken?", fragte sie. Ihre Stimme zitterte ganz leicht, und ich wusste, dass sie wahrscheinlich gerade die gleichen Flashbacks hatte wie ich.

Ich lächelte. „Kaffee wäre toll, danke.“

Sie nickte und ging mit wiegenden Hüften in die Küche. Bei dem Anblick regte sich mein Schwanz, und ich musste ein Stöhnen unterdrücken.

„Geht es deiner Mutter gut? Macht sie Fortschritte?“, erkundigte ich mich, um das Thema zu wechseln und so meine Lust in den Griff zu bekommen. Ich ging ebenfalls in die Küche und setzte mich auf einen der Stühle.

Sie schnappte sich sofort den Kessel, um Wasser aufzusetzen. „Es geht ihr gut. Es wird von Tag zu Tag besser.“

„Das freut mich. Ich kann mir gar nicht vorstellen, wie anstrengend und aufwühlend es gewesen sein muss, darauf zu warten, dass sie endlich wieder aufwacht.“

„Ja. Lustig war es nicht“, entgegnete sie.

„Das glaube ich.“ Schweigen hing in der Luft. Mein Fuß zuckte. Ich war nervös, weil ich nicht wusste, warum sie mich hereingebeten hatte und wohin diese Begegnung führen würde.

„Jamie, ich wollte dich etwas fragen. Neulich, als wir uns aussprechen wollten, bin ich nicht mehr dazu gekommen“, fing sie an, drehte sich um, damit sie mich ansehen konnte, und lehnte sich gegen die Anrichte. „Warum hast du für die Beerdigung meines Vaters bezahlt?“ Angespannt sah sie mich an. Natürlich litt sie noch immer unter dem Verlust.

Ich zuckte mit den Schultern. Mit dieser Frage hätte ich nicht gerechnet. Nach allem, was in der Zwischenzeit noch passiert war, hatte ich schon fast vergessen, dass ich die Rechnung beglichen hatte. „Ich wollte sichergehen, dass ihr nicht in Geldnot geratet. Du hattest schon so genug zu tun, und die Rechnung war noch offen, also habe ich sie bezahlt.“ Etwas anderes steckte nicht dahinter. „Ich wollte dir nur helfen und etwas Druck von dir nehmen. Es war der einfachste Weg zu helfen.“

Sie schluckte und ließ die Schultern hängen, als sie zu Boden starrte. „Das hättest du nicht tun müssen. Aber es war eine echt nette Geste. Danke. Ich weiß den Gedanken dahinter zu schätzen. Du warst schon immer so aufmerksam und umsichtig“, sagte sie und wandte sich dem Kessel zu, der auf dem Herd stand und nun pfiff. „Ich werde dir das Geld selbstverständlich zurückbezahlen. Ich habe genug gespart.“ Sie warf einen scheuen Blick über ihre Schulter.

Lächelnd schüttelte ich den Kopf. „Behalte das Geld. Ich brauche es nicht. Geld ist kein Thema für mich.“

„Ja, das glaube ich dir, wenn ich den teuren Wagen und das Penthouse so sehe“, murmelte sie und nahm zwei Becher aus dem Schrank. Ich machte den Mund auf, um etwas zu erwidern, aber als sie den Arm hob, rutschte ihr Tanktop ein Stückchen hoch. Mein Blick fiel auf die Haut ihres Bauchs, die sichtbar wurde, und mir lief das Wasser im Mund zusammen. Ich wollte mit der Zunge über dieses Stückchen Haut lecken und dann weiter nach unten wandern, bis Ellie meinen Namen so atemlos flüsterte, wie sie es früher immer getan hatte.

Konzentrier dich, Jamie!

Wieder warf sie einen Blick über ihre Schulter, und ihre Augen begannen zu funkeln, als sie den Mund zu einem kleinen Lächeln verzog. Sie hatte mich dabei ertappt, wie ich sie beobachtete. Doch es war mir egal.

„Entschuldige. Was hast du gesagt?“, fragte ich. Meine Stimme klang rau und voller Lust.

„Beim Starren auf meinen Hintern erwischt“, sagte sie grinsend und zog eine Augenbraue hoch.

„Das ist aber auch ein hübscher Hintern“, erwiderte ich.

Ihre Augen strahlten, und sie freute sich über das Kompliment. Sie nahm die beiden Becher, trug sie an den Tisch und setzte sich dann auf den Stuhl neben mich. „Tja, danke. Für das Kompliment und dafür, dass du die Rechnung bezahlt hast.“

„Das ist beides gern geschehen.“ Ich wandte mich auf dem Stuhl zu ihr, sodass unsere Knie nur noch wenige Zentimeter voneinander entfernt waren. „Also, wie ist es dir in den letzten Tagen ergangen?“, fragte ich. Ich wollte das Thema Geld beenden. Ich hatte das Gefühl, dass sie mich nicht hereingebeten hatte, um darüber mit mir zu sprechen.

Sie nahm ihren dampfenden Becher und warf mir über den Rand hinweg einen Blick zu. „Ich habe mich von Toby getrennt.“

Ich sah sie mit großen Augen an, und mein Mund stand vor Schreck offen. „Ja?“ Ich konnte spüren, dass ein Lächeln an die Oberfläche drängte, also versuchte ich es zu unterdrücken und mir nicht anmerken zu lassen, wie verdammt glücklich mich das machte. In Zukunft musste ich mir nicht mehr ausmalen, wie der Typ sie streichelte und küsste. Ich war begeistert.

Sie nickte. „Ja. Mir ist klar geworden, dass ich zu viel zurücklassen würde, wenn ich nach England zurückgehen würde.“

„Na ja, es tut mir leid zu hören, dass ihr beiden es nicht geschafft habt.“ Zwar war ich alles andere als traurig darüber, doch ich hatte das Gefühl, genau das jetzt sagen zu müssen.

Sie lächelte wissend. „Lügner."

Lächelnd starrte ich auf meine Hände und zuckte die Achseln. *Offensichtlich habe ich meine Miene doch nicht so gut im Griff, wie ich dachte.* „Also gut. Ich gebe es zu. Hat mir der Gedanke gefallen, dass du in den Armen eines anderen liegst? Verdammt nein. Musste ich mich zusammenreißen, um nicht hierherzukommen und ihm ins Gesicht zu schlagen, als ich euch beide zusammen gesehen habe? Ja, ja, das musste ich. Aber es tut mir leid, wenn du irgendwie unter der Trennung leidest." Das war die Wahrheit. Ich wollte nicht, dass es ihr schlecht ging, und wenn der Kerl sie glücklich gemacht hatte, war das alles, was ich mir für sie wünschen konnte.

Sie stellte den Becher auf den Tisch. „Warum hast du den Gedanken gehasst, mich mit einem anderen Mann zu sehen?", fragte sie, legte den Kopf auf diese unnachahmlich süße Weise schräg, die ich so liebte, und sah mich neugierig an. Ich hatte den Eindruck, dass ich hier geprüft wurde. Ich hoffte, ich gab die richtige Antwort.

„Das weißt du ganz genau, Ellie." *Weil ich dich wirklich liebe – darum.*

Sie schüttelte den Kopf und setzte sich auf ihrem Platz auf. „Das weiß ich eben nicht." Sie schien die Luft anzuhalten, als sie mich nun eindringlich ansah. Ich konnte ein hoffnungsvolles Schimmern in ihren Augen erkennen, und mein Herz geriet ins Stolpern.

„Weil du eigentlich zu mir gehören solltest. Und du hast auch zu mir gehört, bis ich es so richtig vermasselt habe. Ich hätte dich bitten sollen, bei mir zu bleiben und auf mich zu warten." Ehrlichkeit währte immer noch am längsten.

Ihre Augen weiteten sich ein Stückchen, und sie verzog die Lippen zu einem kleinen Lächeln. „Das hättest du", stimmte sie mir zu.

Ich räusperte mich und beschloss, es einfach auszusprechen. Sie wollte offenbar, dass ich zugab, immer noch verrückt nach ihr zu sein. „Also glaubst du, dass ich vielleicht noch eine Chance bekomme? Dass ich dich mal ausführen darf?"

Sie lächelte, und ihr Blick wirkte verschmitzt. „Nur *ein* Mal?"

„Gut, vielleicht auch viel öfter als nur ein Mal."

Sie atmete langsam aus und schien sich innerlich zu wappnen, als sie nun ihren Becher auf den Tisch stellte, sich auf dem Stuhl zu mir umdrehte und mich ansah. „Hör mal, warum lassen wir die Spielchen nicht und werden ernst? Wir müssen endlich ehrlich zueinander sein, denn bisher hat es zu viele Lügen gegeben, die uns voneinander getrennt haben. Liebst du mich noch, Jamie?" Sie senkte den Blick, sobald die Worte ihre Lippen verlassen hatten. Sie biss die Zähne zusammen und runzelte die Stirn. Offenbar war sie sich unsicher.

Ich streckte den Arm aus und legte einen Finger unter ihr Kinn. Behutsam hob ich ihren Kopf an, sodass sie mich ansehen musste. Ich wollte ihr in die Augen sehen, wenn ich die Worte aussprach, damit sie sehen konnte, wie ernst ich es meinte. „Ich werde niemals aufhören, dich zu lieben, Ellie. Bis ans Ende meiner Tage. Wenn du mich lässt, werde ich mich für immer um dich kümmern. Ich wollte immer nur mit dir zusammen sein und eine gemeinsame Zukunft mit dir haben“, sagte ich aufrichtig. Ihre Miene wurde weicher, die Anspannung wich, und sie sah mich an. Doch genauso schnell, wie der glückliche Ausdruck über ihr Gesicht gehuscht war, verschwand er auch wieder. Sie sah mich wachsam an. „Was ist los, Ellie? War das nicht die Antwort, die du hören wolltest?“

Sie schüttelte den Kopf und schob vorsichtig meine Hand weg. „Das ist es nicht. Es war die Antwort, die ich hören wollte.“ Sie schluckte und sah mich hilflos an. „Ich könnte dich lieben. Ich *liebe* dich. Und ich will wieder mit dir zusammen sein“, erwiderte sie.

Mein Herz machte einen Hüpfer, bevor es mit ihrem nächsten Wort wieder auf den Boden der Tatsachen zurückgeholt wurde.

„Aber …“

Ich stöhnte und ließ die Hand sinken. „Es gibt immer ein ‚Aber‘.“

Sie nickte, und ihre Miene wirkte fast entschuldigend. „Aber … Das Leben, das du führst … Ich kann das nicht …“ Ihr Blick verfinsterte sich, und sie schien um die richtigen Worte zu ringen. „Wie können wir überhaupt über die Möglichkeit einer gemeinsamen Zukunft nachdenken, wenn jeden Tag die Chance besteht, dass du verletzt oder getötet wirst oder dass die Polizei auftaucht und dich verhaftet? Ich kann so nicht leben. Ich liebe dich wirklich, aber …“

Das war es? Das war das „Aber“? Das war kein „Aber“, das war überhaupt kein Hinderungsgrund. Wenn mein Job das Einzige war, das sie zögern ließ, dann lag die Lösung auf der Hand. Ehe ich mich bremsen konnte, streckte ich die Arme aus und umschloss ihr

Gesicht mit beiden Händen. Ich beugte mich vor und küsste sie. Sie stieß einen kleinen erschrockenen Laut aus, erwiderte meinen Kuss jedoch sofort und schlang die Arme um meinen Nacken. Als sie den Mund leicht öffnete, jubelte alles in mir, und wir vertieften den Kuss. Mein Herz stand in Flammen. Ich musste ihr noch näher sein. Ich musste ihr so nahe sein, dass wir eins wurden und uns nie mehr trennen würden. Mit den Händen strich ich über ihre Seiten bis zu ihrer Taille, hob Ellie hoch und nahm sie auf den Schoß. Ihr Oberkörper war an meinen gepresst, ihr Duft umhüllte mich, ihre Arme umfingen mich noch ein bisschen fester, während der Kuss immer leidenschaftlicher wurde, sich veränderte, sich in etwas Magisches, alles Verzehrendes verwandelte.

Ich beendete den Kuss, als wir beide atemlos waren, und lehnte meine Stirn gegen ihre. Mein Herz hämmerte wie wahnsinnig, während Ellie sich an mich schmiegte und mich mit erwartungsvollem Blick ansah.

„Über meinen Job musst du dir keine Gedanken machen“, versprach ich. Mit den Händen fuhr ich zu ihrem Po. Der Stoff ihrer Shorts – glatt und sexy – ließ meine Lust ins Unermessliche steigen. „Ich werde damit aufhören. Ich werde mit den illegalen Machenschaften Schluss machen. Ich werde alles tun, was nötig ist. Ich werde das alles hinter mir lassen, mir einen normalen Job suchen und ein ganz gewöhnlicher Typ sein. So, wie wir es geplant hatten. Ich habe den Job nur übernommen, weil ich keinen Grund gehabt hatte, anständig und gut zu sein. Ich hatte niemanden gehabt, für den es sich gelohnt hätte. Jetzt ist das anders.“ Ich zog sie an mich und bewegte mich leicht, sodass wir uns ganz nah waren. Es fühlte sich unfassbar gut an. Ellie hatte schon immer die Fähigkeit besessen, mich von einer Sekunde auf die andere so zu erregen, dass ich beinahe den Verstand verlor.

„Meinst du das ernst?“ Sie sah mich forschend an. „Hör mal, ich weiß, dass es unverschämt von mir ist. Ich sollte alles an dir lieben, und es sollte mir egal sein, was du tust. Aber ich kann nichts gutheißen, durch das ich dich möglicherweise eines Tages verliere. Ich kann nicht mit dir zusammen sein und dann vielleicht irgendwann hören müssen, dass du erschossen oder erstochen oder auf andere schreckliche Art und Weise, die mir das Herz bricht, getötet worden bist. Ich kann das nicht.“

Ich musste lächeln. „Du bist alles, was ich brauche. Mir hat das alles sowieso nie etwas bedeutet.“

Ellie schüttelte den Kopf. Sie war offensichtlich nicht überzeugt, als ihre Finger nun mit den Haaren in meinem Nacken spielten. Meine Haut begann zu prickeln. „Aber es kann nicht leicht sein, diese Entscheidung einfach so zu treffen. Ich bitte dich schließlich, dein Leben für mich aufzugeben, Jamie.“

„Nein, das tust du nicht. *Du* bist mein Leben, Kleine. Alles andere ist kein Leben, sondern nur Existenzsicherung.“ Ich schüttelte den Kopf, fuhr mit den Fingerspitzen zärtlich über ihren Rücken und war so glücklich, dass ich mich kaum zügeln konnte. Dieses Mädchen liebte mich noch immer und wollte mir, wollte *uns* noch eine Chance geben.

Erschrocken öffnete sie den Mund, und ihre Augen blitzten, bevor sie einen kleinen Jubelschrei ausstieß und ihre Lippen auf meinen Mund presste. Sie küsste mich mit fast schon verzweifelter Heftigkeit. Mein Körper jubilierte. Ich genoss es, diese Frau auf meinem Schoß, in meinen Armen zu wissen und ihre Wärme zu spüren. All das zusammen brachte mich beinahe um den Verstand, berührte mich tief und wühlte mich so auf, dass ich kaum still sitzen konnte.

Ich strich mit den Händen ihren Rücken hinauf, vergrub sie in ihren Haaren und hielt sie fest, während wir uns wie im Rausch küssten. Und dieses Mal war der Kuss dunkler, verzweifelter, gieriger.

Die Stimmung im Raum änderte sich, als Ellie sich auf mir bewegte und Stellen berührte, die bereits erwacht waren und Aufmerksamkeit forderten. Sie vergrub die Finger in meinem Haar, als ich mich von ihrem Mund löste und eine Spur von Küssen ihren Hals hinab hauchte. Zärtlich knabberte ich an ihrer cremeweißen Haut und atmete ihren Duft ein. „Ich liebe dich", flüsterte ich.

Sie keuchte und legte den Kopf in den Nacken, damit ich sie leichter berühren konnte. „Ich liebe dich auch", erwiderte sie genauso leise.

Diese Worte. Ich hätte nie geglaubt, sie in meinem Leben noch einmal zu hören. Diese vier kleinen Worte aus ihrem Mund entfachten endgültig die Leidenschaft in mir. Ich streichelte über ihren Körper, umfasste durch den Stoff ihres Tops hindurch ihre Brüste und konnte ein wohliges Stöhnen nicht unterdrücken. Ich hatte ganz vergessen, wie gut es sich anfühlte, wie wundervoll es war, ihr so nahe zu sein und sie zu schmecken. Sie ließ die Hüften kreisen und rieb über meinen Schoß. Sie seufzte lustvoll, und als ich diesen Laut hörte, war es um mich geschehen. Ich wollte mehr, wollte alles. Ich stand kurz davor, die Beherrschung zu verlieren, so sehr verzehrte mich die Lust. Sie hatte es anscheinend auch gespürt, denn sie hauchte meinen Namen, strich mit den Händen über meine Brust und streichelte dann durch den Stoff meiner Jeans hindurch meinen Schwanz.

„Verdammt, ich will dich so sehr", stieß ich mit rauer Stimme hervor, neigte den Kopf und knabberte sacht an ihrer Schulter, während ich die Hand unter ihr Top gleiten ließ und ihre zarte, erhitzte Haut unter meinen Händen fühlte.

Sie machte sich an meinem Gürtel zu schaffen. Ihre Hände zitterten vor Aufregung. „Dann nimm mich", sagte sie und bewegte wieder aufreizend die Hüften.

Ich stand auf, hob sie hoch und setzte sie auf dem Esstisch ab. Dann stellte ich mich zwischen ihre gespreizten Oberschenkel und küsste sie so leidenschaftlich, dass ich dachte, jeden Moment zu explodieren. Ohne den Kuss zu unterbrechen, schob ich ihre Hände zur Seite und öffnete meine Hose. Ellie stockte der Atem, während sie die Beine um meine Taille schlang und mich an sich drückte. Wir lösten kurz die Lippen voneinander, und sie beobachtete, wie ich meine Jeans abstreifte und meine fast schmerzhaft harte Erektion befreite.

Als sie mich mit der Hand umschloss, senkte ich die Lider und stöhnte leise. „Verdammt", brachte ich zischend hervor und fing an, mich zwischen ihren Fingern zu bewegen, während ich sie wieder küsste.

Ich streifte ihre knappen Shorts zur Seite und tauchte mit den Fingern in sie. Ich wurde noch härter, da ich spürte, wie feucht und bereit sie war. Der Wunsch, mich hinzuknien und sie zu schmecken, war überwältigend, doch er würde warten müssen. Ich musste in ihr sein, musste ihren Körper spüren, während ich sie nahm und ihr bewies, dass die drei Jahre unserer Trennung nichts bedeuteten, dass ich sie mehr liebte als alles andere auf der Welt und dass es unsere Bestimmung war, zusammen zu sein.

„Verdammt. Du bist so feucht", stieß ich keuchend aus und drang mit zwei Fingern in sie. Ich sah, wie sie lustvoll das Gesicht verzog. „Ellie, ich brauche dich. Brauche ich ein Kondom?" *Bitte, sag Nein, bitte, sag Nein!* Ich wollte sie spüren, alles von ihr, ohne irgendetwas, das uns trennte.

Schnell schüttelte sie den Kopf. „Verhütungsstäbchen", meinte sie atemlos und hob den Arm, um mir die kleine Narbe an der Innenseite ihres Oberarms zu zeigen. Ich lächelte, löste meine Finger von ihr, umfasste meine Erektion und näherte mich ihr.

„Okay?", fragte ich. Ich musste sichergehen, dass sie es auch wirklich wollte.

Ungeduld blitzte in ihren Augen auf. „Soll ich dich anflehen, oder was?", fragte sie, lachte leise und dirigierte mich mit den Beinen noch näher an sich heran.

Mit einer hochgezogenen Augenbraue schaute ich sie an. „Zu flehen wäre doch vielleicht ganz lustig", witzelte ich.

„Jamie! Ehrlich jetzt. Mach einfach …"

Lächelnd glitt ich in sie, bevor sie ihren Satz beendet hatte, und sie verstummte sofort, ließ den Kopf in den Nacken fallen, schloss die Augen und stöhnte lange auf. Ich biss die Zähne zusammen, während die unterschiedlichsten Empfindungen in mir tobten, und genoss das Gefühl, als ihre inneren Muskeln sich um mich schlossen. Ich hatte ganz vergessen, wie verdammt schön es mit ihr war.

Sie vergrub die Finger in meiner Haut, sowie ich anfing, mich zu bewegen. Zuerst stieß ich nur langsam in sie, doch schon bald konnte ich mich nicht mehr beherrschen. Es war einfach schon zu lange her. Ihr Blick traf mich, während sie mich stürmisch küsste. Ich tat und genoss, woran ich in den letzten Jahren nicht einmal zu denken gewagt hatte. Es war hart, schnell und intensiv. Wir drängten beide zum Ende, zum Höhepunkt. Dieser Akt war nicht mehr als eine Vereinigung, das verzweifelte Verlangen, einander nahe zu sein, um unsere wiederbelebte Beziehung zu festigen.

Sie ließ sich auf den Tisch sinken, bewegte die Hüften im Rhythmus mit mir und erwiderte meine Stöße, während wir unserer Lust folgten. Als sie kam, bog sie den Rücken durch, und ihre Oberschenkel zitterten. Sie keuchte meinen Namen. Mit den Fingernägeln kratzte sie durch den Stoff meines Shirts über meinen Rücken. Kurz darauf ließ mich der Druck ihrer inneren Muskeln ebenfalls kommen.

Nachdem wir anschließend beide nach Atem rangen, lag ich auf ihr und konnte nicht aufhören, ihr Gesicht zu betrachten. Meine Liebe zu ihr war überwältigend. Diese Liebe war schon immer stark gewesen, jetzt allerdings schien sie noch gewachsen zu sein. Diese zweite Chance, die Ellie mir gewährte, hatte meine Gefühle ganz neue Dimensionen annehmen lassen. Ich hätte nicht geglaubt, dass es möglich war, sie noch mehr zu lieben. In ihren

Augen standen all ihre Emotionen, als sie mich nun ansah und mir zufrieden lächelnd die Haare aus der verschwitzten Stirn strich.

„Ich liebe dich", flüsterte sie, und in ihren Augen konnte ich sehen, dass es die Wahrheit war. Ich schwebte auf Wolke sieben und spürte dem Orgasmus in mir nach. Ihre Worte verstärkten mein Hochgefühl noch.

„Ich liebe dich noch mehr." Ich neigte den Kopf und hauchte einen sanften, zärtlichen Kuss auf ihre Lippen. „Kann ich dich nach oben bringen?", fragte ich und streichelte mit dem Finger über ihr Schlüsselbein. „Ich will noch einmal ganz in Ruhe mit dir schlafen. Ich habe gar nicht alles mit dir machen können, was ich machen wollte", murmelte ich.

Ich hatte noch nicht einmal ein Zehntel dieser Dinge getan. Vor lauter Verlangen und Ungeduld hatte ich ihr noch nicht einmal die verdammten Kleider ausgezogen.

Sie nickte und schlang die Arme um meinen Nacken. Ich lächelte, hielt sie fest, während ich mich aus ihr zurückzog, und hob sie hoch, ohne mich ganz von ihr zu lösen. Ich wollte die Verbindung zu ihr nicht verlieren. Sie stieß einen kleinen Schrei aus und klammerte sich an mir fest, während ich aus der Küche zur Treppe lief.

Ihre Augen funkelten aufgeregt. „Wir müssen leise sein. Meine Nana und meine Schwester schlafen."

Ich nickte und ging die Treppe hinauf in ihr Schlafzimmer. Ich schloss noch kurz die Tür ab, damit wir ungestört waren – genau wie früher. Das Licht machte ich nicht an. Die Vorhänge standen offen, und ein wenig Licht von draußen drang in den Raum, sodass wir alles erkennen konnten. Ich trat zu ihrem Bett und setzte sie dort ab. Meine Erregung wuchs schon wieder. Hoffentlich könnte ich mich dieses Mal zügeln.

Ich streifte mein T-Shirt ab, während Ellie mich nicht aus den Augen ließ. Als ich dann aus meiner Jeans stieg, schaltete Ellie die Lampe auf dem Nachttischchen ein. Sanftes Licht erhellte den Raum, und ich erstarrte. Mein Körper war mit einem Mal angespannt, als das alte Gefühl der Unsicherheit wieder von mir Besitz ergriff. Ich presste die Kiefer aufeinander und schaute in ihr Gesicht. Ich war mir nur zu bewusst, wie sie langsam und bedächtig den Blick über meinen Körper schweifen ließ und wie sie zum ersten Mal seit drei Jahren wieder meine Narben betrachtete. Mein Magen zog sich zusammen. Ich wartete darauf, wie sie reagieren würde. Tatsächlich hatte ich Angst. Ellie war der einzige Mensch auf der Welt, der die Macht hatte, mir Angst zu machen. Was wäre, wenn sie die Narben nicht so akzeptieren würde, wie sie es früher getan hatte? Was wäre, wenn sie sich abgeschreckt fühlte? Was wäre, wenn sie es sich doch noch anders überlegen würde? Wie sollte ich dann damit zurechtkommen?

„Muss das Licht an sein?“, fragte ich und schluckte meine Furcht hinunter.

Sie legte den Kopf leicht schräg und zog eine Augenbraue hoch. Dann verschwand das Stirnrunzeln, und ein verständnisvoller Ausdruck huschte über ihr Gesicht. Ein trauriges Lächeln umspielte ihre Lippen, während sie sich auf der Matratze hinkniete und meine Hand ergriff.

Sie drückte mich an sich, ohne mich aus den Augen zu lassen. Unsere Köpfe befanden sich auf einer Höhe. „Ja, das Licht soll an sein.“ Ich senkte den Blick, als sie mit der freien Hand meine Brust berührte, langsam nach unten strich und über die Beulen und Erhebungen der Narben und Striemen tastete, die niemals verschwinden würden. Ich zitterte und biss aus Abscheu vor meinem eigenen Körper die Zähne zusammen. „Bitte, fang nicht wieder damit an. Ich habe dir schon gesagt, dass deine Narben dich zu dem Menschen machen, der du bist. Du musst dich nicht dafür schämen“, meinte sie leise. Sie neigte den Kopf und schaute mich an. „Ich liebe dich, Jamie Cole. Ich liebe jeden Zentimeter von dir – mit all deinen Narben.“ Mit den Fingern glitt sie über die längste Narbe an meinem Bauch und zu meiner Hüfte, während sie mich eindringlich ansah.

„Mit all meinen Narben?“, wiederholte ich und rieb mir über den Nacken.

Ihre Hand fuhr über meinen Rücken und griff dann nach meinem Po, während sie ihren erhitzten Körper an mich schmiegte. Mit ihren harten Brustwarzen rieb sie durch den Stoff ihres Shirts hindurch über meinen Oberkörper. „Mit all deinen Narben“, bestätigte sie noch einmal. In ihrem Blick konnte ich lesen, dass sie es ernst meinte.

Es war genau das, was ich hören musste. Eine Woge der Liebe durchströmte mich, während ich sie wieder küsste. Ich schwor mir, dass ich es, wenn ich sie jetzt auf dem Bett lieben würde, langsam angehen lassen und es zu einer sinnlichen Erfahrung für uns beide machen würde …

Nachdem wir uns schließlich voneinander gelöst hatten, war ich verschwitzt und rang nach Atem. Ich war total und zutiefst befriedigt und mir sicher, dass es ihr genauso ging. Mit zerzausten Haaren, vom Küssen leicht geschwollenen Lippen und vom Orgasmus geröteten Wangen rollte sie auf die Seite.

„O Gott. Ich bin so fertig. Ich hatte ganz vergessen, wie gut du bist", murmelte sie, legte den Arm über ihre Augen und atmete schwer. „Wie viele Kalorien verbrennt man eigentlich beim Sex?"

Ich lachte über ihre spontane Bemerkung, drehte mich auf die Seite und legte den Arm auf ihren Bauch. „Ich weiß nicht. Warum?"

Sie zuckte mit den Schultern. „Ich habe in letzter Zeit ein wenig zugenommen. Wenn wir so weitermachen, muss ich nicht einmal Diät halten. Ich könnte die zusätzlichen vierzehn Pfund einfach wegvögeln."

Ich runzelte die Stirn und nahm den Oberkörper ein bisschen zurück, um sie ansehen und einschätzen zu können, ob das ein Scherz war. Aber es schien tatsächlich so, als würde sie es ernst meinen. „Was? Du musst nicht abnehmen! Du bist perfekt, so, wie du bist." Um meine Meinung zu unterstreichen, neigte ich den Kopf und strich mit der Zunge bedächtig über ihren Körper – erst über ihren Hals, dann weiter über die Brüste und ihren Bauch bis hin zu ihrer Hüfte. Für mich war sie makellos, und ich würde nichts an ihr ändern wollen.

„Wenn du es so empfindest, kann ich wohl auch weiterhin Schokokuchen essen." Sie lachte, zog sich von mir zurück und sah mich verschmitzt an.

Ich rutschte dichter an sie heran, kuschelte mich an sie, vergrub eine Hand in ihren Haaren und streichelte mit der anderen über ihren Körper, um mir ihre Kurven einzuprägen. Sie lächelte mich an. In ihren Augen standen so viel Zuneigung und Liebe, dass mir beinahe das Herz zersprang. „Ich liebe alles an dir, Kleine. Du darfst niemals vergessen, dass du für mich das Schönste bist, das ich je gesehen habe“, sagte ich, bevor ich sie voller Leidenschaft küsste.

Der Kuss war so verdammt gut, dass mein gesamter Körper vor Aufregung angespannt war. Als sie mich anschaute, lächelte sie. Auf ihrem Gesicht stand ein zufriedener Ausdruck, als sie sich an mich kuschelte.

„Schlaf jetzt, Kleine. Du siehst erschöpft aus.“ Ich umarmte sie fürsorglich und seufzte glücklich, als ich sie wieder an mir spüren konnte.

Sie schürzte die Lippen und legte den Kopf leicht in den Nacken, um mich ansehen zu können. „Ich will nicht.“

Stirnrunzelnd strich ich mit den Fingern über ihre Wange. „Warum?“

Sie schluckte und wandte den Blick ab. „Ich habe Angst, dass ich am Morgen aufwache, dass du weg bist und das alles nur ein Traum war.“

Ein Lächeln umspielte meine Mundwinkel. „Deswegen musst du nicht besorgt sein. Ich habe nicht vor, mich aus dem Staub zu machen, sondern will für sehr lange Zeit mit dir zusammen sein.“

Sie lächelte über mein Versprechen. Der ängstliche Ausdruck in ihren Augen verschwand. „Für sehr lange Zeit? An wie lange hattest du dabei gedacht?“, fragte sie und zog eine Augenbraue hoch.

Ich schürzte die Lippen und tat so, als würde ich nachdenken. „Mindestens achtzig Jahre.“

Sie schmiegte sich an mich. „Achtzig Jahre? Glaubst du, dass du immer noch mit mir zusammen sein möchtest, wenn ich keine Zähne mehr habe, aber dafür graue Haare und wenn ich mir in der Dusche auf die eigenen Brüste trete?" Im schummrigen Licht ihrer Nachttischlampe funkelten ihre Augen belustigt.

Ich nickte. „Ja. Aber meinst du denn, dass du noch mit mir zusammen sein willst, wenn ich eine Glatze und einen Bierbauch habe und dir in der Dusche auf deine Brüste trete?", erwiderte ich und legte meinen Kopf an ihre Stirn, während wir leise lachten. Insgeheim hoffte ich, dass es genauso kommen würde – Schmerbauch, Hängebrüste und all das. Ich wollte mit ihr zusammen alt werden. Das war alles, was ich mir wünschte. „Ganz ernsthaft: Ich werde nicht weggehen. Ich will für immer Mitglied im Team Jellie sein", schloss ich.

Sie prustete vor Lachen los und verdrehte die Augen. *„Team Jellie* – ist dir das gerade eben eingefallen?" Sie streckte den Arm aus und strich mit den Fingerspitzen über die Narbe an meiner Augenbraue, die mich an meine Zeit im Gefängnis erinnerte.

„Nein, das ist mir schon vor einer Ewigkeit in den Sinn gekommen. Ich habe nur auf den perfekten Augenblick gewartet, um den Ausdruck zu benutzen."

Frech grinste sie mich an. „Das hier war nicht der richtige Moment, Baby."

Ich rollte mit den Augen und hauchte ihr einen Kuss auf die Stirn. Ich wollte es mir gerade gemütlich machen und einschlafen, als mir einfiel, dass ich noch niemanden gebeten hatte, meine Schicht am nächsten Morgen zu übernehmen. Stöhnend löste ich mich von Ellie, setzte mich auf und griff nach meiner Jeans. Als ich mein Handy herausgeholt hatte, tippte ich schnell eine Nachricht an Ed. Ich erklärte ihm, dass ich bei Ellie zu Hause war und deshalb niemand in meinem Wagen saß. Und ich bat ihn, um neun Uhr herzukommen.

Ellie drehte sich auf die Seite und strich mit den Fingern sacht über meinen Rücken. „Wem schreibst du da? Deiner anderen Freundin? Um ihr mitzuteilen, dass du heute nicht mehr nach Hause kommst?“, scherzte sie und biss mir zärtlich in die Hüfte. Ich zuckte erschrocken zusammen.

Über die Schulter hinweg lächelte ich ihr zu und drückte *Senden.* Dann legte ich das Handy auf den Nachttisch. „Nein. Das habe ich dir doch schon gesagt. Es gibt keine anderen Freundinnen. Ich schwöre es. Ich habe nur jemandem aus meinem Team geschrieben. Ed. Ich habe ihn gebeten, um neun Uhr hier zu sein und morgen Vormittag ein Auge auf dich zu haben. Ich muss noch einige Dinge erledigen und will nicht, dass du ohne Schutz bist.“

„Ich dachte, du wärst mit alldem durch“, wandte sie stirnrunzelnd ein.

Ich nickte schnell und berührte sanft ihre Lippen. „Das bin ich auch. Schmoll nicht“, witzelte ich, beugte mich vor, ersetzte meine Finger durch meinen Mund und küsste sie. „Ich kann allerdings nicht einfach so aufhören und der Organisation von jetzt auf gleich den Rücken kehren. Ich muss meine Leute informieren, muss die Geschäfte und das Kommando jemand anders übertragen und so weiter. Doch ich werde keine krummen Dinger mehr drehen – das habe ich dir geschworen. Ich würde unsere Beziehung nie wieder aufs Spiel setzen, nachdem wir nun endlich wieder zusammen sind. Du bist mein Leben, Ellie.“

Sie seufzte glücklich und nickte verständnisvoll. Ich lächelte und kuschelte mich an sie. Dann machte ich das Licht aus, ehe ich die Arme um Ellie schlang. Sie wieder zu spüren und zu wissen, dass sie mich liebte und dass wir uns der Welt gemeinsam stellen würden, war alles, was ich mir seit unserer ersten Begegnung gewünscht hatte. Und jetzt sah es so aus, als würde alles, was wir uns für unsere gemeinsame Zukunft vorgenommen hatten, doch noch wahr werden. In dieser Nacht schlief ich mit Ellie in den Armen und einem breiten Lächeln auf den Lippen ein.

25. Kapitel

ELLIE

Als ich am Morgen erwachte, lagen Jamie und ich noch immer eng umschlungen beieinander. Unsere nackten Körper waren so innig aneinandergeschmiegt, dass ich bei der Erinnerung an die vergangene Nacht errötete und spürte, wie die Lust in mir wieder zu neuem Leben erwachte. Es war wundervoll gewesen – liebevoll, sexy, sinnlich. Alles, was ich mir je gewünscht hatte, und noch viel, viel mehr. Ich hatte ganz vergessen, wie toll der Sex mit Jamie war und wie aufmerksam er sich verhielt. Die vergangene Nacht hatte bewiesen, dass er auch nach all der Zeit noch immer mit meinem Körper in Einklang war. Ich hatte jede seiner Berührungen, jeden seiner Küsse in meiner Seele gespürt. Ich hatte nicht genug von ihm bekommen können – und vielleicht würde sich daran auch nie etwas ändern.

Mein Kopf ruhte auf seinem Oberarm. Wir waren einander zugewandt. Lächelnd rutschte ich näher an ihn heran, drückte meine Lippen auf seinen Hals und gab ihm einen sanften Kuss. Ein zufriedenes Seufzen entrang sich mir, als ich die Augen schloss und das Gefühl genoss, ihm wieder nahe zu sein. Es war so verdammt lang her, dass ich in seinen Armen aufgewacht war – und das hier erfüllte jede Fantasie, die ich mir in den letzten drei Jahren ausgemalt hatte.

Die Worte, die er in der Nacht zu mir gesagt hatte, gingen mir durch den Kopf, und ich konnte mir ein Lächeln nicht verkneifen. *Ich will für immer Mitglied im Team Jellie sein.*

Ich hatte gewitzelt, dass das albern wäre, doch in Wirklichkeit hatte es mir gefallen.

Jamie stieß ein leises Stöhnen aus, strich mit der Hand meinen Rücken hinab und ließ sie auf meinem Po liegen. Seine Berührung hinterließ bei mir eine wohlige Gänsehaut. In mir wuchs die Lust so heftig, dass ich meine Schenkel zusammenpressen musste, um mir wenigstens ein bisschen Erleichterung zu verschaffen. Ich erinnerte mich an das Gefühl. Er hatte mich schon immer wild gemacht. Ich war froh zu sehen, dass er auch nach drei Jahren der Trennung noch immer diese Wirkung auf mich hatte. Ich kuschelte mich an ihn, spürte, wie er die Arme fester um mich schlang, wie er mit der Hand über meinen Schenkel glitt, sie in meine Kniekehle legte und mein Bein dann behutsam zu sich zog, bis es sich auf seiner Hüfte befand. Ich keuchte, denn in dieser Position berührten wir uns an Stellen, die nach der letzten Nacht noch sehr empfindlich waren.

„Wenn du dich so bewegst, kommen in mir sehr schöne Erinnerungen hoch“, murmelte er. Ein schlaftrunkenes Lächeln umspielte seine Mundwinkel.

Ich lächelte ebenfalls und bewegte mich noch etwas mehr. Jamie schloss genießerisch die Augen. „Ach ja? Was denn für Erinnerungen?“, fragte ich mit sinnlichem Unterton in der Stimme, beugte mich vor und küsste ihn sacht.

„Heiße, verschwitzte Erinnerungen“, erwiderte er, lächelte mich an und drehte sich um, bis sein Oberkörper auf meinem lag. Mit den Fingerspitzen fuhr er über meine Wange, meinen Hals hinunter und über meine Brust. Er folgte der Spur mit den Augen. Dann seufzte er schwer und hauchte einen Kuss auf meine Schulter. „Ich wünschte, ich könnte den ganzen Tag mit dir im Bett bleiben“, murmelte er.

„Ich auch.“ Ich legte die Hand an seine Wange und brachte ihn dazu, mich anzusehen. „Aber das geht nicht. Ich muss mich anziehen und zu Mom in die Klinik fahren.“ Mein Blick fiel auf die Uhr auf dem Nachttischchen. Es war schon nach halb zehn. Ich musste mich jetzt dringend in Bewegung setzen und duschen, sonst würde für den morgendlichen Besuch nicht mehr viel Zeit bleiben. „Hast du nicht gesagt, dass dein Freund um neun Uhr hierherkommen und dich als Babysitter ablösen würde? Es ist schon halb zehn.“

Er stöhnte und zog die Augenbrauen zusammen, als er sich aufsetzte. Ich spürte sofort ein Gefühl des Verlusts. Mein Körper sehnte sich bereits zurück nach seiner Berührung.

„Ja, er sollte draußen vor dem Haus stehen.“ Er nahm sein Handy vom Nachttisch, schickte eine schnelle Nachricht, legte das Gerät wieder hin und wandte sich zu mir um.

Ein bedächtiges Lächeln breitete sich auf seinem Gesicht aus, als er sich zu mir beugte. „Danke, dass du uns noch eine Chance gibst. Ich verspreche dir, dass ich dich nicht enttäuschen werde. Ich werde dich so glücklich machen, dass du für den Rest deines Lebens nur noch Regenbogen pupst.“

Ich brach in Lachen aus und schüttelte den Kopf.

Doch als er mich küsste und mir den Atem raubte, spürte ich die Wahrheit hinter seinen Worten – ich würde vielleicht nicht Regenbogen pupsen, aber er würde mich ganz sicher für den Rest meines Lebens glücklich machen. Er küsste mich, bis mir schwindelig wurde. Erst dann zog er sich zurück.

„Ich liebe dich so, so sehr", flüsterte er.

„Ich liebe dich auch." Die Worte kamen mir ganz selbstverständlich und aufrichtig über die Lippen. Sie fühlten sich richtig an, und mein Herz machte einen Hüpfer. Doch irgendwie reichte es nicht. Das Wort „Liebe" schaffte es kaum, das zu beschreiben, was ich für diesen Jungen empfand.

Nachdem wir beide vollständig angezogen waren, ging ich zur Tür und spähte hinaus. Ich musste grinsen, weil es genau wie in alten Zeiten war, als ich Jamie heimlich aus dem Zimmer hatte schmuggeln müssen. Er blieb dicht hinter mir, als wir leise die Treppe hinunter und zur Haustür schlichen. Während er sich seine Jacke schnappte und in seine Schuhe schlüpfte, machte ich schon mal vorsichtig die Tür auf, damit er hinauskonnte. Ein Auto parkte hinter seinem Wagen, und ein Typ Mitte vierzig mit Zigarette im Mundwinkel saß hinterm Lenkrad und beobachtete uns. Jamie nickte ihm zu, ehe er sich wieder zu mir drehte. Er legte den Arm um meine Taille, küsste mich ein letztes Mal, machte dann auf dem Absatz kehrt und ging zu seinem Wagen.

Ich seufzte verträumt, lehnte mich an den Türrahmen und berührte mit den Fingern meine Lippen, während ich ihm hinterhersah. Ich hätte mir nie träumen lassen, dass ich je wieder so glücklich sein könnte – nicht, nachdem ich in den vergangenen drei Jahren so niedergeschlagen gewesen war. Komisch, wie ein Mensch in das Leben eines anderen treten und es komplett auf den Kopf stellen konnte.

Auf halbem Weg zu seinem Auto drehte Jamie sich noch einmal um. „Hey, hast du nach deinem Besuch im Krankenhaus vielleicht Lust auf ein spätes Mittagessen oder so?", rief er und ging rückwärts weiter.

Ich nickte begeistert. „Klar."

„Ich ruf dich an", erwiderte er. Ich winkte ihm zum Abschied noch einmal zu und schloss die Tür, als er sich zu Ed in den Wagen beugte und mit ihm zu reden begann. Als ich mich umdrehte, erblickte ich Kelsey, die am Fuß der Treppe stand, die Arme vor der Brust verschränkt hatte und mit einem wissenden Ausdruck in den Augen die Brauen hochzog.

Ich zuckte zusammen und stieß einen unterdrückten Schrei aus. Ich dachte, wir wären unglaublich leise gewesen. Offensichtlich hatte ich mich geirrt.

„Guten Morgen." Ich hoffte, sie wäre gerade erst heruntergekommen und hätte nichts mitbekommen.

„War das gerade Jamie, der sich aus deinem Schlafzimmer geschlichen hat?"

Tja, Mist. „Äh … ja", antwortete ich. Ich wollte sie nicht anlügen. „Wir sind wieder zusammen." Sie runzelte die Stirn und senkte den Blick. Ich fragte mich, wie viel sie von früher wusste und was sie über unsere Trennung mitbekommen hatte. Sie war damals erst zehn Jahre alt gewesen, doch sie verstand und hörte mehr, als sie zugab. „Er macht mich so glücklich, Kels. Ich liebe ihn. Ich habe ihn immer geliebt."

Sie verzog nachdenklich die Lippen. Schließlich nickte sie. „Er ist dein Zing."

Fragend zog ich eine Augenbraue hoch. „Mein Zing?"

Sie nickte lächelnd. „Ja. Hast du nie den Film *Hotel Transsilvanien* gesehen?"

Ich erwiderte ihr Lächeln und verstand. Ich hatte den Film mit Tobys Söhnen zusammen auf DVD geguckt. Einen „Zing" nannten sie es, wenn man denjenigen traf, mit dem man den Rest seines Lebens verbringen sollte. Einen Seelenverwandten. Wenn man dem Film Glauben schenkte, gab es nur einen „Zing" im Leben. „Er *ist* mein Zing", bestätigte ich und nickte.

Sie nickte ebenfalls. „Ich freue mich für dich, wenn er dich glücklich macht."

„Das tut er", versprach ich, obwohl der Begriff „glücklich" meine Gefühlslage nicht einmal ansatzweise erfassen konnte. „Komplett" traf es eher. Ich machte einen Schritt nach vorn und legte einen Arm um Kelseys Schultern. Mit einem Kopfnicken wies ich zur Küche. Der köstliche Duft von Bacon drang verführerisch in unsere Nasen. „Lass uns etwas essen und dann zu Mom fahren, ja?"

Als Kelsey, Nana und ich später im Krankenhaus eintrafen, war Mom schon lange wach und saß im Rollstuhl neben ihrem Bett. Abwesend starrte sie aus dem Fenster, von dem aus man nur die Wand des Nebengebäudes sehen konnte. Mein Herz wurde weit, als ich sie so still dasitzen und tief in ihre Gedanken versunken sah. Sie schaute nicht einmal auf oder bemerkte uns, als wir ihr Zimmer betraten.

„Mom?“, sagte Kelsey, ging zu ihr und kniete sich neben sie, damit sie ungefähr auf Augenhöhe mit ihr war.

„Hi“, entgegnete sie steif, löste den Blick vom Fenster und sah uns nacheinander an. Sie drehte sich ein wenig im Rollstuhl. Ihr gebrochenes Bein lag auf einer Fußstütze. Sie sah ganz anders aus als die Frau, mit der ich vor ein paar Tagen noch ein sehr vertrautes Gespräch geführt hatte. Sie wirkte verloren und traurig. Es tat weh, sie so zu sehen. Der Arzt hatte uns gewarnt, dass es gute und schlechte Tage geben würde, doch ich hatte nicht damit gerechnet, dass sie innerhalb so kurzer Zeit von einer offenen, liebevollen Frau zu einem geistesabwesenden, leeren Menschen werden würde.

„Guten Morgen, Ruth. Hast du Hunger?“ Nana durchsuchte ihren Stoffbeutel nach den Behältern mit dem Essen, die sie vorbereitet hatte, und stellte sie an die Seite. Sie öffnete den Deckel einer Box und hielt sie meiner Mom entgegen. Es befanden sich frisch gebackene Zimtschnecken darin. „Ich weiß, dass das Essen im Krankenhaus zu wünschen übrig lässt, also habe ich dir ein paar Dinge zubereitet, die du magst“, sagte sie und lächelte ihre Schwiegertochter warmherzig an.

„Danke, Betty.“ Mom streckte die Hand aus und nahm sich eine Zimtschnecke. Ihre Augen waren noch immer glasig und leer. Ein Lächeln umspielte ihre Lippen, doch es war kein aufrichtiges, echtes Lächeln. Es wirkte eher so, als wollte sie tapfer eine Fassade aufrechterhalten und so tun, als würde es ihr gut gehen, während man ihr ganz deutlich ansehen konnte, dass das Gegenteil der Fall war. Das Leuchten in ihren Augen war verschwunden, und es war kein Lebenswille mehr darin zu erkennen. Ich hatte keine Ahnung, wie ich ihr helfen sollte.

Während Mom abwesend an dem Gebäck zupfte, es in kleine Stückchen riss und diese in die Serviette fallen ließ, die Nana ihr gereicht hatte, ging die Tür auf, und der Arzt kam herein. Er lächelte uns an, als er zu Mom ging und sich unterwegs das Krankenblatt schnappte.

„Guten Morgen, Ruth. Wie fühlen wir uns heute?", erkundigte er sich.

„Gut", antwortete sie knapp.

Es schien ihn nicht zu stören, dass sie so kurz angebunden war. Er nahm sein Lämpchen hervor, bückte sich und prüfte die Reaktion ihrer Pupillen. Sie sollte mit den Augen dem Lichtpunkt folgen. Er checkte noch ihren Blutdruck und sah sich die Kopfverletzung an. Schließlich verkündete er, dass es ihr toll ginge und dass sie sich wunderbar erhole.

Er hatte recht. Sie wurde von Tag zu Tag kräftiger. Ihre äußeren Verletzungen verheilten allmählich. Als direkte Folgen des Unfalls hatte sie nur noch mit den gebrochenen Knochen und den emotionalen Wunden zu kämpfen. Ich nickte und sah zu, wie er etwas auf dem Krankenblatt notierte.

Er wandte sich mir zu und lächelte. „Ich habe vorhin schon mit Ruth gesprochen. Ich glaube, sie kann morgen oder übermorgen entlassen werden – damit Sie Bescheid wissen, falls Sie noch etwas vorbereiten müssen. Sie wird zu Hause den Rollstuhl benutzen müssen", sagte er, steckte das Krankenblatt in die Halterung am Fußende des Bettes und drehte sich wieder zu meiner Mom um. „Ich bin mir sicher, dass Sie es kaum erwarten können, nach Hause zu kommen und in Ihrem eigenen Bett zu schlafen, nicht wahr, Ruth?", fragte er freundlich und zwinkerte ihr noch einmal zu, ehe er sich zur Tür drehte.

Ich sah ihm hinterher, als er das Zimmer verließ. Ich lächelte in mich hinein, weil sie endlich nach Hause kommen würde, wo ich mich richtig um sie kümmern konnte, statt sie jeden Tag allein hier zurückzulassen. „Das sind doch tolle Neuigkeiten", sagte ich, drehte mich um und lächelte Mom an. Sie musste glücklich darüber sein. Aber als ich sie ansah, weiteten sich meine Augen.

Sie schüttelte nachdrücklich den Kopf, hatte die Hände zu Fäusten geballt, und Tränen rannen ihr über die Wangen.

Ich keuchte, lief eilig zu ihr und kniete mich neben sie. „Hey, was ist denn los?", fragte ich, legte die Hand an ihre Wange und wischte ihr eine Träne ab.

„Ich will nicht", stieß sie heiser hervor und schüttelte weiter den Kopf. „Ich will nicht!" Ihre Stimme wurde schrill, und die Panik in ihren Worten war nicht zu überhören.

Ich schluckte und war verwirrt, als ich die Hände nun auf ihre Schenkel legte und diese sacht drückte, damit sie wieder in die Wirklichkeit zurückkehrte. „Was genau willst du nicht?"

Mit aufgerissenen Augen blickte sie mich an. Ihr Gesichtsausdruck wirkte gequält. „Nach Hause. Ich will nicht nach Hause."

Ich runzelte die Stirn und sah zu meiner Nana, von der ich mir Unterstützung oder eine Erklärung für diesen Ausbruch erhoffte, doch offensichtlich war sie genauso hilflos wie ich. „Warum nicht?“, fragte ich, legte den Kopf leicht schräg und sah meine Mom besorgt an.

„Es ist zu viel. Zu viele Erinnerungen. Michael …“ Sie weinte jetzt stärker und wirkte immer verzweifelter. Sie streckte die Arme aus und ergriff meine Hände, drückte sie und sah mich flehentlich an. „Ich kann nicht. Ich kann nicht nach Hause. Ich will nicht! Ellison, bitte!“

Ihre Worte trafen mich wie ein Faustschlag. Mein Herz zog sich vor Mitgefühl zusammen. Sie wollte nicht in unser Haus zurückkehren, wo noch all seine Sachen und seine Kleidung herumlagen. Die Erinnerungen an ihn wären zu überwältigend für sie. In ihrem geschwächten Zustand wäre sie nicht in der Lage, sich damit auseinanderzusetzen. Körperlich mochte es ihr schon besser gehen, aber emotional war sie noch immer am Boden zerstört.

„Es ist schon gut. Es ist schon gut, Mom“, beruhigte ich sie, stand auf und umarmte sie. Ich spürte, wie sie bei jedem Schluchzen erbebte. „Niemand zwingt dich dazu, nach Hause zu kommen, wenn du noch nicht bereit dazu bist. Es ist schon gut“, flüsterte ich und strich ihr über das Haar, wie sie es früher immer getan hatte, wenn ich krank gewesen war.

„Ich will nicht nach Hause zurück. Wie soll ich dort ohne ihn weiterleben? Das könnte ich nicht“, sagte sie und weinte hemmungslos an meiner Schulter.

Ich warf Nana einen verzweifelten Blick zu und fragte mich, was wir tun sollten. Sie konnte nicht im Krankenhaus bleiben, wenn man sie entlassen wollte. Hier brauchte man das Bett wahrscheinlich für einen anderen Patienten. Aber ich konnte meine Mutter auch nicht dazu drängen, nach Hause zurückzugehen, wenn sie noch nicht bereit und stark genug dafür war.

Tränen schimmerten in Nanas Augen, als sie nach vorn trat und ihre Hand auf Moms Schulter legte. „Das musst du auch nicht“, sagte sie beruhigend. „Du kannst zu mir kommen und so lange bleiben, wie du willst. Ich habe Platz für euch alle. Bisher geistere ich allein durch das Haus. Es wäre schön, etwas Gesellschaft zu haben.“

Meine Mom sah Nana mit großen Augen an. Ihre Unterlippe zitterte. „Wirklich?“

Nana beugte sich vor und hauchte meiner Mom einen Kuss aufs Haar. „Natürlich. Ich fände es schön, wenn ihr zu mir kommen würdet. Ruth, du musst nie mehr in das Haus zurückkehren, wenn du nicht willst.“

Meine Mom sackte vor Erleichterung etwas in sich zusammen, als sie nun nickte, den Arm hob und Nanas Hand streichelte, die noch immer auf ihrer Schulter lag. Die Dankbarkeit in ihrem Blick war nicht zu übersehen, und nun kehrte auch langsam Leben in ihre Augen zurück. Vielleicht hatte die Aussicht, nach Hause zurückkehren zu müssen, sie zuvor einfach zu sehr belastet.

Nach Nanas Vorschlag veränderte sich die Stimmung im Zimmer, wurde ruhiger, lockerer. Alle wirkten entspannter. Auch meine Mom war gelöster. Sie saß in ihrem Rollstuhl, hielt Kelseys Hand und hörte ihrer jüngsten Tochter dabei zu, wie diese von einem wissenschaftlichen Projekt in der Schule berichtete.

In die Pocono Mountains zu meiner Nana zu ziehen, würde ein kleines Problem werden, weil Jamie dann eineinhalb Autostunden von mir entfernt leben würde, aber ich war mir sicher, dass wir eine Lösung finden würden. Ich würde ihn jetzt nicht schon wieder verlieren – und das wegen einer so lächerlichen Sache wie einer längeren Fahrt, um einander zu sehen. Immerhin lag kein Ozean zwischen uns.

Als die Besuchszeit vorbei war, verabschiedeten wir uns, und ich hatte das Gefühl, dass meine Mom schon viel besser aussah als in den vergangenen Tagen. „Sollen wir zusammen Mittag essen?“, fragte Nana, als wir in meinen Wagen stiegen.

Ich zuckte zusammen, weil ich mich fürs Mittagessen schon mit Jamie verabredet hatte. „Äh … Ich kann nicht. Ich habe mich mit einem Freund verabredet“, erwiderte ich und warf Kelsey einen warnenden Blick zu, als bei dem Wort „Freund“ ein breites Grinsen über ihr Gesicht huschte.

„Oh, vielleicht können wir beide ja trotzdem essen gehen, Kels?“, schlug Nana vor und drehte sich auf dem Sitz leicht um, damit sie Kelsey ansehen konnte, die auf der Rückbank saß.

„Klar, das wäre toll“, antwortete sie. „Vielleicht können wir ja in diese Nudelbar gehen und anschließend noch ein Eis essen?“

„Das klingt doch nach einem Plan“, stimmte Nana zu.

Bei dem Gedanken an Nudeln knurrte mir der Magen. Ich fragte mich, was Jamie für unser spätes Mittagessen vorschlagen würde. Dann kam mir eine Idee: Ich könnte ihm vorschlagen, Essen zu bestellen und es in seinem Bett zu genießen! Bei der bloßen Vorstellung kam mir ein sehnsüchtiges Seufzen über die Lippen. Ich startete den Motor und bog vom Parkplatz auf die Straße. Ein paar

Wagen hinter mir fädelte sich auch Ed in den Verkehr ein. Er wirkte gelangweilt, als er mir nun folgte.

Ich setzte Nana und meine Schwester vor der Nudelbar ab und fuhr nach Hause. Jamie hatte bisher noch nicht angerufen, also war ich mir nicht sicher, um wie viel Uhr wir uns treffen würden. Ich beschloss, ihm von zu Hause aus eine Nachricht zu schicken, dass ich hungrig sei. Vielleicht würde ich ihm auch ein spontanes Foto vom Blick in mein Oberteil schicken und dann ein paar mörderisch hohe Schuhe zum Essen anziehen. Ich fragte mich, ob er noch immer diesen kleinen Schuhfetisch hatte. Hitze stieg mir in die Wangen, als ich darüber nachdachte. Ich lächelte in mich hinein.

Vor einer roten Ampel blieb ich stehen, schaltete das Radio ein und sang mit Sia über ihr nachgiebiges Herz. Ich wippte im Takt mit dem Kopf, bis die Ampel grün wurde. Dann legte ich den Gang ein, rollte vorwärts und blinkte links.

Wenn ich aufgepasst und genauer hingesehen hätte, wäre mir der weiße Van, der auf der leeren Kreuzung auf mich zuraste, bestimmt aufgefallen. Mir wäre aufgefallen, dass er die Ampel überfuhr. Mir wäre aufgefallen, dass er leicht das Lenkrad drehte, um auf der richtigen Spur zu sein, damit er meinem kleinen Käfer in die Seite fahren konnte. Doch ich sah nicht so genau hin. Ich war zu beschäftigt damit, laut das Lied aus dem Radio mitzusingen und an Jamie und ans Essen und an meine Mom zu denken.

Alles passierte so schnell, dass mir kaum Zeit blieb, um Angst um mein Leben zu haben. Der Van rammte die Beifahrerseite meines Autos mit solcher Wucht, dass mir die Luft wegblieb. Metall knirschte an Metall. Reifen rutschten über die Straße. Steinchen wurden in die Luft geschleudert. Die Windschutzscheibe zerbarst durch den Druck des Aufpralls, und kleine Scherben flogen mir ins Gesicht und ergossen sich über meinen Körper. Mein Kopf krachte gegen die Autotür, und alles vor meinen Augen verschwamm.

Schmerz breitete sich in meinem Körper aus – überall zugleich. Der Sicherheitsgurt rastete ein und tat seinen Job, sodass es mir die Luft raubte. Ich umklammerte das Lenkrad, als der Wagen durch die Kraft des Zusammenstoßes mehrere Meter zur Seite geschoben wurde. Ich konnte keinen klaren Gedanken mehr fassen.

Plötzlich hatte ich das Gefühl, schwerelos zu sein. Alles, was auf dem Boden des Wagens gelegen hatte, befand sich erst an der Decke, dann auf dem Boden, dann wieder an der Decke – der Wagen überschlug sich ein paarmal. Die Geräusche waren das Schlimmste. Das Kratzen, die lauten Schläge, das Krachen. Ich biss die Zähne zusammen. Der Lärm ließ meine Ohren klingeln.

Als das Auto endlich zum Stillstand kam, fand ich mich in einem Straßengraben wieder, und alles schien kopfüber zu sein. Meine Arme hingen hinunter Richtung Decke, die nun dort war, wo eigentlich der Fußboden hätte sein sollen.

Ich blinzelte, drehte den Kopf und sah den Inhalt meiner Handtasche, der sich an der Wagendecke befand. Dazwischen lagen Scherben und Teile meines geliebten Käfers. Ich stöhnte. Der Druck auf meinen Oberkörper und meine Taille war enorm. Ich konnte kaum atmen. Meine Lunge fühlte sich an, als würde sie durch den

Gurt zusammengepresst, der mich kopfüber im Sitz hielt.

Blut rann mir seitlich übers Gesicht, kitzelte auf meiner Haut und tropfte mit einem leisen *Plopp, Plopp, Plopp* an die Decke unter mir.

Ich stöhnte und versuchte, meine Arme zu heben, doch sie waren schwer und meine Bewegungen unkoordiniert. Ich fuchtelte hilflos herum und versuchte verzweifelt, mit den Händen den Verschluss des Gurts zu erreichen, um mich zu befreien. Vielleicht würde ich dann wieder mehr Luft bekommen. Doch ich fingerte vergeblich daran herum.

Ich konnte Benzin riechen. Es brannte in meinem Hals, als ich keuchend nach Luft rang, um meine Lunge mit Sauerstoff zu füllen. *Ich muss hier raus!*

„Hilfe", stieß ich krächzend hervor. Ich blinzelte, als mit einem Mal alles um mich herum unscharf wurde. Doch schon im nächsten Moment war alles wieder klar zu erkennen. Ich bewegte meine Beine und stellte fest, dass sie funktionierten. Allerdings drückte das Armaturenbrett gegen meine Knie, was es mir nicht leichter machen würde, mich zu befreien. Falls es mir denn irgendwann gelang, den Gurt zu lösen. „Hilfe", rief ich noch einmal, doch meine Stimme war kaum mehr als ein Flüstern.

Ich drehte den Kopf zur Seite und ignorierte den stechenden Schmerz in meinem Nacken. Ich konnte Beine sehen, die sich meinem Wagen näherten. Die Person schien es nicht eilig zu haben, kam einfach nur langsam auf mich zu. Die schwarzen Stiefel waren abgetragen und klobig. Wieder blinzelte ich. Meine Augenlider schienen mit jedem Schließen schwerer zu werden. Ich konnte ein Kratzen an der Fahrertür hören. Die Tür wurde anscheinend geöffnet. Ich leckte mir über die Lippen und schmeckte Blut. Ich war kurz davor, ohnmächtig zu werden. Ich konnte es spüren. Als die Tür endlich offen war, beugte sich ein Mann in den Fahrerraum. Er ließ ein Brecheisen fallen, das er in der Hand gehalten hatte, griff in seinen hinteren Hosenbund und zog ein großes silbernes Messer hervor. Als er sich damit an meinem Gurt zu schaffen machte, um mich zu befreien, öffnete ich den Mund, um ihm zu danken. Aber es kam kein Laut über meine Lippen. Das Letzte, was ich sah, bevor mir schwarz vor Augen wurde, war das große Tattoo einer Spinne auf dem Hals meines Retters.

26. Kapitel

JAMIE

Als ich die Tür von Ellies Haus hinter mir ins Schloss zog, reckte ich triumphierend die Faust in die Höhe. Ich hätte nie damit gerechnet, dass sie mich zurücknehmen würde. Ich hatte ja nicht einmal geglaubt, eine erste Chance verdient zu haben. Die zweite Chance, die sie mir nun gab, hatte ich also nicht im Geringsten erwartet. Ich hätte niemals daran gedacht, heute Morgen neben ihrem wundervollen Körper und ihrem umwerfenden Lächeln aufzuwachen. Ich schwebte praktisch auf Wolken, als ich zur Limousine am Straßenrand ging und mich ins geöffnete Fenster beugte, um mit Ed zu reden.

„Was geht, Kumpel?“, begrüßte ich ihn grinsend.

Fragend zog er eine Augenbraue hoch. „Bist du betrunken?“

Ich lachte und fuhr mir mit gespreizten Fingern durchs Haar. „Nein, ich bin heute Morgen einfach nur mit dem richtigen Fuß aufgestanden.“ *Vor allem habe ich im richtigen Bett geschlafen.* „Ich muss jetzt los. Ich komme kurz nach Mittag wieder, um dich abzulösen.“

Er nickte und blickte zum Haus. „Ja, hab’s gehört.“

„Ich ruf dich später an“, sagte ich und ging zu meinem Wagen, ohne auf seine Antwort zu warten. Ich konnte mir ein selbstzufriedenes Grinsen nicht verkneifen, als ich mich auf den Sitz meines Autos fallen ließ und den Motor startete. Bevor ich losfuhr, schickte ich noch eine kurze Nachricht an Ray und Dodger und bat die beiden, mich so schnell wie möglich in der Lagerhalle zu treffen. Ich freute mich nicht gerade darauf, ihnen eröffnen zu müssen, dass ich das Schiff verlassen würde. Doch sie waren gute Freunde, und ich hoffte einfach, dass sie es verstehen würden.

Als ich vor der Lagerhalle hielt, war es nach zehn. Niemand war da. Nachdem ich die Halle geöffnet, die Lichter eingeschaltet und wegen der eisigen Kälte das kleine Heizgerät angestellt hatte, beschloss ich, ein wenig an meinem Wagen zu schrauben. Ich war zu aufgedreht, um etwas anderes zu tun. Außerdem konnte ich mich noch nicht darum kümmern, irgendwelche Papiere zur Übergabe des Geschäfts aufsetzen zu lassen, weil ich noch nicht mit den Jungs darüber gesprochen hatte. Ich wusste, dass es noch eine Weile dauern würde, bis sie kommen würden. Ray hatte auf meine Nachricht geantwortet und mir mitgeteilt, dass er beim Fußballtraining seiner ältesten Tochter war und nicht vor elf kommen konnte. Dodger würde sogar noch später kommen. Zwar hatte er nicht geantwortet, aber er war ein Nachtmensch und Langschläfer. Sein Tag begann für gewöhnlich erst am Nachmittag.

Also würde ich die nächsten zwei Stunden damit verbringen, bis zu den Ellbogen in meinem Subaru zu stecken, um den Wagen ein bisschen zu tunen. Nicht dass es eine Rolle spielen würde. Ich würde in Zukunft keine Rennen mehr fahren. Ich hatte Ellie versprochen, dass ich dieses Leben hinter mir lassen würde – und das bedeutete, dass ich alles aufgeben musste. Nachdem sie nun wieder an meiner Seite war, hatte ich nicht mehr das Bedürfnis, meinen Hals zu riskieren. Nicht, wenn ich auch neben ihr liegen, sie in den Armen halten und mir mit ihr zusammen einen Film anschauen konnte. Allein die Vorstellung übertraf alles, sogar die Adrenalinstöße, die ich bei schnellen Autos und Diebeszügen verspürte. Ellie war alles, was ich brauchte.

Ray kam als Erster und erzählte ohne Punkt und Komma von seinem Mädchen – was für einen gewaltigen linken Fuß seine Kleine hätte und dass sie auf dem Fußballplatz ein Naturtalent wäre. Dodger tauchte ein paar Minuten später auf, rieb sich müde die Augen und gähnte, obwohl es schon halb zwölf war.

„Guten Morgen", begrüßte ich ihn fröhlich.

Dodger grunzte nur eine unverständliche Antwort und ging direkt zur Kaffeemaschine. Er kochte neuen Kaffee und schenkte sich einen großen Becher voll ein. Als er fertig war, drehte er sich zu mir um und verengte die Augen zu schmalen Schlitzen. „Ich hoffe, es ist etwas Wichtiges. Ich habe gerade eine Balletttänzerin in meinem Bett zurückgelassen. Mit den beweglichsten Beinen, die ich je gesehen habe."

Ich lächelte und wischte mir die Hände an einem Tuch ab. Mit einem Kopfnicken wies ich zur Treppe. „Lasst uns nach oben gehen. Ich muss mit euch reden", sagte ich.

Oben in meinem Büro setzte ich mich auf die schwarze Ledercouch und wartete, bis die beiden Platz genommen hatten. Als ich gerade den Mund aufmachen wollte, ergriff Dodger das Wort. „Ich weiß, dass du Updates haben willst, aber es gibt gerade nicht viel zu berichten. Seit gestern Nacht ist nichts passiert. Lewiston meint, dass Alberto so schnell nicht wieder rauskommen wird."

Alberto war am Donnerstag, als Detective Lewiston und zehn andere verlässliche Officer in den Unternehmungen der Salazars gleichzeitig Razzien durchgeführt hatten, in deren Kokainlabor gewesen – sein Pech, mein Glück. Sie hatten die meisten Mitarbeiter der Salazars verhaftet und sämtlichen Stoff beschlagnahmt. Sie hatten genug Beweise gesammelt, um die Bande für eine sehr lange Zeit ins Gefängnis zu sperren. Nach allem, was ich so gehört hatte, würde der ältere Salazar-Bruder den Großteil seines restlichen Lebens hinter Gittern verbringen müssen. Doch damit war das Problem mit dem jüngeren Bruder noch immer nicht gelöst – dem Mann, dessen Kopf ich auf einem Silbertablett haben wollte.

„Keine Neuigkeiten von Mateo?" Wir hatten unsere Fühler ausgestreckt und überall nach ihm gesucht. Doch seit meinem Telefongespräch am Donnerstag, bei dem ich ihm mitgeteilt hatte, er solle davonlaufen – und zwar so schnell und so weit er könne –, hatte niemand mehr etwas von ihm gesehen oder gehört.

Dodger schüttelte den Kopf und trank noch einen Schluck von seinem Kaffee. „Nichts. Er ist verschwunden."

Ich starrte finster vor mich hin. „Sucht weiter. Ich muss sicher sein können, dass für Ellie keine Gefahr mehr besteht."

Dodger beugte sich vor, stellte seinen Becher auf den Tisch und sah mich an. „Sie *ist* sicher. Mateo würde es nicht wagen, noch einmal wiederzukommen. Er hat alles verloren. Sein Bruder ist im Gefängnis, und wie wir alle wissen, war Alberto der Kopf hinter ihrer speziellen Organisation. Die meisten von Mateos Leuten sind ebenfalls hinter Gittern. Er hat alles verloren. Was würde es ihm bringen, jetzt zurückzukommen? Er weiß, dass du hinter ihm her bist. Er wird nicht so dumm sein, sich ihr noch einmal zu nähern. Er wird es einfach nicht wagen."

Finster blickte ich auf den Tisch und beobachtete, wie der Dampf aus dem Kaffeebecher nach oben stieg. Dodger glaubte, recht zu haben. Vielleicht hatte er das auch. Doch tief in meinem Inneren konnte ich die Angst nicht verdrängen, dass Mateo nur auf den geeigneten Moment wartete. Männer, die nichts mehr zu verlieren hatten, waren diejenigen, über die man sich Gedanken machen musste, denn sie waren brandgefährlich. Ich würde niemals Ruhe finden, solange nicht wirklich klar war, dass Ellie hundertprozentig sicher war. Und das hieß, dass ich das Arschloch finden und töten musste.

„Sucht einfach weiter", wies ich sie an. „Ich weiß, dass ich es vielleicht übertreibe, aber ich will, dass Ellie so lange beobachtet und beschützt wird, bis er gefunden ist."

Ray nickte schnell. In seinen Augen stand Verständnis. Er wusste besser als jeder andere, wie sehr ich dieses Mädchen liebte. Er hatte miterlebt, welche Mühen ich nach meiner Verhaftung auf mich genommen hatte. Es war ein Mitglied seiner Familie gewesen, das ich auf eine Reise geschickt hatte, für die ich sämtliche Kosten übernommen hatte – und das nur, um mein Mädchen ein bisschen aufzuheitern. Er war auch derjenige gewesen, der einen Privatermittler engagiert hatte, damit ich immer informiert war, wie es ihr in England mit Toby erging. Er wusste, dass sie mir *alles* bedeutete. Vielleicht konnte er sich in meine Lage versetzen und sich vorstellen, wie er sich fühlen würde, wenn seine Frau in Gefahr wäre. Dodger verstand es nicht, denn er hatte noch nie eine ernsthafte Beziehung geführt, sondern immer nur kurze Affären mit Frauen erlebt, die er sofort wieder verlassen hatte, wenn er genug von ihnen gehabt hatte.

Dodger gähnte laut und hob die Hand vor den Mund. „Hast du mich deshalb geweckt? Ich war die halbe Nacht lang wach. Deine Nachricht habe ich nur per Zufall gesehen, als ich kurz pinkeln musste. Sonst wäre ich noch immer mit der Ballerina im Bett", knurrte er.

Ich schüttelte den Kopf, lehnte mich auf meinem Stuhl zurück und hoffte, dass sie nicht zu sauer auf mich sein würden. „Nein, das war nicht der Grund, warum ich euch hierhergebeten habe. Ich wollte es euch zuerst sagen … Ellie und ich sind seit gestern Nacht wieder zusammen." Ich lächelte stolz, und mein Herz machte einen Hüpfer, als ich die Worte aussprach.

Ray machte überrascht den Mund auf, ehe er zu grinsen anfing. Dodger reckte die Faust in die Luft und hielt mir dann die erhobene flache Hand entgegen. „Das ist toll, Bruder! Heißt das, dass du ab jetzt nicht mehr mit einem Gesicht wie sieben Tage Regenwetter herumläufst?"

Ich lachte und zuckte mit den Schultern. Ich klatschte mit ihm ab und schüttelte Ray dann sehr erwachsen die Hand. In seinen Augen stand ehrliche Freude, als er mich nun ansah. „Ich bin so froh für dich, Kid. Du hast etwas Gutes verdient, und ich weiß, wie sehr du sie magst und wie sehr es euch beide zerrissen hat, als ihr euch trennen musstet."

Reue machte sich in mir breit. Ich hätte von Anfang an ehrlich zu Ellie sein müssen. Alles wäre ganz anders gekommen, und wir hätten nicht drei ganze Jahre versäumt, in denen wir so getan hatten, als wären wir zufrieden mit unserem Leben.

„Danke, Jungs. Ich könnte nicht glücklicher sein. Aber das bedeutet, dass es ein paar Veränderungen geben muss." Sie sahen mich erwartungsvoll an. „Ich werde die Organisation verlassen."

Dodger brach in Lachen aus und schüttelte ungläubig den Kopf. „Der war gut", gluckste er. Doch Ray blickte mich voller Ernst an, als er sich nun auf seinem Stuhl zurücklehnte. Seine Haltung wirkte mit einem Mal angespannt und steif. Er verstand. Ich saß ganz ruhig da und wartete darauf, dass auch Dodger begriff, dass ich nicht scherzte. Langsam verklang sein Lachen, und er sah von mir zu Ray und wieder zurück.

„Oh Scheiße. Das ist gar kein Witz?", fragte er und runzelte die Stirn.

Ich schüttelte den Kopf. „Leider nein. Tut mir leid." Ich räusperte mich und sah die beiden entschuldigend an. „Ich möchte mir eine gemeinsame Zukunft mit Ellie aufbauen, und das heißt, dass ich all das hier hinter mir lassen muss." Ich machte eine ausholende Handbewegung.

„Du willst auch keine Autos mehr knacken?", fragte Ray.

„Ich werde *alles* hinter mir lassen. Ellie verdient es, dass ich der Mann bin, für den sie mich hält, der Mann, der ich war, als wir beim ersten Mal zusammen waren.

Und ich will das auch", erklärte ich. „Ich werde ein paar Anwälte damit beauftragen, die nötigen Papiere aufzusetzen, damit die Transportfirma und die Sicherheitsfirma mit allen laufenden Verträgen zu gleichen Teilen auf euch übertragen werden können. Ich werde einen der Clubs in der Innenstadt verkaufen, um Startkapital zu haben. Das *Red's* werde ich behalten, weil ich es nach ihr benannt habe. Die anderen Clubs könnt ihr ebenfalls haben. Ihr beide könnt mit den Unternehmen machen, was ihr wollt: sie verkaufen, sie aufteilen, was auch immer." Es war mein Abschiedsgeschenk an sie – ein Multimillionen-Dollar-Unternehmen, das mir vermacht worden war und das ich nun in gute Hände weitergab.

Dodger hob eine Hand. „Moment, Moment, Moment. Warum überschreibst du uns den ganzen Laden? Du könntest doch auch alles verkaufen, dir eine gigantische Jacht zulegen und mit deinem Mädchen um die Welt segeln oder so. Ich verstehe das nicht."

Ich zuckte die Achseln. Ich hatte darüber nachgedacht, doch ich brauchte all das nicht. Außerdem war ich mir ziemlich sicher, dass Ellie sich bei dem Gedanken, woher das Geld stammte, von dem wir leben würden, nicht wohlfühlen würde. Einen der Clubs würde ich allerdings ganz sicher verkaufen. Die Behandlungskosten von Ellies Mutter würden sich summieren, und ich wollte in der Lage sein, mich darum zu kümmern, damit die Familie nicht unter finanziellen Druck geriet. Das *Red's* würde ich behalten, weil es einen sentimentalen Wert für mich hatte – und weil ich natürlich auch ein Einkommen brauchte. Aber den verschwenderischen Lebensstil, den ich im Augenblick führte, brauchte ich ganz sicher nicht.

Alles, was ich brauchte, war Ellie.

Wir hatten beide einen klaren Schnitt und einen Neuanfang verdient. Wir würden uns niemals eine schöne gemeinsame Zukunft aufbauen können, wenn wir die Vergangenheit nicht endgültig hinter uns ließen.

„Ich will neu anfangen – zu meinen Bedingungen“, sagte ich.

Dodger schürzte die Lippen, als er darüber nachdachte, was ich gesagt hatte, doch Ray verstand es. Er nickte und seufzte schwer. „Also ist es dein Ernst? Was wirst du mit dir anfangen?“, wollte er wissen.

Ich zuckte die Achseln und spürte, wie die Last der Verantwortung von meinen Schultern genommen wurde. Ich würde in Zukunft alles tun können, was ich wollte. „Ich bin mir nicht sicher. Vielleicht mache ich eine eigene Werkstatt auf. Dann repariere ich zur Abwechslung mal Autos, statt sie zu stehlen. Als ich jünger war, wollte ich immer Automechaniker werden.“ Die Möglichkeiten waren schier endlos, und ich hatte den Rest meines Lebens Zeit, um mir mit Ellie an meiner Seite etwas zu überlegen. Ich hatte mein altes Leben sowieso nie führen wollen, und jetzt hatte ich die Möglichkeit, der ganzen Sache den Rücken zu kehren. Und ich hatte vor, diese Chance mit beiden Händen zu ergreifen und sie zu nutzen.

„Aber wirst du es nicht vermissen? Den Thrill? Die Aufregung?“, fragte Dodger mit einem skeptischen Unterton in der Stimme.

Ich schüttelte den Kopf und lächelte. „Ich werde gar nicht die Zeit haben, um das alles zu vermissen. Ich werde nämlich zu beschäftigt damit sein, Ellie anzubeten.“ *Und zwar von heute an!*

Dodger verzog die Lippen zu einem Grinsen. „Du stehst jetzt schon unter dem Pantoffel."

Achselzuckend sah ich ihn an. Es war mir nicht unangenehm. „Wenn du irgendwann einmal die richtige Frau triffst, wird das alles auch für dich einen Sinn ergeben", entgegnete ich und lächelte Ray an, der zustimmend nickte. Er hatte seine bessere Hälfte schon vor langer Zeit gefunden. „Ellie ist mein Ein und Alles. Das alles ist ein unbekanntes Abenteuer, und ich kann es kaum erwarten loszulegen", fügte ich hinzu. „Ihr beide müsst euch jetzt darüber verständigen, wohin es in Zukunft mit der Organisation gehen soll. Sie gehört euch." Ich lehnte mich zurück, verschränkte die Hände hinter dem Kopf und fühlte mich erleichtert und wohl. Die beiden blickten sich an und fingen dann an zu diskutieren.

Zwei Tassen Kaffee später waren sie noch immer ins Gespräch vertieft, als Ellies Nummer plötzlich auf dem Display meines Handys aufleuchtete. „Hey, Kleine."

In der Leitung war ein gedämpftes Knistern zu hören, dann fing sie an zu reden. „Jamie?" Ihre Stimme klang irgendwie seltsam. Als ich hörte, wie sie meinen Namen aussprach – beinahe flehentlich –, erstarrte ich. Plötzlich stieß sie einen lauten Schmerzensschrei aus, und mir gefror das Blut in den Adern. „Hilf mir", wisperte sie.

Diese beiden Worte versetzten mir einen Stich ins Herz. Mein Magen zog sich schmerzhaft zusammen.

„Ellie?" Meine Stimme war kaum mehr als ein Flüstern. Dann erklang eine andere Stimme am Telefon – eine Stimme, die ich nur zu gut kannte. Der spanische Akzent war deutlich zu hören, und ich biss die Zähne zusammen, als sich Zorn in mir breitmachte.

„Wenn du sie willst, musst du herkommen und sie dir holen. Ich bin im Hafen, neben den Resten des Gebäudes, wo sich mal mein gut gehendes Geschäft befunden hat – ehe du alles zerstört hast. Dir bleibt genau eine halbe Stunde, bevor ich ihr die Kehle durchschneiden und sie verbluten lassen werde", ließ Mateo Salazar mich wissen.

Mein ganzer Körper bebte. Ich umklammerte das Handy so fest, dass ich überrascht war, dass es nicht kaputtging. In meinem Kopf überschlugen sich die Gedanken. Der Hafen. Ich kannte den Ort, den er meinte, und es dauerte mindestens vierzig Minuten, um dort hinzugelangen. „Die Fahrt wird aber länger dauern!"

„Dann solltest du ein bisschen Gas geben. Das kannst du doch", knurrte er. „Und komm allein. Wenn ich sehe, dass du jemanden mitbringst, stirbt sie. Wenn du eine Minute zu spät bist, stirbt sie. Wenn du mit irgendjemandem darüber sprichst, stirbt sie."

27. Kapitel

Siebenundzwanzig Minuten später war ich am Hafen. Ich umklammerte das Lenkrad des BMWs. Wie ich es rechtzeitig geschafft hatte, dort zu sein, wusste Gott allein. Ich wusste nur, dass ich alles tun würde, um Ellie zu retten. Ich konnte nicht zulassen, dass irgendjemand ihr wehtat.

Ruhig zu bleiben, erforderte all meine Kraft. In mir tobte ein Krieg, doch ich riss mich zusammen. Ich stellte den Motor ab, atmete ein paarmal tief durch und versuchte, die Wut zurückzudrängen, die in mir tobte, seit ich Ellies unterdrückten Aufschrei am Telefon gehört hatte. Ich brauchte einen klaren Kopf. Ich musste nachdenken und durfte nicht einfach in das Gebäude stürzen, den Laden auseinandernehmen und jeden töten, der sich bewegte.

Als ich mich so fest im Griff hatte, wie es unter den gegebenen Umständen möglich war, beugte ich mich zur Seite und nahm meine Waffen vom Beifahrersitz. Ich schob mir eine Pistole in den hinteren Hosenbund meiner Jeans und versteckte sie unter meinem Pullover. Die andere Waffe hielt ich fest in der Hand und lud sie durch.

Als ich schließlich ausstieg, fiel mir die Stille auf. Dieser Teil des Hafens war eigentlich verlassen, doch das hieß offensichtlich nicht, dass sie nicht da waren, sich in den Schatten verbargen, mich beobachteten. Ich hob die Waffe und ging zum Tor. Mein Ziel war klar: Ich wollte Ellie befreien und alle anderen umbringen.

Ich biss die Zähne zusammen. Mir war klar, dass Mateos Ultimatum bald ablaufen würde – viel Zeit blieb nicht mehr. Meine Beine bewegten sich praktisch von allein und trugen mich durch das Tor. Noch immer hing dort das gelbe Absperrband der Polizei. Auf dem Innenhof standen rostige Container und altes Equipment herum. Ich hielt die Waffe weiterhin erhoben und sah mich um. Doch ich konnte niemanden sehen.

Ich ging weiter, umrundete die Container und lauschte angestrengt in die Stille hinein. Nach ein paar Minuten kam ich an eine freie Fläche. Ich lehnte mich mit dem Rücken an einen der Container und spähte um die Ecke. Mateo musste hier sein. Er hielt sich wahrscheinlich in der Mitte des Hafengebiets auf, damit er nicht von Passanten entdeckt wurde, die zufällig vorbeikamen, und damit niemand ihn hören konnte, der ihn nicht hören sollte. Wenn ich jemanden hierherbestellt hätte, dann hätte ich es jedenfalls so gemacht. Ich sah mich um, verengte die Augen zu schmalen Schlitzen und schaute in allen dunklen, versteckten Ecken nach, ob sich dort jemand verbarg. Aber vergeblich.

Ich schluckte, kam aus der Deckung und trat auf die freie Fläche hinaus. Ich wusste, dass ich mich jetzt praktisch auf dem Silbertablett präsentierte, aber die Panik in mir wurde immer größer. War ich hier doch falsch? Was wäre, wenn es noch eine andere Stelle gab, an der ich hätte sein sollen und an der Ellie darauf wartete, gerettet zu werden? Entsetzliche Bilder traten vor mein geistiges

Auge, Visionen davon, wie Mateos Messer durch Ellies wundervollen Hals schnitt, den ich noch vor ein paar Stunden geküsst hatte. Visionen davon, wie ihr Blut wie ein roter Fluss aus der Wunde strömte und ihre Kleidung tränkte. Visionen davon, wie sie die Augen aufriss, aus denen dann langsam das Licht und das Leben wichen, während sie verblutete.

„Mateo!", schrie ich aus voller Kehle. „Mateo! Wo steckst du, Scheißkerl?"

„Genau hier."

Mein Körper war mit einem Mal angespannt, als ich meine Pistole hob und in die Richtung zielte, aus der seine Stimme kam. Zugleich ergriff mich Erleichterung, weil ich am richtigen Ort war. Doch das Gefühl währte nur kurz, denn er kam hinter einem Container hervor und hielt Ellie wie einen Schutzschild vor sich.

Mein Herz zog sich zusammen, als ich sie sah. Er hatte sie an den Haaren gepackt und hielt sie fest, während sie durch das Klebeband auf ihrem Mund wimmernde Laute ausstieß. Ihre Hände waren mit einem blauen Band vor ihrem Körper gefesselt. An der Seite ihres Gesichts war getrocknetes Blut zu erkennen, das auch ihr Haar verklebte. Eines ihrer Augen war blutunterlaufen, und auf ihrer Wange bildete sich ein Bluterguss. An ihren Armen sah ich unzählige kleine Schnitte, und ihre Jeans waren zerrissen und dreckig.

Zorn brannte in mir, und ich verlagerte das Gewicht von einem Bein auf das andere, während mörderische Gedanken durch meinen Kopf schossen. Ich war so wütend, dass ich die Wut beinahe schmecken konnte. „Was zum Teufel hast du mit ihr gemacht?", stieß ich hervor. In meiner Stimme schwang eine unmissverständliche Drohung mit. Ich würde ihm seinen beschissenen Kopf abreißen.

Mateo grinste und hielt Ellie immer noch schützend vor sich, als er ein paar Schritte nach vorn machte. „Sie hatte einen kleinen Autounfall. Nicht wahr, Schätzchen?“ Er beugte sich vor und drückte seine Nase in ihr Haar.

Ellie verzog angewidert das Gesicht, und es juckte mich in den Fingern, den Abzug zu drücken. Ein Autounfall. Sie hatten sie von der Straße gedrängt und sie sich dann geschnappt. War sie allein gewesen? Hatte ihre Familie ebenfalls im Wagen gesessen? Waren die anderen auch hier irgendwo und warteten darauf, aus dieser hoffnungslosen Situation befreit zu werden?

„Ich verstehe, warum du die Kleine magst. Sie ist ein temperamentvolles Ding. Ich musste die Bitch fesseln, weil sie zweimal versucht hat abzuhauen. Einmal ist es ihr sogar gelungen, eine der Wachen niederzuschlagen.“ Er lachte beinahe stolz, als er sie ansah.

Drohend hob ich die Waffe. „Lass sie einfach gehen. Du brauchst sie nicht“, erklärte ich. Vielleicht würde es helfen, vernünftig mit ihm zu reden. Zu diesem Zeitpunkt war ich bereit, alles zu versuchen. „Ellie, geht es dir gut? Ist alles in Ordnung, Kleine?“

Sie blickte mich an, und die Panik und Angst, die ich in ihren Augen sah, ließen meine Wut nur noch größer werden. Ein kleines Nicken war alles, was sie zustande brachte, da Mateo sie noch immer an den Haaren festhielt.

Ich richtete meine Aufmerksamkeit wieder auf Mateo. „Lass sie gehen. Nimm deine schmutzigen Hände von ihr. Dann lasse ich dich vielleicht am Leben." Meine Waffe war auf seinen Kopf gerichtet. Ein Schuss, und ich könnte die Sache hier beenden. Aber er war Ellie einfach zu nahe, und ich wollte nicht, dass ihr etwas passierte. Ich spielte trotzdem mit dem Gedanken, den Schuss vielleicht doch zu wagen, als ich sah, wie es sich rechts und links neben ihm bewegte. Vier seiner Männer traten aus den Schatten hervor. Sie hielten Waffen in den Händen und zielten auf mich. Es waren wahrscheinlich die einzigen von Mateos Männern, die nicht während der Razzien gefasst worden waren oder sich nach Albertos Verhaftung aus dem Staub gemacht hatten.

Mateo lachte. Es war ein lautes Gackern, bei dem sich die Härchen in meinem Nacken aufrichteten. „Nicht du hast hier die Trümpfe in der Hand, Kid. Ich bin das." Er zog das Messer mit dem Griff aus Elfenbein aus dem Bund seiner Hose. Als er damit Ellie bedrohte, schloss sie die Augen und ballte die Hände zu Fäusten.

Mateo presste das Messer an ihre Kehle. Ich schüttelte schnell den Kopf, biss die Zähne zusammen und versuchte, konzentriert zu bleiben und nicht die Beherrschung zu verlieren.

„Hör auf!", rief ich.

In meinem Kopf überschlugen sich die Gedanken. Fieberhaft dachte ich über eine Lösung nach, über einen Weg, aus dieser Sache herauszukommen. Fünf gegen eins, und Ellie konnte jederzeit von Querschlägern getroffen werden. Hier lief nichts nach Plan. Wie lange war ich schon hier? Drei Minuten? Vier Minuten vielleicht? Es kam mir wie eine Ewigkeit vor.

„Wenn du ihr wehtust, schwöre ich bei Gott, dass ich

dich aufschlitzen und ausweiden werde, während du noch lebst", zischte ich.

Mateo lächelte und wies mit dem Kinn auf einen seiner Männer. Mein Blick ging nach links und fiel auf den Kerl, der sich nun mit erhobener Pistole näherte. Seine Schritte wirkten zögerlich. Es war der Typ aus dem Club, der Ellie gedemütigt hatte und den ich daraufhin schon einmal zusammengeschlagen hatte. Kein Wunder, dass er es nicht eilig hatte, als er sich mir nun näherte.

„Zeig mir deine Hände", wies er mich an.

Ich lächelte bitter. Schnell griff ich mit der freien Hand hinter mich, zog die zweite Waffe hervor und richtete sie auf den Kerl, während ich Mateo noch immer mit der anderen Pistole bedrohte. „Meine Hände sind hier", antwortete ich sarkastisch. Ich sah wieder zu Mateo. „Lass sie einfach gehen, dann können wir uns unterhalten. Von Mann zu Mann. Sei nicht so feige, Salazar. Ist es wirklich deine Art, dich hinter Frauen zu verstecken?" Ich spuckte angewidert auf den Boden, ließ nichts unversucht, damit er das Messer von Ellies Hals nahm.

Mateo verengte die Augen zu schmalen Schlitzen und sah mich respektlos an. Er riss Ellies Kopf brutal zurück. Sie stöhnte leise auf. Ich zuckte zusammen, als er das Messer noch etwas fester an ihren Hals drückte. „Es ist meine Art, alle Mittel auszuschöpfen, um zu bekommen, was ich will!", bellte Mateo.

Es musste mir gelingen, ihn weiterhin in ein Gespräch zu verwickeln, bis der richtige Zeitpunkt gekommen war. „Okay, okay. Ganz ruhig."

Ein Grinsen breitete sich auf Mateos Gesicht aus. Er drehte den Kopf und sah hinter sich. „Komm raus.

Warum zeigen wir ihm nicht, wie meine Art zu handeln aussieht?“

Im nächsten Moment trat eine weitere Person hinter dem Container hervor. Ed. Jetzt wusste ich, warum meine verzweifelten Anrufe bei ihm auf dem Weg hierher nicht erwidert worden waren. Er machte einen Schritt nach vorn, stellte sich neben Mateo und hielt eine Waffe auf mich gerichtet.

Der verfluchte Scheißkerl hat ein doppeltes Spiel gespielt.

Ein Lächeln umspielte Eds Mundwinkel, als er die Waffe noch ein Stück anhob und sich abwesend mit dem Lauf an der Wange kratzte. Mit scharfem, aufmerksamem Blick betrachtete er mich abschätzend. „Überrascht, mich hier zu sehen?“, fragte er. „Hattest du angenommen, dass ich tot bin, nachdem ich so heldenhaft gekämpft habe, um deine kleine Freundin zu beschützen? Eine Neuigkeit für dich, Kid: Du hast der falschen Person vertraut.“

„Ed, was zur Hölle hast du getan?“ Ich konnte es nicht glauben. „Wie viel Geld haben sie dir dafür geboten?“ Er war bei mir, seit ich aus dem Gefängnis entlassen worden war. Vorher hatte er für Brett gearbeitet. Ich kannte ihn seit meinem elften Lebensjahr. Der Verrat traf mich tief.

Er schnaubte und zog die Augenbrauen zusammen. „Es geht nicht ums Geld. Damit liegst du falsch, Kid. Es geht um Respekt.“

Ich schluckte, als sich alles zu einem Bild fügte. Ed war nie glücklich gewesen, für mich zu arbeiten. Ich hätte die Zeichen erkennen, hätte mehr auf die missmutigen Blicke achten müssen, wenn ich ihn mal wieder nicht in irgendwelche Entscheidungen und Abläufe eingeweiht hatte. Ich hätte ihn nicht so leicht abweisen dürfen, als er um mehr Verantwortung in der Organisation gebeten hatte. Ich war großspurig und viel zu arrogant gewesen und hatte nicht gesehen, was sich dadurch in ihm angestaut hatte. Das alles war mir entgangen, obwohl es direkt vor meiner Nase passiert war.

„Das spielt jetzt auch keine Rolle mehr", fuhr er fort und wandte sich Mateo zu. „Mateo und ich starten ein neues Unternehmen. Wir müssen nur zuerst ein Problem eliminieren – dich." Er zog eine Augenbraue hoch und grinste. „Als mir die kleine Rothaarige wieder einfiel, für die du alles tun würdest, warst du nicht mehr unangreifbar. Ich war mir zuerst nicht sicher, ob es funktionieren würde. Wir beschlossen, es trotzdem zu versuchen. Es klappte besser, als ich gedacht hätte. Der Plan war ganz einfach: den Eltern folgen und ihren Wagen von der Straße drängen – und *voilà*, die Kleine kommt zurück, und du bist abgelenkt genug, um unachtsam zu werden."

Die Erkenntnis traf mich wie ein Schlag ins Gesicht. Ellies Vater hatte meinetwegen sterben müssen. „Du krankes Arschloch!", stieß ich zornig hervor.

Mein Blick fiel auf Ellie. Ich sah, wie ihre Miene sich veränderte, als sie ebenfalls begriff. Sie wand sich in Mateos Griff, wollte sich befreien, trat nach Ed, während ihre Augen vor Zorn Funken sprühten.

Ed streckte den Arm aus, strich ihr mit der Rückseite eines Fingers über die Wange und wischte ihr eine Träne der Wut aus dem Gesicht. „Ach, Schätzchen, sei doch nicht böse", sagte er höhnisch. „Wir mussten dich doch irgendwie wieder hierherlocken." Er ließ die Hand sinken, während Ellie sich weiter wehrte und durch das Klebeband auf ihrem Mund hindurch Unverständliches von sich gab.

Mateo grinste. „Wir waren uns nicht hundertprozentig sicher, ob es funktionieren würde – doch das hat sich an dem Abend im Club geändert, als du Manny zusammengeschlagen hast, weil er sie angefasst hatte. In dem Moment wusste ich, dass es ein idiotensicherer Plan war. Ein glücklicher Zufall, dass sie auch da war und wir so unser Vorhaben tatsächlich in die Tat umsetzen konnten", sagte er stolz. „Alberto wollte allerdings nichts davon wissen – das war immer so. Er meinte, wir sollten dich in Ruhe lassen. Du hast mir also einen großen Gefallen damit getan, dafür zu sorgen, dass er weggesperrt worden ist. Was das Geschäftliche betrifft, hatten wir schon immer unterschiedliche Ansichten. Er war mit den Krümeln zufrieden, die du für uns übrig gelassen hast, und ich war das eben nicht."

Ellie schlug weiter um sich, riss die gefesselten Arme hoch und zerkratzte Ed das Gesicht. Er grunzte, stieß ihre Hände weg, hob die Waffe und drückte sie ihr an die Stirn. Wut blitzte in seinen Augen auf. „Noch eine verdammte Bewegung, und ich werde beschließen, dass du nicht länger nützlich für uns bist", knurrte er.

Mein Zorn schwoll wieder an. Ich konnte ihn kaum noch zügeln, als ich einen Schritt nach vorn machte. Die vier Waffen, die auf mich gerichtet waren, ignorierte ich. „Nimm deine verfluchte Pistole aus ihrem Gesicht", sagte ich. Meine Hand zitterte – aber nicht etwa vor Angst. Meine Hand zitterte vor Wut. Wenn Mateo jetzt auch nur eine falsche Bewegung machte, würde ich ihm eine Kugel in den Kopf jagen. Er wäre tot, bevor er auch nur wüsste, wie ihm geschah.

Eds Auge zuckte, doch er wandte den Blick nicht von Ellie, die noch immer wie erstarrt war. „Ich frage mich, wie ihr hübsches Gesicht anschließend aussehen mag“, überlegte er laut und drückte die Waffe noch fester gegen ihren Kopf. Sie wimmerte und zuckte zurück. Frustriert stöhnte ich auf. Ich hatte in dieser Situation nicht die Oberhand. Noch nicht. „Noch einen Schritt, Kid, und wir werden es gemeinsam herausfinden“, sagte Ed.

Ich presste die Kiefer aufeinander und blieb wie angewurzelt stehen. „Ed, was ist mit dir passiert? Wie bist du zu dem Menschen geworden, der ein unschuldiges Mädchen töten würde, um zu bekommen, was er will?“ Ich hatte Ed nie gemocht. Er war schon immer ein berechnender und selbstsüchtiger Mistkerl gewesen. Doch das hier hatte ich nicht kommen sehen. Noch nie war er so weit gegangen. Er war machtbesessen. Ich konnte es in seinen Augen sehen. Er würde Ellie umbringen, ohne mit der Wimper zu zucken, um zu bekommen, was er wollte. Der Ausdruck in seinem Blick machte mir Angst.

„Auf die Knie“, befahl er mir. Mit der Waffe zielte er noch immer auf Ellies Gesicht.

Ich schluckte unsicher. Ein Kloß hatte sich in meinem Hals gebildet. Ich sah Ellie an. Sie stieß einen gedämpften Protestschrei aus, und ich konnte die Qual und den Schmerz in ihren Augen lesen, als sie mich anflehte, sie zu beruhigen und ihr zu versichern, dass alles gut werden würde. Aber das konnte ich nicht. Ich dachte darüber nach, wie hoch die Chancen standen, alle Männer auszuschalten, bevor einer von ihnen Ellie oder mich erwischen würde. Ziemlich gering. Doch dann fesselte ein Aufblitzen vom Dach eines der Container meine Aufmerksamkeit – gerade noch war es zu sehen gewesen, im nächsten Moment war es wieder verschwunden. Mein Herz setzte einen Schlag lang aus. Die ziemlich geringen Chancen hatten sich gerade massiv erhöht.

Ich lächelte Ellie schwach an und nickte dann Ed zu. Mit erhobenen Händen ging ich langsam in die Knie und bemühte mich, unterlegen zu wirken. Ich tat nur so, denn in Wirklichkeit bereitete ich mich darauf vor, um unser beider Leben zu kämpfen.

28. Kapitel

In Eds Miene stand seine ganze ungezügelte Schadenfreude, als er mich nun auf den Knien sah. Endlich richtete er die Waffe nicht mehr auf Ellies Gesicht. „Ich hätte nie gedacht, dass ich Kid Cole einmal auf den Knien um Gnade betteln sehen würde. Das ist ein Anblick, den ich für den Rest meines Lebens nicht vergessen werde."

Wie schnell auch immer dieses Leben beendet sein wird. Ich musste mir ein wissendes Lächeln verkneifen.

Selbstverständlich war ich *nicht* allein gekommen. Ich war schließlich kein Idiot. Hatten sie tatsächlich geglaubt, ich wäre dumm genug zu glauben, dass sie Ellie gehen lassen würden, wenn ich mich wie ein guter Junge verhielt und tat, was sie verlangten?

Ich betete nur, dass mein Plan funktionieren würde und Ellie nicht versehentlich ins Kreuzfeuer geriet. Zumindest hatte sie so überhaupt eine Chance.

Das Lichtsignal, das ich kurz zuvor gesehen hatte, bedeutete, dass Ray genau dort war, wo er gebraucht wurde, und dass Dodger gleich ein Ablenkungsmanöver starten würde. Genauso hatten wir es geplant.

Ich sah zu Ellie. Tränen hingen an ihren Wimpern. Sie wirkte so niedergeschlagen und verzweifelt, war so am Boden zerstört, dass es mir das Herz brach. Ich konnte nicht mehr tun, als sie anzusehen und sie stumm aufzufordern, sich innerlich für das zu wappnen, was gleich passieren würde.

„Leg die Waffen auf den Boden. Langsam!“, befahl Ed und zielte mit seiner Pistole nun auf mich.

Ich gehorchte so langsam wie nur irgend möglich, ohne dass zu offensichtlich wurde, dass ich Zeit schinden wollte. *Wo bleibt das verfluchte Ablenkungsmanöver? Komm schon, Dodge!*

Plötzlich gab es irgendwo auf dem Grundstück hinter mir eine enorme Explosion. Alle blickten erschrocken auf, als Trümmerteile und Staub auf uns zuflogen. Für einen Moment waren alle wie versteinert. Dann drehte ich mich um und sah schwarzen Rauch in den Himmel aufsteigen.

Ich musste ein Lächeln unterdrücken, als Mateo auf Spanisch fluchte und dann zwei seiner Leute losschickte, um nachzuschauen, was passiert war. Ed hatte die Waffe weiterhin auf meinen Kopf gerichtet, also wagte ich es nicht, mich zu bewegen. Ich hielt die Luft an und wollte Ray per Gedankenübertragung irgendwie dazu bringen einzuschreiten.

Eds Finger zuckte am Abzug, und dann passierten zwei Dinge auf einmal: Ein unglaublich lauter Gewehrschuss ertönte vom Dach des Containers zu meiner Rechten, und Eds Hand wurde zerfetzt, als eine Kugel sich durch sein Handgelenk bohrte. Eds Schrei klang schrill und gequält, als er die Waffe fallen ließ. Sein Blick fiel auf die blutigen Fetzen, die einmal seine Hand gewesen waren.

Ich hatte keine Zeit, um tatenlos herumzusitzen und zuzusehen. Ich stürzte nach vorn, griff mir eine meiner

Waffen und hob den Kopf. Mateo hatte den Arm um Ellies Hals geschlungen, zog sie an sich und nutzte ihren Körper als Schutzschild. Ich kniff ein Auge zusammen, legte an und suchte mein Ziel – die einzige Stelle seines Körpers, die nicht verdeckt war. Dann betätigte ich den Abzug.

Ich spürte den Rückstoß der Waffe, und schon traf die Kugel Mateos Knie. Er schrie auf. Sein Griff um Ellie lockerte sich ein wenig, doch er ließ sie nicht los, als er nun nach hinten taumelte.

Ellie wirkte entschlossen. Kurzerhand nutzte sie den Moment der Ablenkung und rammte Mateo ihren Ellbogen in den Magen. Ich war unglaublich stolz auf sie. Mateo stöhnte und machte einen Schritt nach links – das reichte mir. Ich drückte ein zweites Mal ab, und diese Kugel traf ihn in die Schulter.

Er fiel nach hinten, riss Ellie, die er noch immer festhielt, mit sich, und sie stürzten beide unsanft zu Boden.

Mir stockte der Atem, und ich konnte nur hoffen, dass sie sich nicht wehgetan hatte. In diesem Augenblick befreite sie sich aus Mateos Griff und kroch von ihm weg. Sie sah mich an.

„Lauf!“, schrie ich. „Ellie, lauf los!“ Mühsam kam sie trotz ihrer gefesselten Hände auf die Beine. Doch im nächsten Moment geriet sie ins Wanken und fiel wieder hin.

Aus den Augenwinkeln bemerkte ich neben mir eine Bewegung und drehte den Kopf. Ich erblickte einen von Salazars Männern, der drei Meter von mir entfernt stand und die Waffe auf meine Brust gerichtet hatte. Ich warf mich zur Seite und drückte im Fallen ab. Seine Kugeln flogen durch die Luft, wo ich noch Sekunden zuvor gestanden hatte. Mein Schuss hingegen traf ihn direkt in die Brust. Er riss die Augen auf und starrte auf die Wunde hinab. Blut quoll aus seinem Mund, als er auf die Knie sank und dann mit dem Gesicht voran in den Staub fiel.

Ich blinzelte ein paarmal. Als ich den Kopf umwandte, sah ich, dass Ellie wieder auf den Beinen war und humpelnd zu den Containern zu ihrer Linken rannte. Ich lächelte erleichtert. Doch dann sah ich Ed, der in seiner gesunden Hand ein glänzendes silbernes Messer hielt. Mit wildem Blick stürzte er sich auf mich. Die Klinge sauste zischend durch die Luft. Ich spürte den Luftzug auf der Haut, als ich gerade noch rechtzeitig den Kopf nach hinten nahm.

Wieder griff Ed mich an. Ich versetzte ihm einen Tritt und traf ihn mit dem Fuß in die Seite. Er stieß ein grunzendes Geräusch aus und krümmte sich. Das reichte, damit ich den Arm hochreißen und ihm mit der Pistole direkt ins Gesicht schlagen konnte. Das Geräusch von brechenden Knochen war unglaublich befriedigend. Aus der gebrochenen Nase spritzte Blut, und sein Blick ging ins Leere. Das Messer fiel ihm aus der Hand, er sackte in sich zusammen und ging zu Boden. Staub wirbelte auf. Ich suchte im Dreck sein Messer und nahm es an mich, falls er wieder zu Bewusstsein kommen sollte.

Als ich nun aufstand und mit der Hand vor meinen Augen wedelte, um den Staub zu vertreiben, konnte ich neben mir Kampfgeräusche hören. Ich blickte in die Richtung, aus der die Laute kamen, und sah Dodger, der mit einem von Salazars Leuten rang. In der Ferne konnte ich zwei Leute auf Spanisch rufen hören. Wahrscheinlich handelte es sich um die beiden Männer, die nach der Explosion losgeschickt worden waren, um zu sehen, was passiert war. Offensichtlich sahen sie nun das Chaos und wollten sich ins Geschehen stürzen. Aber Ray war gleich zur Stelle und feuerte seinen Schuss ab.

Verzweifelt schaute ich mich nach Ellie um. Ich konnte sie nirgends entdecken. Was ich allerdings sah, war Mateo, der sich stöhnend aufrichtete. Blut bedeckte seinen Oberkörper und sein Gesicht. Er ähnelte einem Statisten in einem Horrorfilm.

Mit der Hand suchte er offenbar etwas an seiner Seite. Plötzlich hielt er eine Waffe in der Hand, hob sie hoch und zielte damit auf Dodger, der noch immer mit einem von Salazars Männern kämpfte.

Zu spät wurde mir bewusst, dass ich in der rechten Hand nur ein Messer und keine Pistole hielt. Mir blieb keine Zeit, um nachzudenken. Ich holte aus und warf das Messer mit voller Wucht in Mateos Richtung. Ich konnte nur hoffen, dass die zahllosen Dartspiele sich auszahlen würden. Das Messer war groß und schwer. Noch nie hatte ich ein solches Messer geworfen. Atemlos beobachtete ich, wie es durch die Luft flog und in Mateos Hals drang.

Sein Körper zuckte, und Mateo hob die Hand an den Hals, als nun Blut aus der Wunde spritzte. Er bewegte den Mund, als wollte er etwas sagen, und zog die Schultern hoch. Dann fiel er nach hinten. Seine Augen waren noch geöffnet. Er verblutete so, wie er es Ellie angedroht hatte.

Wenn das keine Ironie ist. Ich kam auf die Beine. Es gefiel mir nicht, dass ich ihn umgebracht hatte, doch ich bereute es nicht eine Sekunde lang.

Ich hob die Hand und beschattete meine Augen gegen die tief stehende Nachmittagssonne. Ich sah zu Ray, der auf einem Container stand, und winkte ihm kurz dankbar zu. Dodger hatte seinem Gegner gerade gegen den Kehlkopf geschlagen. Der Mann ging in die Knie und rang nach Luft. Dodgers Gesicht war noch immer vor Wut verzerrt, und Entschlossenheit spiegelte sich darauf, als er sich nun umsah, ob irgendwo noch mehr Gefahr drohte. Mein Körper entspannte sich allmählich. Es war vorbei, und wir waren alle in Sicherheit und relativ unversehrt.

„Ellie?", rief ich, schloss die Augen und atmete ein paarmal tief durch. Durch das Adrenalin zitterten meine Hände. Als ich meine Augen wieder öffnete, blickte ich in die Richtung, in der ich sie zuletzt gesehen hatte. Ich stieg über Eds Körper hinweg und schob die Waffe wieder zurück in meinen Hosenbund. „Ellie, wo steckst du?"

Sie spähte um die Ecke eines der Container. Unsere Blicke trafen sich. Ich lächelte, und Erleichterung ergriff mich, als ich einen Schritt auf sie zumachte. Sie atmete durch und kam dann auf mich zu. Tränen rannen über ihre Wangen. Als sie mich erreichte, warf sie sich in meine Arme und hielt mich mit ihren noch immer gefesselten Händen, so gut es ging, fest.

„O Gott. Es tut mir so leid, dass ich dich in das alles hineingezogen habe. Geht es dir gut?", fragte ich, hielt sie eine Armeslänge von mir entfernt und legte eine Hand an ihre Wange. „Verdammt, dein Gesicht." Ich zuckte zusammen und betrachtete ihr blutunterlaufenes Auge, die Verletzungen, die wunde Haut, wo sie sich das Klebeband vom Mund gerissen hatte, und das getrocknete Blut an der Seite ihres Kopfes. „Was tut dir weh?“

Sie schluchzte und schob meine Hände weg. Dann schmiegte sie sich wieder an mich und weinte leise. Ich schlang die Arme um sie, hielt sie fest und legte meine Wange auf ihren Kopf. „Mir geht es gut“, murmelte sie an meiner Schulter. „Ich hatte solche Angst“, flüsterte sie.

„Ich weiß, Kleine. Ich weiß. Es ist vorbei. Es ist alles vorbei“, beruhigte ich sie und streichelte ihr über den Rücken. Ich hauchte ihr einen Kuss aufs Haar. Als ich die Platzwunde an der Seite ihres Kopfes bemerkte, zog ich mich zurück und sah sie an. „Bist du sicher, dass alles okay mit dir ist? Wir sollten dich lieber in ein Krankenhaus bringen, um dich durchchecken zu lassen.“ Ich sah ihr in die Augen, in denen Tränen schimmerten. Dass sie so ängstlich und scheu wirkte, brach mir das Herz.

„Mir geht es wirklich gut. Die Verletzungen stammen von dem Unfall.“ Sie schniefte und hob die Hand, um sich vorsichtig übers Gesicht zu streichen.

Ich nickte und ließ sie kurz los, um mich mit ihr zusammen umzudrehen. Ich erblickte Dodger, der an einen Container gelehnt auf dem Boden saß und zusammenzuckte, als er sich an die Seite griff und etwas Verbranntes entfernte. „Ist alles in Ordnung, Dodge?“, rief ich besorgt.

Er nickte und fummelte weiter verbrannte Stoffreste von seiner Seite. „Ja, ich stand nur ein bisschen zu nah an dem Wagen, als er in die Luft flog“, antwortete er.

Wagen? Das war sein Ablenkungsmanöver gewesen? Er hatte ein Auto in die Luft gejagt? Wie nett.

„Ich muss mich kurz setzen“, sagte Ellie, ging zum nächsten Container, lehnte sich mit dem Rücken dagegen und rutschte daran herunter, bis sie auf dem Boden saß. „Sieh doch mal, ob es ihm wirklich gut geht. Er scheint mir eher der Machotyp zu sein, der behauptet, alles wäre super, auch wenn ihm fast das Bein abfällt.“ Sie lächelte schwach, zog die Knie an sich, hob die Hand und berührte vorsichtig die Wunde an ihrem Kopf.

Ich betrachtete sie ein paar Sekunden lang, um mich davon zu überzeugen, dass sie okay war, bevor ich über die freie Fläche zu Dodger ging.

Plötzlich hörte ich hinter mir ein Aufkeuchen, und Ellie schrie: „Pass auf!“ In diesem Moment stürzte Ed sich auf mich und riss mich zu Boden. Ich rang nach Luft, als er auf mir landete. Er versuchte, mich zu erwürgen, während sich sein Knie in meine Rippen bohrte. Ich presste die Kiefer aufeinander, packte sein Shirt und rollte zur Seite, bis ich auf ihm lag. Dann holte ich aus und wollte ihm ins Gesicht schlagen. In allerletzter Sekunde riss er den Kopf zur Seite, sodass meine Faust auf den Boden krachte. Ich hörte, wie einer meiner Fingerknöchel brach. Schmerz durchzuckte mich und strahlte den Arm hinauf.

Ich schrie auf, biss die Zähne zusammen und holte stattdessen mit der linken Faust aus. Diesmal traf ich ihn. Eds Kopf wurde zur Seite geschleudert. Mit der verletzten Hand griff ich in meinen hinteren Hosenbund und wollte meine Waffe hervorziehen, doch sie war nicht mehr da. Sie musste herausgefallen sein, als Ed mich zu Boden gerissen hatte.

Ich schlug Ed mit voller Wucht in die Seite. Der Schlag raubte ihm den Atem.

„Ellie, nein!“, brüllte Dodger unvermittelt.

Verwirrt drehte ich den Kopf nach rechts und sah, dass Ellie meine Pistole aufgehoben hatte. Ihre Hände zitterten, als sie mit der Waffe auf Ed zielte, der sich unter mir wand.

Ed schlug mir mit der Faust ins Gesicht, und ich fiel nach rechts. In diesem Moment zerriss ein Schuss die Stille. Ich spürte einen stechenden, brennend heißen Schmerz im Oberarm. Noch nie war ich angeschossen worden. Es war viel schmerzhafter, als ich gedacht hätte. Ellies gequälter Aufschrei hinter mir ließ mein Herz schneller schlagen. Aber mir blieb keine Zeit, um weiter darüber nachzudenken, denn Ed gewann die Oberhand und nutzte den winzigen Moment der Ablenkung, um mit der Faust auf meine Schussverletzung zu schlagen. Ich schrie vor Schmerzen auf, und vor meinen Augen verschwamm alles.

Ed legte die Hand um meinen Hals und drückte zu. Mit dem gesunden Arm wollte ich ihn von mir schieben. Plötzlich erstarrte er. Seine Augen wurden groß, als er mich beinahe ängstlich ansah. Er ließ von mir ab, und ich rang keuchend nach Luft.

Endlich konnte ich wieder klarer sehen. Und ich bemerkte die Waffe, die an Eds Schläfe gedrückt wurde. Ich blinzelte und versuchte zu begreifen, was hier los war. Mein Blick wanderte von der Mündung der Waffe über die gefesselten Handgelenke und die verletzten Arme bis hinauf in das Gesicht meiner Freundin. Ihr Kinn zitterte, doch sie ließ Ed nicht eine Sekunde lang aus den Augen, in denen Rachedurst stand.

Ich machte den Mund auf, um sie von ihrem Vorhaben abzuhalten und ihr zu sagen, dass sie diese Tat nie wieder würde rückgängig machen können, dass sie die Bilder für den Rest ihres Lebens verfolgen würden. Aber ihre Miene wirkte entschlossen.

„Das ist für meinen Dad.“ Und dann drückte sie ab und schoss ihm in den Kopf.

29. Kapitel

Ich zuckte zusammen, als Eds Blut auf mein Gesicht spritzte. Er fiel um. Seine Augen waren geöffnet, doch es war kein Leben mehr in ihnen.

Ellie stand wie versteinert da, die Waffe noch immer erhoben. Ihre Lippen zitterten, und ihre Augen waren geweitet, als sie auf Eds reglosen Körper und die Blutlache starrte, die sich unter seinem Kopf bildete.

„Ellie, es ist in Ordnung", sagte ich zu ihr, stemmte mich mit den Ellbogen hoch und setzte mich auf.

Meine Hand und mein Arm schmerzten bei jeder Bewegung, und ich konnte spüren, wie Blut aus der Schusswunde quoll, die Ellie mir versehentlich beigebracht hatte. Ellie rührte sich nicht. Offensichtlich drangen meine Worte auch nicht zu ihr durch. Ich war mir nicht einmal sicher, ob sie atmete, während sie unentwegt auf Eds Leiche blickte. Den Schmerz ignorierend, kam ich auf die Beine und stellte mich neben sie. Langsam streckte ich den Arm aus und legte meine gesunde Hand auf ihre Hände. Behutsam drückte ich die Waffe nach unten.

„Ellie, sieh mich an", bat ich und griff um den Lauf der Waffe. Sie reagierte noch immer nicht. „Ellie, bitte, kannst du mich mal ansehen, Kleine?", flehte ich und zog vorsichtig an der Pistole.

Ihr Auge zuckte, und sie ließ die Waffe los. Ganz langsam drehte sie den Kopf zu mir, ohne jedoch die Leiche aus den Augen zu lassen. „Er hat meinen Dad umgebracht. Und er wollte auch dich töten“, murmelte sie, wobei ihr die Worte nur undeutlich über die Lippen kamen.

Schnell steckte ich die Waffe in meinen Hosenbund. „Das hat er. Und das wollte er. Du hast mich gerettet. Du hast das Richtige getan.“

Ich wünschte, sie hätte es nicht getan. Nicht, dass ich mir seinen Tod nicht gewünscht hätte – natürlich hatte ich das –, aber ich hätte es lieber selbst getan, um ihr die Reue und die Schuldgefühle über ihre Tat zu ersparen. Ich wollte sie vor allem beschützen, und wenn das bedeutete, mir die Hände schmutzig zu machen, dann war es eben so.

Mit meiner gesunden Hand versuchte ich, die Fesseln um ihre Handgelenke zu lösen. Schließlich gelang es mir, und ich ließ das Seil zu Boden fallen. Ellie nickte, ohne mich anzusehen. Dann nahm ich ihr verletztes Gesicht ganz vorsichtig in meine Hände, machte einen Schritt zur Seite und versperrte ihr so die Sicht auf Eds Leiche. „Ellie?“, flüsterte ich und ging leicht in die Knie, damit wir auf Augenhöhe waren.

Endlich sah sie mich an. „Er hat meinen Dad getötet“, erwiderte sie genauso leise. „Ich bereue es nicht. Ich würde es wieder tun.“

„Du wirst nie wieder so etwas tun müssen. Ich lasse das alles hinter mir. Von jetzt an gibt es nur noch dich und mich – keine zwielichtigen Geschäfte mehr, keine Sorgen, keine bösen Männer, die hinter dir her sind. Nur noch du und ich. Wenn du mich überhaupt noch willst …“

Ich verstummte, sah ihr in die Augen und hasste den Schmerz, den ich darin sehen konnte.

„Ja“, wisperte sie. „Ich liebe dich.“

Ich küsste sie und spürte ihre raue, wunde Haut. „Ich liebe dich auch“, erwiderte ich.

Sie schniefte und hob die zitternden Hände. Behutsam berührte sie meinen Arm. Im nächsten Moment klebte Blut an ihren Fingern, und sie verzog schuldbewusst das Gesicht. „Geht es dir gut? Ich habe dich angeschossen!“

Ich lächelte schwach und bemühte mich, ihr nicht zu zeigen, wie schmerzhaft die Verletzung war. „Das ist nur eine Fleischwunde. Mir geht es gut“, entgegnete ich. Nachdem der erste Schmerz nachgelassen hatte, war es tatsächlich zu ertragen. Meine Hand tat deutlich mehr weh. „Du bist eine echt miese Schützin“, stellte ich fest.

Ellie antwortete nicht. Mit besorgter Miene öffnete sie den Reißverschluss meiner Kapuzenjacke und versuchte, mir die Jacke von den Schultern zu streifen. „Zieh das aus und lass mich mal sehen“, beharrte sie und zog an dem Stoff. Als ich vor Schmerzen scharf einatmete, ließ sie los. „Tut mir leid, entschuldige bitte“, murmelte sie und zuckte zusammen.

„Lass mich das machen“, sagte ich, schob ihre zitternden Hände zur Seite und zog den Ärmel herunter. Meinen gebrochenen, geschwollenen Finger schonte ich dabei, so gut es ging. Die Jacke ließ ich auf den Boden fallen.

Unsere Blicke fielen auf meine Arme und auf die gezackte siebeneinhalb Zentimeter lange Narbe auf meinem Oberarm kurz unter der Schulter. Ich hatte recht – es war nur eine Fleischwunde. Die Kugel hatte mich zwar getroffen, aber nur gestreift und keinen größeren Schaden angerichtet. Ich hatte Glück gehabt. Allerdings blutete die Wunde noch immer stark.

Ellie stieß ein Wimmern aus, als sie die Verletzung betrachtete. Tränen schossen ihr in die Augen. „Es tut mir so leid. Ich habe auf ihn gezielt, doch dann hast du dich bewegt und …"

Dodger kam an meine Seite, sah die Wunde und grinste. „Ach, komm schon. Quäl dich nicht deswegen, Ellie. Das ist nur ein Kratzer. Er stellt sich an", witzelte er und versuchte offenbar, die Stimmung etwas aufzulockern, denn Ellie schien kurz vor einem Nervenzusammenbruch zu stehen. Sie zitterte am ganzen Körper. „Ein paar Stiche, und er ist wieder wie neu." Dodger bückte sich, nahm meine Kapuzenjacke und zog ein Messer hervor. Dann trennte er den Ärmel der Jacke ab, bevor er sich herunterbeugte und die Wunde mit dem Stück Stoff verband.

Ich biss die Zähne zusammen. Mit der gesunden Hand strich ich Ellie über das Gesicht und malte die Umrisse des Blutergusses nach, der sich auf ihrer Wange gebildet hatte.

„Es tut mir so leid. Es tut mir so leid", sagte sie wieder und wieder, drehte den Kopf und hauchte einen zarten Kuss auf meine Handfläche.

„Ellie, es geht mir gut. Ehrlich." Ich schlang einen Arm um sie, zog sie an mich und ignorierte den Schmerz. Sie verlor den Kampf gegen die Tränen, legte den Kopf an meine Schulter und weinte verzweifelt. Sie zitterte am ganzen Körper.

Ich hielt sie fest umschlungen und sah zu Dodger, der Ellie mitfühlend beobachtete. „Geht es dir gut, Dodge?“, erkundigte ich mich und betrachtete seine Seite. Aus der Nähe konnte ich nun auch die Brandwunde erkennen. Die Haut war versengt, wund und warf allmählich Blasen. Es sah sehr schmerzhaft aus.

Dodger winkte ab. „Es ist auszuhalten. Ich lasse das später mal kontrollieren, hole mir etwas, das ich draufschmieren kann, und dann wird das schon wieder.“

Ray kletterte gerade vom Container herunter. Als er unten war, steckte er das Gewehr in einen Seesack und kam zu uns.

„Was machen wir jetzt damit?“, fragte Dodger und warf einen Blick auf die sechs Leichen, die auf dem Platz herumlagen.

Ray machte einen Schritt nach vorn. „Ich werde mich darum kümmern. Ihr geht erst mal zum Arzt. Ich melde mich, sobald das Problem gelöst ist.“

„Danke, Ray.“ Er war wirklich ein guter Freund. Ich hatte großes Glück, ihn an meiner Seite zu haben. Ich hatte großes Glück, die beiden an meiner Seite zu haben. Ich lehnte mich ein Stückchen zurück und sah Ellie an. „Kannst du laufen?“

Sie schniefte und nickte. Noch immer klammerte sie sich an mich, während ihr die Tränen übers Gesicht rannen. Als wir schließlich langsam zum Auto gingen, drehte Ellie den Kopf und sah noch einmal zu den Leichen. Sie wurde bleich, grub die Finger in meine Seite, und ihre Augen weiteten sich. Es kam mir vor, als wurde ihr erst in diesem Moment klar, was sie getan hatte.

„Schau nicht hin", riet ich ihr und lenkte ihre Aufmerksamkeit wieder auf mich. Sie nickte und ließ sich von mir zu meinem Wagen führen. Wir kamen am ausgebrannten Wrack des Autos vorbei, das Dodger als Ablenkungsmanöver in die Luft gejagt hatte. Die Karosserie brannte noch immer. Qualm stieg auf. Wir konnten kaum atmen, bis der Wagen hinter uns lag und wir durch das Tor getreten waren. Vorsichtig gingen wir weiter zu meinem Auto.

Ich warf Dodger den Schlüssel zu, und er machte die Tür auf. Dann legte er den Sitz nach vorn, sodass Ellie und ich auf die Rückbank klettern konnten. Ellie rutschte zuerst hinein. Ihr ganzer Körper zitterte, und noch immer weinte sie. Ich stieg nach ihr ins Auto und setzte mich neben sie. Fürsorglich legte ich den Arm um sie und zog sie an mich. In meinem Kopf überschlugen sich die Gedanken. Ich fragte mich, wie ich ihr dabei helfen konnte, über die Ereignisse des heutigen Tages hinwegzukommen. Dass sie Ed erschossen hatte, würde sie für immer prägen. Es war etwas, was sie niemals würde vergessen können. Dieser Tag würde nicht ohne Folgen für sie bleiben, doch ich würde alles in meiner Macht Stehende tun, um ihr zu helfen, alles zu verarbeiten.

„In welches Krankenhaus soll ich euch bringen?", fragte Dodge, der auf dem Fahrersitz saß und den Motor startete. „Es wird jede Menge Fragen geben. Wenn die Ärzte sehen, dass du angeschossen worden bist, werden sie die Polizei rufen", sagte er, drehte sich auf dem Fahrersitz zu uns um und wies mit einem Kopfnicken auf meinen Arm.

Ich schürzte die Lippen und dachte nach. „Bring uns in Marlons Ambulanz“, wies ich ihn an. Marlon war Bretts Schwager und stand immer noch auf unserer Gehaltsliste. Mein Team und ich bekamen dort jederzeit eine spezielle Behandlung, wenn es nötig war.

Dodger nickte, drehte sich wieder nach vorn und lenkte den Wagen vom Gelände. Ellies Tränen waren inzwischen getrocknet, doch sie klammerte sich noch immer an mich und drückte ihr Gesicht in meine Halsbeuge. Ich lehnte mich ein Stück zurück, um sie ansehen zu können. „Ellie, wir können mit niemandem darüber reden, was heute hier passiert ist. Hast du verstanden?“, fragte ich und sah sie aufmerksam an.

Sie schniefte und erwiderte meinen Blick. „Aber wir müssen es der Polizei sagen. Ich meine … Wir haben Menschen umgebracht. Wir müssen uns der Polizei stellen.“

Vorsichtig nahm ich ihr verletztes Gesicht in meine Hände. „Nein“, entgegnete ich bestimmt. „Das waren miese Drogendealer, echt schlechte Menschen. Sie hatten jede Menge Dreck am Stecken. Was auch immer ihnen heute zugestoßen ist, war die Folge ihres Jobs. Hörst du? Wir waren niemals hier. Wir hatten einen Autounfall. Daher stammen unsere Verletzungen.“ Meine Stimme klang fest und bestimmt. In dieser Situation war die Wahrheit keine Option. Ellie blinzelte. Ich konnte die Verwirrung und die Unentschlossenheit in ihrem Blick sehen. „Willst du für den Rest deines Lebens ins Gefängnis gehen, weil du dieses Arschloch umgebracht hast?“, fragte ich.

Sie schüttelte schwach den Kopf und zog die Augenbrauen zusammen. „Nein“, flüsterte sie.

„Dann tu, was ich dir sage. Ich werde mich um alles kümmern. Ich werde dafür sorgen, dass diese Geschichte ein Ende hat. Ich werde an deiner Seite sein. Für immer. Du musst nur tun, um was ich dich bitte. Okay?“ *Bitte, sag Ja. Bitte.* „Kannst du das für mich tun, Kleine?“

Sie schwieg für ein paar Sekunden und nickte dann. Mein Herz klopfte wie wild, als ich sie nun sanft küsste. Ich war unglaublich dankbar dafür, dass wir beide das alles überlebt hatten und dass ich mich von jetzt an und für den Rest meines Lebens um sie kümmern könnte.

Zwei Tage später schien der Sturm sich gelegt zu haben. Ellie hatte mir erklärt, wo die Kerle sie geschnappt hatten, und wir hatten jemanden losschicken können, der ihren Wagen aus dem Straßengraben geholt hatte. Die Polizei hatte wegen der Sache Kontakt zu uns aufgenommen. Wir hatten erzählt, dass Ellie und ich in dem Wagen gesessen hätten, als ein Reifen geplatzt wäre, sie die Kontrolle verloren hätte und in den Straßengraben gerast wäre. Weiter hatten wir den Beamten gesagt, dass wir uns aus dem Wrack befreit hätten und per Anhalter in die Klinik gefahren wären, um uns versorgen zu lassen. Die medizinischen Aufzeichnungen des Krankenhauses hatten unsere Geschichte bestätigt und keinen Zweifel daran gelassen, dass unsere Verletzungen ausschließlich vom Unfall herrührten. Detective Lewiston hatte unsere Aussagen aufgenommen. Er hatte noch ein paar Lücken gefüllt und dafür einen dicken Umschlag mit Bargeld kassiert.

Wir waren nicht einmal zu den sechs Leichen befragt worden, die am Tag unseres Unfalls im Hafen gefunden worden waren. Nachdem die Polizei – dank Ray – einige

Kilos Kokain und sehr viel Geld am Tatort entdeckt hatte und allgemein bekannt war, dass die Salazars Drogendealer waren, ging man davon aus, dass hier ein Drogendeal furchtbar schiefgelaufen war. Es waren neue Berichte aufgetaucht, in denen stand, dass es keine Zeugen und keine Verdächtigen gäbe, dass die Gegend aber nun sicherer wäre, nachdem beide Salazar-Brüder von der Bildfläche verschwunden waren. Dem konnte ich nur von ganzem Herzen zustimmen.

Ellie hatte alles getan, um was ich sie gebeten hatte. Sie hatte mit niemandem darüber gesprochen, was wirklich am Hafen passiert war, und hatte meine Geschichte mit dem geplatzten Reifen und dem Unfall bestätigt. Zuerst hatte sie damit zu kämpfen gehabt und mich immer wieder gefragt, ob es die richtige Entscheidung wäre, uns nicht zu stellen. Doch ich hatte sie jedes Mal daran erinnert, was für Menschen die sechs gewesen waren. Die Kerle hatten in Kauf genommen, ihre Eltern und auch sie zu töten, um sich an mir zu rächen. Schon bald hatte Ellie diese Erklärung akzeptiert und nicht mehr gefragt. Eisern bestand sie darauf, es nicht zu bereuen, Ed getötet zu haben.

In den zwei Tagen nach den Geschehnissen war eine Menge passiert. Ich hatte zum Beispiel Ellies Großmutter kennengelernt. Ich mochte sie sofort. Sie war eine gütige Frau mit einem großartigen Sinn für Humor. Und sie liebte Ellie und Kelsey von ganzem Herzen. Dafür mochte ich sie noch mehr. Außerdem hatte sie mir erlaubt, die Nächte bei Ellie zu verbringen, damit ich sie festhalten konnte, wenn sie Albträume hatte und nach mir und ihrem Dad rief oder schweißgebadet aufschreckte. Dann küsste ich sie sacht und versicherte ihr, dass alles vorbei sei und dass ich für sie da sei. Jedes Mal lächelte sie dankbar, kuschelte sich an meine Brust und sank dann wieder in einen unruhigen Schlaf.

Eines Tages würde Ellie die grauenvollen Dinge, die sie gesehen hatte, vergessen und wieder friedlich schlafen können. Bis dahin würde ich ihr durch die schweren Zeiten helfen.

Und noch etwas war passiert: Nach drei Jahren hatte ich Ellies Mutter wiedergesehen. Gestern war ich mit Ellie ins Krankenhaus gefahren, um sie zu besuchen. Ich hatte ganz vergessen, wie angsteinflößend Ruth sein konnte. Zuerst war es zwischen uns etwas seltsam gewesen – wahrscheinlich, weil ich mit all den Blutergüssen und der gebrochenen Hand vor ihr gestanden hatte. Ich hatte in ihren Augen sicherlich genauso ausgesehen wie das Arschloch, das ihre Tochter aus dem Land getrieben hatte. Doch als Ellie mich anlächelte und Stolz in ihren Augen stand, als sie meine Hand ergriff, war die Anspannung aus Ruth gewichen. Sie bemühte sich sogar, sich während des Besuchs mit mir zu unterhalten, und als Ellie und ich schließlich wieder gingen, lächelte sie mir sogar zu.

Ellie und ich wussten, dass es noch eine Weile dauern würde, um sie ganz für mich zu gewinnen, aber dass sie unsere Beziehung im Grunde genommen akzeptierte und sich wünschte, dass Ellie wieder glücklich war. Ich würde sie schon noch für mich einnehmen können. Immerhin hatte ich jetzt alle Zeit der Welt, um es zu versuchen.

„Haben wir alles?“, fragte Ellie nun abwesend. Sie blickte in den Kofferraum des Wagens, den ich für sie organisiert hatte, da ihr Auto ein Totalschaden war. Im

Kofferraum stapelten sich die Koffer, Kisten und Tüten mit Klamotten.

Stacey schnaubte, als sie zurück zum Haus ging, um noch eine Tasche zu holen. „Du *kannst* gar nichts vergessen haben. Ich bin mir sicher, dass ich unter all den Sachen sogar die Spüle gesehen habe", zog sie mich auf und wies auf mein Auto, in dem sich die Habseligkeiten der Familie Pearce befanden.

Ellie lächelte und atmete tief durch, ehe sie sich zu mir umdrehte. „Es wäre leichter, wenn ich wüsste, für wie lange wir packen", sagte sie und stemmte die Hände in die Hüften.

Ich zuckte die Achseln, schlang die Arme um sie und zog sie an mich. „Es könnte für immer sein. Deine Mom klang ziemlich endgültig, als sie meinte, sie würde nie wieder hierher zurückkehren", sagte ich und sah sie aufmerksam an.

Sie nickte und nagte an ihrer Unterlippe. „Ja, ich weiß. Ich schätze, das heißt, dass wir demnächst ziemlich viel hin- und herfahren müssen, um uns zu sehen." Sie hob die Hand und strich mit den Fingerspitzen über den Kragen meine T-Shirts. Meine Haut fing an zu kribbeln.

„Ich würde jeden Tag ans andere Ende der Welt fahren, um dich zu sehen", erwiderte ich. Es stimmte – ich würde viel pendeln müssen, um sie jeden Tag in den Pocono Mountains sehen zu können, doch sie war es einfach wert.

Sie verzog die Mundwinkel zu einem Lächeln. „Kitschig."

„Das magst du doch." Ich neigte den Kopf und küsste sie sacht. Aus dem anfänglich sanften Kuss wurde schnell mehr. Alles veränderte sich, wenn ich mit Ellie zusammen war. Es kam mir so vor, als bekäme mein Körper nicht genug von ihr und wollte die vergangenen drei Jahre nachholen.

Ich stöhnte lustvoll auf, als sie die Hände in meinen Haaren vergrub. Verlangen breitete sich in mir aus, und ich strich mit den Händen bis hinunter zu ihrem Po. Dann drängte ich sie gegen die Seite des Wagens und schmiegte mich dicht an sie. Der kleine Laut, den sie ausstieß, brachte mich fast um den Verstand, und ich vergaß, wo ich war, vergaß einfach alles, als sich unsere Körper aneinanderpressten. Wenn ich sie so spürte, wünschte ich mir nichts mehr, als ihr die Kleider vom Leib zu reißen und mich auf sie zu legen.

Ich schob die Hand unter ihr T-Shirt und berührte die zarte Haut an ihrem Bauch. Mit den Fingern strich ich langsam hinauf, und mit jeder Sekunde wuchs meine Erregung.

Ein lautes Räuspern ließ uns beide zusammenzucken. Ich drehte abrupt den Kopf und sah Ellies Großmutter neben uns stehen. Die alte Dame hatte eine Augenbraue hochgezogen und die Arme vor der Brust verschränkt. Ich lächelte verlegen und verlagerte das Gewicht von einem Fuß auf den anderen. Ich fühlte mich ertappt. „Habt ihr beiden gestern Nacht nicht genug voneinander bekommen, um Himmels willen?“, sagte sie und schürzte übertrieben die Lippen.

Ellie keuchte und brach in Lachen aus, während ich grinsend zur Seite trat, wobei ich darauf achtete, mich nicht umzudrehen, damit Ellies Großmutter nicht bemerkte, *wie sehr* ich den Kuss genossen hatte.

Ellies Nana zwinkerte spielerisch und rollte mit den Augen. „Sind wir denn jetzt bereit zum Aufbruch? Ich habe Ruth gesagt, dass wir gegen drei bei ihr sind."

Ich nickte, während Ellie ihren Rock glatt strich und sich die Haare hinter die Ohren steckte. Offensichtlich war ihr die Situation peinlich. „Wir sind fertig", sagte sie. „Hat Kels alles gepackt?"

„Ja!", rief Kelsey und kam mit einem Rucksack auf dem Rücken aus dem Haus gestürmt. „Kels hat alles gepackt und ist fertig. Lasst uns Mom abholen."

Während Kelsey noch ihr Gepäck in den vollkommen überfüllten Kofferraum quetschte und sich dann damit abmühte, den Kofferraumdeckel zu schließen, kletterte Nana auf den Beifahrersitz und stellte ihre Handtasche auf den Boden.

„Also gut, Zeit für mich zu gehen", sagte Stacey und ging mit ausgestreckten Armen auf Ellie zu. Ellie lächelte, und die beiden Mädchen umarmten sich innig. „Ruf mich an, wenn du da bist. Wir sehen uns dann am nächsten Wochenende. Vergiss nicht, mir das größte Schlafzimmer zu reservieren – von eurem Zimmer aus gesehen am entgegengesetzten Ende des Hauses bitte, damit ich euch beiden Nymphomanen nicht die ganze Nacht lang dabei zuhören muss, wie ihr die verlorene Zeit aufholt."

Ich lachte und sah zu, wie die beiden sich verabschiedeten. Es war ja kein richtiger Abschied, sondern eher ein „Wir sehen uns bald wieder!". Die beiden würden niemals den Kontakt zueinander verlieren – dazu standen sie sich viel zu nahe.

„Wir telefonieren später. Und danke, dass du mir beim

Packen geholfen hast“, sagte Ellie und umarmte sie noch einmal.

„Jederzeit wieder. Grüß deine Mom von mir“, erwiderte Stacey und drückte Ellie einen geräuschvollen Kuss auf die Wange, bevor sie sich bückte und Kelsey und Ellies Großmutter im Wagen noch einmal zuwinkte. Schließlich warf Stacey mir ein noch immer etwas kritisches Lächeln zu – vermutlich, weil sie es mir auch jetzt noch übel nahm, dass ich ihre Freundin so verletzt hatte. Es machte mir nichts aus. Ich war mir sicher, dass ich auch sie irgendwann für mich gewinnen würde. „Pass auf sie auf, Jamie.“

„Das mache ich“, versprach ich und sah zu, wie sie zu ihrem eigenen Auto ging und „Bis bald!“ rief, bevor sie in den Wagen stieg, losfuhr und aus dem geöffneten Fenster ein letztes Mal winkte.

Ellie seufzte und ging zum Haus zurück. Sie sollte nachsehen, ob die Lichter ausgeschaltet waren. Im leeren Wohnzimmer blieb sie stehen und schaute sich noch einmal um.

Ich trat neben sie und legte die Hand auf ihren Rücken. „Alles gut?“, fragte ich.

Sie nickte. „Ja, es ist nur seltsam, das Haus ohne die Familienfotos und den ganzen anderen Kram zu sehen“, erwiderte sie.

Ich blickte mich ebenfalls um und konnte sehen, dass sie alle Familienfotos und all die persönlichen Gegenstände, die aus einem Haus ein Heim machten, in den Kofferraum der zwei Wagen auf der Einfahrt gepackt hatten. Das Haus war nur noch eine leere Hülle, die zurückblieb. „Es ist nur ein Haus, Ellie.“

Seufzend wandte sie sich zu mir um. Ein Lächeln umspielte ihre Mundwinkel. „Zu Hause ist dort, wo das Herz ist, oder?“

Ich lächelte sie an. „Das stimmt.“ Und mein Zuhause war sie, weil mein Herz bei ihr war.

Sie atmete tief durch und ergriff meine Hand, als wir nun zusammen das Haus verließen. Nachdem sie die Haustür abgeschlossen hatte, gingen wir zu den Autos. Ich konnte ihr ansehen, wie schwer es ihr fiel, das Haus zurückzulassen, in dem sie aufgewachsen war und das voller Erinnerungen an ihre Kindheit und ihren Vater steckte. Aber genau das war der Grund, warum ihre Mutter nicht hierher zurückkommen wollte. Und alle konnten das verstehen und akzeptierten es.

Ich brachte Ellie zu dem Auto, in dem schon ihre Nana und Kelsey saßen, und gab ihr einen zärtlichen Kuss. „Ich bin stolz auf dich“, flüsterte ich.

Und das war ich. Sie nahm jede Hürde, stellte sich allen Schwierigkeiten und wurde dadurch nur immer noch stärker. Sie lächelte dankbar, als ich ihr einen Kuss auf die Stirn gab und mich dann von ihr löste.

„Wir sehen uns im Krankenhaus!“, rief ich und ging zu meinem Wagen.

Als ich so über die Einfahrt lief, bemerkte ich, wie leicht mein Gang war. Das hier war ein positiver Schritt für jeden von uns. Wir alle – und dazu zählte auch ich – hatten jetzt die Chance, uns aktiv eine gemeinsame Zukunft aufzubauen, statt uns nur passiv durch das Leben treiben zu lassen.

Ich beobachtete Ellie, die den Motor startete, auf die Straße bog und Richtung Klinik fuhr. Nachdem wir ihre

Mutter abgeholt hätten, würden wir die Stadt hinter uns lassen und in die Pocono Mountains fahren. Niemand wusste, ob es ein Umzug für immer war oder nicht – die Zeit würde es zeigen. Doch selbst wenn es für immer war, würde es mir nichts ausmachen. Ich würde Ellie überallhin folgen.

Epilog

ELLIE

Ich schloss die Augen und seufzte glücklich, während ich den Weihnachtsliedern lauschte, die leise im Radio dudelten. Das hier war definitiv mein Wohlfühlort.

„Ellison, ich habe dir Kaffee gemacht!“, rief meine Mutter aus dem hinteren Zimmer.

„Danke, Mom“, erwiderte ich, öffnete wieder die Augen und lächelte, als ich bemerkte, dass inzwischen dicke Schneeflocken vom Himmel fielen. Die Wettervorhersage hatte für heute Schnee angekündigt, aber meine Mom hatte darauf bestanden, dass der Himmel nicht danach aussehen würde. Es schien, als hätte dic Vorhersage ausnahmsweise einmal recht.

Ich liebte diese Jahreszeit, liebte den Schnee, liebte die Kälte. Die Winter in den Poconos waren toll, und in ein paar Wochen würden wir unser erstes richtiges Weihnachtsfest hier erleben.

Inzwischen war es fast neun Monate her, dass wir den Wagen gepackt hatten und zu meiner Nana gezogen waren. Irgendwann hatten wir uns stumm darauf geeinigt, nicht wieder zurückzugehen. Beinahe neun Monate voller frischer Bergluft und Zeit, um nachzudenken und unsere Familie nach Dads Tod neu aufzubauen. Es war eine schwere Zeit gewesen, doch mittlerweile ging es für uns alle bergauf: Kelsey liebte ihre neue Schule, meine Nana liebte es, nicht mehr allein im Haus zu wohnen, und meine Mom hatte ihre Bestimmung gefunden – sie führte mein Geschäft und kümmerte sich um die Buchhaltung.

Mein Geschäft hieß passenderweise *Jellie's Boutique*. Jamie hatte sich den Namen ausgedacht, und ich hatte mich sofort in diesen Namen verliebt. In *Jellie's Boutique* verkauften wir einzigartige, handgefertigte Kleidungsstücke einer ortsansässigen Designerin – *mir!* Wir verkauften auch wunderschönen Modeschmuck einer anderen Designerin aus der Gegend und Marmeladen, die meine Nana kochte. Das Geschäft war nun seit sechs Monaten geöffnet, und es lief gut. Wir waren beileibe keine Millionäre, doch wir konnten damit unseren Lebensunterhalt bestreiten und sogar noch einen kleinen Gewinn erwirtschaften.

Ich arbeitete lang und hart und zeichnete oder nähte oft noch bis tief in die Nacht hinein, wenn mein kreatives Ich keinen Schlaf finden wollte. Aber es fühlte sich für mich nicht wie Arbeit an. Wenn man in seinem Leben etwas findet, was man liebt, ist es keine Last, es zu tun. Der Stolz, jemanden zu sehen, der ein von mir designtes Kleidungsstück trug, war gigantisch. In der vergangenen Woche hatte ich einen Auftrag über fünf Brautjungfernkleider für eine Dame erledigt. Sie war extra aus Philadelphia angereist, um die Kleider bei mir zu bestellen, nachdem sie mich im Internet gefunden hatte – auf einer Website, die meine Mutter ganz allein gestaltet hatte! Wer hätte gedacht, dass Mom sich als ein solches Marketing-Talent entpuppen würde? Und zu wissen, dass etwas, was ich geschaffen hatte, Teil des schönsten Tages einer jungen

Frau werden würde, erfüllte mich mit Stolz und Zufriedenheit. Im Moment liebte ich das Leben. Ich war mir nicht sicher, ob es noch besser werden könnte.

Das Geschäft war Jamies Idee gewesen. Er hatte meine Designs schon immer geliebt, und nachdem wir hierhergezogen waren, hatte ich eine unglaublich kreative Phase erlebt. Doch zuerst waren meine neuen Designs in einem Skizzenbuch versauert. Jamie war derjenige gewesen, der mich davon überzeugt hatte, ein paar von ihnen tatsächlich zu nähen und sie online zu verkaufen. Meine Mode war erstaunlich gut angekommen, und die Stücke hatten sich wie warme Semmeln verkauft. Von dem Moment an hatte Jamie sanft, aber bestimmt auf mich eingeredet und versucht, mich dazu zu überreden, ein eigenes Geschäft in der Stadt zu eröffnen. Für mich war das nur ein Wunschtraum gewesen, eine nette Idee – allerdings unbezahlbar. Bis zu dem Tag, an dem mir Jamie die Schlüssel zu einem Ladenlokal in die Hand gedrückt hatte. Er hatte es gekauft. Mit dem Erlös aus dem Verkauf seines Apartments, seiner Autos und eines Clubs. Er hatte alles aufgegeben, damit ich mir meinen Traum erfüllen konnte, endlich meine eigene Modelinie zu haben und zu vertreiben. Es hatte viel Arbeit bedurft, um den Laden herzurichten und ans Laufen zu bringen, viele lange Nächte, in denen ich renoviert, dekoriert und das Geschäft ausgestattet hatte. Aber am Ende hatten wir es geschafft. Und sechs Monate später brummte das Geschäft.

Ich erlaubte es mir nie, an die schlimmen Dinge zu denken, die passiert waren, bevor wir aufgebrochen und hierhergekommen waren. Oder an die Tatsache, dass ich einen Menschen getötet hatte. Ich verdrängte das alles und lebte mein Leben einfach weiter. Ed und die Salazar-Bande würden mir nicht noch mehr von meinem Leben und meinem Glück stehlen – das würde ich nicht zulassen. Wir alle blickten nach vorn und waren glücklicher, als wir es uns nach Dads Tod je hätten vorstellen können.

Das Glöckchen über der Tür klingelte, und herein kam die Frau, die den wunderschönen Schmuck herstellte, den ich bei mir verkaufte. Simone war eine alleinerziehende Mom in den Dreißigern mit pinkfarbenem und grünem Haar und einem unkonventionellen und ganz einzigartigen Style. Sie lebte in derselben Straße wie Nana und war einfach reizend. „Hi, Ellie."

„Hey, Simone." Mein Blick fiel auf die Schachtel, die sie bei sich hatte, und ich stieß einen kleinen Jubelschrei aus. „Ist das die neue Schmucklinie, von der du mir erzählt hast?", fragte ich und hängte eilig die letzten Kleider auf die Stange, ehe ich zu ihr lief.

Sie nickte und hob den Deckel des Schuhkartons an. Zum Vorschein kamen ihre wundervollen Kreationen. Ich keuchte, und auch meine Mom beugte sich vor, um einen Blick auf die Kollektion zu werfen. Aufgeregt griffen wir nun alle in die Schachtel, holten die Stücke heraus und legten sie auf die Ladentheke. „Oh, sind die schön! Ich kann schon vor mir sehen, wie schnell die Stücke sich verkaufen werden", stieß ich hervor und nahm ein silbernes Armband in die Hand, in das kunstvoll kleine Hummeln graviert worden waren.

Meine Mutter nickte zustimmend, machte die Schublade des Tresens auf und holte ihre Kamera hervor. „Die Bilder stelle ich sofort online – auf unsere Website und in die sozialen Medien. Tolle Arbeit, Simone."

Simone strahlte. Alle liebten es, ein Kompliment von meiner Mutter zu bekommen. „Danke, meine Damen", zwitscherte Simone, bevor sie sich zu mir umwandte. „Hey, ich habe gerade Jamie gesehen, wie er ins Auto gestiegen und weggefahren ist. Wohin will er denn mitten am Tag?"

„Keine Ahnung", antwortete ich und ging zum Schaufenster, um über die Straße zu blicken. Als Jamie sein Apartment, seinen Club und all seine Autos verkauft hatte, um mir das Ladenlokal schenken zu können, hatte er auch für sich etwas gekauft, das sich zufällig auf der gegenüberliegenden Straßenseite befand. Es handelte sich um eine große Lagerhalle aus Ziegelsteinen, die er nach vorn hin zu einem Laden umgebaut hatte, sodass er inzwischen sein eigenes kleines Geschäft und eine Werkstatt hatte. Jamie lebte seinen Traum ebenfalls und reparierte nun Autos, statt sie zu stehlen.

Es gefiel mir, dass er ganz in der Nähe war, weil ich so jeden Tag mit ihm zusammen Mittag essen konnte. Und wenn mir danach war, konnte ich jederzeit aus dem Fenster schauen und den Anblick genießen, wenn er sich in seinem ölverschmierten Overall und mit einer Baseballkappe auf dem Kopf in den Motorraum eines Wagens beugte. Dann hatte ich einen wundervollen Blick auf seinen Hintern. Jedes Mal fing mein Herz dabei an zu pochen, und meine Knie wurden weich.

Jamie war zuerst nicht mit uns umgezogen. Aber nachdem er zwei Monate lang praktisch täglich in die Poconos gefahren war, hatte meine Mom ihm schließlich vorgeschlagen, dass er auch zu uns ziehen könne, wenn er sowieso so oft da sei.

Ich hätte nicht gedacht, ihn noch mehr lieben zu können, doch seitdem ich mit ihm zusammenlebte und jeden Tag neben ihm aufwachte, war mir klar, dass ich mich geirrt hatte.

Simone hatte recht, wie ich jetzt feststellte: Jamie hatte seinen Laden abgeschlossen. Sein Wagen war weg. Ich runzelte die Stirn und hoffte, dass er bei dem Schnee vorsichtig fahren würde. Wahrscheinlich war er unterwegs, um ein Ersatzteil für ein Auto zu besorgen. Ansonsten musste er heute nirgends hinfahren, außer …

Ich keuchte und drehte mich zu meiner Mom um. „O mein Gott. Glaubst du, der Verkauf ist erledigt? Vielleicht ist Jamie ja losgefahren, um die Schlüssel zu holen?" Ich hüpfte auf und ab. Ich war so aufgeregt wie ein kleines Kind an Weihnachten und konnte einfach nicht still stehen. „Der Notar meinte, es wäre erst am späten Nachmittag so weit, aber es wäre doch möglich, dass es schon früher geklappt hat, oder?", plapperte ich weiter.

Simone legte den Kopf leicht schräg. „Geht es um das Haus, das ihr beide euch kaufen wollt? Geht das Ganze heute über die Bühne, Süße?"

Ich nickte und legte die Hände an meine Wangen, die vor Aufregung ganz heiß waren. „Ja!"

„Beruhige dich, Ellison. Wahrscheinlich holt er wirklich nur irgendein Ersatzteil. Wenn der Verkauf erst für heute Abend geplant ist, wird die Sache auch noch so lange dauern und nicht schon gegen Mittag abgewickelt werden." Meine Mutter war die Stimme der Vernunft. Und auch ich hatte ja im ersten Moment an das Ersatzteil gedacht.

Meine Aufregung klang langsam ab. Zwar hatte ich schon den ganzen Vormittag über wie auf heißen Kohlen gesessen und darauf gewartet, dass mein Telefon klingeln und man mir mitteilen würde, dass Jamie und ich stolze Besitzer eines Eigenheims wären, aber ich konnte auch noch ein bisschen länger warten. Ich seufzte und nickte resigniert. „Ja, das stimmt vermutlich. Wie auch immer … Jetzt sollten wir diese wunderschönen Stücke fotografieren und dann in die Vitrinen packen“, schlug ich vor und versuchte so, mich von den Gedanken an unser neues Zuhause abzulenken. Ich ging zum Tresen, auf dem die neuen Schmuckstücke lagen, die wir ab sofort im Laden verkaufen würden.

Weniger als eine Stunde später war Jamie wieder zurück. Ich hörte das Dröhnen seines Motors, als er draußen parkte. Ich widerstand dem Drang, zum Schaufenster zu rennen und hinauszublicken. Stattdessen starrte ich einfach nur weiter auf mein Handy und wartete darauf, dass der Notar mit den guten Neuigkeiten anrufen würde.

Als das Glöckchen über der Tür klingelte, blickte ich gerade rechtzeitig auf, um zu sehen, wie die Liebe meines Lebens mit einem Strauß rosafarbener Rosen den Laden betrat. Ein Lächeln breitete sich auf Jamies Gesicht aus, und mein Herz setzte einen Schlag lang aus. „Hey, Kleine“, rief er.

Ich drehte mich auf dem Hocker um, auf dem ich saß, sprang herunter und lief um den Tresen herum zu Jamie. „Selber hey.“ Ich stellte mich auf die Zehenspitzen, und er neigte den Kopf, damit wir uns küssen konnten. Sein Gesicht war vom Wind noch ganz kalt und sein Haar, das den ganzen Vormittag unter der Baseballkappe gesteckt hatte, furchtbar zerzaust. Trotzdem hatte er nie anziehender ausgesehen. Jamie hätte von oben bis unten mit Schlamm bedeckt sein können, und ich hätte trotzdem sofort mit ihm schlafen wollen.

Er löste sich von mir. Seine Augen funkelten vor Aufregung. Ich lächelte und betrachtete die Blumen. „Sind die für mich?“, fragte ich und biss mir auf die Unterlippe.

Schnell schüttelte er den Kopf und zog eine einzelne Rose aus dem Strauß. „Die hier ist für dich“, erwiderte er und gab mir die Rose. „Aber der Rest ist für …“ Er sah auf und lächelte meine Mom an, bevor er zu ihr ging und ihr den Strauß reichte. „… für dich“, schloss er.

Mein Herz schmolz angesichts dieser süßen Geste dahin. Meine Mom rang nach Luft. Ihre Augen wurden groß, als sie die Blumen nahm, sie an ihre Nase hob und den wundervollen Duft einsog. „Ach, Jamie. Die Rosen sind wunderschön. Danke!“

In den vergangenen neun Monaten hatte mein Freund meine Mom mit seinem Charme und seiner Freundlichkeit für sich gewonnen. Zuerst war sie unserer Beziehung gegenüber skeptisch gewesen. Aber ihr neues Lebensmotto, das sie nach Dads Tod verinnerlicht hatte, lautete: *Lebe dein Leben jeden Tag, und ergreife die Chance aufs Glück, wann immer sie sich dir bietet.* Sie wollte, dass ich glücklich war, und sie hatte erkannt, dass Jamie derjenige war, der mich glücklich machen konnte. Inzwischen behandelte sie ihn wie den Sohn, den sie nie hatte.

„Wie komme ich zu der Ehre?“, fragte sie und schnupperte noch einmal an den Rosen. In ihrem Blick stand Dankbarkeit.

Jamie zuckte die Schultern und wandte sich mir zu. „Weil du eine so umwerfende Tochter hast und weil du es mir erlaubst, ein Teil ihres Lebens zu sein." Er griff in seine Tasche und zog einen Schlüsselbund hervor, der von seinem Finger baumelte. „Und außerdem ist es ein Abschiedsgeschenk, weil wir demnächst ausziehen werden."

Vor Schreck stand mir der Mund offen. Er war *tatsächlich* schon früher losgefahren, um die Schlüssel zu holen! „Was? Machst du Scherze? Sind das wirklich die Schlüssel zum Haus?" Ich sprang auf und ab und starrte die Schlüssel an. Unserem Beginn in ein neues Leben stand jetzt nichts mehr im Weg.

„Ich mache keine Scherze. Ich war gerade beim Notar, um sie abzuholen." Jamie lächelte. „Möchtest du dir unsere neue Bude mal ansehen?"

Ich stieß einen Jubelschrei aus und nickte, während ich schon losrannte, um meine Jacke und meinen Schal zu holen. Als ich mich angezogen hatte, lief ich zurück in den Laden. Jamie trank gerade den heißen Kakao aus, den Mom mir vor zehn Minuten gemacht hatte.

Mom lächelte, trat zu mir, zog das letzte Stückchen vom Reißverschluss meiner Jacke zu und zupfte meinen Schal zurecht. Tränen standen ihr in den Augen, als sie mich anlächelte. „Ich freue mich so für euch beide, und ich möchte, dass du weißt, dass dein Dad unglaublich stolz darauf wäre, zu was für einer jungen Dame du herangewachsen bist."

Ich lächelte, streckte die Arme aus und zog sie an mich. „Danke. Ich hab dich lieb."

„Ich habe dich auch lieb", erwiderte sie. Das war noch etwas, was sich seit dem Unfall verändert hatte – sie war viel offener und mitteilsamer geworden, was ihre Zuneigung betraf. Zuerst war das etwas seltsam für mich gewesen, aber mittlerweile genoss ich es. Wir hatten ein wundervolles Verhältnis zueinander.

Ich löste mich von ihr und drehte mich zu Jamie um, der mir die Hand reichte. „Bereit?“, fragte er.

Ich nickte. „Verdammt, ja!“ Ich war seit meinem siebzehnten Lebensjahr dazu bereit, mich mit ihm niederzulassen und eine gemeinsame Zukunft zu beginnen. Und endlich war der Tag gekommen.

JAMIE

Als wir aus dem Geschäft nach draußen in den kühlen Wind traten, fiel mir ein junges Paar auf, das auf einem Holzzaun saß und sich leidenschaftlich küsste. Ich lächelte, legte die Hände wie einen Trichter um meinen Mund und rief: „Kelsey Pearce, Hände weg von dem Jungen. Aber sofort!“

Kelsey zuckte zusammen und errötete wie Ellie, wenn sie verlegen war. „Halt die Klappe, Jamie“, erwiderte sie, lachte und hob den Arm, um sich mit der behandschuhten Hand über den Mund zu wischen.

Kelsey war in der vergangenen Woche vierzehn Jahre alt geworden. Für einen Teenager war sie ziemlich cool und eine gute Schwester für Ellie. Wir kamen wunderbar miteinander aus. Sie war ungefähr so alt, wie auch meine kleine Schwester nun gewesen wäre, also übernahm ich nur allzu gern den Part des großen Bruders.

„Sag einfach Bescheid, wenn es ernst wird, damit ich

weiß, ob ich kommen und ihm in den Hintern treten muss." Ich zwinkerte ihr zu, während der Junge erstarrte und dann abrupt den Arm sinken ließ, den er ihr auf die Schultern gelegt hatte.

Sie grinste und winkte ab. Seit sie hier wohnte, hatte sie zu sich selbst gefunden und eine tolle Entwicklung durchgemacht. An diesem schönen Ort zu leben, tat ihr gut. Es tat uns allen gut.

Ellie lächelte mich an. Aufregung stand in ihrem Blick, als ich meinen Kopf neigte und ihr einen geräuschvollen Kuss auf die Lippen drückte, bevor ich sie zu meinem Wagen führte. Auf der fünfzehnminütigen Fahrt zu unserem neuen Zuhause konnte sie kaum still sitzen. Sie rutschte auf ihrem Sitz hin und her und plapperte über all die Dinge, die wir uns noch würden anschaffen müssen. Glücklicherweise wollten die Vorbesitzer des Hauses sich verkleinern und hatten das Haus deshalb teilweise möbliert verkauft – das hieß, dass wir schon ein Sofa und einige der wichtigsten Möbelstücke unser Eigen nennen konnten. Wir würden damit zurechtkommen, bis wir uns unsere eigenen Sachen leisten konnten.

Als wir vor dem Haus parkten und es stumm betrachteten, seufzte Ellie glücklich. Das doppelgeschossige Haus hatte drei Schlafzimmer. Es war ein gemütliches Heim unter Bäumen in reizender Kulisse. Die geschwungene Einfahrt führte zu einer Garage. Das Haus selbst hatte eine Holzverkleidung, die in Schiefergrau gestrichen war. Es war wundervoll, und es lag gerade noch im Budget, das wir uns mit dem Kredit von der Bank leisten konnten. Alles, was wir noch an dem Haus würden ändern wollen, müsste im Laufe der Zeit und *peu à peu* passieren. Doch auch so war das Haus für unsere Bedürfnisse perfekt.

Ich steckte die Hand in die Hosentasche, zog den Schlüsselbund hervor und ließ ihn vor Ellies Nase baumeln, damit sie mich ansah. „Möchtest du vielleicht hineingehen und dich umsehen?"

Ellie stieß einen Jubelschrei aus. Mein Herz machte einen Hüpfer, als ich ihr glückliches Gesicht sah. Lächelnd streckte sie die Hand aus und ergriff die Schlüssel. Sie so ausgelassen und zufrieden zu erleben, jagte mir einen wohligen Schauer über den Rücken. „Ja! Komm mit!"

Sie stieg aus dem Wagen und wäre beinahe auf dem eisigen Fußweg ausgeglitten. In letzter Sekunde fing sie sich. Ich lachte in mich hinein, ging vorn um das Auto herum und wartete auf Ellie.

Die Vögel saßen zwitschernd auf den schneebedeckten Bäumen, als wir Arm in Arm zur Haustür gingen. Ellie steckte den Schlüssel ins Schloss und hielt unwillkürlich den Atem an. Ich streichelte ihr über den Rücken. Ich war so überwältigt von meiner Liebe zu ihr, dass es mich beinahe umhaute. Wir hatten es getan. Wir hatten es tatsächlich geschafft und besaßen nun unser erstes gemeinsames Zuhause.

Mit einem leichten Knarren schwang die Haustür auf. Ich nahm mir vor, sie bei nächster Gelegenheit zu ölen. Ellie atmete tief durch und wandte sich mir zu. Tränen schimmerten in ihren Augen. „Ich kann nicht glauben, dass es uns gehört. Ich bin so glücklich."

Ich nickte, beugte mich vor und gab ihr einen zärtlichen Kuss auf den Mund. „Ich auch."

Plötzlich schien sie vor Aufregung nicht mehr stillstehen zu können. Sie griff nach meiner Hand, zog mich ins Haus und sah sich mit großen Augen im Flur um. Auf dem Sideboard standen eine Flasche Champagner und davor ein Umschlag mit unseren Namen. Ellie nahm die Karte, riss den Umschlag auf und lächelte. „Oh, wie süß …", stieß sie hervor. „Die Karte ist von den Vorbesitzern. Da steht: *Wir hoffen sehr, dass Sie hier so glücklich werden, wie wir es waren. Wir freuen uns, dass das Haus in den neuen Erinnerungen eines so reizenden Pärchens eine Rolle spielen wird.*"

Ich lächelte und freute mich über die Aufmerksamkeit.

Mit der Champagnerflasche in der Hand wies ich mit einem Kopfnicken zur Treppe. „Wir sollten sie hier auf dem Balkon öffnen."

Ellie nickte begeistert. Sie konnte ein Lächeln nicht unterdrücken, als wir Hand in Hand zusammen die Holztreppe hinaufgingen. Ellie hatte sich sofort in dieses Haus verliebt. Die eigenwillige Anordnung der Räume funktionierte. Da sich der Wohnbereich oben befand, konnten wir die wundervolle Aussicht richtig auskosten. Als Ellie bei der Besichtigung das riesige Panoramafenster im Wohnzimmer gesehen hatte, von dem aus man eine gigantische Aussicht auf den See hatte, hatte sie sich zu mir umgedreht und mir zugeflüstert, dass sie dieses Haus haben wolle und dass es genau das Richtige sei. Ich hatte den Besitzern sofort ein Angebot gemacht, um nicht den üblichen Gang nehmen und erst lange auf eine Nachricht vom Makler warten zu müssen. Den Besitzern war nicht entgangen, dass Ellie sich in das Haus verliebt hatte, und so hatten sie das Angebot angenommen. Der Rest war

Geschichte. Das Ganze war inzwischen acht Wochen her, und seitdem waren wir nun zum ersten Mal wieder im Haus.

Als wir ins Wohnzimmer kamen, konnten wir durch das Panoramafenster die Bäume in unserem kleinen Garten und in der Ferne den See und die schneebedeckten Berggipfel sehen. Eine Doppeltür führte auf den großen Holzbalkon hinaus. Dort standen ein Tisch und Stühle, damit man die spektakuläre Aussicht genießen konnte.

Auf der rechten Seite des Raumes befand sich eine Sitzgruppe, die auf ein riesiges Fenster ausgerichtet war, das fast die gesamte Wand einnahm. Am Couchtisch hing ein Luftballon mit der Aufschrift: *Willkommen zu Hause!*

„Wie nett! Sie haben uns auch noch einen Ballon besorgt", schwärmte Ellie, ging hinüber und nahm den Ballon.

„Um ehrlich zu sein, habe ich den Ballon gekauft. Nachdem ich die Schlüssel geholt hatte, bin ich noch kurz hier gewesen und habe ihn angebracht." Ich lächelte verlegen. Mein Herz pochte wie wild. Mit einem Mal war ich furchtbar nervös. Ich verlagerte das Gewicht von einem Bein auf das andere und stellte die Flasche mit dem Champagner auf den Couchtisch.

Ellie drehte sich zu mir um und lächelte mich liebevoll an. „Du bist so süß, Jamie Cole."

Ich holte tief Luft und ballte die Hände zu Fäusten, bevor ich sie wieder löste. Ich versuchte, mich zu beruhigen, als ich nun einen Schritt nach vorn machte. „Ist dir aufgefallen, dass etwas an dem Ballon hängt?", fragte ich und wies mit dem Kinn auf das Band, das sie sich um einen Finger gewickelt hatte.

Sie ließ den Blick über das Band schweifen, bis sie das kleine rote Kästchen entdeckte, die ganz unten befestigt war. Ihre Augen wurden groß, doch sie rührte sich nicht. Ich musste über ihr überraschtes Gesicht lächeln und freute mich, dass ihre Mom, ihre Großmutter und ihre Schwester nichts ausgeplaudert hatten. Dabei waren sie vor Aufregung fast geplatzt, als ich ihnen von meinem Plan erzählt hatte.

Ellie keuchte, als ich nun vor ihr auf die Knie ging, das Kästchen vom Band löste und ihr ins Gesicht sah. Sie hatte die Hände vor den Mund gelegt, und Tränen standen in ihren Augen, als sie meinen Blick erwiderte.

Komm schon, Jamie, vermassele das jetzt nicht! „Ellie, ich weiß, dass das hier nicht Paris ist und dass wir nicht auf dem Eiffelturm stehen oder in einem tollen Restaurant in Rom sitzen oder im Toten Meer treiben oder sonst etwas Spektakuläres machen, aber es fühlt sich einfach richtig an, dir jetzt und hier – mitten in unserem neuen Wohnzimmer – die Frage aller Fragen zu stellen“, begann ich.

Meine Hände zitterten, als ich den Deckel des Kästchens öffnete.

Ellie stieß einen kleinen Schrei aus, und eine Träne rann ihr über die Wange.

„Ich liebe dich von ganzem Herzen, und daran wird sich auch nie etwas ändern“, sagte ich und bemühte mich, nicht selbst in Tränen auszubrechen. „Ich schwöre dir, dass ich dich für den Rest deines Lebens zum Lächeln bringen werde – so, wie ich es deinem Dad versprochen habe.“ Sie schluchzte, als ich das sagte. Ich lächelte. „Willst du mich heiraten, Kleine?“

Die Antwort kam ohne die Spur eines Zögerns oder den Hauch von Unsicherheit. „Ja! Oh Gott, ja!"

Ich lachte. Ellie hüpfte aufgeregt auf und ab, als ich ihr die Schatulle entgegenhielt. Es war der Ring, den ich ihr schon vor Jahren gekauft hatte. Der Ring, den ich auch ihrem Vater gezeigt hatte. Ich hatte den Ring nie weggegeben. Nur eine Kleinigkeit war verändert worden.

„Ich habe etwas hineingravieren lassen", sagte ich, als ich nun aufstand. Ich beobachtete, wie sie leicht die Augen zusammenkniff, um die Inschrift zu lesen.

„*Mit all deinen Narben*", las sie leise vor. Sie sah mich an, und das Lächeln, das auf ihrem Gesicht erstrahlte, raubte mir den Atem. „Ich liebe dich", flüsterte sie.

„Mit all deinen Narben." Ich nickte, bevor ich sie in die Arme schloss, an mich zog und sie voller Leidenschaft küsste. Mit diesem Kuss zeigte ich ihr, wie sehr ich sie liebte und wie dankbar ich dafür war, dass sie einem Kerl wie mir eine zweite Chance gab.

Als ich den Kuss beendete, waren wir beide atemlos. Ich nahm den Ring und steckte ihn ihr an. Und an diesem Finger sollte der Ring auch für die nächsten achtzig Jahre bleiben.

Es hatte sich herausgestellt, dass es im Leben doch ein Happy End geben konnte – selbst für Menschen wie mich. Man brauchte nur etwas, für das es sich zu kämpfen lohnte.

– ENDE –

Danksagung

Mein erstes Dankeschön geht an Lorella Belli, meine wundervolle Agentin. Mit deiner Hingabe erdest du mich.

An das fabelhafte Team von *Forever:* die Grafiker, Redakteure, Korrektoren, Hersteller und alle anderen, die so hart arbeiten, um dieses Buch zu dem zu machen, was es ist. Danke!

Ich bedanke mich auch bei Leah, weil sie mich auf dieser Achterbahnfahrt begleitet und mich dazu ermutigt hat, mich selbst anzutreiben und das Beste aus Jamie und Ellies Geschichte herauszuholen.

An meine Mädchen Kerry Duke und Chloe Meyer: Danke für eure großartige Unterstützung und eure unglaubliche, Cheerleader-mäßige Ermunterung, wenn ich sie am meisten brauchte. Ich liebe euch.

An meine Familie: Ihr seid toll, und ich kann mich glücklich schätzen, euch zu haben.

An Sie, liebe Leser: Zuerst einmal muss ich mich für den Cliffhanger in *Fighting to Be Free – Nie so geliebt* entschuldigen … ups … meine Schuld. #SorryNotSorry. Zweitens bedanke ich mich bei Ihnen, dass Sie diese Reise mit mir machen. Ich hoffe wirklich, dass Sie die Auflösung von Jamies und Ellies Geschichte genauso genießen, wie ich es genossen habe, sie mir auszudenken und sie aufzuschreiben.

Wie immer geht ein Riesendankeschön an all die wundervollen, fleißigen und hingebungsvollen Blogger auf der ganzen Welt, die ihrer Bücherliebe Stunden ihrer kostbaren Zeit opfern. Ich kann mich gar nicht genug bedanken. Ihr seid meine Stars.

Und last, but not least geht mein Dank an Terrie Arasin, meine supercoole persönliche Assistentin. Du bist zu einer Zeit in mein Leben getreten, als ich in den sozialen Medien unterzugehen drohte und kaum Zeit genug hatte, um tatsächlich zu schreiben. Ich weiß nicht, was ich ohne dich tun würde (und ohne deinen heißen texanischen Akzent, der meinen Messenger verschönert!). Ich wäre ganz sicher noch die unorganisierte Chaotin, die sich irgendwie durchwurstelt und erfolglos versucht, alles allein zu schaffen. Wie ich schon in der Widmung sagte, würde dieses Buch, ganz einfach ausgedrückt, ohne dich nicht existieren. Ich hab dich lieb, Darling (ausgesprochen mit meinem besten texanischen Akzent). Die nächste Runde Donuts geht auf mich.

Deutsche Erstveröffentlichung

Kirsty Mosely

Fighting to Be Free – Nie so geliebt

Es ist Jamies letzte Chance auf ein normales Leben. Bisher war seine Existenz bestimmt von Armut und Gewalt. Frisch aus dem Gefängnis entlassen, ist er voller guter Vorsätze. Doch so leicht entkommt man seiner Vergangenheit nicht. Dann begegnet er Ellie – und sie verkörpert all das, wonach er sich sehnt. Die Anziehungskraft reißt sie beide mit. Jamie will alles tun, sich ihrer würdig zu erweisen; der Mensch zu werden, den Ellie lieben kann. Aber noch hat er ihr nicht die Wahrheit über seine dunklen Taten gestanden. Sind Ellies Gefühle stark genug, um bei ihm zu bleiben? Bei einem Mann, der das Leben eines anderen auslöschte …

ISBN: 978-3-95649-680-6

12,99 € (D)

Deutsche Erstveröffentlichung

Isabelle Ronin

Du bist mein Feuer

Ein Blick auf die sinnlich tanzende Fremde im roten Kleid, und Caleb weiß: Er muss sie haben. Ein Zufall führt dazu, dass er Veronica Unterschlupf gewährt. Sie sieht in ihm nur den Sohn reicher Eltern, der nicht zu ihr, dem Mädchen aus schwierigen Verhältnissen, passt. Aber der verwöhnte Bad Boy will mit ihr etwas Echtes, Tiefes. Schnell merkt er, dass Veronica nicht leicht zu erobern ist: Sie vertraut nichts und niemandem. Doch Caleb ist bereit, die Schatten ihrer Vergangenheit zu vertreiben und jedes Hindernis, das sie trennt, zu überwinden. Auch wenn alle sagen, dass Veronica sein Ruin sein wird …

ISBN: 978-3-95649-772-8

12,99 € (D)

Marie Force

Mörderische Sühne

ISBN: 978-3-95649-692-9
9,99 € (D)

Ihr letzter Fall endete in einer Katastrophe. Doch die aktuelle Mordermittlung könnte Detective Sergeant Samantha Holland helfen, ihren Ruf wiederherzustellen: Ein bekannter Senator wurde brutal in seinem Bett umgebracht. War es ein politisch motiviertes Verbrechen oder ein grausamer Racheakt? Der wichtigste Zeuge ist für Samantha kein Unbekannter. Nick Cappuano war nicht nur der beste Freund des Toten, sondern auch ihr Liebhaber. Samantha lässt sich auf ein gefährliches Spiel ein, dass sie nicht nur ihre Karriere kosten könnte ...

Deutsche Erstveröffentlichung

Lauren Blakely

Big Rock - Sieben Tage gehörst du mir!

ISBN: 978 3 95649 686 8

9,99 € (D)

Ich war ein arrogantes Arschloch und ein unverbesserlicher Playboy. Bis eine Woche mein Leben für immer veränderte ...

Meiner Familie zuliebe soll ich mich eine Weile zusammenreißen: Keine Skandale mehr! Und als perfekter braver Sohn brauche ich eine Scheinverlobte für sieben Tage. Was läge da näher, als meine beste Freundin Charlotte zu fragen? Mit so einer scharfen Frau fällt es mir nicht schwer, den verliebten Softie zu mimen. Leider kann ich, seit wir im Bett gelandet sind, an nichts anderes mehr denken als an ihren heißen Körper. Charlotte spielt ihre Rolle als meine Zukünftige perfekt – doch bei mir ist es längst viel mehr als ein Spiel ...